新訂

枕草子 下

現代語訳付き

清少納言
河添房江・津島知明＝訳注

角川文庫
24107

凡例

一　本書の底本には、三巻本（安貞二年奥書本）系統の第一類に属する、陽明《ようめい》文庫蔵本（甲本）を用いた。同本が欠いている七六段までは、第二類に属する中邨《なかむら》本（日本大学蔵本）で補った。

誤字脱字、意味が通りにくいと判断した箇所は、他の三巻本諸本および抜書本にて校訂した。

そのほか、字形の相似等と判断して改めた箇所、他系統本（能因本・前田家本・堺《さかい》本）を用いて校訂した箇所もある（詳細は「本文校訂表」参照）。

二　校訂に際しては、三巻本諸本は杉山重行編『三巻本枕草子本文集成』（笠間書院、一九九九）を用い、略号も同書に従った（例、陽明文庫乙本→明本）。同系統の抜書本および他系統本は主に田中重太郎『校本枕冊子』上・下・附巻（古典文庫、一九五三～一九五七）を用いた。

三　本文表記は、読みやすさに配慮して以下の原則に従って改めた。

○仮名づかいは「歴史的仮名遣」に統一し、必要な箇所に句読点および濁点を加えた。

○適宜改行し、段落および章段分けを行った。

○独自の章段区分は行わず、『三巻本枕草子本文集成』の段数をそのまま踏襲した。

伝本に「第何段」という区分はなく、段数は後世の読者が便宜的に付している。また、各段は「類聚的章段」「随想的章段」「日記的章段」などと分類されるが（本書では「類聚段」「随想段」「日記回想段」と呼称）、実際は明確に分類できない箇所も多い。

○仮名に漢字をあてて表記する場合は、原則としてもとの仮名をルビとして残した（例「虫《むし》」）。また編者の判断で漢字に読み仮名を加える場合は、括弧を補って前者と区別した（例「雁《（かり）》」）。

○旧字および異字宛字と判断した漢字は、通行の漢字や仮名に改めた（例「木丁」→「几帳」）。

○漢字には送り仮名を適宜補い、補助動詞「侍」「給」などは仮名書きした。

○助動詞「ん」「らん」などの「ん」は原則として「む」に統一した。

○反復記号は、編者の判断で文字を繰り返して記した（漢字一字の反復「々」は除く）。

○「と」「など」等の受ける範囲を、必要に応じて「　」『　』で示した。範囲が長文となる箇所は括弧を用いず、前後に一行空ける形をとった。

四　注釈および現代語訳の作成に当たっては、先行の諸注釈、研究書、研究論文を可能な限り参照し、多大な恩恵を受けた。紙幅の都合上、逐一その旨は明記できなかったが、厚く御礼申し上げたい。また内野晴菜氏に編集協力をお願いした。以下に、参照することの多かった三巻本の注釈書のみあげておく。
萩谷朴『枕草子（新潮日本古典集成）』上・下（新潮社、一九七七）
石田穣二『新版枕草子（角川ソフィア文庫）』上・下（角川書店、一九七九・一九八〇）
萩谷朴『枕草子解環』一〜五（同朋舎出版、一九八一〜一九八三）
増田繁夫『枕草子（和泉古典叢書）』（和泉書院、一九八七）
鈴木日出男『枕草子（日本の文学　古典編）』上・下（ほるぷ出版、一九八七）
渡辺実『枕草子（新日本古典文学大系）』（岩波書店、一九九一）
松尾聰・永井和子『枕草子（新編日本古典文学全集）』（小学館、一九九七）
上坂信男・神作光一『枕草子（講談社学術文庫）』上・中・下（講談社、一九九九〜二〇〇三）
津島知明・中島和歌子『新編枕草子』（おうふう、二〇一〇）

目次

系図組版／小林美和子
内裏図等作成／東望歩

枕草子

一三九段

正月十《(とをか)》余《よ》日のほど、空いと黒《くろ》う曇《くも》り厚《あつ》く見《み》えながら、さすがに日はけざやかにさし出《い》でたるに、[1]えせ者《もの》の家の荒《あら》畑《ばたけ》といふものの、土《つち》[2]うるはしうもなほからぬ、桃《もも》の木の若《わか》立《だ》ちて、いと[3]しもとがちにさし出《い》でたる、片《かた》つ方《かた》はいと青《あを》く、いま片《かた》つ方《かた》は濃《こ》くつややかにて蘇芳《すはう》の色なるが、[4]日影《かげ》に見《み》えたるを、いとほそやかなる童《わらは》の、狩衣《かりぎぬ》はかけ破《や》りなどして髪《かみ》うるはしきがのぼりたれば、[5]ひきはこえたる男子《をのこ》、また[6]小脛《こはぎ》にて[7]半靴《はうくわ》はきたるなど、木のもとに立《た》ちて、「われに[8]毬打《ぎちやうき》切りて」などこふに、また髪《かみ》をかしげなる童《わらは》の、[9]衵《あこめ》どもほころびがちにて袴《はかま》萎《な》えたれどよき袿《うちき》着たる三、四人来《き》て、「[10]卯槌《うづち》の木のよからむ切《き》りておろせ」「御前《おまへ》にも召《め》す」など言《い》ひて、おろしたれば奪《ば》ひしらがひ取《と》りて、さし仰《あふ》ぎて「われにおほく」など言《い》ひたるこそをかしけれ。

1 身分の低い貴族の類。
2 整然としない、平らでないの意。
3 若い枝が生えているさま。
4 日の光に照らされて見える。
5 着物の裾を帯のところにたくし上げた。子供の成長を見越して大きめの着物を着せているので、その時の身長に合わせて端折っている。
6 少し脛《すね》を見せて。補注一
7 一一七段注7参照。
8 打毬《だきゆう》で毬を打つ杖。補注二
9 補注三
10 二三段注29参照。

黒袴着《くろばかまき》たるを[11]のこの走《はし》り来《き》てこふに、「まて」[12]など言《い》へば、木のもとを引《ひ》きゆるがすに、あやふがりて猿《さる》のやうにかいつきてをめくもをかし。梅などのなりたるをりも、さやうにぞするかし。

一四〇段

清《きよ》げなるをのこの、[1]双六《すぐろく》を日一日《ひとひ》打《う》ちて、なほ飽《あ》かぬにや、短《みじか》き灯台《とうだい》に火をともして、[2]いと明《あ》かうかかげて、[3]かたきの賽《さい》を責《せ》めこひてとみにも入《い》れねば、[4]筒《どう》を盤《ばん》の上《うへ》に立《た》てて待《ま》つに、狩衣《かりぎぬ》の頸《くび》の顔《かほ》にかかれば、片手《かたて》して押《お》し入《い》れて、[5]強《こは》からぬ烏帽子《えぼうし》振《ふ》りやりつつ、「賽《さい》いみじく呪《のろ》ふとも、打《う》ちはづしてむや」と、心もとなげにうちまもりたるこそ、ほこりかに見《み》ゆれ。

11　屋敷の下男。
12　底本「まいて」、弥本ミセケチ（＝能本）に拠る。

1　「双六」は一三四段補注一参照。
2　灯火が明るくなるように灯心を掻いて。
3　後文によれば、相手の賽《さい》（さいころ）を請い受けて、良い目が出ないようにまじないをしている。
4　賽を入れて振り出す筒《つつ》。
5　萎えた烏帽子の先が垂れてくるので。男の身分は低い。

一四一段

碁《ご》[1]をやむごとなき人の打《う》つとて、紐《ひも》[2]うち解《と》き、ないがしろなるけしきに拾《ひろ》[3]ひ置《お》くに、おとりたる人の、ゐずまひもかしこまりたるけしきにて、碁盤《ごばん》よりはすこし遠《とほ》くて及《およ》びて、袖の下《した》はいま片手《かたて》してひかへなどして打《う》ちゐたるもをかし。

1 「碁」は一三五段注2（補注一）参照。
2 直衣《のうし》の襟元の紐を解いた、貴人のくつろいだ様子。相手は身分が劣るので、かしこまっている。
3 碁石入れから石を取り出して置く。

一四二段

おそろしげなるもの　橡《つるばみ》[1]のかさ　焼《や》けたるところ　水茨《ふぶき》[2]　菱《ひし》[3]。髪《かみ》おほかる男《をとこ》の洗《あら》ひて乾《ほ》すほど。

1 櫟《くぬぎ》の実。その「かさ」はとげとげしい。
2 鬼蓮《おにばす》。茎や葉にとげがある。
3 菱の実。角が鋭くとがっている。

一四三段

清《きよ》しと見《み》ゆるもの　土器《かはらけ》[1]　あたらしき鋺《かなまり》[2]　畳《たたみ》[3]にさす菰《こも》　水を物に入《い》るる透影《すきかげ》。

1 素焼の陶器。
2 金属製の碗。
3 畳表のこと。補注一

一四四段

[1]いやしげなるもの　[2]式部丞《ぜう》の笏《しやく》。黒《くろ》き髪《かみ》の筋《すぢ》わろき。[3]布屏風《ぬのびやうぶ》のあたらしき。古《ふ》り黒《くろ》みたるは、さる言《い》ふかひなきものにて、なかなか何《なに》とも見えず。あたらしうしたてて、[4]桜《さくら》の花《はな》おほく咲《さ》かせて、胡粉《ごふん》、朱砂《すさ》など色《いろ》どりたる絵《ゑ》どもかきたる。

[5]遣戸厨子《やりどづし》。法師《ほふし》のふとりたる。まことの[6]出雲筵《いづもむしろ》の畳《たたみ》。

一四五段

[1]胸《むね》つぶるるもの　[2]競馬《くらべむま》見《み》る。[3]元結《もとゆひ》よる。親《おや》などの心地《ち》あしとて、例《れい》ならぬけしきなる。まして、[4]世の中などさわがしと聞《きこ》ゆるころは、よろづの事《こと》おぼえず。また、物言《ものい》はぬちごの泣《な》き入《い》りて、乳《ち》も飲《の》まず、乳母《めのと》の抱《いだ》くにもやまで久《ひさ》しき。

1　みすぼらしく下品に見えるもの。
2　式部省三等官。多忙で、笏は儀式の覚書を貼り替えるので汚れる。
3　絹張りの屏風より安っぽい。
4　布屏風の図柄。胡粉（貝殻を焼き砕いた白粉）や朱砂（赤の顔料）で彩色。
5　引戸仕立ての収納箱。通常は観音開きの妻戸を付ける。
6　出雲筵（出雲・石見の特産品）張りの畳。それを品よく模した畳があったか。

1　「胸つぶる」は（不安や驚きで）胸がどきどきする。
2　馬二頭の競争。宮中行事や神事として、また摂関家でも開催。
3　髪を結ぶ紙縒《こより》。切れないか心配。
4　疫病流行で世が騒然となるさま。補注一例《れい》の所ならぬ所にて、[5]ことにまだ著《いちしる》からぬ人の声聞《こゑき》きつけたるはことわり、こと人などのその上《うへ》など言《い》ふにも、まづこそつぶるれ。いみじうにくき人の来《き》たるにも、またつぶる。あやしくつぶれがちなるものは胸《むね》こそあれ。昨夜《よべ》来《き》はじめたる人の、[6]今朝《けさ》の文《ふみ》のおそきは、人のためにさへつぶる。

一四六段

[1]うつくしきもの　[2]瓜《うり》にかきたるちごの顔《かほ》。雀《すずめ》の子《こ》の、[3]ねず鳴《な》きするにをどり来《く》る。[4]二《ふた》つ三《み》つばかりなるちごの、いそぎて這《は》ひ来《く》る道《みち》に、いと小《ちひ》さき塵《ちり》のありけるを目《め》ざとに見つけて、いとをかしげなる指《および》にとらへて、大人《おとな》ごとに見《み》せたる、いとうつくし。頭《かしら》は[5]尼《あま》そぎなるちごの、目《め》に髪《かみ》のおほへるを、[6]かきはやらで、うちかたぶきて物など見たるもうつくし。

5　まだ公然たる仲になっていない恋人。「著し」は明白の意。

6　帰っていった男からの後朝《きぬぎぬ》の文。

1　かわいらしいもの。現代の「美しい」とは違って、小さいもの、か弱いものを「かわいい」と思う心情を表している。

2　瓜に絵や歌を書いて贈ることがあった。

3　人が鼠の鳴き真似で呼ぶと。

4　「二つ三つ」は数え年。能本・前本「二つばかり」。

5　肩あたりで切り揃えた髪型。

6　「かきやらで」と同義。「は」は係助詞。

大《おほ》きにはあらぬ殿上[7]童《わらは》の、装束《さうぞ》きたてられてありくもうつくし。をかしげなるちごの、あからさまに抱《いだ》きて遊《あそ》ばしうつくしむほどに、かいつきて寝《ね》たる、いとらうたし。

[8]雛《ひひな》の調度《てうど》。[9]蓮《はちす》の浮《う》き葉《は》のいと小《ちひ》さきを、池より取《と》りあげたる。[10]葵《あふひ》のいと小《ちひ》さき。何《なに》も何《なに》も、小《ちひ》さきものはみなうつくし。

いみじう白《しろ》く肥《こ》えたるちごの二《ふた》つばかりなるが、二藍《ふたあゐ》の薄物《うすもの》など、衣長《きぬなが》にて襷結《たすきゆ》ひたるが這《は》ひ出《い》でたるも、また[11]短《みじか》きが、袖《そで》がちなる着《き》てありくも、みなうつくし。八《や》つ九《ここの》つ十《とを》ばかりなどの男子《をのこご》の、声《こゑ》は幼《をさな》げにて[12]書読《ふみよ》みたる、いとうつくし。

鶏《にはとり》の雛《ひな》の、[13]足高《あしだか》に白《しろ》うをかしげに、衣短《きぬみじ》かなるさまして、「ひよひよ」とかしがましう鳴《な》きて、人の後先《しりさき》に立《た》ちてありくもをかし。また、親《おや》のともに連《つ》れて立《た》ちて走《はし》るも、みなうつくし。[14]かりのこ　[15]瑠璃《るり》の壺《つぼ》。

7　元服前の行儀見習いのため、殿《てん》上《じよう》を許された公卿などの子弟。
8　二八段注2参照。
9　水面に浮くように開いた蓮の葉。
10　葵の葉。賀茂祭で用いる。
11　背が低いので着物の袖が大きく見える。
12　漢籍を読む。男子は七歳で読書始め。
13　ひよこの足が胴体に比して長く見えるさま。
14　四〇段補注一参照。
15　舶来のガラスの壺。補注一

一四七段

[1]人映《ばえ》へするもの　ことなることなき人の子《こ》の、さすがに[2]かなしうしならはしたる。[3]しはぶき。はづかしき人に物言《い》はむとするに先《さき》に立《た》つ。

[4]あなたこなたに住《す》む人の子《こ》の四《よ》つ五《いつ》つなるは、あやにくだちて、物取《ものと》り散《ち》らしそこなふを、引《ひ》きはられ制《せい》せられて、心のままにもえあらぬが、親《おや》の来《き》たるに所得《ところえ》て、「あれ見《み》せよ、やや母《はは》」など引《ひ》きゆるがすに、大人《おとな》と物言《ものい》ふとて、ふとも聞《き》き入《い》れねば、手《て》づから引《ひ》き探《さが》し出《い》でて見さわぐこそ、いとにくけれ。それを「まな」とも取《と》り隠《かく》さで、「さなせそ」「そこなふな」などばかりうち笑《ゑ》みて言《い》ふこそ、親《おや》もにくけれ。我はた、えはしたならも言《い》はで見《み》るこそ、心もとなけれ。

1　他人によって引き立つもの。それゆえ調子に乗っているように見える。
2　いとおしく扱うことに慣れさせている、つまり常に甘やかしている。
3　咳、咳払い。立派な人の前で、調子に乗って出るのだという。
4　以下は「にくきもの」に近い内容。

一四八段

名おそろしきもの　青淵《あをふち》[1]　谷《たに》[2]の洞《ほら》　鰭板《はたいた》[3]　鉄《くろがね》　土塊《つちくれ》。雷《いかづち》は名のみにもあらず、いみじうおそろし。疾風《はやち》　不祥《ふさう》[4]雲《ぐも》　矛星《ほこぼし》[5]　肘笠雨《ひぢかさあめ》[6]　荒野《あらの》ら。

強盗《がうだう》、またよろづにおそろし。らんそう[7]、おほかたおそろし。かなもち[8]、またよろづにおそろし。生霊《いきすだま》[9]　蛇《くちなは》いちご　鬼《おに》わらび　鬼《おに》ところ　荊《むばら》　からたけ　炒炭《いりずみ》　牛鬼《うしおに》。碇《いかり》、名《な》よりも見るはおそろし。

1 水を青々とたたえた深い淵。
2 谷底にある洞穴。
3 端板《はたいた》のこと。
4 凶変の前兆の雲。
5 彗星。
6 にわか雨。補注一
7 濫僧（乱行の僧）か。
8 不詳。
9 以下、補注二

一四九段

見るにことなることなきものの、文字《もじ》に書《か》きてことごとしきもの　覆盆子《いちご》[1]　鴨頭草《つゆくさ》[2]　水茨《ふぶき》[3]　蜘蛛《くも》　胡桃《くるみ》　文章《もんじやう》[4]博士《はかせ》　得業《とくごふ》[5]の生《（しやう）》　皇太后宮権大夫[6]　楊梅《やまもも》。

いたどり[7]はまいて、虎《とら》の杖《つゑ》と書《か》きたるとか。杖《つゑ》なくとも

1 いちご。とっくりいちごとも。
2 つき草（六四段）に同じ。
3 一四二段注2参照。
4 大学寮の紀伝道《きでんどう》（文章道）の教授。
5 紀伝道の課程修了後、さらに選ばれた学生。
6 皇太后宮職の臨時の長官。
7 タデ科の多年草。

ありぬべき顔《かほ》つきを。

一五〇段

[1]むつかしげなるもの　[2]縫《ぬ》ひ物の裏《うら》。鼠《ねずみ》の子《こ》の毛《け》もまだ生《お》ひぬを、巣《す》の中よりまろばし出《い》でたる。裏《うら》まだつけぬ[3]皮衣《かはぎぬ》の縫《ぬ》ひ目《め》。猫《ねこ》の耳《みみ》の中。ことに清《きよ》げならぬ所の暗《くら》き。ことなる事なき人の、子《こ》などあまた持《も》てあつかひたる。いと深《ふか》うしも心ざしなき妻《め》の、心地《ち》あしうして久《ひさ》しうなやみたるも、男《をとこ》の心地《ち》はむつかしかるべし。

1 「むつかし」は気味悪い、むさくるしい、わずらわしい等の意を含む。
2 刺繡の裏面。
3 補注一

一五一段

[1]えせ者《もの》の所得《う》るをり　[2]正月の大根《おほね》。行幸のをりの姫《ひめ》まうち君。御即《そく》位の御門司《みかどつかさ》。六月十二月のつごもりの節折《よをり》の蔵《くら》人。[3]季《き》の御読《ど》経の威儀師《ゐぎし》。赤袈裟《あかけさ》着《き》て僧《そう》の名どもを読《よ》みあげ

1 「えせもの」（つまらない者）が注目される場面を「所得る」（幅をきかせる）と捉えた。
2 以下、補注一
3 二月と八月に宮中で百僧に大般若経を講じさせる法会。「威儀師」は衆僧《しゅそう》を先導点呼する僧。

たる、いときらきらし。

季《き》の御読《みど》経、[4]御《み》仏名《（ぶつみやう）》などの[5]御装束《さうぞく》の所の衆《しう》。[6]春日祭《かすがまつり》の近衛《この》舎人《どねり》ども。元三《（ぐわんさん）》の薬子《くすりこ》。卯杖《うづゑ》の法師《ほふし》。御前の試《こころ》みの夜の御髪上《みぐしあ》げ。節会《せちゑ》の御まかなひの采女《うねべ》。

一五二段

[1]苦《くる》しげなるもの　夜泣《な》きといふわざするちごの乳母《めのと》。思ふ人二人《ふたり》持ちて、こなたかなた[2]ふすべらるる男《をとこ》。

こはき物の気《け》にあづかりたる[3]験者《げんざ》。験《げん》だにいち早《はや》からばよかるべきを、さしもあらず、さすがに人笑《わら》はれならじと念《ねん》ずる、いと苦《くる》しげなり。

わりなく物うたがひする男《をとこ》に、いみじう思はれたる女。[4]一の所《ところ》などに時《とき》めく人も、えやすくはあらねど、[5]そはよかめり。心いられしたる人。

4　七八段補注一参照。
5　設営係の蔵人所《くらうどどころ》の衆。六位でも昇殿を許された。
6　以下、補注二

1　つらそうなもの。当人のつらさを想像している。
2　「ふすぶ」は燻《いぶ》る、燻《くす》ぶる。転じて、嫉妬する意にも。
3　五段注4参照。調伏《ちやうぶく》に苦労する姿は二三段に見えた。

4　摂関家などの家司《けいし》で、羽振りをきかせている者。
5　つらさで言えばましな方だろう。

一五三段

うらやましげなるもの　経など習《なら》ふとて、いみじうたどたどしく忘《わす》れがちに、返す返す同《おな》じ所を読《よ》むに、法師《ほふし》はことわり、男《をとこ》も女《をんな》もくるくるとやすらかに読《よ》みたるこそ、あれがやうにいつの世にあらむとおぼゆれ。心地《ち》などわづらひて臥《ふ》したるに、笑《ゑ》うち笑《わら》ひ物《もの》など言《い》ひ、思ふ事なげにて歩《あゆ》みありく人見《み》るこそ、いみじううらやましけれ。

[1]稲荷《いなり》に思ひおこして詣《まう》でたるに、中の御社《みやしろ》のほどのわりなう苦《くる》しきを念《ねん》じのぼるに、いささか苦《くる》しげもなく、おくれて来《く》と見《み》る者《もの》ども、ただ行《い》きに先《さき》に立《た》ちて詣《まう》づる、いとめでたし。

[2]二月午《むま》の日の暁《あかつき》に、いそぎしかど、坂《さか》のなからばかり歩《あゆ》みしかば、[3]巳《み》の時ばかりになりにけり。やうやう暑《あつ》くさへなりて、まことにわびしくて、「など、かからでよき日も

1　伏見《ふしみ》稲荷大社。麓に下社、中腹に中社、山上に上社があった。
2　二月は初午の日に貴賤が多く参詣した。「暁」はまだ暗い寅の刻頃。
3　午前十時頃。

あらむものを。何《なに》しに詣《まう》でつらむ」とまで、[4]涙も落《お》ちてやすみ困《こう》ずるに、四十余《よ》ばかりなる女の、[5]壺装束《つぼさうぞく》などにはあらで、[6]ただ引《ひ》きはこえたるが、「まろは[7]七度《ど》詣《まう》でしはべるぞ。三度《ど》は詣《まう》でぬ。いま四《よ》度《たび》はことにもあらず。[8]まだ未《ひつじ》に下向《かう》しぬべし」と、道《みち》に会《あ》ひたる人にうち言《い》ひて下《くだ》り行《い》きしこそ、ただなる所には目《め》にもとまるまじきに、「これが身に、ただいまならばや」とおぼえしか。

女子《(をんな)ご》も男子《をのこご》も法師《ほふし》も、よき子《こ》ども持《も》たる人、いみじううらやまし。髪《かみ》いと長《なが》くうるはしく、[9]下《さ》がり端《ば》などめでたき人。また、やむごとなき人の、よろづの人にかしこまられ、かしづかれたまふ見るも、いとうらやまし。手《て》よく書《か》き歌《うた》よく詠《よ》みて、[10]もののをりごとにもまづ取《と》り出《い》でらるる、うらやまし。

よき人の御前《おまへ》に女房《ばう》いとあまたさぶらふに、[11]心にくき所へつかはす[12]仰《おほ》せ書《がき》などを、誰《たれ》もいと[13]鳥《とり》の跡《あと》にしもなどかは

4　自身の落涙を描いた稀有な例。「評」参照。
5　「壺装束」は貴族女性の徒歩での外出姿。
6　裾をたくし上げただけ。身分の低い女らしい。
7　一度に七回参詣している。七日詣での代わり。
8　午後三時頃より前には。
9　額髪《ひたいがみ》の端。
10　「もののをり」（改まった折）の詠歌には苦手意識があった（九六段）。
11　心ひかれる趣味や教養のある相手。
12　主人の代筆。
13　「鳥の跡」は、つたない筆跡の形容。「蒼頡《そうけつ》は黄帝《こうてい》の時の人、鳥跡を観て文字を作る」（故宮本蒙求）の故事に由来。

あらむ。されど[14]下《しも》などにあるをわざと召《め》して、御硯《すずり》取《と》りおろして書《か》かせさせたまふもうらやまし。さやうの事は、所《ところ》の大人《おとな》などになりぬれば、まことに[15]難波《なには》わたり遠《とほ》からぬも事《こと》にしたがひて書《か》くを、これはさにはあらで、上達部《かんだちめ》などの、また「はじめてまゐらむ」と申さする人のむすめなどには、心ことに、紙《かみ》よりはじめてつくろはせたまへるを、あつまりてたはぶれにもねたがり言《い》ふめり。

[16]琴笛《ことふえ》など習《なら》ふ、またさこそはまだしきほどは、「[17]これがやうにいつしか」とおぼゆらめ。内《(うち)》、春宮《(とうぐう)》の御乳母《めのと》。上《うへ》の女房《ばう》の、御方《かた》々いづこもおぼつかなからずまゐりかよふ。

一五四段

[1]とくゆかしきもの　[2]巻染《まきぞめ》、むら濃《ご》、くくり物など染《そ》めたる。人の子生《こう》みたるに、男《をとこ》女とく聞《き》かまほし。よき人さらなり、[3]えせ者下衆《げす》の際《きは》だに、なほゆかし。[4]除目《ぢもく》のつとめて。

14　「下」はその女房の局《つぼね》。

15　手習いの初めに学ぶ「難波津に」の歌（二一段注22）。そこから「遠からぬ」とは下手な筆跡の喩え。「難波」は「葦」の縁語で「悪し」も連想させる。

16　「琴」は絃楽器、「笛」は管楽器。女性が習うのは前者。

17　「これ」は教えてくれる人。

1　早く（結果を）知りたいもの。

2　「巻染」は糸を巻きつけて染め抜く染め方。「むら濃」は濃淡をつけたまだら染め。「くくり物」はしぼり染め。

3　たいした身分でない者。

4　三段注21参照。

かならず知《し》る人のさるべきなきをりも、なほ聞《き》かまほし。

一五五段

[1]心もとなきもの　人のもとにとみの物縫《ぬ》ひにやりて、いまいまと苦《くる》しうゐ入《い》りて、あなたをまもらへたる心地《ち》。子《こ》生《う》むべき人の、そのほど過《す》ぐるまでさるけしきもなき。遠き所より思《おも》ふ人の文《ふみ》を得《え》て、かたく封《ふん》じたる[2]続飯《そくひ》などあくるほど、いと心もとなし。物見におそく出《い》でて、[3]事《こと》なりにけり。[4]白《しろ》きしもとなど見《み》つけたるに、近《ちか》くやり寄《よ》するほど、わびしう、下《お》りても往《い》ぬべき心地《ち》こそすれ。[5]知られじと思ふ人のあるに、[6]前《まへ》なる人に教《をし》へて物言《い》はせたる。いつしかと待《ま》ち出《い》でたるちごの、[7]五十日《いか》百日《ももか》などのほどになりたる行末《ゆくすゑ》、いと心もとなし。

　とみの物縫《ぬ》ふに、なま暗《くら》うて針《はり》に糸《いと》すぐる。されどそれはさるものにて、ありぬべき所をとらへて人にすげさする

1　期待したことが実現されないじれったさ、気がかりで待ち遠しい気持ち。
2　飯粒を練った糊。
3　「事なる」は成就する、準備が整う意。ここは行列が出発している様を言った。
4　警備で先頭に立つ検非違使《けびいし》の看《か》督長《どのおさ》の白い杖。
5　居留守を使いたい相手。
6　侍女など。教えた通り応対できるか気がかり。
7　生後五十日目、百日目のお祝い。

に、それもいそげばにやあらむ、とみにもさし入《い》れぬを、「いで、ただなすげそ」と言《い》ふを、「さすがに、などてか」と思《おも》ひ顔《がほ》にえ去《さ》らぬ、にくささへ添《そ》ひたり。

何《なに》事にもあれ、急《いそ》ぎて物《もの》へ行《い》くべきをりに、まづ我さるべき所《ところ》へ行《い》くとて、「ただいまおこせむ」とて出《い》でぬる車《くるま》待《ま》つほどこそ、いと心もとなけれ。大路《おほぢ》行《い》きけるを「さななり」とよろこびたれば、外《ほか》ざまに往《い》ぬる、いとくちをし。まいて物見に出でむとてあるに、「事《こと》はなりぬらむ」と人の言《い》ひたるを聞《き》くこそ、わびしけれ。

子生《こう》みたる[8]後《のち》の事の久《ひさ》しき。物見《み》、寺詣《てらまう》でなどに、もろともにあるべき人を乗《の》せに行《い》きたるに、車《くるま》をさし寄《よ》せてとみにも乗《の》らで、待《ま》たするもいと心もとなく、うち捨《す》てても往《い》ぬべき心地《ち》ぞする。また、とみにて[9]炒炭《いりずみ》おこすもいと久し。

人の歌《うた》の返《かへ》し。とくすべきを、え詠《よ》み得《え》ぬほども心もと

8　出産後に胎盤が下りる後産《あとざん》。定子は三度目の御産で後産がなく命を落とした。

9　一四八段補注二参照。着火には時間を要す。

なし。[10]懸想《けさう》人《(びと)》などはさしもいそぐまじけれど、おのづからまたさるべきをりもあり。まして女も、ただに言《い》ひかはす言《こと》は、「疾《と》きこそは」と思《おも》ふほどに、あいなくひが事《ごと》もあるぞかし。

心地《ち》のあしく物のおそろしきをり、夜の明《あ》くるほど、いと心もとなし。

一五六段

[1]故殿《ことの》の御服《ぶく》のころ、[2]六月のつごもりの日、[3]大祓《おおはらへ》といふ事《こと》にて宮の出《い》でさせたまふべきを、[4]職《しき》の御曹司《ざうし》を方《かた》あしとて、[5]官《つかさ》の司の朝所《あいた》にわたらせたまへり。

その夜《よ》さり、暑《あつ》くわりなき闇《やみ》にて、何《なに》ともおぼえず狭《せば》くおぼつかなくて明《あ》かしつ。つとめて、見《み》れば屋《や》のさまいと平《ひら》に短《みじか》く[6]瓦葺《かはらぶき》にて、唐《から》めき、さまことなり。例《れい》のやうに格《かう》子《し》などもなく、めぐりて御簾《みす》ばかりをぞかけたる。なかな

10 恋い慕ってくる人。あわてて返歌する必要はないという。

1 故人となった藤原道隆《みちたか》（二一段注26）。長徳元年四月十日に薨去《こうきょ》。定子は服喪中。期間は父母や夫の場合は一年（喪葬令）。
2 勘物《かんもつ》によれば同年六月二十八日。
3 清涼殿で行われた大祓。神事に際して喪中の中宮は退出する。
4 中宮職の庁舎。その方角（東北）に忌むべき方角神がいた。
5 太政官庁。その東北隅にあるのが朝所《あいたどころ》。居住用の建物ではない。
6 瓦は寺院や大極殿《だいごくでん》などで用いられた。中国風。

かめづらしくてをかしければ、女房《(にようぼう)》庭《には》に下《お》りなどして遊《あそ》ぶ。前栽《せんざい》に萱草《くわんざう》[7]といふ草を籬結《ませゆ》[8]ひていとおほく植《う》ゑたりける、花のきはやかに房《ふさ》なりて咲《さ》きたる、むべむべしき所の前栽《せんざい》にはいとよし。時司《ときづかさ》[9]などはただかたはらにて、鼓《つづみ》[10]の音《おと》も例《れい》のには似《に》ずぞ聞《きこ》ゆるをゆかしがりて、若《わか》き人々二十人ばかりそなたに行《い》きて、階《はし》[11]より高《たか》き屋にのぼりたるをこれより見上《みあ》ぐれば、ある[12]限《かぎ》り薄鈍《うすにび》の裳唐衣《からぎぬ》、同《おな》じ色の単襲《ひとへがさね》、紅《くれなゐ》の袴《はかま》どもを着《き》てのぼりたるは、いと天人などこそえ言《い》ふまじけれど、空《そら》より下《お》りたるにやとぞ見ゆる。同《おな》じ若《わか》きなれどおし上《あ》げたる人は、えまじらで、うらやましげに見《み》上《あ》げたるもいとをかし。

[13]左衛門の陣《ぢん》まで行《い》きて倒《たふ》れさわぎたるもあめりしを、「かくはせぬ事《こと》なり」「上達部《かんだちめ》の着《つ》きたまふ倚子《いし》[14]などに女房《ばう》どものぼり、[15]上官などのゐる床子《さうじ》[16]どもを皆《みな》うち倒《たふ》しそこなひたり」などくすしがる者どもあれど、聞きも入れず。

7 ユリ科の花。和名「忘れ草」。漢語「萱草」は忘憂《ばうゆう》の草。
8 「籬《ませ》」は竹や木を結った丈の低い垣根。そこに萱草の花々が密集して房状になっていた。
9 漏刻《ろうこく》（水時計）で時を計って知らせる役所。陰陽寮（朝所の北向い）にある。
10 一時《とき》ごとに打つ鼓。
11 陰陽寮の鐘楼（鼓と鐘を打つ所）に登った。以下は七月四日の事件として古記録に残る（勘物所引の小右記）。
12 女房も薄鼠《うすねずみ》色の喪装だった。
13 建春《けんしゆん》門にある陣まで。作者は同行しなかったか。
14 方形四脚の腰掛け。肘掛けと背もたれが付く。外記庁《げきのちやう》か侍従所《じじゆうどころ》の椅子。
15 政官《じやうがん》に同じ。太政官の官人。
16 机状の腰掛け。肘掛けや背もたれはない。

屋のいと古《ふる》くて瓦葺《かはらぶき》なればにやあらむ、暑《あつ》さの世に知《し》らねば、御簾《みす》の外《と》にぞ夜《よる》も出《い》で来臥《きふ》したる。古《ふる》き所《ところ》なれば、蜈蚣《むかで》といふ物日《ひ》一日《ひとひ》落《お》ちかかり、蜂《はち》の巣《す》の大《おほ》きにてつきあつまりたるなどぞ、いとおそろしき。殿上人日ごとにまゐり、夜《よる》もゐ明《あ》かして物言《い》ふを聞《き》きて、「[17]あにはかりきや、太政官の地のいま夜行《やかう》の庭とならむ事《こと》を」と誦《ず》し出《い》でたりしこそをかしかりしか。

[18]秋になりたれど、[19]かたへだに涼《すず》しからぬ風の、所《ところ》がらなめり、さすがに虫《むし》の声《こゑ》など聞《きこ》えたり。八日ぞ帰《かへ》らせたまひければ、[20]七夕祭《たなばたまつり》ここにては例《れい》よりも近《ちか》う見ゆるは、ほどの狭《せば》ければなめり。

[21]宰相中将斉信《ただのぶ》、[22]宣方《のぶかた》の中将、[23]道方《みちかた》の少納言などまゐり[24]たまへるに、人々出《い》でて物など言《い》ふに、ついでもなく「明《あ》日《す》はいかなることをか」と言《い》ふに、いささか[25]思ひ回《まは》し滞《とどこほ》りもなく「[26]人間《（じんかん）》の四月をこそは」といらへたまへるが、

17　誰かが漢詩を朗詠するように吟じた。「夜行」は夜回り、夜遊び。
18　この年は七月四日が立秋。
19　少しも涼しくない秋風。「夏と秋と行きかふ空の通ひ路《ぢ》はかたへ涼しき風や吹くらむ」（古今集・夏・躬恒《みつね》）に拠る。
20　乞巧奠《きっこうでん》。宮中では清涼殿東庭《とうてい》の南階《みなみのきざはし》前で行った。
21　藤原斉信（七九段注1）。翌長徳二年四月に宰相。当時は頭の中将。
22　源宣方（七九段注21）。正暦《しょうりゃく》五年八月に右中将。
23　源道方（七八段注4）。宣方の弟。正暦元年八月に少納言。
24　朝所を訪れた。後文によれば七月七日のこと。
25　思案（思ひ回し）や躊躇（滞り）もなく。
26　補注一

いみじうをかしきこそ。過《す》ぎにたる事《こと》なれども心得《え》て言《い》ふは誰《たれ》もをかしき中に、女などこそさやうの物忘《わす》れはせね、男《をとこ》はさしもあらず、詠《よ》みたる歌などをだになまおぼえなるものを、まことにをかし。内《うち》なる人も外《と》なるも、心得《え》ずと思ひたるぞことわりなる。

[27]この四月のついたちごろ、[28]細殿《ほそどの》の四の口《くち》に殿上人あまた立《た》てり。やうやうすべり失《う》せなどして、ただ[29]頭《とうの》中将、[30]源《げんの》中将、六位ひとり残《のこ》りて、よろづの事言《ことい》ひ、経読《よ》み歌《うた》うたひなどするに、「明《あ》け果《は》てぬなり。帰《かへ》りなむ」とて「[31]露は別《わか》れの涙なるべし」といふ言《こと》を頭中将のうち出《い》だしたまへれば、源中将ももろともにいとをかしく誦《ず》んじたるに、「[32]いそぎける七夕《たなばた》かな」と言《い》ふを、いみじうねたがりて「ただ暁《あかつき》の別《わか》れ一筋《すぢ》をふとおぼえつるままに言《い》ひて、わびしうもあるかな。すべてこのわたりにて、かかる事《こと》思ひまはさず言《い》ふはくちをしきぞかし」などかへすがへす笑《わら》ひて、

27 同年四月に遡る。定子が東三条院南院《みなみのいん》へ退出する（四月六日）直前。道隆は南院で十日に薨去。
28 登花殿《とうかでん》西廂《にしびさし》の四間目の遣戸《やりど》口。
29 斉信。「頭中将」は事件時の呼称。
30 宣方。
31 「露は応《まさ》に別れの涙なるべし、珠《たま》空しく落つ。雲は是れ残りの粧《よそおい》なるべし、髻《もとどり》未だ成らず」（菅家文草・七月七日牛女《ぎゅうじょ》に代り暁更《ぎょうこう》を惜しむ）。「牛女」は牽牛織女《けんぎゅうしょくじょ》。『和漢朗詠集』（七夕）にも所載。
32 四月に七夕の詩句を朗誦したので。

「人にな語《かた》りたまひそ。かならず笑《わら》はれなむ」と言《い》ひて、あまり明《あ》かうなりしかば、「[33]葛城《かづらき》の神、今《いま》ぞずちなき」とて逃《に》げおはしにしを、「七夕《たなばた》のをりに、この事を言《い》ひ出《い》でばや」と思《おも》ひしかど、[34]宰相になりたまひにしかば、「かならずしもいかでかは。そのほどに見つけなどもせむ。文書《ふみか》きて主殿司《とのもづかさ》してもやらむ」など思《おも》ひしを、[35]七日にまゐりたまへりしかば、いとうれしくて、「その夜の事など言《い》ひ出《い》では心もぞ得《え》たまふ。ただすずろにふと言《い》ひたらば、『あやし』などやうちかたぶきたまふ。さらばそれにを、ありし事《こと》をば言《い》はむ」とてあるに、つゆおぼめかでいらへたまへりしは、まことにいみじうをかしかりき。月ごろ、いつしかと思《おも》ほえたりしだに、わが心ながらすきずきしとおぼえしに、いかでさ思ひまうけたるやうにのたまひけむ。もろともにねたがり言《い》ひし[36]中将は、思《おも》ひもよらでゐたるに、「ありし暁《あかつき》の事《こと》、いまししめらるるは知《し》らぬか」とのたまふ

33　夜だけ働いたという葛城の一言《ひとこと》主《ぬし》神（一二八段注13）。
34　斉信が宰相になったのは翌年四月。伊周《これちか》・隆家《たかいえ》の左遷による臨時除目《じもく》だった。疎遠になった理由は別にあったことを示唆。
35　その間（四月から六月）に世の勢力図は激変した。「評」参照。
36　源の中将宣方。

にぞ、「げにげに」と笑《わら》ふめる、わろしかし。

人と物言ふ事《こと》を、碁《ご》になして近《ちか》う語《かた》らひなどしつるをば、「[37]手許《てゆる》してけり」「[38]結《けち》さしつ」など言《い》ひ、「男《をとこ》は[39]手受《てう》けむ」など言《い》ふ事《こと》を、人はえ知《し》らず。[40]この君と心得《こころえ》て言《い》ふを、「何《なに》ぞ何ぞ」と[41]源中将は添《そ》ひつきて言《い》へど言はねば、かの君に「いみじう、なほこれのたまへ」とうらみられて、[42]よき仲《なか》なれば聞《き》かせてけり。

あへなく近《ちか》くなりぬるをば、「[43]押《お》し壊《こぼ》ちのほどぞ」など言《い》ふ。「われも知《し》りにけり」といつしか知《し》られむとて、「碁《ご》盤《ばん》はべりや。まろと碁打《ごう》たむとなむ思《おも》ふ。『[44]手《て》』はいかが『許《ゆる》し』たまはむとする。頭中将と『[45]ひとし碁《ご》』なり。なおぼし分《わ》きそ」と言《い》ふに、「[46]さのみあらば『定《さだ》め』なくや」と言《い》ひしを、[47]またかの君に語《かた》りきこえければ、「うれしう言《い》ひたり」とよろこびたまひし。[48]なほ過《す》ぎにたる事忘《わす》れぬ人は、いとをかし。

37 「手許す」は相手に何目か置かせて打つ。「特別な関係を許す」等の隠語か。
38 「結」（闕）は打っても陣地にならない所。駄目。最後そこに石を埋め合うのが「結さす」。「最終段階に入る」等の隠語か。
39 「手受く」は何目か置いて打つ。「便宜をはかってもらう」等の隠語か。
40 斉信。
41 宣方。
42 斉信との仲の良さに免じて、宣方に教えてあげた。
43 盤上の配石を崩すこと。
44 先の隠語「手許す」を使ってみせた。どのように付き合ってもらえますか。
45 同じ腕前。
46 節度なく使ったら「定め」（取り決め）が無意味になる。斉信のようなセンスが感じられなかった。
47 斉信。
48 改めて「忘れないこと」を称賛。

宰相[49]になりたまひしころ、[50]上《うへ》の御前《おまへ》にて「詩をいとをかしう誦《ずう》じはべるものを。『[51]蕭会稽之過古廟《せうくわいけいがすぎしこべう》』なども誰《たれ》か言《い》ひはべらむとする。しばしならでも候《さぶら》へかし。くちをしきに」と申ししかば、いみじう笑《わら》はせたまひて、「さなむ言《い》ふとて、なさじかし」など仰《おほ》せられしもをかし。

　されどなりたまひにしかば、まことにさうざうしかりしに、源中将おとらず思ひて[52]ゆゑだち遊《あそ》びありくに、宰相中将の御上《うへ》を言《い》ひ出《い》でて、「『[53]いまだ三十の期《ご》におよばず』といふ詩を、さらにこと人に似《に》ず誦《ずう》じたまひし」など言《い》へば、「などてかそれにおとらむ。まさりてこそせめ」とてよむに、「さらに似《に》るべくだにあらず」と言《い》へば、「わびしの事《こと》や、いかであれがやうに誦《ずう》ぜむ」とのたまふを、「『三十の期』といふ所なむ、すべていみじう愛敬《あいぎやう》づきたりし」など言《い》へばねたがりて笑《わら》ひありくに、[54]陣《ぢん》に着《つ》きたまへりけるをわきに呼《よ》び出《い》でて、「かうなむ言《い》ふ。なほそこもと教《をし》へた

49　宰相になったのは翌年。極めて重大な年時を「忘れて」見せた。「評」参照。
50　一条天皇。
51　「蕭会稽《しょうかいけい》の古廟《こびょう》に過《よ》ぎり、託《つ》けて異代《いたい》の交りを締《むす》ぶ。張僕射《ちょうぼくや》の新才《しんさい》を重んじ、推《お》して忘年の友と為す」（和漢朗詠集・交友・朝綱《あさつな》）、『本朝文粋』所載の詩序から。時代も年齢も超えた交友がテーマ。
52　風流人を気取って。
53　「吾年三十五、未だ形体の衰えを覚えず。今朝明鏡を懸け、二毛《にもう》の姿を照らし見る。（中略）顔回《がんかい》は周の賢者、未だ三十の期《ご》に至らず。潘岳《はんがく》は晋《しん》の名士、早く秋興《しゅうきょう》の詞を著はす」（本朝文粋・二毛を見る・源英《ふさ》明《あきら》）。「二毛」は白髪まじりの髪。斉信は正暦五年に二十八歳で頭の中将、長徳二年に三十歳で宰相となった。
54　近衛の陣にある公卿の会議所。斉信は参議として列席。

まへ」とのたまひければ笑《わら》ひて教《をし》へけるも知《し》らぬに、局《つぼね》のもとに来《き》て[55]いみじうよく似《に》せてよむに、あやしくて「こは誰《た》そ」と問《と》へば、笑《ゑ》みたる声《こゑ》になりて「いみじき事《こと》を聞《きこ》えむ。かうかう昨日陣《ぢん》に着《つ》きたりしに問《と》ひ聞《き》きたるに、まづ似《に》たるななり。『誰《たれ》そ』とにくからぬけしきにて問《と》ひたまふは」と言《い》ふも、わざと習《なら》ひたまひけむがをかしければ、[56]これだに誦《ずう》ずれば出《い》でて物など言《い》ふを、「宰相中将の徳《とく》を見《み》ること。その方《かた》に向《む》かひて拝《をが》むべし」など言《い》ふ。下《しも》にありながら[57]「上《うへ》に」など言《い》はするに、これをうち出《い》づれば「まことはあり」など言《い》ふ。[58]御前《おまへ》にも「かく」など申せば、笑《わら》はせたまふ。

内の御物忌《ものいみ》なる日、右近の[59]将曹《さうくわん》みつなにとかやいふ者して、畳紙《たたうがみ》に書《か》きておこせたるを見《み》れば、「参《さん》ぜむとするを、今日明日《けふあす》の御物忌《いみ》にてなむ。[60]『三十の期におよばず』はいかが」と言《い》ひたれば、返《(かへ)》り事《(こと)》に[61]「その期《ご》は過《す》ぎたまひにた

55 宣方が斉信に似せて詠じた。
56 「これ」は「三十の期」の詩句。
57 「上」(中宮の御前)にいると居留守を使う。
58 中宮定子。
59 近衛府の四等官。宣方の下僚。紀光方か。
60 後日お伺いしたいのですが、といった挨拶。
61 あなたはもう三十は過ぎているでしょう。毎度「三十の期」を使う宣方に辟易《へきえき》した。
62 「予、年四十にして当《まさ》に貴なる

らむ。[62]朱買臣《しゆばいしん》が妻《め》を教《をし》へけむ年《とし》にはしも」と書《か》きてやりたりしを、またねたがりて上《うへ》の御前《おまへ》にも奏《そう》しければ、宮の御方《かた》にわたらせたまひて、「いかでさる事は知《し》りしぞ。三十九なりける年《とし》こそ、さはいましめけれとて、宣方《のぶかた》は[63]いみじう言《い》はれにたりと言《い》ふめるは」と仰《おほ》せられしこそ。[64]物ぐるほしかりける君とこそおぼえしか。

[65]弘徽殿《こうきでん》とは、[66]閑《かん》院の左大将の女御をぞ聞《きこ》ゆる。その御方《かた》に[67]「うちふし」といふ者《もの》のむすめ、「左京」と言《い》ひてさぶらひけるを、「源《げんの》中将語《かた》らひてなむ」と人々笑《わら》ふ。

[68]宮の職《しき》におはしまいしにまゐりて、[69]「時《とき》々は宿直《とのゐ》などもつかうまつるべけれど、さべきさまに女房《ばう》などももてなしたまはねば、いと宮仕《みやづか》へおろかにさぶらふこと。宿直所《とのゐ》をだに給《たま》はりたらば、いみじうまめにさぶらひなむ」と言《い》ひゐたまへれば、人々「げに」などいらふるに、「まことに人は『[70]うちふし』やすむ所《ところ》のあるこそよけれ。さるあたり

べし。今三十九なり」（故宮本蒙求・買妻恥醮《ばいさいちしよう》）に拠る。来年になれば富貴になると、朱買臣《しゆばいしん》が妻を諭した三十九の年。

63　清少納言に年寄り扱いされたと。宣方は三十代前半だったか。

64　気の利いた返しもせずに、宣方が天皇にまで訴えたので。かえって不面目を広める結果となる。

65　弘徽殿にいた藤原義子。内大臣公季《きんすえ》女、母は兵部卿有明《ありあきら》親王女。長徳二年七月に入内、八月に女御（二十三歳）。以下は後日談。宣方と絶交に至ったいきさつを記す。

66　義子の父、公季。右大臣師輔《もろすけ》男。長徳二年九月大納言で左大将を兼任。同三年七月に内大臣。「閑院」は長保《ちようほう》三年に取得した邸宅。

67　『大鏡』に巫女として名が見える。その娘が義子の女房「左京」。

68　長徳三年六月以降、定子が職の御曹司に滞在していた頃。

69　中宮方と疎遠になっていたことの言い訳。当時の宣方は弘徽殿に頻繁に出入りしていたらしい。

70　左京の母の名を宿直所《どころ》と掛けた。中宮方に寄り付かない宣方を、左京との噂にからめて皮肉った。

には、しげうまゐりたまふなるものを」とさしいらへたりとて、「すべて物聞《ものきこ》えじ。[71]方人《かた(うど)》とたのみきこゆれば人の言《い》ひふるしたるさまに取《と》りなしたまふなめり」など、いみじうまめだちて怨《ゑ》じたまふを、「あなあやし。[72]いかなる事《こと》をか聞《きこ》えつる。さらに聞《き》きとがめたまふべき事《こと》なし」など言《い》ふ。[73]かたはらなる人を引《ひ》きゆるがせば、「さるべき事《こと》もなきを、ほとほり出《い》でたまふ、やうこそはあらめ」とてはなやかに笑《わら》ふに、「これもかの[74]言《い》はせたまふならむ」とて、いとものしと思ひたまへり。「さらにさやうの事《こと》をなむ言《い》ひはべらぬ。人の言《い》ふだににくきものを」といらへて引《ひ》き入《い》りにしかば、後《のち》にもなほ「人に恥《は》ぢがましき事言《ことい》ひつけたり」とうらみて、「殿上人笑《わら》ふとて、言《い》ひたるなめり」とのたまへば、[75]「さては一人《ひとり》をうらみたまふべき事《こと》にもあらざなるに、あやし」と言《い》へば、その後《のち》は[76]絶《た》えてやみたまひにけり。

71 「方人」は味方。「人の言ひふるしたるさまに」は、左京と懇《ねんご》ろだという人々の噂通りに。

72 「うちふしやすむ」という発言に他意はないと反撃。

73 傍の女房に加勢を促す。

74 清少納言が言わせたのだと。

75 左京との噂は皆の笑い草となっている。自分だけが恨まれる筋合いはない。

76 宣方との付き合いが絶えた。則《のり》光《みつ》とともに最後は絶交で終わる（八一段「評」参照）。宣方はこの後、長徳四年八月二十三日に卒去（権記）。

一五七段

[1]昔《むかし》おぼえて不用《ふよう》なるもの　[2]繧繝《うげん》ばしの畳《たたみ》の節《ふし》出《い》で来《き》たる。[3]唐絵《からゑ》の屏風の黒《くろ》み表《おもて》そこなはれたる。絵師《ゑし》の[4]目暗《めくら》き。[5]七、八尺の鬘《かづら》の赤《あか》くなりたる。葡萄染《えびぞめ》の織《おり》物、[6]灰《はひ》かへりたる。色好《いろごの》みの老《お》いくづほれたる。おもしろき家《いへ》の木立《こだち》焼《や》け失《う》せたる。池《いけ》などはさながらあれど、浮草《うきくさ》水草《みくさ》などしげりて。

一五八段

たのもしげなきもの　[1]心短《みじか》く人忘《わす》れがちなる婿《むこ》の、常《つね》に[2]夜離《よが》れする。そら言《ごと》する人の、[3]事《こと》なし顔《がほ》にて大事うけたる。風早《はや》きに帆《ほ》かけたる舟。七、八十ばかりなる人の、心地《ち》あしうて日ごろになりたる。

1 昔が思い出されて無用なもの。立派だった昔を思うと無残な現状が際立つ。
2 繧繝錦を縁《へり》にした畳。最高級品。節《ふし》（つぎ目）が痛んでいる。
3 中国風の絵。
4 老眼などで見えにくい。
5 長尺で立派なかもじ（添え髪）の変色。
6 「灰かへる」は色あせる意。紫は椿の灰を加えて染めることから。

1 ここは、移り気、飽きっぽい意。
2 男性が通わなくなること。その先が離婚。
3 事を成しとげる顔、自信満々な顔つき。底本「さすがに人の」は宇本ほかに拠り削除。

一五九段

読《ど》経は[1]不断《ふだん》経。

1 昼夜を分かたず読経すること。普通は十二人の僧が分担する。

一六〇段

近《ちか》うて遠《とほ》きもの　[1]宮のべの祭《まつり》　思はぬはらから、親族《しぞく》の仲。

[2]鞍馬《くらま》のつづらをりといふ道《みち》。[3]師走《しはす》のつごもりの日、睦《む》月《つき》のついたちの日のほど。

1 三巻本諸本は「宮のまへの祭り」、他系統本に拠る。補注一
2 鞍馬寺の幾重にも屈折した坂道。
3 一日の差でも、年では一年の差。

一六一段

遠《とほ》くて近《ちか》きもの　[1]極楽《ごくらく》　[2]舟《ふね》の道《みち》　[3]人の仲。

1 補注一
2 寄港が増えれば遠く、直行すれば近い。
3 男女の仲。

一六二段

井は　[1]ほりかねの井　[2]たまの井。

1 武蔵国の歌枕。補注一
2 山城国の歌枕。補注二

[3]はしり井は、逢坂《あふさか》なるがをかしきなり。[4]山の井、などさしも浅《あさ》きためしになりはじめけむ。[5]あすか井は「みもひも寒《さむ》し」とほめたるこそ、をかしけれ。[6]千貫《（ちぬき）》の井　[7]少将の井　[8]さくら井　[9]きさきまちの井。

3　近江国。補注三
4　陸奥国。補注四
5　以下、注9まで補注五〜九

一六三段

野は　[1]嵯峨野《さがの》、さらなり。[2]印南《いなみ》野　[3]交野《かたの》　[4]駒野《こまの》　[5]飛火《とぶひ》野　[6]しめし野《の》　[7]春日野《かすがの》。[8]そうけ野《の》こそ、すずろにをかしけれ。などて、さつけけむ。[9]宮木野《の》　[10]粟津野《あはづの》　[11]小野《をの》　[12]むらさき野《の》。

1　山城国の歌枕。補注一
2　播磨国印南《いんなみ》郡。補注二
3　河内国。補注三
4　山城国相楽《さがらか》郡。補注四
5　以下、注12まで補注五〜十二

一六四段

[1]上達部は　[2]左大将　右大将　春宮大夫《（とうぐうのだいぶ）》　[3]権大納言　権中納言　[4]宰相中将　三位中将。

1　公卿（参議以上、三位《さんみ》以上）の別称。
2　以下、補注一
3　「権」がつくのは定員外。補注二
4　以下、補注三

一六五段

[1]君達《きんだち》は　[2]頭中将　[3]頭弁　[4]権中将　四位少将　蔵人弁　四位侍従　蔵人少納言　蔵人兵衛佐。

1　摂関家や大臣家の子弟。
2　蔵人頭《とう》で近衛の中将を兼ねた者。
3　蔵人頭で太政官の弁官を兼ねた者。
4　以下、補注一

一六六段

[1]受領《ずりやう》は　[2]伊予守《いよのかみ》　紀伊守《きのかみ》　和泉守《いづみのかみ》　大和守。

1　国守、地方長官の意。
2　伊予は現在の愛媛県、紀伊は和歌山県、和泉は大阪府の南部、大和は奈良県。

一六七段

[1]権守は　[2]甲斐《かひ》　越後《ゑちご》　筑後《ちくご》　阿波。

1　上国《じやうこく》・大国《たいこく》に置かれる国守の代理。補注一
2　以下、補注二

一六八段

[1]大夫《（たいふ）》は　[2]式部大夫　左衛門大夫　右衛門大夫。

1　五位に叙せられた者の総称。
2　以下、補注一

一六九段

法師は　[1]律師　[2]内供《ないぐ》。

一七〇段

女は　[1]内侍のすけ　[2]内侍。

一七一段

[1]六位蔵人などは、思ひかくべき事《こと》にもあらず。[2]かうぶり得《え》て、何《なに》の権守《(ごんの)かみ》、大夫《たいふ》などいふ人の、[3]板屋《いた》などの狭《せば》き家《いへ》持《も》たりて、また[4]小檜垣《こひがき》などいふものあたらしくして、車《くるま》宿《やどり》に[5]車引《くるまひ》き立《た》て、前近《まへちか》く一尺ばかりなる木生《おほ》して、牛《うし》つなぎて草《くさ》など飼《か》はするこそ、いとにくけれ。庭いと清《きよ》げに掃《は》き、[6]紫革《むらさきがは》して伊予簾《いよす》かけわたし、[7]布障子《ぬのさうじ》張《は》らせて住《す》まひたる。夜《よる》は「門強《かどつよ》くさせ」など事行《ことおこな》ひたる、[8]いみじう生《お》ひ先《さき》なう心づきなし。

[9]親《おや》の家《いへ》、舅《しうと》はさらなり、をぢ兄《あに》などの住《す》まぬ家《いへ》、そのさ

1　僧正・僧都に次ぐ官職。補注一
2　内供奉《ないぐぶ》の略。補注二

1　典侍。補注一
2　掌侍。内侍司の三等官。定員は四人。奏請《そうせい》、伝宣《でんせん》のことをつかさどる。

1　以下、六位蔵人への忠言。六位蔵人については八五段参照。
2　五位に叙せられて。「権守」は従五位相当、「大夫」は蔵人の五位。
3　板葺屋根の家。以下の「小檜垣」「伊予簾」「布障子」と同様、高級感のないもの。
4　檜の薄板を組んだ小さい垣根。
5　牛車。五位から乗車を許される。
6　紫色の革紐で伊予簾（二六段注12）を吊っている。
7　布張りの襖障子。
8　小市民的なライフスタイルを批判。二二段にも通じる。
9　以下、仮住まいの勧め。家を持つのは官職を得てからでよいと主張。

べき人なからむは、おのづから[10]、むつましくうち知《し》りたらむ受領《ずりやう》の、国《くに》へ行《い》きていたづらならむ、さらずは院[11]、宮ばらの、屋あまたあるに住《す》みなどして、司待《つかさま》ち出《い》でて後《のち》、いつしかよき所たづね取《と》りて住《す》みたるこそよけれ。

10 たまたま、以下のような家があれば。
11 「院」は上皇・法皇・女院、「宮」は親王や内親王。「ばら」は複数を表す。

一七二段

女一人《ひとり》住《す》む所は、いたくあばれて築地《ついひぢ》[1]などもまたからず、池《いけ》などある所も水草《みくさ》ゐ、庭《には》なども、蓬《よもぎ》[2]にしげりなどこそせねども、所《ところ》々砂子《すなご》[3]の中より青《あを》き草《くさ》うち見え、さびしげなるこそあはれなれ。

物《もの》かしこげに、なだらかに修理《すり》して、門《かど》いたくかため、きはぎはしきは、いとうたてこそおぼゆれ。

1 家の周囲に巡らした土塀。
2 蓬は荒れた庭の象徴。
3 庭に敷いた白砂。

一七三段

宮仕《づか》へ[1]人の里《さと》なども、親《おや》ども二人《ふたり》あるはいとよし。人し

1 宮仕えしている女房の実家。

げく出《い》で入《い》り、奥《おく》の方《かた》にあまた声《こゑ》々さまざま聞《きこ》え、馬《むま》の音《おと》などしていとさわがしきまであれど、とがもなし。

[2]されど、しのびてもあらはれても、「おのづから、出《い》でたまひにけるを、え知《し》らで」とも、「またいつかまゐりたまふ」など言《い》ひに、さしのぞき来《く》るもあり。心かけたる人、はたいかがは。門《かど》あけなどするを、「うたてさわがしう」[3]「おほやうげに夜中まで」など思ひたるけしき、いとにくし。「[4]大御門《おほみかど》はさしつや」など問《と》ふなれば、「今《いま》まだ人のおはすれば」など言《い》ふ者《もの》の、[5]なまふせがしげに思ひていらふるにも、「人出《い》でたまひなば、とくさせ」「[6]このごろ盗人《ぬすびと》いとおほかなり」「火あやふし」など言《い》ひたるがいとむつかしう、うち聞《き》く人だにあり。

[7]この人の供《とも》なる者《もの》どもは、わびぬにやあらむ、「この客《かく》、今《いま》や出《い》づる」と絶《た》えずさしのぞきてけしき見《み》る者《もの》どもを、笑《わら》ふべかめり。[8]まねうちするを聞《き》かば、ましていかにきび

2　以下、実家に客が訪ねてくる際の面倒な点について。

3　「おほやうげに」はのんびり構えて。家の者が客の長居を迷惑がっている。

4　「大御門」は正門や表門を大そうに呼んだ。門番に家の者が尋ねている。

5　「ふせがしげ」は（相手の言葉を）遮りたそうに。門番の不服そうな様子をいう。いま戸締りを命じられても困るので。

6　門を固く閉めることへの非難。前段、前々段から続く主張。

7　供人《ともびと》の様子。主人の長居を嘆いたりせず、家の使用人が覗きに来る様を笑っている。

8　供は使用人の真似までする。それを家の者が聞いたら。

しく言《い》ひとがめむ。いと色《いろ》に出《い》でて言《い》はぬも、思ふ心なき人は、かならず来《き》などやはする。されど[9]すくよかなるは、「夜ふけぬ」「御門《みかど》あやふかなり」など笑《わら》ひて出《い》でぬるもあり。[10]まことに心ざしことなる人は、「はや」などあまたたびやらはるれど、なほゐ明《あ》かせば、たびたび見ありくに、明《あ》けぬべきけしきをいとめづらかに思ひて、「いみじう、御門《みかど》を今宵《こよひ》[11]らいさうとあけひろげて」と聞《きこ》えごちて、あぢきなく暁《あかつき》にぞさすなるは、[12]いかがはにくきを。[13]親添《おやそ》ひぬるは、なほさぞある。まいて、まことのならぬは「いかに思ふらむ」とさへつつまし。兄人《せうと》の家《いへ》なども、けにくきはさぞあらむ。

[14]夜中暁《あかつき》ともなく、門《かど》もいと心かしこうもてなさず、何《なに》の宮、内《うち》わたり、殿《との》ばらなる人々も出《い》であひなどして、格子《かうし》なども上《あ》げながら冬《ふゆ》の夜をゐ明《あ》かして、人の出《い》でぬる後《のち》も見出《い》だしたるこそをかしけれ。有明《ありあけ》などは、ましてい

9 生真面目な男。聞き分けよく帰ってゆく。

10 女への思いが格別な男。催促しても帰らない。

11 『集成』は懶散《らんさん》を当て、「らいさん」と読んで「だらしない」意とする。

12 門番の腹立たしさを察する。

13 実の親だから、門をめぐる攻防もこの程度で済むのだという。

14 以下、理想的な里下がりの風情。

とめでたし。笛《ふえ》など吹《ふ》きて出《い》でぬる名残《なごり》は、いそぎても寝《ね》られず、人の上《うへ》ども言《い》ひ合《あ》はせて、歌《うた》など語《かた》り聞《き》くままに寝《ね》入《い》りぬるこそをかしけれ。

一七四段

ある所に、なにの君とかや言《い》ひける人のもとに、[1]君達《きんだち》にはあらねど、そのころいたう好《す》いたる者《もの》に言《い》はれ、[2]心ばせなどある人の、九月ばかりに行《い》きて、有明《ありあけ》のいみじう霧《き》り満《み》ちておもしろきに、「名残《なごり》思ひ出《い》でられむ」と言葉《ことば》をつくして出《い》づるに、「今《いま》は往《い》ぬらむ」と遠《とほ》く見送《みおく》るほど、えも言《い》はず艶《えん》なり。出《い》づるかたを見《み》せて立《た》ち帰《かへ》り、立蔀《たてじとみ》の間《あひだ》に陰《かげ》に添《そ》ひて立《た》ちて、なほ行《い》きやらぬさまに「いま一度《ひとたび》言《い》ひ知《し》らせむ」と思《おも》ふに、「[3]有明《ありあけ》の月のありつつも」としのびやかにうち言《い》ひて、[4]さしのぞきたる髪《かみ》の、[5]頭《かしら》にも寄《よ》り来《こ》ず五寸《すん》ばかり下《さ》がりて、[6]火をさしともしたるやうなりける

1　君達ほどの身分ではないが。
2　「心ばせ」は情趣を解する心、嗜みや教養。
3　「長月の有明の月のありつつも君し来まさば我恋ひめやも」（拾遺集・恋三・人麿《ひとまろ》）。『万葉集』『古今六帖』にも所収。「九月」「有明の月」が場面と一致する。「評」参照。
4　女は簾《すだれ》を持ち上げて外をのぞいていた。
5　髪の下がり端《ば》の部分だけ、五寸ほど前に垂れていた。座ったまま、うつむき加減の姿勢。
6　男から鮮明に見えた。霧も晴れて明るくなりつつあった。

に、[7]月の光《ひかり》もよほされておどろかるる心地《ち》しければ、やをら出《い》でにけり、[8]とこそ語《かた》りしか。

一七五段

雪のいと高《たか》うはあらで、薄《うす》らかに降《ふ》りたるなどは、いとこそをかしけれ。

また、雪のいと高《たか》う降《ふ》り積《つも》りたる夕暮《ゆふぐれ》より、[1]端近《はしちか》う同《おな》じ心なる人、二、三人ばかり、[2]火桶《をけ》を中にすゑて物語《がたり》などするほどに、暗《くら》うなりぬれど、こなたには火もともさぬに、[3]おほかたの雪の光《ひかり》いとしろう見《み》えたるに、火箸《ばし》して灰《はひ》などかきすさみて、あはれなるもをかしきも言《い》ひ合《あ》はせたるこそをかしけれ。

宵《よひ》も過《す》ぎぬらむと思ふほどに、沓《くつ》の音近《おとちか》う聞《きこ》ゆれば、あやしと見出《い》だしたるに、時々かやうのをりにおぼえなく見《み》ゆる人なりけり。「今日《けふ》の雪《ゆき》をいかに、と思ひやりきこ

7 「月の光に」と解す。薄れゆく月光で男は時の経過を知った。
8 聞き書きの体裁。

1 雪がよく見える所で。
2 丸火鉢。
3 雪明りであたりがはっきり見えている。

えながら、何《な》でふ事にさはりて、その所に暮《くら》しつる」など言《い》ふ。「[4]今日来《けふこ》む」などやうの筋《すぢ》をぞ言《い》ふらむかし。昼《ひる》ありつる事《こと》どもなどうちはじめて、よろづの事《こと》を言《い》ふ。[5]円座《わらうだ》ばかりさし出《い》でたれど、片《かた》つ方《かた》の足《あし》は下《しも》ながらあるに、鐘《かね》の音《おと》なども聞《きこ》ゆるまで、内《うち》にも外《と》にもこの言《い》ふ事《こと》は飽《あ》かずぞおぼゆる。

[6]明暮《あけぐれ》のほどに帰るとて、「[7]雪《ゆき》、なにの山《やま》に満《み》てり」と誦《ず》したるは、いとをかしきものなり。女の限《かぎ》りしては、さもえゐ明《あ》かさざらましを。ただなるよりはをかしう、[8]好《す》きたるありさまなど言《い》ひ合《あ》はせたり。

一七六段

[1]村上《むらかみ》の先帝《(せん)だい》の御時に、雪《ゆき》のいみじう降《ふ》りたりけるを[2]様器《やうき》に盛《も》らせたまひて、梅《むめ》の花《はな》をさして、月のいと明《あ》かきに、「[3]これに歌詠《うたよ》め。いかが言《い》ふべき」と[4]兵衛《(ひやうゑ)》の蔵人《くらうど》に給はせ

4　「山里は雪降りつみて道もなし今日来《こ》む人をあはれとは見む」（拾遺集・冬・兼盛《かねもり》）を引く。歌に詠まれた「人」のように、この男性も雪を掻き分けて来てくれた。一七八段の伊周に通じる。
5　円形の敷物。
6　まだ薄暗い明け方。冒頭の「夕暮」と対。
7　「暁梁王《りようおう》の苑《その》に入れば、雪群山《ぐんざん》に満てり。夜庾公《ゆこう》が楼に登れば、月千里に明らかなり」（和漢朗詠集・雪）。「群山」の部分をぼかして記した。
8　男性との語らいなど、その晩の風流なありさまを。

1　村上天皇（二一段注32）、一条天皇の祖父。「先帝《せんだい》」は当代と縁深い天皇への親称。以下は聞き書き。
2　儀式に用いる器物。
3　「これに」は雪と梅とを題材として。
4　村上朝の女《によ》蔵人。天徳四年内裏歌合などに名が見える。

たりければ、「[5]雪《ゆき》月花の時」と奏《そう》したりけるをこそ、いみじうめでさせたまひけれ。「歌《うた》など詠《よ》むは世《よ》の常《つね》なり。かくをりに合《あ》ひたる事なむ言《い》ひがたき」とぞ仰《おほ》せられける。

同《おな》じ人を御供《とも》にて、殿上に人さぶらはざりけるほど、[6]たたずませたまひけるに、[7]火櫃《ひびつ》に煙《けぶり》の立《た》ちければ、「かれは何《なに》ぞと見よ」と仰《おほ》せられければ、見《み》て帰りまゐりて、

[8]わたつうみのおきにこがるる物見《み》ればあまの釣《つり》してかへるなりけり

と奏《そう》しけるこそをかしけれ。蛙《かへる》の飛《と》び入りて焼《や》くるなりけり。

一七七段

[1]御形《みあれ》の宣旨《せじ》の、[2]上《うへ》に、五寸《すん》ばかりなる殿上[3]童《わらは》のいとをかしげなるを作《つく》りて、[4]みづら結《ゆ》ひ装束《さうぞく》などうるはしくして、なかに名《な》書《か》きて奉《たてまつ》らせたまひけるを、「[5]ともあきらのおほ

5 「琴詩酒《きんししゅ》の伴《とも》は皆我を抛《なげう》ち、雪月花の時は最も君を憶《おも》ふ」（白氏文集・殷協律《いんきょうりつ》に寄す、和漢朗詠集・交友）から。「雪」「花」に当夜の「月」も加え、「君を憶ふ」（帝への忠心）を響かせた。

6 「たたずむ」はぶらつくこと。

7 長方形の火鉢。殿上の間に十月から三月まで置かれていた（禁秘抄）。

8 藤原輔相《すけみ》（古今集時代の歌人）の『藤六集《とうろくしゅう》』に「かへるの沖に出でて」の詞書で見える歌。補注一

1 補注一

2 花山《かざん》天皇か。

3 一四六段注7参照。ここはその人形。

4 髪を左右に分けて耳辺りで輪にした上古男子の結髪。当時は少年の髪型。

5 「～あきら」は醍醐《だいご》皇子の名。東宮傅兼明《とうぐうのふかねあきら》を意識したか。人形に皇胤《こういん》らしい名を付した。

君」と書《か》いたりけるを、いみじうこそ興《きよう》ぜさせたまひけれ。

一七八段

[1]宮にはじめてまゐりたるころ、物のはづかしき事《こと》の数《かず》知《し》らず、涙《なみだ》も落《お》ちぬべければ、夜《よる》々まゐりて三尺の御几帳《みきちやう》のうしろにさぶらふに、絵《ゑ》など取《と》り出《い》でて見《み》せさせたまふを、[2]手もえさし出《い》づまじうわりなし。「[3]これはとあり、かかり」「それか、かれか」などのたまはす。[4]高坏《たかつき》にまゐらせたる御殿油《となぶら》なれば、髪《かみ》の筋《すぢ》なども、なかなか昼《ひる》よりも顕証《けそう》に見《み》えてまばゆけれど、念《ねん》じて見などす。いとつめたきころなれば、さし出《い》でさせたまへる御手《て》のはつかに見《み》ゆるが、いみじうにほひたる薄紅梅《うすこうばい》なるは、かぎりなくめでたしと、見知《し》らぬ[5]里《さと》人心地《ち》には、かかる人こそは世におはしましけれと、おどろかるるまでぞまもりまゐらする。

暁《あかつき》にはとく下《お》りなむと、いそがるる。「[6]葛城《かづらき》の神もしば

1　初出仕の頃。正暦四年（九九三）末か。一説、五年初春。
2　底本「手にても」。能本に拠る。
3　絵の説明をしてくれる。定子の心遣い。
4　高坏灯台。丈が低く近辺が明るく照らされる。
5　里（実家）で暮らしてきた人（自分）。「宮人《みやびと》」（宮中の人）と対義。
6　夜だけ働いた葛城の一言主《ひとことぬし》の神（一二八段注13）。「夜々まゐる」清少納言に戯れかけた。

し」など仰《おほ》せらるるを、「いかでかは筋《すぢ》[7]かひ御覧《らむ》ぜられむ」とて、なほ臥《ふ》したれば御格子《みかうし》もまゐらず。女官[8]どもまゐりて「これ[9]放《はな》たせたまへ」など言《い》ふを聞《き》きて女房《(にょう)ばう》の放《はな》つを、「まな」と仰《おほ》せらるれば笑《わら》[10]ひて帰《かへ》りぬ。物《もの》など問《と》はせたまひ、のたまはするに、久《ひさ》しうなりぬれば、「下《お》りまほしうなりにたらむ。さらばはや、夜《よ》さりはとく」と仰《おほ》せらる。ゐざり隠《かく》るるやおそきと上《あ》げ散《ち》らしたるに、雪降《ゆきふ》りにけり。登《(とう)》[11]花《くわ)》殿の御前《おまへ》は立蔀近《たてじとみちか》くてせばし。雪《ゆき》いとをかし。

昼《ひる》つ方《かた》、「今日《けふ》はなほまゐれ」「雪《ゆき》に曇《くも》りてあらはにもあるまじ」などたびたび召《め》せば、この[12]局《つぼね》の主《あるじ》も「見《み》ぐるし。さのみやは籠《こも》りたらむとする。敢《あ》[13]へなきまで御前《おまへ》ゆるされたるは、さおぼしめすやうこそあらめ。思ふにたがふはにくきものぞ」と、ただいそがしに出《い》だしたつれば、あれにもあらぬ心地《ち》すれどまゐるぞ、いと苦《くる》しき。火焼《たき》屋[14]の上《うへ》に降《ふ》り積《つ》みたるも、めづらしうをかし。

7　定子から見た作者の位置が「筋かひ」(はすかい)。
8　掃司《かもんづかさ》の女官。下ろしたままの格子を上げにきた。
9　「放つ」は開け放つ意。ここは内側の掛金を外して、格子を上げられる状態にすること。
10　女官たちも事情を察した。
11　当時の中宮の御在所。東面《ひがしおもて》に立部があった。
12　同室の先輩女房。
13　御前近くに伺候するまで、通常は様々な指導を受けるのだろう。教える側からは「敢へなき」(張り合いがない)ほど簡単に。
14　警護のために火を焚く衛士《えじ》の小屋。

御前近《おまへちか》くは例《れい》の炭櫃《すびつ》[15]に火こちたくおこして、それにはわざと人もゐず。上﨟《(じやう)らふ》御まかなひにさぶらひたまひけるままに、近《ちか》うゐたまへり。[16]沈《ぢん》の御火桶《をけ》の梨絵《なしゑ》したるにおはします。次《つぎ》の間《ま》に長炭櫃《ながすびつ》に隙《ひま》なくゐたる人々、唐衣《からぎぬ》[17]こき垂《た》れたるほどなど、馴《な》れやすらかなるを見《み》るもいとうらやまし。御文取《ふみと》り次《つ》ぎ立《た》ちゐ行《い》きちがふさまなどの、つつましげならず、物言《ものい》ひゐ笑《わら》ふ。「いつの世にか、さやうにまじらひならむ」と思《おも》ふさへぞつつましき。奥寄《あう》りて三、四人さしつどひて、絵《ゑ》など見るもあめり。

しばしありて前駆《さき》高《たか》う追《お》ふ声《こゑ》すれば、「殿[18]まゐらせたまふなり」とて散《ち》りたる物取《と》りやりなどするに、「いかで下《お》りなむ」と思へど、[19]さだにえふとも身《み》じろかねば、いますこし奥《おく》に引《ひ》き入《い》りて、[20]さすがにゆかしきなめり、[21]御几帳《みき》のほころびよりはつかに見入《みい》れたり。

[22]大納言殿《どの》のまゐりたまへるなりけり。御直衣《なほし》、指貫《さしぬき》の

15　角火鉢。
16　沈《ぢん》（舶来の香木）製で梨子地《なしじ》（金銀の粉末を散らした下地）の蒔絵《まきえ》を施した丸火鉢。
17　ずらし下げた着方。「脱ぎたれ」（二一段）と同義か。
18　藤原道隆（二一段注26）。正暦四年なら四十一歳。
19　先輩女房たちのようには動けない。
20　のぞき見る自身の心情を評した。
21　几帳《きちやう》の帷子《かたびら》の縫い合わせていない部分。
22　来たのは道隆の子、伊周（二一段注8）だった。正暦四年なら二十歳で権《ごん》大納言。

紫《むらさき》の色《いろ》、雪《ゆき》に映《は》えていみじうをかし。柱《はしら》もとにゐたまひて、「昨日今日《けふ》[23]物忌《ものいみ》に侍りつれど、雪のいたく降《ふ》りはべりつれば、おぼつかなさになむ」と申したまふ。「[24]『道《みち》もなし』と思《おも》ひつるに、いかで」とぞ御いらへある。うち笑《わら》ひたまひて、「[25]『あはれと』もや御覧《らん》ずるとて」などのたまふ[26]御ありさまども、これより何事《なにごと》かはまさらむ。物語にいみじう口《くち》にまかせて言《い》ひたるに、たがはざめりとおぼゆ。

宮は、[27]白《しろ》き御衣《ぞ》どもに紅《くれなゐ》の[28]唐綾《からあや》をぞ上《うへ》に奉《たてまつ》りたる。御髪《ぐし》のかからせたまへるなど、絵《ゑ》にかきたるをこそかかる事《こと》は見《み》しに、うつつにはまだ知《し》らぬを、夢《ゆめ》の心地《ち》ぞする。

女房《ばう》と物言《ものい》ひ、たはぶれ事《ごと》などしたまふ。御いらへをいささかはづかしとも思《おも》ひたらず聞《きこ》え返《かへ》し、そら言などのたまふはあらがひ論《ろん》じなど聞ゆるは、目《め》もあやに、あさましきまであいなう面《おもて》ぞ赤《あか》むや。御くだ物まゐりなど取《と》りはやして、御前にもまゐらせたまふ。「[29]御《み》帳のうしろなるは誰《たれ》

23 物忌で外出を控えるべきだが、降雪の見舞いに来た。
24 一七五段注4の兼盛歌に拠る秀句。雪の中をよく来てくださいました。
25 同じ兼盛歌の下の句による。殊勝な者だと御覧いただけますか。
26 洗練された言葉を交わす定子と伊周の様子。
27 重ね袿《うちき》か。
28 舶来の綾織物。表着《うわぎ》か。
29 御帳台《みちょうだい》。

ぞ」と問《と》ひたまふなるべし、[30]さかすにこそはあらめ、立《た》ちておはするを、なほほかへにやと思《おも》ふに、いと近《ちか》うゐたまひて物《もの》などのたまふ。[31]まだまゐらざりしより聞《き》きおきたまひける事《こと》など、「まことにや、さありし」などのたまふに、御几《みき》帳へだててよそに見やりたてまつりつるだにはづかしかりつるに、いとあさましうさし向《む》かひきこえたる心地《ち》、うつつともおぼえず。

[32]行幸など見《み》るをり、車《くるま》の方《かた》にいささかも見おこせたまへば、[33]下簾《したすだれ》引《ひ》きふたぎて、透影《すきかげ》もやと扇《あふぎ》をさし隠《かく》すに、なほいとわが心ながらもおほけなく、いかで立《た》ち出《い》でしにかと、汗《あせ》あえていみじきには、何事《なにごと》をかはいらへも聞《きこ》えむ。かしこき陰《かげ》とささげたる扇《あふぎ》をさへ取《と》りたまへるに、[34]ふりかくべき髪《かみ》のおぼえさへあやしからむと思《おも》ふに、すべてさるけしきもこそは見《み》ゆらめとて、立《た》ちたまはなむと思へど、扇《あふぎ》を手《て》まさぐりにして、絵《ゑ》の事「誰《た》がかかせたるぞ」など

30　「さかす」はひけらかす、吹聴する。伊周が近づいてきたので、女房がそぅ仕向けたのだろぅと推測した。
31　出仕以前の出来事。三三段の逸話などが該当する。
32　天皇のお出まし。寺社行幸などに伊周が供奉した折の事か。
33　簾の内側に垂らす絹。
34　扇がないので額髪で顔を隠そぅとしても。

のたまひて、とみにも給《たま》はねば、袖《そで》を押《お》しあててうつぶしゐたるも、唐衣《からぎぬ》に[35]白《しろ》い物《もの》うつりてまだらならむかし。

久《ひさ》しくゐたまへるを、心なう苦《くる》しと思ひたらむと心得《え》させたまへるにや、「[36]これ見《み》たまへ、これは誰《た》が手《て》ぞ」と聞《きこ》えさせたまふを、「給《たま》はりて見はべらむ」と申したまふを、「なほここへ」とのたまはす。「[37]人をとらへて立《た》てはべらぬなり」とのたまふもいと[38]今《いま》めかしく、身のほどに合《あ》はずかたはらいたし。人の[39]草仮名《さうがな》書きたる草子《さうし》など取《と》り出《い》でて御覧《らん》ず。「誰《たれ》がにかあらむ。かれに見せさせたまへ。それぞ世《よ》にある人の手《て》は、みな見知《し》りてはべらむ」など、ただいらへさせむと、あやしき事《こと》どもをのたまふ。

[40]ひと所だにあるに、また前駆《さき》うち追《お》はせて[41]同《おな》じ直衣《なほし》の人まゐりたまひて、これはいますこし花《はな》やぎ猿楽言《さるがうごと》などしたまふを、笑《わら》ひ興《きよう》じ、われも「なにがしが」「とある事《こと》」など殿上人の上《うへ》など申したまふを聞《き》くは、なほ[42]変化《へんげ》のもの、

35 白粉。
36 清少納言を気遣って、定子が伊周に声を掛けた。「手」は筆跡。
37 清少納言が放してくれないと、伊周が冗談で返す。
38 「今めかし」は現代風でしゃれている。中関《なかの》白家の風儀。
39 万葉仮名の草体。漢字に近い。
40 おひと方。伊周をさす。
41 道隆だろう。本段では距離を置いて描かれる。作者との（時系列上）最初の対話場面は二六二段。
42 神仏などが人の姿で現れたもの。

天人などの降《お》り来《き》たるにやとおぼえしを、[43]さぶらひ馴《な》れ日ごろ過《す》ぐれば、いとさしもあらぬわざにこそはありけれ。かく見る人々もみな、家《いへ》のうち出《い》でそめけむほどはさこそはおぼえけめなど、観《（くわん）》じもて行《ゆ》くに、おのづから面馴《おもな》れぬべし。

[44]物など仰《おほ》せられて、「我《（われ）》をば思[45]ふや」と問《と》はせたまふ。御いらへに「いかがは」と啓《けい》するに合《あ》はせて、[46]台盤《だいばん》所の方《かた》に[47]鼻《はな》をいと高《たか》うひたれば、「あな心憂《こころう》、そら言《ごと》を言《い》ふなりけり。よしよし」とて奥《おく》へ入《い》らせたまひぬ。「いかでかそら言《ごと》にはあらむ。よろしうだに思ひきこえさすべき事《こと》かは。あさましう、鼻《はな》こそそら言《ごと》はしけれ」と思ふ。「さても誰《たれ》か、かくにくきわざはしつらむ。おほかた心づきなしとおぼゆれば、さるをりも押《お》しひしぎつつあるものを、まいて、いみじ、にくし」と思《おも》へど、まだうひうひしければ、ともかくもえ啓《けい》し返《かへ》さで、[48]明《あ》けぬれば下《お》りたるすなはち、[49]浅《あさ》

43　以下、宮仕えに慣れた時点からの感想。

44　以下も出仕当初の出来事。

45　「思ふ」は愛する、いとしく思う。直截な質問で返答を促した。

46　登花殿の台盤所《どころ》（女房の詰所）か。

47　「鼻をひる」はくしゃみをする。「出でてゆかむ人を留めむ由なきに隣の方に鼻もひぬかな」（古今集・雑体・よみ人しらず）など、くしゃみにまつわる俗信は様々あった。ここでは嘘言の証しとされる。

48　この時も夜明けには局に下がっていた。

49　春を思わせる色づかい。早春の頃か。

緑《みどり》なる薄様《うすやう》に艶《えん》なる文《ふみ》を「これ」とて来《き》たる、あけて見《み》れば、

50 いかにしていかに知《し》らましいつはりを空《（そら）》にただすの神
なかりせば

51 となむ御けしきは

とあるに、52 めでたくもくちをしうも思ひ乱《みだ》るるにも、なほ昨夜《よべ》の人ぞ、ねたくにくままほしき。

53 うすさこさそれにもよらぬはなゆゑにうき身のほどを
見《み》るぞわびしき

なほこればかり啓《けい》しなほさせたまへ、54 式《しき》の神もおのづから、55 いとかしこし

とてまゐらせて後《のち》にも、「うたて。をりしもなどてさはたありけむ」と、いと嘆《なげ》かし。

一七九段

50　定子の歌。補注一
51　上臈《じようろう》女房による仰せ書き。
52　歌を贈られた感激と、偽りと言われてしまった悔しさ。弁明（返歌）の機会を与えられた緊張と興奮も含まれよう。
53　「鼻・花」「身・実」が掛詞。参考「梅の花香《か》はことごとに匂はねど薄く濃くこそ色は咲きけれ」（元輔集）。元輔《もとすけ》歌の梅は「内の御前の紅梅」。
54　陰陽師が使役するとされた鬼神。陰陽道における「ただすの神」。くしゃみは式神の管轄と解されたか。
55　「糺《ただす》の神」に対抗して「式の神」を証しに立てたこと。神にも中宮にも畏れ多いですが。

[1]したり顔《がほ》なるもの　[2]正月一日《ついたち》に最初《さいそ》に鼻《はな》ひたる人。よろしき人はさしもなし。下臈《らう》よ。きしろふたびの蔵人《くらうど》に、子《こ》なしたる人のけしき。また、[3]除目《ぢもく》にその年《とし》の一の国得《くにえ》たる人。よろこびなど言《い》ひて「いとかしこうなりたまへり」など言《い》ふいらへに、「何《なに》かは、いとことやうに[4]ほろびてはべるなれば」など言《い》ふも、いとしたり顔《がほ》なり。

また、言《い》ふ人おほくいどみたる中に、選《え》りて婿《むこ》になりたるも、我はと思ひぬべし。[5]受領《ずりやう》したる人の宰相になりたるこそ、もとの君達《だち》のなり上《あ》がりたるよりもしたり顔《がほ》に、けだかういみじうは思ひためれ。

一八〇段

[1]位《くらゐ》こそ、なほめでたきものはあれ。

同《おな》じ人ながら、[2]大夫《たいふ》の君《きみ》、[3]侍従の君など聞《きこ》ゆるをりは、いとあなづりやすきものを、中納言、大納言、大臣などに

1　してやったりという顔付き。得意顔。
2　くしゃみの一番乗り。くしゃみは不吉なもので、直後に呪文を唱えたりしたが（二六段注21）、下賤の者はそう考えていなかったらしい。
3　三段注21参照。「一の国」は最上の国。
4　「ほころぶ」（縫い目が解ける）を国が荒廃する意で用いた。わざとらしい謙遜。
5　受領層の家柄で参議（大・中納言に次ぐ要職）になった者。元々高貴な君達《きんだち》（名家の子弟）の昇進と比べて大きな出世。同時代では、藤原有国《ありくに》、平惟仲《これなか》、藤原忠輔《ただすけ》などが知られる。

1　「位」は厳密には位階の意だが、広く官職もさす。
2　従《じゅ》五位に叙せられたが官職のない者。
3　従五位相当で天皇に近侍する。若い名門の子弟が多い。

なりたまひては、むげにせくかたもなく、やむごとなうおぼえたまふ事《こと》のこよなさよ。ほどほどにつけては、[4]受領《ずりやう》などもみなさこそはあめれ。あまた国に行《い》き、[5]大弐《だいに》や四位三位などになりぬれば、上達部《かんだちめ》などもやむごとながりたまふめり。

女こそ、なほわろけれ。内わたりに、[6]御乳母《めのと》は、内侍のすけ、三位などになりぬれば重《おも》々しけれど、さりとて[7]ほどより過《す》ぎ、何《なに》ばかりの事《こと》かはある。また、[8]多《おほ》くやはある。受領《ずりやう》の北《きた》の方《かた》にて国《くに》へ下《くだ》るをこそは、よろしき人のさいはひの際《きは》と思ひてめでうらやむめれ。[9]ただ人の、上達部《かんだちめ》の北の方《かた》になり、上達部《かんだちめ》の御むすめ后《きさき》にゐたまふこそは、めでたき事《こと》なめれ。

されど、男《をとこ》はなほ若《わか》き身《み》のなり出《い》づるぞ、いとめでたきかし。法師《ほふし》などの[10]「なにがし」など言《い》ひてありくは、何《なに》とかは見《み》ゆる。経たふとく読《よ》み、みめ清《きよ》げなるにつけても、

4　国司。大国で従五位上《じやう》、上国は従五位下《げ》、中国《ちゆうごく》は正《しやう》六位下、下国《げこく》は従六位下相当。
5　大宰府次官。従四位下相当。長官（帥《そち》）は親王の遙任《ようにん》。
6　天皇の乳母。当時「内侍《ないし》のすけ（典侍）」（従四位《しい》相当）を経て三位となるのが通例。
7　年齢が盛りを過ぎる意か。
8　底本「おほやうは」、内本に拠る。
9　ここは摂関家などでない普通の貴族。
10　法名。

女房《ばう》にあなづられて、[11]なりかかりこそすめれ。[12]僧都、僧正になりぬれば、仏《ほとけ》のあらはれたまへるやうにおぢまどひ、かしこまるさまは何《なに》にか似《に》たる。

一八一段

[1]かしこき者《もの》は、[2]乳母《めのと》の男《をとこ》こそあれ。

[3]帝《みかど》、皇子《みこ》たちなどは、さるものにておきたてまつりつ。そのつぎつぎ、受領《ずりやう》の家《いへ》などにも、所につけたるおぼえ、[4]わづらはしきものにしたれば、したり顔《がほ》に[5]わが心地《ち》もいとよせありて、この養《やしな》ひたる子《こ》をもむげにわが物になして、女はされどあり、男子《をのこご》はつと立《た》ちそひてうしろみ、いささかもかの御ことにたがふ者《もの》をば[6]つめたて、讒言《ざうげん》し、あしけれど、これが世をば心にまかせて言《い》ふ人もなければ、所得《ところえ》いみじき面《おもも》持ちして、こと行《おこな》ひなどす。

むげに幼《をさな》きほどぞ、すこし人わろき。親《おや》の前《まへ》に臥《ふ》すれば、

11 「なりかかる」は大声をあげること。ここは馴れ馴れしい女房に対して、声を荒らげる意か。
12 僧綱《そうがう》は上位から僧正、僧都《そうづ》、律師《りし》の順。公卿に相当。
1 皮肉を込めた「かしこし」。恐れ入ってしまう者。
2 乳母となっている女性の夫。
3 帝や親王の乳母の夫は、文字通りの「かしこし」なので。
4 乳母の夫ということで家人も気を遣う。
5 自分で「よせ（信望）」があると思い込んでいる。
6 「爪立て」あるいは「詰め立て」。相手を攻め立てること。

ひとり局《つぼね》に臥《ふ》したり。さりとてほかへ行《い》けば、「こと心あり」とてさわがれぬべし。しひて呼《よ》び下《お》ろして臥《ふ》したるに、「まづまづ」と呼《よ》ばるれば、冬《ふゆ》の夜など引《ひ》きさがし引《ひ》きさがし上《のぼ》りぬるが、いとわびしきなり。それはよき所も同《おな》じ事《こと》、いますこしわづらはしき事《こと》のみこそあれ。

一八二段

病《やまひ》は [1]胸《むね》 [2]物の気《け》 [3]脚《あし》の気《け》。はては、[4]ただそこはかとなくて物食《く》はれぬ心地《ち》。

[5]十八、九ばかりの人の、髪《かみ》いとうるはしくて丈《たけ》ばかりに、裾《すそ》いとふさやかなる、いとよう肥《こ》えて、いみじう色白《いろしろ》う顔《かほ》愛敬《あいぎやう》づき、よしと見《み》ゆるが、歯《は》をいみじう病《や》みて、額髪《ひたひがみ》もしとどに泣《な》き濡《ぬ》らし、乱《みだ》れかかるも知《し》らず、面《おもて》もいと赤《あか》くておさへてゐたるこそいとをかしけれ。

[6]八月ばかりに、白《しろ》き単《ひとへ》なよらかなるに、袴《はかま》よきほどに

1 肺疾患のみならず、胸部の神経症や心臓疾患、胃痙攣《けいれん》なども含まれる。
2 生霊・死霊などの祟り。
3 脚部の疾患。
4 食欲不振。
5 以下、若く美しい女性が歯痛に悩む姿を描く。
6 以下、胸を病む女房と、それを見舞う人々を描く。

て、[7]紫苑《しをん》の衣《きぬ》のいとあてやかなるを引《ひ》きかけて、胸《むね》をいみじう病《や》めば、友《とも》だちの女房《ばう》など数《かず》々来《き》つつとぶらひ、外《と》の方《かた》にも若《わか》やかなる君達《きんだち》あまた来《き》て、「いといとほしきわざかな」「例《れい》もかうやなやみたまふ」など事《こと》なしびに言《い》ふもあり。心かけたる人は、まことにいとほしと思ひ嘆《なげ》きたるこそをかしけれ。いとうるはしう長《なが》き髪《かみ》を引《ひ》き結《ゆ》ひて、も[8]のつくとて起《お》きあがりたるけしきもらうたげなり。

[9]上《うへ》にも聞《きこ》しめして、御《み》読経の僧《そう》の声《こゑ》よき給はせたれば、几《き》帳引《ひ》き寄《よ》せてすゑたり。ほどもなき狭《せば》さなれば、とぶらひ人あまた来《き》て経聞《き》きなどするも隠《かく》れなきに、目《め》をくばりて読《よ》みゐたるこそ、[10]罪《つみ》や得《う》らむとおぼゆれ。

一八三段

好《す》き好《ず》きしくて[1]ひとり住《す》みする人の、夜《よる》はいづくにかありつらむ、暁《あかつき》に帰《かへ》りてやがて起《お》きたる、ねぶたげなるけし

7　紫苑襲《がさね》。秋の装い。

8　嘔吐。

9　天皇が御読経の僧（宮中の読経に召される僧）を遣わす。場所は女房の局か。

10　仏罰をこうむる。次段と同じ結び。

1　「ひとり住みする人」は内本（＝能因本）に拠る。底本「人かずみる人」を「多数の女性と関係を持っている人」と解す説（集成）には従い難い。

きなれど、硯取《すずりと》り寄《よ》せて墨《すみ》こまやかに押《お》し磨《す》りて、[2]事《こと》なしびに筆《ふで》にまかせてなどはあらず、心とどめて書《か》くま[3]ひろげ姿《すがた》もをかしう見《み》ゆ。

白《しろ》き衣《きぬ》どもの上《うへ》に、[4]山吹《ぶき》紅《くれなゐ》などぞ着《き》たる。白《しろ》き[5]単《ひとへ》のいたうしぼみたるを、わざと立《た》ちて、うちまもりつつ書《か》き果《は》てて、前《まへ》なる人にも取《と》らせず、小舎人童《こどねりわらは》、つきづきしき[6]随身《ずいじん》など近《ちか》う呼《よ》び寄《よ》せて、[7]ささめき取《と》らせて、往《い》ぬる後《のち》も[8]久《ひさ》しうながめて、経などのさるべき所《ところ》々しのびやかに[9]口《くち》ずさびに読《よ》みゐたるに、奥《おく》の方《かた》に、[10]御粥《かゆ》、手水《てうづ》などしてそのかせば、歩《あゆ》み入《い》りても、文机《ふづくゑ》に押《お》しかかりて書《ふみ》などをぞ見《み》る。おもしろかりける所は、[11]高《たか》ううち誦《ず》したるもいとをかし。

手《て》洗《あら》ひて直衣《なほし》ばかりうち着て、[12]六の巻《まき》そらに読《よ》む、まことにたふときほどに、[13]近《ちか》き所なるべし、ありつる[14]使《つかひ》うちけしきばめば、ふと読《よ》みさして、返《かへ》り事《ごと》に心移《うつ》すこそ「[15]罪得《つみう》

2　補注一
3　くつろいだ姿。補注二
4　襲の色目とも染色ともとれる。補注三
5　皺でしおれたようになっている。昨夜を思い起こさせる風情。
6　男は随身（四六段注2）を賜っている。中・少将くらいのイメージか。
7　小声で相手への口上を伝え、文を渡す。
8　しばらく物思いにふける。
9　口から出るのに任せて。
10　朝食や洗面の準備。
11　声高らかに吟誦。補注四
12　『法華経』の第六巻。
13　女の家が近い所なのだろう、という挿入句。
14　帰って来た合図をする。
15　「罪」は仏罰。深刻なものではなく、あくまで「をかしけれ」とユーモラスに語られる。

らむ」とをかしけれ。

一八四段

いみじう暑《あつ》き昼《ひる》中に、いかなるわざをせむと、扇《あふぎ》の風もぬるし、[1]氷水《ひ》に手《て》をひたしもてさわぐほどに、[2]こちたう赤《あか》き薄様《うすやう》を、唐撫子《からなでしこ》のいみじう咲《さ》きたるに結《むす》びつけて取《と》り入《い》れたるこそ、書《か》きつらむほどの暑《あつ》さ、心ざしのほど、浅《あさ》からずおしはかられて、[3]かつ使《つか》ひつるだに飽《あ》かずおぼゆる扇《あふぎ》もうち置《お》かれぬれ。

1　氷で涼を取る。『源氏物語』（蜻《かげ》蛉《ろう》巻）にも見える。
2　夏に赤を選ぶのは五行思想（朱《しゅ》夏《か》）から。唐撫子（石竹《せきちく》）の花も濃い紅色。
3　煽いでも物足りなかった扇。

一八五段

[1]南《みなみ》ならずは東《ひんがし》の廂《ひさし》の板《いた》の、かげ見《み》ゆばかりなるに、あざやかなる畳《たたみ》をうち置《お》きて、三尺の几《き》帳の帷子《かたびら》いと涼《すず》しげに見えたるを押《お》しやれば、ながれて、思ふほどよりも過《す》ぎて立《た》てるに、白《しろ》き[2]生絹《すずし》の単《ひとへ》、紅《くれなゐ》の袴《はかま》、[3]宿直物《とのゐもの》には濃《こ》き衣《きぬ》

1　南か東の廂の間。西日の直射を受けない所。
2　練らない絹糸で織った裏地のない衣。夏用。
3　寝具。色は蘇芳《すおう》系で糊がさほど落ちていない。

のいたうは萎《な》えぬを、すこし引《ひ》きかけて臥《ふ》したり。

[4]灯籠《とうろ》に火ともしたる二間《ふたま》ばかりさりて、[5]簾《す》高《たか》う上《あ》げて、女房二人《ばうふたり》ばかり、童《わらは》など[6]長押《なげし》に寄《よ》りかかり、また下《お》ろいたる簾《す》に添《そ》ひて臥《ふ》したるもあり。[7]火取《とり》に火ふかう埋《うづ》みて、心ぼそげににほはしたるも、いとのどやかに心にくし。

宵《よひ》うち過《す》ぐるほどに、しのびやかに門《かど》たたく音《おと》のすれば、[8]例《れい》の心知《し》りの人来《き》て、けしきばみ立《た》ちかくし、人[9]まもりて入《い》れたるこそ、さるかたにをかしけれ。かたはらにいとよく鳴《な》る琵琶《びは》の、をかしげなるがあるを、物語《がたり》のひまひまに、[10]音《ね》もたてず爪《つま》弾きにかき鳴《な》らしたるこそをかしけれ。

一八六段

[1]大路《おほぢ》近《ちか》なる所にて聞《き》けば、車《くるま》に乗《の》りたる人の、有明《ありあけ》のをかしきに簾上《すだれあ》げて、「[2]遊子《いうし》なほ残《のこ》りの月に行《ゆ》く」といふ詩《し》を、声《こゑ》よくて誦《ず》したるもをかし。馬《むま》にても、さやうの人の

4 軒先の吊り灯籠。
5 巻き上げた簾を鉤《こ》にとめて。
6 下長押《しもなげし》。簀子《すのこ》と（一段高い）廂との間。
7 火取《ひとり》香炉。炭火を灰に埋めて香りを薄くしている。
8 事情を心得ている女房が来客の対応をする。
9 「まもる」は大切に扱う意。
10 撥《ばち》を使わずに男が手でかき鳴らしている。

1 大通りが近い家で外を窺っている。
2 「佳人尽《ことごと》く晨粧《しんしょう》を飾る、魏宮《ぎきゅう》に鐘動く。遊子猶ほ残月に行く、函谷《かんこく》に鶏鳴く」（和漢朗詠集・暁）。「遊子」は旅人、「残月」は有明の月に同じ。

行《い》くはをかし。

さやうの所にて聞《き》くに、[3]泥障《あふり》の音《おと》の聞《きこ》ゆるを、いかなる者ならむと、するわざもうち置《お》きて見《み》るに、あやしの者を見つけたる、[4]いとねたし。

一八七段

ふと心劣《おと》りとかするものは、男《をとこ》も女も、[1]ことばの文字《もじ》いやしう使《つか》ひたるこそ、よろづの事《こと》よりまさりてわろけれ。ただ文字《もじ》一つに、あやしう、あてにもいやしうもなるはいかなるにかあらむ。さるは、[2]かう思《おも》ふ人、ことにすぐれてもあらじかし。いづれを「よし」「あし」と知《し》るにかは。されど、人をば知《し》らじ、ただ心地《ち》にさおぼゆるなり。

いやしき言《こと》もわろき言《こと》も、さと知《し》りながらことさらに言《い》ひたるは、あしうもあらず。我《(わが)》もてつけたるをつつみなく言《い》ひたるは、あさましきわざなり。また、さもあるまじき

3　馬の両腹に垂らす皮製の泥よけ。走るとぱたぱた音がする。

4　期待が裏切られた腹立たしさ。

1　言葉（ここは話し言葉）の用字。つまり会話の用語。

2　そういう自分が特に優れているわけではないが、との断り。

老《お》いたる人、男《をとこ》などの、わざとつくろひ鄙《ひな》びたるはにくし。まさなき言《こと》もあやしき言《こと》も、[3]大人《おとな》なるは[4]まのもなく言《い》ひたるを、若《わか》き人は、いみじうかたはらいたきことに消《き》え入《い》りたるこそ、さるべきことなれ。

何《なに》事を言《い》ひても、[5]「その事《こと》させんとす」「言《い》はんとす」「何《なに》とせんとす」と言《い》ふ「と」文字《もじ》を失《うしな》ひて、ただ「言《い》はんずる」「里《さと》へ出《い》でんずる」など言《い》へば、やがていとわろし。[6]まいて文《ふみ》に書《か》いては、言《い》ふべきにもあらず。物語《がたり》などこそ、[7]あしう書《か》きなしつれば、言《い》ふかひなく、作《つく》り人さへいとほしけれ。「[8]ひてつ車《くるま》に」と言《い》ひし人もありき。「[9]もとむ」といふ言《こと》を「みとむ」なんどはみな言ふめり。

一八八段

[1]宮仕《みやづか》へ人のもとに来《き》などする男《をとこ》の、そこにて物食《く》ふこそ、いとわろけれ。

3　年輩の女房。「若き人」と対。
4　文脈から「臆面なく」の意か。『解環』は「真の面なし」という形容詞を想定する。前本「つつみもなく」。
5　「～んとす」は「～（し）ようとする」意。「んずる」は推量の助動詞「ん（む）ず」の連体形。中古以降に使用され、『竹取物語』『蜻蛉日記』などでは会話文に多く見える。ここでは「んとす」から「と」を抜いた形とされているが、「んとす」が「んず」へ変化したという説は、今日では文法上認め難いとされている。
6　以下は書き言葉を取り上げる。
7　改悪して写す。「～なす」は「わざと～する」意。多くは良かれと思って直した結果だろうが。
8　「ひとつ」の訛り。
9　「もとむ」（求める）を「みとむ」と言う人が多いと、言葉の乱れを指摘。

1　宮仕えする女房の局に。

食《く》はする人も、いとにくし。思《おも》はむ人の「なほ」など心ざしありて言《い》はむを、忌《い》みたらむやうに口《くち》をふたぎ、顔《かほ》をもて退《の》くべき事《こと》にもあらねば、食《く》ひをるにこそはあらめ。いみじう酔《ゑ》ひてわりなく、夜ふけて泊《とま》りたりとも、さらに[2]湯漬《ゆづけ》をだに食《く》はせじ。「心もなかりけり」とて来《こ》ずは、さてありなむ。里《さと》などにて、[3]北面《きたおもて》より出《い》だしては、いかがはせむ。それだに[4]なほぞある。

一八九段

風は嵐《あらし》。[1]三月ばかりの夕暮《ゆふぐれ》に、ゆるく吹きたる雨風《あまかぜ》。[2]八、九月ばかりに雨にまじりて吹《ふ》きたる風、いとあはれなり。雨《あめ》の脚横《あしよこ》ざまにさわがしう吹《ふ》きたるに、[3]夏とほしたる綿衣《わたぎぬ》の[4]かかへたるを、生絹《すずし》の単衣《ひとへぎぬ》重《かさ》ねて着《き》たるもいとをかし。この生絹《すずし》だに、いと所せく暑《あつ》かはしく、取《と》り捨《す》てまほしかりしに、「いつのほどに、かくなりぬるにか」と思《おも》

2 飯を湯に浸した軽食。
3 家の奥向きから（親などが）食事を出す場合。
4 「なほわろくぞある」の意か。

1 晩春、花を散らす雨まじりの風。
2 中秋から晩秋。
3 夏に夜具にしていた綿入れの衣。
4 底本「かかりたる」、前本による。汗などの残り香が漂っている。

ふもをかし。暁《あかつき》に、格子《かうし》妻戸《つまど》を押《お》し開《あ》けたれば、嵐《あらし》のさと顔《かほ》にしみたるこそ、いみじくをかしけれ。

[5]九月つごもり、十月のころ、空《そら》うち曇《くも》りて風のいとさわがしく吹《ふ》きて、黄《き》なる葉どものほろほろとこぼれ落《お》つる、いとあはれなり。[6]桜《さくら》の葉《は》、椋《むく》の葉《は》こそ、いととくは落《お》つれ。十月ばかりに、木立《こだち》おほかる所の庭《には》は、[7]いとめでたし。

5 晩秋から初冬の木枯らし。
6 桜や椋の落葉。和歌には詠まれなかった素材。
7 庭一面の紅葉を称賛。

一九〇段

[1]野分《わき》のまたの日こそ、いみじうあはれにをかしけれ。[2]立蔀《たてじとみ》、透垣《すいがい》などの乱《みだ》れたるに、前栽《せんざい》どもいと心苦《ぐる》しげなり。大《おほ》きなる木どもも倒《たふ》れ、枝など吹《ふ》き折《を》られたるが、萩、女郎花《をみなへし》などの上《うへ》に[3]よころばひ伏《ふ》せる、いと思はずなり。格《かう》子《し》の[4]壺《つぼ》などに、木の葉《は》をことさらにしたらむやうに、こまごまと吹き入《い》れたるこそ、荒《あら》かりつる風のしわざとはおぼえね。

1 台風の翌日。一般に野分は八月。
2 板塀や垣などの類。
3 横倒しになっている様子。
4 格子の枠組の一つ一つ。

いと[5]濃《こ》き衣《きぬ》のうはぐもりたるに、[6]黄朽葉《きくちば》の織《おり》物、薄《うす》物などの小袿着《こうちきき》て、まことしう清《きよ》げなる人の、夜《よる》は風のさわぎに寝《ね》られざりければ、久《ひさ》しう寝起《ねお》きたるままに、母屋《もや》よりすこしゐざり出《い》でたる、髪《かみ》は風に吹《ふ》きまよはされて、[7]すこしうちふくだみたるが、肩《かた》にかかれるほど、まことにめでたし。物《もの》あはれなるけしきに見出《いだ》して、[8]「むべ山風を」など言《い》ひたるも、心あらむと見《み》ゆるに、十七、八ばかりやあらむ、小《ちひ》さうはあらねど、わざと大人《おとな》とは見《み》えぬが、生絹《すずし》の単《ひとへ》のいみじう[9]ほころび絶《た》え、[10]花《はな》もかへりぬれなどしたる[11]薄色《うすいろ》の宿直《とのゐ》物を着《き》て、髪[12]色《いろ》にこまごまとうるはしう、末《すゑ》も尾花《をばな》のやうにて丈《たけ》ばかりなりければ、衣《きぬ》の裾《すそ》にかくれて袴《はかま》のそばそばより見《み》ゆるに、童《わらは》べ、若《わか》き人々の根《ね》ごめに吹《ふ》き折《を》られたる、ここかしこに取《と》りあつめ起《おこ》し立《た》てなどするを、うらやましげに[13]押《お》し張《は》りて、簾《す》に添《そ》ひたる後手《うしろで》もをかし。

5　補注一
6　縦糸が紅、横糸が黄の織物。
7　髪が乱れてふくらんだ様子。髪は手入れのゆきとどいた状態を賞するのはいうまでもないが、寝乱れ髪にも艶な美を見出す点に、王朝美の爛熟《らんじゅく》が感じられる。
8　「吹くからに秋の草木のしをるればむべ山風を嵐といふらむ」（古今集・秋下・康秀《やすひで》）。
9　三段注34参照。
10　補注二
11　薄い紫または紅の夜具で、単の上に着ている。
12　つややかで美しい様子。
13　簾を外の方に手で押しやること。

一九一段

[1]心にくきもの　物《もの》へだてて聞《き》くに、[2]女房《ばう》とはおぼえぬ手《て》の、しのびやかにをかしげに聞《きこ》えたるに、答《こた》へ若《わか》やかにして、うちそよめきてまゐるけはひ。物《もの》のうしろ、[3]障子《さうじ》などへだてて聞《き》くに、御物《（おもの）》まゐるほどにや、箸匙《はしかひ》など取《と》りまぜて鳴《な》りたる、をかし。[4]提子《ひさげ》の柄《え》の倒《たふ》れ伏《ふ》すも耳《みみ》こそとまれ。[5]よう打《う》ちたる衣《きぬ》の上《うへ》に、[6]さわがしうはあらで髪《かみ》の振《ふ》りやられたる、長《なが》さおしはからる。

いみじうしつらひたる所の、大殿油《おほとなぶら》はまゐらで、炭櫃《すびつ》などにいとおほくおこしたる火の光《ひかり》ばかり照《て》り満《み》ちたるに、[7]御《（み）》帳の紐《ひも》などのつややかにうち見《み》えたる、いとめでたし。[8]御《み》簾《す》の帽額《もかう》、[9]総角《あげまき》などに、上《あ》げたる[10]鉤《こ》のきはやかなるも、けざやかに見《み》ゆ。[11]よく調《てう》じたる火桶《をけ》の、[12]灰《はひ》のきは清《きよ》げにて、おこしたる火に内《うち》にかきたる絵《ゑ》などの見えたる、いとをか

1　実体がつかめず心ひかれる、気になるもの。人物なら関心を抱かせる相手。
2　女主人が手を叩いて人を呼んでいる。
3　襖障子。
4　酒や水を注ぐための金属の容器。持ち運び用の柄（鉉《つる》）が付いている。
5　砧《きぬた》で打って良い艶《つや》を出した衣。
6　髪が無造作に広がっていない。
7　御帳台の帷《とばり》から垂らした飾り紐。
8　簾の上部の絹布。
9　総角《あげまき》結び（左右に輪を作る）にした飾り緒。
10　巻き上げた簾を掛ける金具。光を反射する。
11　蒔絵や螺《ら》鈿《でん》などの装飾が施してある火鉢。
12　火桶の内側が灰で汚れたりしていない。

し。箸《はし》のいときはやかにつやめきて、筋《すぢ》かひ立《た》てるもいとをかし。

夜[13]いたくふけて、御前にも大殿籠《おほとのごも》り、人々みな寝《ね》ぬる後《のち》、[14]外《と》の方《かた》に殿上人などに物など言《い》ふ、奥《おく》に[15]碁石《ごいし》の笥《け》に入《い》るる音《おと》あまたたび聞《きこ》ゆる、いと心にくし。火箸《ひばし》をしのびやかに突《つ》い立《た》つるも、また「起《お》きたりけり」と聞《き》くも、いとをかし。なほ寝《い》ねぬ人は心にくし。[16]人の臥《ふ》したるに、物へだてて聞《き》くに、夜中ばかりなどうちおどろきて聞《き》けば、「起《お》きたるななり」と聞《きこ》えて、言《い》ふことは聞《きこ》えず。[17]男《をとこ》もしのびやかにうち笑《わら》ひたるこそ、「何事《なにごと》ならむ」とゆかしけれ。

また、おはしまし、女房《ばう》などさぶらふに、[18]上《うへ》人、[19]内侍《ないし》のすけなど、はづかしげなるまゐりたる時、御前《おまへ》近《ちか》く御物《もの》語《がたり》などあるほどは、大殿油《おほとなぶら》も消《け》ちたるに、[20]長炭櫃《ながすびつ》の火に物《もの》のあやめもよく見《み》ゆ。

13　以下、夜間の中宮御所でのひとこまか。
14　外に近い所で、女房が殿上人に何か言う。
15　外の男への合図。「笥」は碁石を入れる容器。
16　「人」は同僚の女房。
17　女房の所に来ている男。
18　ここは天皇付きの女房。
19　内侍所《どころ》の次官。典侍。
20　大型の角火鉢。

[21]殿《との》ばらなどには心にくき今《いま》まゐりの、いと御覧《らん》ずるきはにはあらぬほど、ややふかしてまう上《のぼ》りたるに、うちそよめく衣《きぬ》のおとなひなつかしう、ゐざり出《い》でて御前《おまへ》にさぶらへば、物《もの》などほのかに仰《おほ》せられ、子《こ》めかしうつつましげに、声《こゑ》のありさま聞《きこ》ゆべうだにあらぬほどに、いと静《しづ》かなり。女房《ばう》ここかしこに群《む》れゐつつ物語《がたり》うちし、下《お》り上《のぼ》る衣《きぬ》のおとなひなど、おどろおどろしからねど「さななり」と聞《きこ》えたる、いと心にくし。

[22]内の局《つぼね》などに、うちとくまじき人のあれば、[23]こなたの火は消《け》ちたるに、[24]かたはらの光《ひかり》の物《もの》の上《かみ》などよりとほりたれば、さすがに物《もの》のあやめはほのかに見ゆるに、短《みじか》き几《き》帳引《ひ》き寄《よ》せて、いと昼《ひる》はさしも向《む》かはぬ人なれば、[25]几《き》帳の方《かた》に添《そ》ひ臥《ふ》してうちかたぶきたる頭《かしら》つきの、良《よ》さ悪《あ》しさは隠《かく》れざめり。直衣指貫《なほしさしぬき》など[26]几《き》帳にうちかけたり。[27]六位の蔵《くら》人の青色《あをいろ》もあへなむ。緑衫《ろうさう》はしも、あとの方《かた》にかいわぐみて、

21 馴染みのない新参女房は、男性には気になる存在。
22 宮中の局。細殿《ほそどの》（七四段）など。
23 男性を迎え入れている女房が、近くの灯火を消している。
24 隣の灯火が調度などの上から差してくる。間接照明のような状態。
25 女が顔を見られまいとして。
26 几帳の手（横木）に脱いだ着物を掛けている。
27 以下、六位蔵人が夜の局に来た場合。青色（麴塵《きくじん》の袍《はう》）か緑衫《ろうさう》（六位の位袍《いはう》）かが評価を分ける（八五・二七六段ほか）。

暁《あかつき》にもえ探《さぐ》りつけでまどはせこそせめ。夏も冬も、几《き》帳の片《かた》つ方《かた》にうちかけて人の臥《ふ》したるを、奥《おく》の方《かた》よりやをらのぞいたるも、いとをかし。

薫物《たきもの》の香《か》、いと心にくし。[28]五月の長雨《ながあめ》のころ、[29]上《うへ》の御局《つぼね》の小戸《こと》の簾《す》に、[30]斉信《ただのぶ》の中将の寄《よ》りゐたまへりし香《か》は、まことにをかしうもありしかな。[31]その物の香《か》ともおぼえず、おほかた雨《あめ》にもしめりて艶《えん》なるけしきの、めづらしげなき事《こと》なれど、いかでか言《い》はではあらむ。またの日まで御簾《みす》にしみかへりたりしを、若《わか》き人などの世に知《し》らず思へる、ことわりなりや。

ことにきらきらしからぬをのこの、高《たか》き短《みじか》きあまた連《つ》れだちたるよりも、[32]すこし乗《の》り馴《な》らしたる車《くるま》のいとつややかなるに、牛飼童《うしかひわらは》なりいとつきづきしうて、牛《うし》のいたうはやりたるを、童《わらは》はおくるるやうに綱引《つなひ》かれてやる、ほそやかなるをのこの、[33]裾濃《すそご》だちたる袴二藍《はかまふたあゐ》かなにぞ、[34]上《かみ》はいかに

28　五月雨の頃。湿気で香りが漂いやすい。
29　弘徽殿《こきでん》の上御局（二一段注4）。「小戸」は北側の小さい戸。
30　藤原斉信。七九段注1参照。
31　調合法が複雑だった。
32　「よりも」は後文「なかなか心にくく見ゆ」に繋がる。従者たちの疾走感を評価。
33　「裾濃」は裾の方を濃く染めたもの。「二藍」は紅と藍（呉藍《くれのあゐ》）の間色。
34　袴に対して上着の意と解す。

もいかにも[35]掻練《かいねり》山吹《ぶき》など着《き》たるが、沓《くつ》のいとつややかなる、[36]筒《どう》のもと近《ちか》う走《はし》りたるは、なかなか心にくく見《み》ゆ。

一九二段

島《しま》は　[1]やそ島《しま》　[2]うき島《しま》　[3]たはれ島《しま》　[4]ゑ島《しま》　[5]まつがうら島《しま》　[6]とよらの島《しま》　[7]まがきの島《しま》。

一九三段

浜《はま》は　[1]うど浜《はま》　[2]なが浜《はま》　[3]ふきあげの浜《はま》　[4]うちいでの浜《はま》　[5]もろよせの浜《はま》　[6]千さとの浜《はま》、ひろう思《おも》ひやらる。

一九四段

浦《うら》は　[1]おほの浦《うら》　[2]しほがまの浦《うら》　[3]こりずまの浦《うら》　[4]なだかの浦《うら》。

---

35 「掻練《かいねり》」は赤い練絹。「山吹」はこがね色。
36 「筒」は車輪の中心の軸を通した所。轂《こしき》の俗称（和名抄）。

1 多くの説がある。補注一
2 陸奥国の塩釜《しおがま》の南にある歌枕。補注二
3 以下、注7まで補注三～七参照。

1 駿河国。補注一
2 伊勢国。補注二
3 以下、注6まで補注三～六参照。

1 伊勢国と遠江国の両説がある。補注一
2 陸奥国の名高い歌枕。以下、注4まで補注二～四参照。

一九五段

[1]森《もり》は　うへきの森《もり》　[2]いはたの森《もり》　こがらしの森《もり》　うたたねの森《もり》　いはせの森《もり》　[3]おほあらきの森《もり》　たれその森《もり》　[4]くるべきの森《もり》　たちぎきの森《もり》。

[5]よこたての森《もり》と言《い》ふが耳《みみ》とまるこそ、あやしけれ。森《もり》など言《い》ふべくもあらず、ただ一《（ひと）》木あるを何事《なにごと》につけけむ。

1 「森は」は一〇九段にもあり、うへき・いはせ・たちぎきの森が重複（一〇九段注2参照）。
2 以下三項目、補注一
3 以下二項目、補注二
4 未詳。名への興味か。
5 未詳。補注三

一九六段

寺《てら》は　[1]壺坂《つぼさか》　[2]笠置《かさぎ》　[3]法輪《ほふりん》。

[4]霊山《（りやうぜん）》は、釈迦仏の御すみかなるが、あはれなるなり。

[5]石山《いし》　[6]粉河《こかは》　[7]志賀。

1 南法華寺《みなみほつけじ》。補注一
2 笠置寺。補注二
3 法輪寺。以下、注7まで補注三〜七参照。

一九七段

経は[1]法華経さらなり。

1 『妙法蓮華経』の略。補注一

[2]普賢十願《ふげんじふぐわん》 [3]千手経 [4]随求経《ずいぐ》 [5]金剛般若《こんがうはんにゃ》 [6]薬師経 [7]仁《にん》王《わう》経の下巻。

一九八段

仏は[1]如意輪《にょいりん》、千手、すべて六観音。

[2]薬師仏 [3]釈迦仏 [4]弥勒《みろく》 [5]地蔵 [6]文殊 [7]不動尊 [8]普賢。

一九九段

書《ふみ》は [1]文集《ぶんしふ》 [2]文選《もんぜん》 [3]新賦 [4]史記 [5]五帝本紀。[6]願文《もん》 [7]表 [8]博士《はかせ》の申文《まうしぶみ》。

二〇〇段

物語《ものがたり》は [1]すみよし [2]うつほ。殿《との》うつり、国譲《くにゆづり》はにくし。[3]むもれ木 月まつ女 梅壺《むめつぼ》の大将 道心《だうしん》すすむる まつがえ。

2 『華厳経』・普賢行願品《ぎょうがんぼん》。補注二
3 以下、注7まで補注三～七参照。

1 如意輪観音。補注一
2 薬師如来。補注二
3 釈迦牟尼《むに》如来。以下、注8まで補注三～八参照。

1 『白氏文集』。補注一
2 梁《りょう》の昭明《しょうめい》太子撰。以下、注8まで補注二～八参照。

1 現存する『住吉物語』の原形。継子《ままこ》いじめ譚。
2 『うつほ物語』。現存二十巻。「評」参照。
3 以下は散逸した物語。「むもれ木」は『風葉集』に作中歌二首が伝わる。「月まつ女」は『祐子内親王家紀伊集』に名が見える。「梅壺の大将」「まつがえ」は不明。「道心すすむる」は『風葉集』に和歌七首。

[4]こま野《の》の物語《がたり》は、古蝙蝠《ふるかはほり》さがし出《い》でて持《も》て行《い》きしがをかしきなり。ものうらやみの中将、宰相《さい》に子生《こう》ませて、かたみの衣《きぬ》などこひたるぞにくき。交野《かたの》の少将。

4　補注一

二〇一段

陀羅尼《だらに》[1]は暁《あかつき》。
経[2]は夕暮《ゆふぐれ》。

1　経典の梵文《ぼんぶん》を原音のまま唱えること。
2　読経。

二〇二段

遊《あそ》び[1]は夜《よる》、人の顔《かほ》見《み》えぬほど。

1　管絃の遊び。

二〇三段

遊《あそ》びわざは　小弓《こゆみ》[1]　碁《ご》[2]。さまあしけれど、鞠《まり》[3]もをかし。

1　小型の弓を射る男性の遊戯。
2　囲碁。一三五段注2参照。
3　蹴鞠。男性の遊びで、鹿の革で作った鞠を最大八人までで蹴り合う。「小弓」と共に、もともとは春の季節の遊戯という説もある。

二〇四段

舞《まひ》は[1]駿河舞《するがまひ》、求子《もとめご》いとをかし。[2]太平楽《たいへいらく》、太刀《たち》などぞうたてあれど、いとおもしろし。唐土《もろこし》にかたきどちなどして舞《ま》ひけむなど聞《き》くに。鳥《とり》の舞《まひ》。抜頭《ばとう》は髪振《かみふ》りあげたる目見《まみ》などはうとましけれど、楽《がく》もなほいとおもしろし。落蹲《らくそん》は二人《ふたり》して膝踏《ひざふ》みて舞《ま》ひたる。こま形《がた》。

1 駿河舞、求子は東遊《あずまあそび》のひとつで舞を伴う。一三七段補注一参照。
2 以下は外来の舞楽《ぶがく》。「太平楽」は唐楽《とうがく》。「鴻門《こうもん》の会」の故事に基づくとされた。剣を抜いて舞う。「鳥の舞」はインド伝来の迦陵頻《かりょうびん》の別名。四人の童舞《わらわまい》。「抜頭《ばとう》」は西域《さいいき》伝来の一人《ひとり》舞《まい》。恐ろしい面に青糸を髪のように振り掛けて舞う。「落蹲《らくそん》」は高麗楽《こまがく》。一人または二人《ふたり》舞。納曾利《なそり》とも。「こま形」は高麗楽「狛竜《こまりょう》」の俗称。二人舞。

二〇五段

[1]弾《ひ》く物は琵琶《びは》。[2]調《しら》べは風香調《ふかうでう》、黄鐘調《わうしきでう》、蘇合《そがふ》の急《きふ》、鶯《うぐひす》のさへづりといふ調《しら》べ。

箏《しやう》の琴《こと》、いとめでたし。調《しら》べは想夫恋《さうふれん》。

1 絃楽器（琴《こと》）から、琵琶（四絃）と箏（十三絃）をあげる。
2 「調べ」は演奏する曲。補注一

二〇六段

1笛《ふえ》は2横笛《よこぶえ》、いみじうをかし。遠《とほ》うより聞《きこ》ゆるが、やうやう近《ちか》うなりゆくもをかし。近《ちか》かりつるがはるかになりて、いとほのかに聞《きこ》ゆるもいとをかし。車《くるま》にても徒歩《かち》よりも馬《むま》にても、すべて懐《ふところ》にさし入《い》れて持《も》たるも、何《なに》とも見《み》えず、さばかりをかしき物はなし。まして聞《き》き知《し》りたる調子《てうし》などは、いみじうめでたし。暁《あかつき》などに忘《わす》れて、をかしげなる、枕《まくら》のもとにありける見つけたるも、なほをかし。人の取《と》りにおこせたるを、おし包《つつ》みてやるも、3立《た》て文《ぶみ》のやうに見《み》えたり。

4笙の笛《ふえ》は、月の明《あ》かきに車《くるま》などにて聞《き》き得《え》たる、いとをかし。所せく、もてあつかひにくくぞ見ゆる。さて、吹《ふ》く顔《かほ》やいかにぞ。それは横笛《よこぶえ》も吹《ふ》きなしなめりかし。

5篳篥《ひちりき》はいとかしがましく、秋の虫をいはば6轡虫《くつわむし》などの心地《ち》して、うたてけ近《ちか》く聞《き》かまほしからず。まして、わろく吹《ふ》きたるはいとにくきに、7臨時《りんじ》の祭《まつり》の日、まだ御前《おまへ》には出《い》

1　「笛」は管楽器。前段の絃楽器と対。
2　高貴な男性が吹いた。一条天皇も愛好。唐楽《とうがく》や催馬楽《さいばら》の伴奏にも。
3　紙で包んだ形状が立て文（立て長の書状）に似る。
4　笙《しょう》は大きな形状と、吹く顔が評価されない。
5　篳篥は音色も評価されない。
6　馬の轡が鳴るようにやかましく鳴く虫。
7　一三七段注1参照。

でで、物《もの》のうしろに[8]横笛《よこぶえ》をいみじう吹《ふ》き立《た》てたる、「あな、おもしろ」と聞《き》くほどに、なからばかりよりうち添《そ》へて吹《ふ》きのぼりたるこそ、ただいみじう、[9]うるはし髪持《がみも》たらむ人もみな立《た》ち上《あ》がりぬべき心地《ち》すれ。やうやう[10]琴笛《ことふえ》に合《あ》はせて歩《あゆ》み出《い》でたる、いみじうをかし。

8　東遊笛。広義には横笛。
9　髪が逆立つほどの衝撃。補注一
10　「琴」は御琴《みこと》と呼ばれる和琴。

二〇七段

見物《(みもの)》は　[1]臨時《りんじ》の祭《まつり》　[2]行幸《(ぎやうかう)》　[3]祭《まつり》の帰《かへ》さ　[4]御賀茂《かも》詣《まう》で。

[5]賀茂《かも》の臨時《りんじ》の祭《まつり》。空の曇《くも》り寒《さむ》げなるに、雪《ゆき》すこしうち散《ち》りて、[6]挿頭《かざし》の花、[7]青摺《あをずり》などにかかりたる、えも言《い》はずをかし。[8]太刀《たち》の鞘《さや》のきはやかに黒《くろ》う、まだらにて広《ひろ》う見《み》えたるに、[9]半臂《はんぴ》の緒《を》の瑩《やう》じたるやうにかかりたる、[10]地摺《ずり》の袴《はかま》の中《なか》より、氷《こほり》かとおどろくばかりなる打目《うちめ》など、すべていとめでたし。

いますこしおほく渡《わた》らせまほしきに、[11]使《つかひ》はかならずよき

1　一三七段注1参照。
2　天皇のお出まし。
3　賀茂祭の翌日、斎王が上社から紫野《むらさきの》へ帰る行列。
4　賀茂祭の前日、摂関が神社に参拝する行列。
5　祭日は十一月下《しも》の酉《とり》の日。
6　清涼殿で勅使以下が賜る造花の髪飾り。舞人《まひびと》は桜、陪従《べいじゆう》（地下《じげ》の楽《がく》人《にん》）は山吹。
7　山藍《やまあゐ》で模様を摺り出した袍。舞人、陪従の衣装。
8　舞人の太刀を覆う尻鞘《しりざや》（動物の毛皮で作った袋）の斑《まだら》模様。

人ならず、受領《ずりやう》などなるは目《め》もとまらず、にくげなるも、藤《ふぢ》の花《はな》に隠《かく》れたるほどはをかし。なほ過《す》ぎぬる方《かた》を見《み》送《おく》るに、12陪従《べいじゆう》の品《しな》おくれたる、13柳《やなぎ》に挿頭《かざし》の山吹《ぶき》わりなく見ゆれど、14泥障《あふり》いと高《たか》ううち鳴《な》らして「15神の社《やしろ》のゆふだすき」と歌《うた》ひたるは、いとをかし。

行幸にならぶものは何《なに》かはあらむ。16御輿《こし》に奉《たてまつ》るを見《み》たてまつるには、明《あ》け暮《く》れ御前《おまへ》にさぶらひつかうまつるともおぼえず。神々《かうがう》しくいつくしういみじう、常《つね》は何《なに》とも見《み》えぬ17何《なに》つかさ、18姫《ひめ》まうち君《ぎみ》さへぞ、やむごとなくめづらしくおぼゆるや。19御《み》綱《つな》の助《すけ》の中少将、いとをかし。近衛の大将、20ものよりことにめでたし。近衛府《このゑづかさ》こそ、なほいとをかしけれ。

五月こそ、世に知《し》らずなまめかしきものなりけれ。されど21この世に絶《た》えにたる事なめれば、いとくちをし。昔語《むかしがたり》に人の言《い》ふを聞《き》き、思ひ合《あ》はするに、げにいかなりけむ。た

9　「半臂の緒」は一〇四段注2参照。「瑩ず」は瑩貝《ようがい》で摺り磨いて光沢を出すこと。
10　白地に藍などで模様を染め出した舞人の袴。そのかがり目から下袴の打目（砧で打ち出したつや模様）が見え、その光沢を「氷」に喩えた。
11　祭の勅使。挿頭《かざし》は藤の造花。
12　「陪従」は注6参照。
13　柳襲の下襲。
14　一八六段注3参照。
15　「ちはやぶる神の社《やしろ》の木綿《ゆふ》だすきひと日も君をかけぬ日はなし」（古今集・恋一・よみ人しらず）に拠る。定家本は「賀茂の社の」。「木綿だすき」は神事で用いる襷《たすき》。
16　天皇の乗る鳳輦《ほうれん》や葱花輦《そうかれん》。
17　行幸に供奉する、内侍司《つかさ》以外の後宮十二司の下級女官。
18　内侍司の女官。騎馬で供奉。
19　御輿の四隅から張った綱を取る駕《か》輿丁《よちよう》に付き添う近衛の中・少将。
20　行幸を万事取り仕切るので。
21　村上朝まで五月五日・六日に行われた大内裏武《ぶ》徳殿《とくでん》行幸を指す。

だその日は菖蒲《さうぶ》うちふき、[22]世《よ》の常《つね》のありさまだにめでたきをも、[23]殿《との》のありさま、所《ところ》々の御[24]桟敷《さじき》どもに菖蒲《さうぶ》ふきわたし、よろづの人ども[25]菖蒲鬘《さうぶかづら》して、[26]菖蒲《あやめ》の蔵《くら》人かたちよき限《かぎ》り選《え》りて出《い》だされて、薬玉《くすだま》給《たま》はすれば、[27]拝《はい》して腰《こし》につけなどしけむほど、いかなりけむ。[28]ゑいのすいゑうつりよきもなどうちけむこそ、をこにもをかしうもおぼゆれ。[29]還《かへ》らせたまふ御輿《こし》の先《さき》に[30]獅子《しし》狛犬《こまいぬ》など舞《ま》ひ、あはれさる事のあらむ、ほととぎすうち鳴《な》き、頃《ころ》のほどさへ似《に》るものなかりけむかし。

行幸はめでたきものの、[31]君達車《きんだちぐるま》などの、好《この》ましう乗《の》りこぼれて上下《かみしも》走《はし》らせなどするがなきぞくちをしき。さやうなる車《くるま》のおしわけて立《た》ちなどするこそ、心ときめきはすれ。

[32]祭《まつり》の帰《かへ》さ、いとをかし。[33]昨日はよろづの事《こと》うるはしくて、[34]一条の大路《おほぢ》の広《ひろ》うきよげなるに、日の影《かげ》も暑《あつ》く、車にさし入《い》りたるもまばゆければ、扇《あふぎ》して隠《かく》し、ゐなほり、久《ひさ》しく

22 菖蒲を屋根に葺くことは、一条朝でも行われていた。
23 武徳殿。天延三年（九七五）に焼亡、寛和《かんな》二年（九八六）再建。
24 見物用の桟敷席。
25 冠の巾子《こじ》に巻く。
26 薬玉を取り次ぐ女蔵人。
27 薬玉を賜った諸臣が、拝舞《はいぶ》して腰に付ける。
28 以下、十二文字意味不明。『西宮記』に見える雑戯《ざうぎ》と解し「えびすの家移りよもぎ（などうちけん）」と校訂する案がある（解環）。
29 天皇が清涼殿に還御《かんぎょ》する。
30 蘇芳菲《そほうひ》。獅子とそれに戯れる狛犬（子供二人）の舞。
31 君達は行幸に供奉するので、彼らが車で繰り出す様が見物できない。
32 注3参照。
33 賀茂祭当日。
34 一条大路を東進して下社へ向かう行列を、車から見物する。

待《ま》つも苦《くる》しく、汗《あせ》などもあえしを、今日《けふ》はいととくいそぎ出《い》でて、[35]雲林《(うりん)》院、知足《ちそく》院などのもとに立《た》てる車《くるま》ども、[36]葵《あふひ》桂《かつら》どももうちなびきて見《み》ゆる。日は出《い》でたれども空《そら》はなほうち曇《くも》りたるに、いみじういかで聞《き》かむと目《め》をさまし起《お》きゐて、待《ま》たるるほととぎすの、あまたさへあるにやと鳴《な》きひびかすは、いみじうめでたしと思ふに、[37]うぐひすの老《お》いたる声《こゑ》して、かれに似《に》せむと、をしううち添《そ》へたるこそ、にくけれどまたをかしけれ。

いつしかと待《ま》つに、[38]御社《みやしろ》の方《かた》より[39]赤衣《あかぎぬ》うち着《き》たる者《もの》どもなどの連《つ》れだちて来《く》るを、「いかにぞ、事《こと》なりぬや」と言《い》へば、「まだ無期《むご》」などいらへ、[40]御輿《こし》など持《も》て帰《かへ》る。かれに奉《たてまつ》りておはしますらむも、めでたく気《け》高く、いかでさる下衆《げす》などの近《ちか》くさぶらふにかとぞ、おそろしき。

はるかげに言《い》ひつれど、ほどなく[41]還《かへ》らせたまふ。[42]扇《あふぎ》よりはじめ青朽葉《あをくちば》どもの、いとをかしう見《み》ゆるに、[43]所の衆《しゆう》の青《あを》

35　ともに紫野にあった寺。
36　葵を桂の枝に付けたもの。牛車や冠などに飾り付けた。
37　三九段にも「老い声」とあった。早春からずっと鳴いているので。
38　上社の方から。
39　供奉する検非違使の下吏などの、退紅《たいこう》の狩衣。
40　社頭で用いた斎王の輿。下吏が持ち帰る。
41　斎王が牛車で還御する。
42　以下、供の女官の様。「青朽葉」は襲《かさね》の色目。
43　前駆《ぜんく》を務める蔵人所の衆。「青色」「白襲」は三段注39・30参照。青色の袍を着て下襲《したがさね》の裾を帯に掛けている。

色《いろ》に、白襲《しらがさね》をけしきばかり引《ひ》きかけたるは、卯《う》の花《はな》の垣根《かきね》近《ちか》うおぼえて、[44]ほととぎすも陰《かげ》に隠《かく》れぬべくぞ見ゆるかし。[45]昨日は車一《くるまひと》つにあまた乗《の》りて、二藍《ふたあゐ》の同《おな》じ指貫《さしぬき》、あるは狩《かり》衣《ぎぬ》など乱《みだ》れて、簾《すだれ》とき下《お》ろし、物《もの》ぐるほしきまで見《み》えし君《きん》達《だち》の、斎院の[46]垣下《ゑが》にとて、昼《ひ》の装束《さうぞく》うるはしうて、今日《けふ》は一人《ひとり》づつさうざうしく乗《の》りたる、後《しり》にをかしげなる[47]殿上童《わらは》乗《の》せたるもをかし。

渡《わた》り果《ば》てぬる、すなはち心地《ち》もまどふらむ、「我も我も」とあやふくおそろしきまで「[48]先《さき》に立《た》たむ」と急《いそ》ぐを、「かくな急《いそ》ぎそ」と扇《あふぎ》をさし出《い》でて制《せい》するに、聞《き》きも入《い》れねば、わりなきに、すこしひろき所にて強《し》ひてとどめさせて立《た》てる、「心もとなくにくし」とぞ思ひたるべきに、[49]ひかへたる車《くるま》どもを見やりたるこそをかしけれ。男車《をとこぐるま》の誰《たれ》とも知《し》らぬが後《しり》に引《ひ》きつづきて来《く》るも、ただなるよりはをかしきに、引《ひ》き別《わか》るる所にて、「[50]峰《みね》に別《わか》るる」と言《い》ひたるもをかし。

44　卯の花の垣根に隠れるものとして、多くの歌に詠まれた。「卯の花の垣根がくれのほととぎすわが忍び音といづれほどへぬ」（実方集）など。
45　祭当日。君達も行列見物を楽しんだ。
46　「垣下」は相伴の客。斎王帰還後の饗応で、君達は束帯《そくたい》姿で正客の相伴にあずかる。
47　一四六段注7参照。
48　見物車の従者などが帰りを急ぐ。
49　後続車を、一時駐車した所から眺めている。
50　「風吹けば峰に別るる白雲の絶えてつれなき君が心か」（古今集・恋二・忠岑《ただみね》）に拠る。分かれ道での挨拶に下の句を響かせた。

なほあかずをかしければ、[51]斎院の鳥居《とりゐ》のもとまで行《い》きて見るをりもあり。

[52]内侍の車《くるま》などのいとさわがしければ、[53]異方《ことかた》の道《みち》より帰《かへ》れば、まことの山里《やまざと》めきてあはれなるに、[54]うつぎ垣根《かきね》といふものの、いと荒々《あら》しく、おどろおどろしげにさし出《い》でたる枝《えだ》どもなどおほかるに、花《はな》はまだよくも開《ひら》け果《は》てず、[55]つぼみがちに見《み》ゆるを折《を》らせて、車《くるま》のこなたかなたに挿《さ》したるも、[56]かづらなどのしぼみたるがくちをしきに、をかしうおぼゆ。いと狭《せば》う、えも通《とほ》るまじう見ゆる行《ゆ》く先《さき》を、近《ちか》う行《い》きもて行《い》けば、[57]さしもあらざりけるこそをかしけれ。

二〇八段

[1]五月ばかりなどに山里《ざと》にありく、いとをかし。草葉《くさ》も水もいと青《あを》く見えわたりたるに、[2]上《うへ》はつれなくて草生《お》ひしげりたるを、ながながとただざまに行《い》けば、下《した》はえならざり

51　斎院の黒木の鳥居。四方にあった。
52　行列に同行した掌侍《しょうじ》の車が退出してくる。
53　混雑を避けて。
54　山里の景物として知られる「うつぎ垣根」の荒々しさを直接体感した。「うつぎ」は卯の花。
55　諸本「つぼみたる」、古活字・慶本による。
56　「かづら」は注36参照。昨日から挿しているので、しぼんでいる。
57　狭そうな道なのに通れてしまった。

1　前段（四月中旬）から季節が推移。五月の山里を描く。
2　「つれなし」は無関係。表面は何の変哲もない草原が、下には相当の水をたたえていた。「下は」以下とあわせて、「葦根《あしね》這《は》ふ埿《うき》は上こそつれなけれ下はえならず思ふ心を」（古今六帖、拾遺集・恋四・よみ人しらず）を使った表現。

ける水の、深《ふか》くはあらねど、人[3]などの歩《あゆ》むに走《はし》り上《あ》がりたる、いとをかし。

左右《ひだりみぎ》にある垣《かき》にあるものの枝《えだ》などの、車《くるま》の屋形《やかた》などにさし入《い》るを、急《いそ》ぎてとらへて折《を》らむとするほどに、ふと過《す》ぎてはづれたるこそいとくちをしけれ。蓬《よもぎ》の車《くるま》に押《お》しひしがれたりけるが、輪《わ》の廻《まは》りたるに、近《ちか》う[4]うちかかりたるもをかし。

3 従者など。

4 車輪に運ばれてきた蓬が、屋形近くに引っ掛かる。取り損ねた枝と対照的。他本「かかふ」（薫りがこもる）は不当。

二〇九段

いみじう暑《あつ》きころ、夕涼《ゆふすず》み[1]といふほど、物のさまなどもおぼめかしきに、男車《をとこぐるま》[2]の前駆《さき》追《お》ふは言《い》ふべきにもあらず、ただの人も、後《しり》の簾《すだれ》上《あ》げて、二人《ふたり》も一人《ひとり》も乗《の》りて走《はし》らせ行《ゆ》くこそ涼《すず》しげなれ。まして琵琶《びは》かい調《しら》べ、笛《ふえ》の音《おと》など聞《きこ》えたるは、過《す》ぎて往《い》ぬるもくちをし。さやうなるに、牛《うし》[3]の鞦《しりがい》の香《か》の、なほあやしうかぎ知《し》らぬものなれど、をかし

1 夕闇が迫り涼しくなる頃。

2 先払いが付く、高貴な男性の車。

3 牛の腰から尻に装着する革紐。

きこそ物ぐるほしけれ。

いと暗《くら》う闇《やみ》なるに、前《さき》[4]にともしたる松《まつ》の煙《けぶり》の香《か》の、車《くるま》の内《うち》にかかへたるもをかし。

二一〇段

[1]五月四日の夕《ゆふ》つ方《かた》、[2]青《あを》き草おほく、いとうるはしく切《き》りて、左右荷《ひだりみぎにな》ひて、[3]赤衣《あかぎぬ》着たるをのこの行《ゆ》くこそをかしけれ。

二一一段

賀茂《かも》へ詣《まゐ》る道《みち》に、田植《たう》うとて、女のあたらしき[1]折敷《をしき》のやうなる物《もの》を笠《かさ》に着《き》て、いとおほう立《た》ちて歌《うた》をうたふ。折《お》れ伏《ふ》すやうに、また何事《なにごと》するとも見《み》えで、後《うしろ》ざまに行《ゆ》く。「いかなるにかあらむ、をかし」と見《み》ゆるほどに、ほととぎすをいとなめう歌《うた》ふ、聞《き》くにぞ心憂《う》き。[2]「ほととぎす、

4　前を歩く従者が持つ松明《たいまつ》の煙。

1　節日《せちにち》（五日）の前日。
2　節日に用いる菖蒲《しょうぶ》。「赤衣」との対で「青き草」と呼んだ。
3　退紅の狩衣《かりぎぬ》。男の身分は低い。

1　「折敷」は食器を載せる四角い盆。
2　田植え歌。ほととぎすは、田植えの時期を告げる鳥、「死出《しで》の田長《たおさ》」とも称された。「おれ」「かやつ」は乱暴な呼びかけ。

おれ、かやつよ、おれ鳴《な》きてこそ我は田植《たう》うれ」と歌《うた》ふを聞《き》くも、いかなる人か「[3]いたくな鳴《な》きそ」とは言《い》ひけむ。[4]仲忠《なかただ》が童生《わらはお》ひ言《い》ひおとす人と、「[5]ほととぎす、うぐひすにおとる」と言《い》ふ人こそ、いとつらうにくけれ。

二一二段

八月つごもり、[1]太秦《うづまさ》に詣《まう》づとて見れば、[2]穂《ほ》に出《い》でたる田を人いとおほく見《み》さわぐは、稲刈《いねか》るなりけり。「[3]さ苗《なへ》取りしか、いつの間《ま》に」、まことに、[4]さいつごろ賀茂《かも》へ詣《まう》づとて見《み》しが、あはれにもなりにけるかな。これはをのこどもの、いと[5]赤《あか》き稲《いね》の、本《もと》ぞ青《あを》きを持《も》たりて刈《か》る。[6]何《なに》にかあらむして本《もと》を切《き》るさまぞ、やすげに、せまほしげに見《み》ゆるや。いかでさすらむ、穂《ほ》をうち敷《し》きて並《な》みをるもをかし。[7]庵《いほ》のさまなど。

3 「ほととぎすいたくな鳴きそ汝《な》が声を五月の玉にあひ貫《ぬ》くまでに」(古今六帖、原歌は万葉集)など。
4 『うつほ物語』の主要人物。八〇段注30・31参照。
5 この優劣論は三九段にも見えた。

1 広隆寺《こうりゅうじ》。現在の京都市右京区。
2 「穂に出づ」は穂が伸びる意。前段の田植えに対し、秋の稲刈りの風景。
3 補注一
4 前段の体験。
5 「赤」の原義は明るい色。茶色がかった色も含む。
6 何だかわからないもの。鎌のこと。
7 田を見張る番小屋。

二一三段

[1]九月二十日あまりのほど、[2]長谷《はせ》に詣《まう》でて、いとはかなき家《いへ》にとまりたりしに、[3]いと苦《くる》しくてただ寝《ね》に寝入《ねい》りぬ。

夜ふけて月の[4]窓《まど》より洩《も》りたりしに、人の臥《ふ》したりしどもが衣《きぬ》の上《うへ》に、しろうてうつりなどしたりしこそ、いみじうあはれとおぼえしか。

[5]さやうなるをりぞ、人、歌詠《うたよ》むかし。

二一四段

[1]清水《きよ》などにまゐりて、坂《さか》もとのぼるほどに、[2]柴《しば》たく香《か》のいみじうあはれなるこそをかしけれ。

二一五段

[1]五月の菖蒲《さうぶ》の秋冬過《す》ぐるまであるが、いみじう白《しら》み枯《か》れ

1　前段からまた季節が進む。二十日を過ぎると月の出が遅い。
2　長谷寺。一二段注3参照。
3　旅の疲れから。
4　採光通風のため壁などに設けた空間。月と窓の取り合わせは漢詩に散見。
5　歌を記さずに、かえって鮮明な印象を残す。

1　清水寺（一一七段注1）へ、坂の下から牛車で登る。
2　歌ではその煙が詠まれた。以下の段も「香」を取り上げる。

1　菖蒲は五日の節日に屋根などに葺いた。これは使わずにしまい込んでいたもの。

てあやしきを、[2]ひき折《を》り上《あ》げたるに、そのをりの香《か》の残《のこ》り[3]てかかへたる、いみじうをかし。

二一六段

よくたきしめたる薫物《たきもの》の、昨日、一昨日《をととひ》、今日《けふ》などは忘《わす》れたるに、[1]引《ひ》き上《あ》げたるに、[2]煙の残《のこ》りたるは、ただ今《いま》の香《か》よりもめでたし。

二一七段

月のいと明《あ》かきに[1]川をわたれば、牛の歩《あゆ》むままに、[2]水晶《すいさう》などの割《わ》れたるやうに水の散《ち》りたるこそをかしけれ。

二一八段

大《おほ》きにてよきもの　家《いへ》　[1]餌袋《ゑぶくろ》　法師《ほふし》　[2]くだ物《もの》　牛《うし》　松の木　硯の墨《すみ》。

2　枯れた菖蒲を取り出そうと折り曲げたら、意外にも香りが漂った。「ひき」は接頭語。
3　底本「かかえ」。仮名遣を改めた。

1　火取香炉を覆う伏籠《ふせご》にかぶせてあった衣を。
2　薫物の残り香。

1　牛車で川を渡る。
2　透明な石英の結晶。水精とも。数珠などに使う。

1　食料を入れて携行する袋。
2　一三五段補注三参照。

をのこの目の細《ほそ》きは女[3]びたり。また、鋺《かなまり》[4]のやうならむもおそろし。火桶《をけ》　ほほづき[5]　山吹《ぶき》の花　桜の花《はな》びら。

二一九段

短《みじか》[1]くてありぬべきもの　とみの物縫《ぬ》ふ糸《いと》　下衆《げす》[2]女の髪《かみ》　人[3]のむすめの声《こゑ》　灯台《とうだい》[4]。

二二〇段

人[1]の家《いへ》につきづきしきもの　ひぢ[2]折《を》りたる廊《らう》　円座《わらうだ》[3]　三尺の几《き》帳　大《おほ》きやかなる童《どう》女　よきはした者《もの》　侍《さぶらひ》[4]の曹《ざう》司《し》　折敷《をしき》[5]　懸盤《かけばん》　中《ちゆう》の盤《ばん》　おはらき[6]　衝立障子《ついたちさうじ》　かき板《いた》[7]　装束《さうぞく》よくしたる餌《ゑ》袋　唐傘《からかさ》　棚厨子《たなづし》　提子《ひさげ》　銚子《てうし》。

二二一段

物《もの》へ行《い》く道に、清《きよ》げなるをのこの細《ほそ》やかなるが、立《た》[1]て文《ぶみ》

3　女性的なので大きいほうがいい。
4　金属製の碗。補注一
5　薬用や、婦女子のおもちゃとして当時から口に含み、鳴らして楽しんだ。実の大きい方が鳴らして遊ぶには便利。

1　「短し」は「長し」「高し」の対義語。
2　立ち働くのに邪魔にならない。
3　娘は高い声を出しがちだが、低い声をよしとする。
4　低い方が手元が明るくなる。

1　しかるべき人の家にふさわしいもの。
2　未詳。補注一
3　八四段注67参照。
4　侍の詰所。
5　以下三つは食膳の具。「懸盤」は三三段注23参照。「中の盤」は補注二
6　未詳。補注三
7　以下の項目は補注四

1　正式な書状。

持《も》ちて急《いそ》ぎ行《い》くこそ、いづちならむと見ゆれ。

また、清《きよ》げなる童《わらは》[2]べなどの、袙《あこめ》どものいとあざやかなるにはあらで萎《な》えばみたるに、屐子《けいし》[3]のつややかなるが、歯《は》に土《つち》おほくつきたるをはきて、白き紙《かみ》に大《おほ》きに包《つつ》みたる物、もしは箱の蓋《ふた》に草子《さうし》どもなど入《い》れて持《も》て行《い》くこそ、いみじう呼《よ》び寄《よ》せて見《み》まほしけれ。

門近《かどちか》なる所の前《まへ》[4]わたりを呼《よ》び入《い》るるに、愛敬《あいぎやう》なくいらへもせで行《い》く者《もの》は、使《つか》[5]ふらむ人こそおしはかるれ。

2　女童《めのわらは》。
3　足駄の類。表面は手入れがされているが、足駄の歯には土が多くついている。
4　前を通る者を。
5　従者の態度はそのまま主人の評価となる。

二二二段

よろづの事《こと》よりも、わびしげなる車《くるま》に装束《さうぞく》わるくて物見る人、いともどかし。説経[1]などは、いとよし。罪失《つみうしな》ふ事《こと》なれば。それだに、なほあながちなるさまにては見苦《みぐる》しきに、まして祭《まつり》[2]などは見《み》でありぬべし。下簾《したすだれ》[3]なくて、白《しろ》き単《ひとへ》の袖などうちたれてあめりかし。ただその日の料《れう》と思《おも》ひて、車《くるま》

1　説経聴聞は罪障消滅が目的なので。見栄えは二の次。
2　賀茂祭。
3　下簾（簾の内側に垂らす絹）がなくて単《ひとへ》の袖が見えている。出衣《いだしぎぬ》とは別。

の簾《すだれ》もしたてて、「いとくちをしうはあらじ」と出《い》でたるに、まさる車《くるま》など見つけては、「何《なに》しに」とおぼゆるものを、まいていかばかりなる心にて、さて見《み》るらむ。

「よき所に立《た》てむ」と急《いそ》がせば、とく出《い》でて待《ま》つほど、ゐ入《い》り立《た》ち上《あ》がりなど、暑《あつ》く苦《くる》しきに困《こう》ずるほどに、[4]斎《さい》院の垣下《ゑが》にまゐりける殿上人、[5]所の衆《しゅう》、弁、少納言など、七《なな》つ八《や》つと引《ひ》きつづけて院の方《かた》より走《はし》らせて来《く》るこそ、「事《こと》なりにけり」とおどろかれてうれしけれ。

[6]物見《ものみ》の所の前《まへ》に立《た》てて見《み》るも、いとをかし。殿上人、物《もの》言《い》ひにおこせなどし、[7]所の御前《ごぜん》どもに水飯食《すいはんく》はすとて、[8]階《はし》のもとに馬引《ひ》き寄《よ》するに、[9]おぼえある人の子どもなどは、雑色《ざふしき》など下《お》りて、馬の口取《くちと》りなどしてをかし。[10]さらぬ者《もの》の見《み》も入《い》れられぬなどぞ、いとほしげなる。

御輿《みこし》のわたらせたまへば、[11]轅《ながえ》どもある限《かぎ》りうち下《お》ろして、過《す》ぎさせたまひぬれば、[12]まどひ上《あ》ぐるもをかし。その前《まへ》に

4 「斎院の垣下」は二〇七段注46参照。ここは祭当日、出発前の饗応。
5 斎王の前駆《ぜんく》を務める蔵人所の衆。
6 貴人が見物する高床の桟敷。一条大路北側に設けた。
7 蔵人所の衆や雑色に、桟敷から水飯《すいはん》（水に浸した乾飯《ほしいい》）が振る舞われる。
8 水飯をもらいに、桟敷の階段まで馬を寄せる。
9 評判のよい人の子だと、桟敷主の雑色が下りてきて馬の口を取ってやる。
10 「おぼえある人の子」でないと世話してもらえない。
11 斎王に敬意を表して、見物の車は轅《ながえ》を榻《しじ》から下ろす。
12 「まどひ」は慌てて。傾いた車をすぐ戻したい。

立《た》つる車《くるま》はいみじう制《せい》するを、「などて立《た》つまじき」とて強《し》ひて立《た》つれば、[13]言《い》ひわづらひて消息《せうそこ》などするこそをかしけれ。所もなく立《た》ち重《かさ》なりたるに、よき所《ところ》の御車《くるま》、[14]人だまひ、引《ひ》きつづきておほく来《く》るを、「いづこに立《た》たむとすらむ」と見《み》るほどに、御前《ごぜん》どもただ下《お》りに下《お》りて、立《た》てる車《くるま》どもをただ除《の》けに除《の》けさせて、人だまひまで立《た》てつづけさせつるこそ、[15]いとめでたけれ。追《お》ひ下《さ》げさせつる車《くるま》どもの、牛《うし》かけて所《ところ》ある方《かた》にゆるがし行《ゆ》くこそ、いとわびしげなれ。きらきらしくよきなどをば、いとさしも押《お》しひしがず。[16]いと清《きよ》げなれど、また、ひなびあやしき下衆《げす》など[17]絶《た》えず呼《よ》び寄《よ》せ、出《い》だしするゐなどしたるもあるぞかし。

二二三段

[1]「細殿《ほそどの》に便《びん》なき人なむ、暁《あかつき》に傘《かさ》さして出《い》でける」と言《い》ひ出《い》でたるを、よく聞《き》けばわが上《うへ》なりけり。[2]地下《(ぢげ)》などいひて

13 従者が聞く耳を持たないと、主人同士の交渉に入る。
14 供の女房が乗る副車《そえぐるま》。
15 高貴な車の威光を称賛。
16 「わびしげなる車」以外の感心しない振る舞いも紹介。
17 細かく指示し、下衆などに良い場所を確保させる。

1 登花殿の西廂。七四段参照。
2 殿上の間に昇殿を許されていない者。以下、訪れた男の説明。

も目《め》やすく、人に[3]ゆるされぬばかりの人にもあらざなるを、「あやしの事《こと》や」と思《おも》ふほどに、上《うへ》より御文《ふみ》持《も》て来《き》て、「返《（かへ）》り事ただいま」と仰《おほ》せられたり。「何事《なにごと》にか」とて見《み》れば、大傘《おほかさ》の絵《かた》をかきて人は見《み》えず、ただ手《て》の限《かぎ》りをとらへさせて、下《しも》に

[4]山の端《は》あけしあしたより

と書《か》かせたまへり。

なほはかなき事《こと》にても、ただめでたくのみおぼえさせたまふに、「はづかしく心づきなき事《こと》は、いかでか御覧《らん》ぜられじ」と思《おも》ふに、かかるそら言《ごと》の出《い》で来《く》る、苦《くる》しけれどをかしくて、こと紙《かみ》に[5]雨《あめ》をいみじう降《ふ》らせて、下《しも》に、

[6]ならぬ名のたちにけるかな

[7]さてや、濡《ぬ》れ衣《ぎぬ》にはなりはべらむ

と啓《けい》したれば、[8]右近の内侍などに語《かた》らせたまひて笑《わら》はせたまひけり。

3　底本「ゆるさる」、能本に拠る。

4　「三笠山」を加えて上の句となる。定子は「あやしくも我が濡れ衣を着たるかな三笠の山を人に借られて」（拾遺集・雑賀・義孝《よしたか》）を踏まえ、今朝の傘の一件は濡れ衣なのかと伝えた。義孝歌の詞書には「同じ少将通ひはべりける所に、兵部卿致《むね》平《ひら》の親王《みこ》まかりて、少将の君おはしたりと言はせはべりけるを、後に聞きはべりて、かの親王のもとにつかはしける」とある。少将（義孝）が自分の名を親王に騙られたことを、濡れ衣を着せられたと詠んでいる。三笠山は近衛府（大・中・少将）の異名。義孝は頭弁行成《ゆきなり》の父である。

5　夕立のような激しい雨の絵。

6　連歌下の句。絵と合わせて「雨ならぬ名」。立った（降った）のは雨でなく浮名だったことよ。

7　義孝《よしたか》歌（注4）を踏まえ「傘を借りられて濡れ衣を着てしまいました」と応じた。

8　内裏女房。七段注20参照。

二二四段

[1]三条の宮におはしますころ、[2]五日の[3]菖蒲《さうぶ》の輿《こし》など持《も》てまゐり、[4]薬《くす》玉まゐらせなどす。若《わか》き人々、[5]御匣《みくしげ》殿など、薬《くす》玉して[6]姫《ひめ》宮若《わか》宮につけたてまつらせたまふ。いとをかしき薬《くす》玉ども、[7]ほかよりまゐらせたるに、[8]青《あを》ざしといふ物を持《も》て来《き》たるを、[9]青《あを》き薄様《うすやう》を艶《えん》なる硯の蓋《ふた》に敷《し》きて、「これ、[10]ませ越《ご》しにさぶらふ」とてまゐらせたれば、

[11]みな人の花や蝶《てふ》やといそぐ日もわが心をば君《きみ》ぞ知《し》りける

[12]この紙《かみ》の端《はし》を引き破《や》らせたまひて書《か》かせたまへる、いとめでたし。

二二五段

[1]御乳母《めのと》の大輔《(たいふ)》の命婦、[2]日向《ひうが》へ下《くだ》るに給はする[3]扇《あふぎ》どもの

1 六段の大進《だいじん》生昌《なりまさ》邸が后宮《きさいのみや》御在所として再登場。
2 長保《ちやうほう》二年（一〇〇〇）五月。「評」参照。
3 典薬寮《てんやく》から献上された菖蒲。
4 縫殿寮《ぬいどの》糸所《いとどころ》からの献上品（二三段参照）。
5 道隆四女（八〇段注8）。
6 五歳の脩子内親王（六段注25）と二歳の敦康《あつやす》親王。補注一
7 先の公的な献上品とは別に。
8 青麦粉製の菓子か。
9 紙の色を「青ざし」に合わせた。
10 補注二
11 「みな人」は薬玉の飾りつけに興じる人々。五日の風情（菖蒲・薬玉）に加え、新奇な「青ざし」を秀句に仕立てた清少納言の趣向に共感した。
12 先の「青き薄様」。破った紙に書き付けた。

1 定子の乳母。高階光子か。

中に、片《かた》つ方《かた》は日いとうららかにさしたる田舎《ゐなか》の館《たち》などおほくして、いま片《かた》つ方《かた》は京のさるべき所にて雨いみじう降《ふ》りたるに、

[4]あかねさす日にむかひても思ひ出《い》でよみやこは晴《は》れぬ
ながめすらむと

御手《て》にて書《か》かせたまへる、いみじう[5]あはれなり。さる君《きみ》を見《み》おきたてまつりてこそ、[6]え行《ゆ》くまじけれ。

二二六段

[1]清水《きよ》に籠《こも》りたりしに、わざと御使《つかひ》して給はせたりし[2]唐《から》の紙《かみ》の赤《あか》みたるに、草《さう》にて、

[3]山ちかき入あひの鐘《かね》のこゑごとにこふる心《こころ》の数は知《し》る
らむ　ものを、こよなの長居《ながゐ》や

とぞ書《か》かせたまへる。紙《かみ》などの、なめげならぬも取《と》り忘《わす》れたる[4]旅《たび》にて、[5]紫《むらさき》なる蓮《はちす》の花《はな》びらに書《か》きてまゐらす。

2　現在の宮崎県あたり。夫の任地か。
3　餞別の品。
4　「あかねさす」は枕詞。「日にむかひ」に「日向」、「晴れぬ」に「空が」と「心が」を、「ながめ」に「長雨」を掛ける。下向先をうららかな日差しで予祝し、別れた後の寂《せき》寥《りょう》を訴えた歌。『詞花集』『玄々集』所収。
5　定子の言動を「あはれ」と評した唯一の例。
6　自分は決してお側を離れない、という思いがこもる。

1　清水寺。一一七段注1参照。
2　「唐」は高級舶来品。「赤みたる」は「入あひ」の空の色。「草」は草仮名（一七八段注39参照）。
3　定子からの歌。補注一
4　「旅」は外泊先。「度」（〜の折）も掛けるか。
5　散華《さんげ》に用いる蓮の花弁型の紙。

二二七段

[1]駅《むまや》は　[2]なし原《はら》　[3]もち月の駅《むまや》。

[4]山の駅《むまや》は、あはれなりし事《こと》を聞《き》きおきたりしに、またもあはれなる事《こと》のありしかば、なほとりあつめてあはれなり。

1　馬を乗り継ぐ宿場駅。主要道路に三十里から十五里の間隔で置かれた。
2　大和国か。一説、近江国。
3　未詳。一説、信濃国望月の牧。
4　補注一

二二八段

社《やしろ》は　[1]ふるの社《やしろ》　[2]いくたの社《やしろ》　[3]たびの御社《みやしろ》　[4]花ふちの社《やしろ》。

[5]杉《すぎ》の御社《みやしろ》は「しるしやあらむ」とをかし。[6]言《こと》のままの明神、いとたのもし。「さのみ聞《き》きけむ」とや言《い》はれたまはむと思《おも》ふぞ、いとほしき。

[7]蟻通《ありとほし》の明神、[8]貫之《(つらゆき)》が馬《むま》のわづらひけるに、「この明神の病《や》ませたまふ」とて歌詠《うたよ》みて奉《たてまつ》りけむ、いとをかし。この「蟻通《ありとほし》」とつけけるは、まことにやありけむ、

1　石上《いそのかみ》神宮（奈良県天理市）。
2　生田神社（神戸市）。
3　お旅所《たびしょ》か。
4　鼻節《はなぶし》神社（宮城県）か。
5　大和国の三輪神社か。参考「三輪の山しるしの杉はありながら教へし人はなくて行く世ぞ」（拾遺集・雑上・元輔）。
6　静岡県掛川《かけがわ》市にあった。「言のまま」は言葉通りに（叶える）の意。以下は「ねぎ言をさのみ聞きけむ社《やしろ》こそ果てはなげきの森となるらめ」（古今集・誹諧歌・さぬき）に拠る。神が個々の願いを聞きすぎると、結局は相殺されて叶わなくなるという。

昔《むかし》[9]、おはしましける帝《みかど》の、ただ若《わか》き人をのみおぼしめして、[10]四十になりぬるをば失《うしな》はせたまひければ、人の国《くに》の遠《とほ》きに行《ゆ》き隠《かく》れなどして、さらに都の内《うち》にさる者《もの》のなかりけるに、中将なりける人の、いみじう時の人にて、心などもかしこかりけるが、七十近《ちか》き親二人《おやふたり》を持《も》たるに、「かう四十をだに制《せい》する、ことにまいておそろし」とおぢさわぐに、いみじく孝《けう》なる人にて、「遠《とほ》き所に住《す》ませじ。一日に一度《ひとたび》、見《み》ではえあるまじ」とて、みそかに家《いへ》のうちの土《つち》を掘《ほ》りて、そのうちに屋を立《た》てて籠《こ》めすゑて、行《い》きつつ見《み》る。人にも公《おほやけ》にも、失《う》せ隠《かく》れにたるよしを知《し》らせてあり。などか。家《いへ》に入《い》りゐたらむ人をば、知《し》らでもおはせかし。うたてありける世にこそ。

[11]この親《おや》は上達部《かんだちめ》などにやありけむ、中将などを子にて持《も》たりけるは。心いとかしこう、よろづの事知《し》りたりければ、この中将も若《わか》けれどいと聞《きこ》えあり、いたりかしこくして、

7　大阪府泉佐野《いずみさの》市にある。

8　『貫之集』以下、歌論書に見える説話。貫之が蟻通の神に「かき曇りあやめも知らぬ大空にありとほしをば思ふべしやは」と詠むと、死にそうだった馬が回復したという。

9　以下は、『雑《ざつ》宝《ほう》蔵《ぞう》経』『法《ほう》苑《おん》珠《じゅ》林《りん》』『賢愚《けんぐ》経』など仏典由来の説話が、様々な脚色を経て伝わったものか。「棄老」「難題」など類例の多い話型が含まれる。

10　四十歳から初老に入る。

11　若い息子が中将なので、父親は公卿クラスだったかと推測。「などにや」は能本・前本に拠る。

時の人におぼすなりけり。

唐土《もろこし》の帝《みかど》、この国の帝《みかど》をいかで、はかりてこの国打《う》ち取《と》らむとて、常《つね》にこころみ事《ごと》をし、あらがひ事《ごと》をして、恐《おそ》り[12]たまひけるに、つやつやとまろにうつくしげに削《けづ》りたる木の二尺ばかりあるを、「これが本末《もとすゑ》いづ方《かた》」と問《と》ひにたてまつれたるに、すべて知《し》るべきやうなければ、帝《みかど》おぼしわづらひたるに、いとほしくて、親《おや》のもとに行《い》きて「かうかうの事なむある」と言《い》へば、「ただ早《はや》からむ川《かは》に、立《た》ち[13]ながら横《よこ》さまに投《な》げ入《い》れて、返《かへ》りて流《なが》れむ方《かた》を末《すゑ》としるしてつかはせ」と教《をし》ふ。まゐりて我知《し》り顔《がほ》に、「さて、こころみはべらむ」とて人と具《ぐ》して投《な》げ入《い》れたるに、先《さき》にして行《い》く方《かた》にしるしをつけてつかはしたれば、まことにさなりけり。

また、二尺ばかりなる蛇《くちなは》のただ同《おな》じ長《なが》さなるを、「これはいづれか男《をとこ》、女」とて奉《たてまつ》れり。また、さらに人え見知《し》ら

12 「恐り」は恐怖、脅威。

13 川岸から流れに直角になるように投げ入れて。

ず。例《れい》の中将来《き》て問《と》へば、「二《ふた》つを並《なら》べて、尾《お》の方《かた》に細《ほそ》き[14]すばえをしてさし寄《よ》せむに、尾《お》はたらかざらむを女《め》と知《し》れ」と言《い》ひける。やがてそれは内裏《だいり》のうちにてさしけるに、まことに一《ひと》つは動《うご》かず一つは動《うご》かしければ、またさるしるしつけてつかはしけり。

ほど久《ひさ》しくて、[15]七曲《ななわだ》にわだかまりたる玉《たま》の、中通《なかとほ》りて左右に口《くち》あきたるが小《ちひ》さきを奉《たてまつ》りて、「これに[16]緒《を》通《とほ》して給はらむ。この国にみなしはべる事なり」とて奉《たてまつ》りたるに、「いみじからむ物《もの》の上手《ず》、不用《ふよう》なり」と、そこらの上達部《かんだちめ》、殿上人、世にありとある人言《い》ふに、また行《い》きて「かくなむ」と言《い》へば、「大きなる蟻《あり》をとらへて、二《ふた》つばかりが腰《こし》に細《ほそ》き糸《いと》をつけて、またそれにいますこし太《ふと》きをつけて、あなたの口《くち》に蜜《みち》を塗《ぬ》りてみよ」と言《い》ひければ、さ申して蟻《あり》を入《い》れたるに、蜜《みち》の香をかぎて、まことにいととくあなたの口《くち》より出《い》でにけり。さて、その糸《いと》の貫《つらぬ》かれたるをつかは

14　「すばえ」は幹からまっすぐ伸びた若枝。

15　とぐろを巻くように細い管を折り曲げて、球状にしたものか。

16　「緒」は糸や紐。

してける後《のち》になむ、「なほ日の本《もと》の国《くに》は、かしこかりけり」とて、後《のち》にさる事もせざりける。

この中将をいみじき人におぼしめして、「なにわざをし、いかなる官位《つかさくらゐ》をか給ふべき」と仰《おほ》せられければ、「さらに官《つかさ》もかうぶりも給はらじ。ただ老《お》いたる父母《ちち》の隠《かく》れ失《う》せてはべる、たづねて都に住《す》ますする事をゆるさせたまへ」と申しければ、「いみじうやすき事」とてゆるされければ、よろづの人の親《おや》、これを聞《き》きてよろこぶ事いみじかりけり。中将は、上達部《かんだちめ》、大臣になさせたまひてなむありける。

さて、その人の神になりたるにやあらむ、その神の御もとに詣《まう》でたりける人に、夜《よる》あらはれてのたまへりける、

ななわだにまがれる玉の緒《を》をぬきてありとほしとは知《し》らずやあるらむ

とのたまへりける。

17 実際は家の地下に隠している。

18 すべての老親が都住まいを許された。『法苑珠林』ではその経緯が明らか。

19 文脈からは中将だが、説話の内容からは父親か。

20 『袋草子』には貫之歌として掲載。

と、人[21]の語《かた》りし。

二二九段

[1]一条の院をば今《いま》内裏とぞいふ。[2]おはします殿《でん》は清涼殿にて、[3]その北《きた》なる殿におはします。[4]西東《にしひんがし》は渡殿《わたどの》にて、わたらせたまひ、まうのぼらせたまふ道《みち》にて、前《まへ》は壺《つぼ》なれば、前栽《せんざい》植《う》ゑ[5]籬《ませ》結《ゆ》ひていとをかし。

[6]二月二十日ばかりのうららとのどかに照《て》りたるに、渡《わた》殿《どの》の西《にし》の廂《ひさし》にて、[7]上《うへ》の御笛《ふえ》吹《ふ》かせたまふ。[8]高遠《たかとほ》の兵部卿、御笛《ふえ》の師《し》にてものしたまふを、御笛二《ふえふた》つして[9]高砂《たかさご》を折《を》り返《かへ》して吹《ふ》かせたまふは、なほいみじうめでたしと言《い》ふも世の常《つね》なり。御笛《ふえ》の事どもなど奏《そう》したまふ、いとめでたし。御《み》簾《す》もとに集《あつ》まり出《い》でて見《み》たてまつるをりは、「[10]芹摘《せりつ》みし」などおぼゆる事こそなけれ。

[11]すけただは木《も》工允《くじょう》にてぞ、蔵《くら》人にはなりたる。いみじく

21　以上は聞き書きである、との断り。

1　長保元年六月の内裏焼亡以降、内裏として使用された（一〇段注2）。
2　中殿《ちゅうでん》（北の対《たい》）を清涼殿に見立てた。
3　北殿《きたどの》（北二の対）。定子は長保二年二月十一日から三月二十七日まで滞在（権記）。
4　東西の渡殿（渡り廊下）が北殿と中殿を結び、間に壺庭《つぼにわ》があった。
5　竹などを結った低い垣根。
6　長保二年。「評」参照。
7　一条天皇。二十一歳。
8　藤原高遠。補注一
9　催馬楽の曲名。「長生楽《ちょうせいらく》」の破《は》。
10　「芹摘みし昔の人も我がごとや心に物はかなはざりけん」（俊頼髄脳などにみえる古歌）に拠る。不如意を嘆く歌。
11　補注二

荒《あら》々しくうたてあれば、殿上人、女房《ばう》、「あらはこそ」[12]とつけたるを、[13]歌《うた》に作《つく》りて「さうなしの主《ぬし》、尾張人《をはりうど》の種《たね》にぞありける」とうたふは、[14]尾張《をはり》の兼時《かねとき》がむすめの腹《はら》なりけり。これを御笛《ふえ》に吹《ふ》かせたまふを、添《そ》ひにさぶらひて、「なほ高《たか》く吹《ふ》かせおはしませ。え聞《き》きさぶらはじ」と申せば、「いかが、さりとも聞《き》き知《し》りなむ」とて、みそかにのみ吹《ふ》かせたまふに、[15]あなたより渡《わた》りおはしまして、「かの者なかりけり。ただいまこそ吹《ふ》かめ」と仰《おほ》せられて吹《ふ》かせたまふは、[16]いみじうめでたし。

二三〇段

[1]身をかへて、天人などはかやうやあらむと見《み》ゆるものは、ただの女房《(にょう)ばう》にてさぶらふ人の、[2]御乳母《めのと》になりたる。[3]唐衣《からぎぬ》も着《き》ず、裳《も》をだにもよういはば着《き》ぬさまにて御前《おまへ》に添《そ》ひ臥《ふ》し、御帳《(みちやう)》の内《うち》を居所《ゐどころ》にして、女房《ばう》どもを呼《よ》び使《つか》ひ、局《つぼね》に物《もの》

12 「露骨さん」のようなあだ名か。
13 歌謡にして歌った。
14 兼時は村上から一条朝の近衛官人。舞の名手。
15 天皇が定子御在所にいらして。
16 一条天皇ひとりを評した作中唯一の「めでたし」。

1 天人に生まれ変わった人のように見える。大げさな表現。
2 皇子皇女などの乳母になること。
3 女房の正装たる唐衣・裳の着用を免除。授乳が仕事なので。

を言《い》ひやり、文《ふみ》を取《と》り次《つ》がせなどしてあるさま、言《い》ひ尽《つ》くすべくもあらず。

[4]雑色《ざふしき》の蔵人《（くらうど）》になりたる、めでたし。去年《こぞ》の[5]霜《しも》月の臨時《りんじ》の祭《まつり》に御《み》琴《こと》持《も》たりしは、人とも見えざりしに、君達《きんだち》と連《つ》れ立《だ》ちてありくは、いづこなる人ぞとおぼゆれ。ほかよりなりたるなどは、いとさしもおぼえず。

二三一段

雪高《ゆきたか》う降《ふ》りて今《いま》もなほ降《ふ》るに、五位も四位も、色《いろ》うるはしう若《わか》やかなるが、[1]うへの衣《きぬ》の色いときよらにて、[2]革《かは》の帯《おび》の形《かた》つきたるを、[3]宿直姿《とのゐすがた》に[4]ひきはこえて、紫《むらさき》の指貫《さしぬき》も雪に冴《さ》え映《は》えて濃《こ》さまさりたるを着《き》て、[5]衵《あこめ》の紅《くれなゐ》、ならずは、おどろおどろしき山吹《ぶき》を出《い》だして、[6]唐傘《からかさ》をさしたるに、風のいたう吹《ふ》きて横《よこ》さまに雪を吹《ふ》きかくれば、すこし傾《かたぶ》けて歩《あゆ》み来《く》るに、[7]深《ふか》き沓《くつ》、半靴《はうくわ》などの[8]脛巾《はばき》まで、雪のいと白《しろ》う

4　蔵人所の雑色から六位蔵人になった者。八五段でも言及。
5　霜月（陰暦十一月の異名）に行われる賀茂の臨時祭。一三七段参照。

1　袍の色。五位は蘇芳、四位は黒。
2　締めていた石帯《せきたい》の形が残っている。
3　下襲や石帯を省いた略装。
4　袍の裾をたくし上げて。指貫がよく見える。
5　袍の下に着ている衵。出衣《いだしぎぬ》にしている。
6　柄のある傘。
7　「深き沓」「半靴」は一一七段注7参照。
8　「脛巾」は脛《すね》に巻く布。それを沓の付属品と見ている。

かかりたるこそをかしけれ。

二三二段

[1]細殿《ほそどの》の遣戸《やりど》をいととう押《お》し開《あ》けたれば、御湯殿《ゆどの》[2]の馬道《めだう》[3]より下《お》りて来《く》る殿上人、萎《な》えたる直衣《なほし》、指貫《さしぬき》のいみじうほころびたれば、色々の衣《きぬ》どものこぼれ出《い》でたるを押《お》し入《い》れなどして、北《きた》[4]の陣《ぢん》ざまに歩《あゆ》み行《ゆ》くに、開《あ》きたる戸《と》の前《まへ》を過《す》ぐとて、纓《えい》[5]を引《ひ》き越《こ》して顔《かほ》にふたぎて往《い》ぬるもをかし。

1 登花殿西廂（四四段参照）の遣戸（引き戸）。「押し」は接頭語。
2 清涼殿の西北隅。底本「御湯殿に」、宇本による。
3 御《お》湯殿前の切馬道《きりめどう》から下りて。
4 宿直した殿上人が退出してくる。朔平門《きくへい》の方へ。
5 冠の後ろに垂らした部分。前に回して顔を隠した。

二三三段

岡《をか》は　[1]ふな岡《をか》　[2]かた岡《をか》。[3]とも岡《をか》は笹《ささ》の生《お》ひたるが、をかしきなり。[4]かたらひの岡《をか》　[5]ひとみの岡《をか》。

1 山城国愛宕《おたぎ》郡。補注一
2 大和国北葛城《きたかつらぎ》郡。補注二
3 山城国乙訓《おとくに》郡。以下、注5まで補注三〜五参照。

二三四段

降《ふ》るものは　雪　あられ。

みぞれはにくけれど、白《しろ》き雪《ゆき》のまじりて降《ふ》る、をかし。

二三五段

雪は檜皮葺《ひはだぶき》[1]、いとめでたし。すこし消《き》えがたになりたるほど。また、いとおほうも降《ふ》らぬが、瓦《かはら》[2]の目《め》ごとに入《い》りて黒《くろ》うまろに見えたる、いとをかし。

時雨、あられは、板屋《いたや》[3]。霜も、板屋《いたや》、庭《には》。

1　檜の皮で葺いた屋根。

2　瓦で葺いた屋根。

3　板葺きの家。

二三六段

日は入日、入《い》り果《は》てぬる山の端《は》[1]に、光《ひかり》なほとまりてあかう見《み》ゆるに、薄黄《うすき》ばみたる雲のたなびきわたりたる、いとあはれなり。

1　山の稜線。

二三七段

月は[1]有《あり》明の、東《ひんがし》の山ぎは[2]に細《ほそ》くて出《い》づるほど、いとあはれなり。

二三八段

星は　[1]すばる　[2]ひこ星《ぼし》　[3]夕《ゆふ》づつ。[4]よばひ星《ぼし》、すこしをかし。尾《お》だになからましかばまいて。

二三九段

雲は白《しろ》き。紫《むらさき》、黒《くろ》きもをかし。風吹《ふ》くをりの雨《あま》雲。

明《あ》けはなるるほどの黒《くろ》き雲の、やうやう消《き》えて、しろうなり行《ゆ》くもいとをかし。「[1]朝《(あした)》にさる色《いろ》」とかや、文《ふみ》にも作《つく》りたなる。

月のいと明《あ》かき面《おもて》に、薄《うす》き雲《くも》、あはれなり。

1　有明の月。月がまだ空にあるうちに夜明けになることで、陰暦十六夜以後に起こる。後朝の別れの頃でもあり、余情深いものとされた。「有明けのつれなくみえし別れより暁ばかり憂きものはなし」（古今集・恋三・忠岑《ただみね》）。
2　山の稜線に接する空のあたり。

1　昴《すばる》。『和名抄』で「須波流」と読み、「宿曜経云、昴、六星火神也」ともある。牡牛座に属する。
2　七夕の牽牛星。
3　金星。宵の明星。
4　流れ星。尾を引くことから彗星の説も。

1　「花か花に非ず、霧か霧に非ず。夜半に来《きた》り天明に去る。来ること春の夢の如く、幾多の時。去ること朝雲に似て、覓《もと》むる処無し」（白氏文集・花非花）に拠る。

二四〇段

さわがしきもの　[1]走《はし》り火　板《いた》屋の上にて烏《からす》の[2]斎《とき》の生飯《さば》食《く》ふ。[3]十八日に清水《(きよみづ)》に籠《こも》り合《あ》ひたる。

[4]暗《くら》うなりてまだ火もともさぬほどに、ほかより人の来《き》あひたる。まいて、遠《とほ》き所の人の国などより家《いへ》の主《あるじ》の上《のぼ》りたる、いとさわがし。[5]近《ちか》きほどに「火出《い》で来《き》ぬ」と言《い》ふ。されど、燃《も》えはつかざりけり。

1　パチパチはねる火の粉。
2　補注一
3　毎月十八日は観音の縁日。清水寺は参籠者で混雑する。
4　夜になる頃に来客が重なる。
5　近所の火事。燃え移らない程度なので「さわがし」で済んだ。

二四一段

[1]ないがしろなるもの　[2]女官どもの髪上《かみあ》げ姿《すがた》。[3]唐絵《からゑ》の革《かは》の帯《おび》のうしろ。[4]聖《ひじり》のふるまひ。

1　無造作でだらしないもの。
2　下級の女官が立ち働きしやすいように、無造作に髪を上げている姿。身分ゆえに上等な品でなく、安手の釵子《さいし》や飾り櫛を挿した姿という説もある。
3　補注一
4　世俗を離れた修行僧の周囲を気にしない態度。

二四二段

[1]言葉《こと》なめげなるもの　宮のべの[2]祭文《さいもん》よむ人。舟漕《こ》ぐ者《もの》ど

1　失礼そうな言葉づかいをする者。
2　補注一

も。[3]神鳴《かんなり》の陣《ぢん》の舎人《とねり》。[4]相撲《すまひ》。

二四三段

[1]さかしきもの　今様《いまやう》の三歳児《みとせご》。

[2]ちごの祈《いの》りし、腹《はら》などとる女。[3]物《もの》の具《ぐ》どもこひ出《い》でて、祈《いの》り物作《つく》る。紙《かみ》をあまた押《お》し重《かさ》ねて、いと鈍《にぶ》き刀《かたな》して切《き》るさまは、一重《ひとへ》だに断《た》つべくもあらぬに、[4]さる物《もの》の具《ぐ》となりにければ、おのが口《くち》をさへひきゆがめて押《お》し切《き》り、[5]目《め》おほかる物《もの》どもして、かけ竹《たけ》うち割《わ》りなどして、いと神々《かうがう》しうしたてて、うちふるひ祈《いの》る事ども、いとさかし。かつは「何《なに》の宮、その殿《との》の若君《わかぎみ》いみじうおはせしを、かひのごひたるやうに止《や》めたてまつりたりしかば、禄《ろく》をおほく給はりし事。[6]その人かの人召《め》したりけれど、しるしなかりければ、いまに[7]女《をんな》をなむ召《め》す。御徳《とく》をなむ見《み》る」など語《かた》りをる顔《かほ》もあやし。

3　雷鳴時の警護にあたる役人。
4　七月の相撲の節会に諸国から相撲の力士を召すが、その方言が無礼に聞こえたか。

1　「賢い」意だが「こざかしい」「利口ぶっている」という意味合いでも用いる。本段はその例。
2　乳幼児の病気平癒の祈禱をする女。腹をもむので「腹とりの女」(栄花物語)とも呼ばれた。
3　以下、祈禱の用具を作る様子。紙を切って御幣《ごへい》にする。
4　鈍い刀で裁断している様。
5　のこぎりの類。「かけ竹」は幣を掛ける竹。
6　他の人の祈禱は効き目がなかったという。
7　「女」は自称。

下衆《げす》の家《いへ》の女主《あるじ》。痴《し》れたる者、それしもさかしうて、まことにさかしき人を教《をし》へなどすかし。

二四四段

ただ過《す》ぎに過《す》ぐるもの[1]　帆《ほ》[2]かけたる舟《ふね》　人の齢《よはひ》　はるなつ　秋　冬。

1 「ただ〜に〜」で、ひたすら〜する意。
2 風力で進む。漕ぐよりも速い。

二四五段

ことに人に知《し》られぬもの　凶会日《くゑ（にち）》[1]　人[2]の女親《めおや》の老《お》いにたる。

1 陰陽道に由来。補注一
2 家にいて世間との交渉が少ないので。

二四六段

文言葉《ふみこと》[1]なめき人こそ、いとにくけれ。世《よ》をなのめに書《か》きながしたる言葉《こと》のにくきこそ、さるまじき人のもとにあまりかしこまりたるも、げにわろき事《こと》な

1 手紙の言葉、書き言葉。

り。[2]されど、わが得《え》たらむはことわり、人のもとなるさへにくくこそあれ。

[3]おほかた、さし向《む》かひても、なめきは「などかく言《い》ふらむ」と、かたはらいたし。まいて、[4]よき人などをさ申す者《もの》は、いみじうねたうささへあり。田舎《ゐなか》びたる者《もの》などのさあるは、をこにていとよし。

男主《をとこしゆう》などなめく言《い》ふ、いとわるし。わが使《つか》ふ者《もの》などの[5]「何《なに》とおはする」「のたまふ」など言《い》ふ、いとにくし。[6]ここもとに「侍《(はべり)》」などいふ文字《もじ》をあらせばやと聞《き》くこそおほかれ。さも言《い》ひつべき者《もの》には、「[7]人間《げん》の愛敬《あいぎやう》な。などかうこの言《こと》葉はなめき」と言《い》へば、聞《き》く人も言《い》はるる人も笑《わら》ふ。かうおぼゆればにや、「[8]あまり見《み》そす」など言《い》ふも、人わろきなるべし。

殿上人、宰相などを、ただ[9]名《な》のる名をいささかつつましげならず言《い》ふは、いとかたはなるを、清《きよ》うさ言《い》はず、[10]女房《ばう》

2　文脈からは順接（「されば」）がふさわしい。
3　以下は話し言葉について。
4　身分のある人。「さ」は「失礼に」を指す。
5　尊敬語の使い方を指摘。自分自身に用いた例か。
6　しかるべき所で丁寧語を使ってほしい。
7　「人間《にんげん》」は仏教語。わざと大げさに言った。
8　「そす」は「～しすぎる」。烏本に拠る。言葉遣いを注意された人の言葉。
9　本人が名乗る実名。それを遠慮なく口にするのは失礼。
10　女房の使用人まで敬称で呼ぶと。

の局《つぼね》なる人をさへ「あのおもと」「君」など言《い》へば、「めづらかにうれし」と思ひて、ほむる事ぞいみじき。

殿上人、君達《だち》、[11]御前《おまへ》よりほかにては官《つかさ》をのみ言《い》ふ。また、御前《おまへ》にてはおのがどち物《もの》を言《い》ふとも、聞《きこ》しめすには、などてか「まろが」などは言《い》はむ。[12]さ言《い》はむにかしこく、言《い》はざらむにわろかるべき事《こと》かは。

二四七段

いみじうきたなきもの　なめくぢ　[1]えせ板敷《いたじき》の帚《ははき》の末《すゑ》　[2]殿上の合子《がふし》。

二四八段

[1]せめておそろしきもの　夜鳴《よるな》る神[2]。近《ちか》き隣《となり》に盗人《ぬすびと》の入《い》りたる。わが住《す》む所に来《き》たるは、物《もの》もおぼえねば何《なに》とも知《し》らず。近《ちか》き火、またおそろし。

11　天皇や中宮の御前以外では。

12　御前では「まろ」（くだけた自称）を使うべきでないという主張。

1　粗末な板敷をはく箒《ほうき》。

2　清涼殿の殿上《てんじょう》の間《ま》に備えつけてある、蓋つきの朱塗椀。五年に一度の新調で、しかも他人との共用である。

1　「せめて」はひどく、どうしようもなく。

2　雷。

二四九段

たのもしきもの　心地《ち》あしきころ、[1]伴僧《ばんそう》あまたして修法《ずほふ》したる。心地《ち》などのむつかしきころ、[2]まことまことしき思《(おもひ)》人《(びと)》の言《い》ひなぐさめたる。

1　加持祈禱の導師を補佐する僧。
2　「まこと」を重ねる。かけがえのない人の意。

二五〇段

いみじうしたてて婿《むこ》取りたるに、ほどもなく住《す》まぬ婿《むこ》の、舅《しうと》に会《あ》ひたる、いとほしとや思《おも》ふらむ。

ある人の、いみじう時に合《あ》ひたる人の婿《むこ》になりて、ただ一月《(ひとつき)》ばかりもはかばかしう来《こ》でやみにしかば、すべていみじう言《い》ひさわぎ、乳母《めのと》などやうの者《もの》は、まがまがしき事《こと》など言《い》ふもあるに、[1]そのかへる睦《む》月に蔵人《くら(うど)》になりぬ。「あさましう、[2]かかる仲《なか》らひには、いかでとこそ人は思ひたれ」など言《い》ひあつかふは、聞《き》くらむかし。

1　翌年正月の除目で。
2　この婿は権勢家たる舅を裏切っているのに。「仲らひ」は人間関係。

六月に人の[3]八講《かう》したまふ所に、人々あつまりて聞《き》きしに、蔵《くら》人になれる婿《むこ》の、[4]綾《れう》のうへの袴《はかま》、[5]黒半臂《くろはんぴ》など、いみじうあざやかにて、[6]忘《わす》れにし人の車《くるま》の、[7]鴟《とみ》の尾《お》といふ物に半《はん》臂《ぴ》の緒《を》を引《ひ》きかけつばかりにてゐたりしを、「いかに見るらむ」と、車《くるま》の人々も、知《し》りたる限《かぎ》りはいとほしがりしを、こと人々も「つれなくゐたりしものかな」など、後《のち》にも言《い》ひき。

[8]なほ男《をとこ》は、物《もの》のいとほしさ、人の思はむ事は知《し》らぬなめり。

二五一段

[1]世の中になほいと心憂《う》きものは、人ににくまれむ事こそあるべけれ。

誰《たれ》てふ物狂《ものぐる》ひか、「我《(われ)》人にさ思はれむ」とは思《おも》はむ。されど自然《しぜん》に、宮仕《づか》へ所《どころ》にも親《おや》はらからの中にても、思はる

3 法華《ほっけ》八講《はっこう》。三一段注15参照。
4 綾織の表袴《うえのはかま》。「れう」は綾の字音表記。
5 夏に蔵人が着用。半臂には「忘れ緒」が付く。一〇四段補注一参照。
6 この婿が通わなくなった女性の車。八講に来合わせた。
7 牛車の轅《ながえ》の後ろに突き出た部分。
8 右の逸話を受けて、世の男性を評した一文。
1 人情をめぐる随想が続くが、以下、二五四段までは能因本に見えない。

る思はれぬがあるぞ、いとわびしきや。

[2]よき人の御事《こと》はさらなり、下衆《げす》などのほどにも、親《おや》などのかなしうする子は、目《め》たて耳《みみ》たてられて、いたはしうこそおぼゆれ。見るかひあるはことわり、いかが思《おも》はざらむとおぼゆ。ことなる事なきは、またこれをかなしと思《おも》ふらむは、親《おや》なればぞかしとあはれなり。

親《おや》にも君にも、すべてうち語《かた》らふ人にも、人に思《おも》はれむばかりめでたき事はあらじ。

二五二段

[1]男《をとこ》こそ、なほいとありがたく、あやしき心地《ち》したるものはあれ。

いと清《きよ》げなる人を捨《す》てて、にくげなる人を持《も》たるもあやしかし。[2]公《おほやけ》所に入《い》り立《た》ちたる男《をとこ》、家《いへ》の子《こ》などは、あるが中《なか》によからむをこそは選《え》りて思ひたまはめ。[3]およぶまじか

2　以下、親の子供への情愛を取り上げる。

1　二五〇段と繋がるような男性批判。

2　「公所《どころ》」は宮中、「家」は良家。ともに女性が多数出仕している。

3　身分違いの高貴な女性をも。

らむ際《きは》をだに、めでたしと思《おも》はむを、死《し》ぬばかりも思ひかかれかし。

[4]人のむすめ、まだ見《み》ぬ人などをも、「よし」と聞《き》くをこそは「いかで」とも思ふなれ。かつ、女の目《め》にも「わろし」と思《おも》ふを思《おも》ふは、いかなる事にかあらむ。

かたちいとよく心もをかしき人の、手《て》もよう書《か》き、歌《うた》もあはれに詠《よ》みて、うらみおこせなどするを、返《かへ》り事《ごと》はさかしらにうちするものから寄《よ》りつかず、らうたげにうち嘆《なげ》きてゐたるを見捨《す》てて行《い》きなどするは、あさましう[5]おほやけ腹立《ばらた》ちて、[6]見証《けんそ》の心地《ち》も心憂《う》く見《み》ゆべけれど、[7]身の上《うへ》にてはつゆ心苦《ぐる》しさを思ひ知《し》らぬよ。

二五三段

よろづの事《こと》よりも[1]情《なさけ》あるこそ、男《をとこ》はさらなり、女もめでたくおぼゆれ。

4　良家の子女や、まだ見ぬ女性など。その評判で男性は心を動かされる。

5　公憤、義憤を覚える意。

6　「見証」はそばで見ること。審判の意も。

7　当事者になると男性は不誠実を省みないという。

1　「情」は思いやり、情愛。

[2]なげの言葉《ことば》なれど、せちに心に深《ふか》く入《い》らねど、いとほしきことをば「いとほし」とも、あはれなるをば「げにいかに思《おも》ふらむ」など言《い》ひけるを伝《つた》へて聞《き》きたるは、さし向《む》かひて言《い》ふよりもうれし。いかで[3]この人に「思ひ知《し》りけり」とも[4]見えにしがなと、常《つね》にこそおぼゆれ。

かならず思《おも》ふべき人、訪《と》ふべき人は、さるべき事《こと》なればとり分《わ》かれしもせず。さもあるまじき人の、さしいらへをもうしろやすくしたるは、うれしきわざなり。いとやすき事なれど、さらにえあらぬ事《こと》ぞかし。

おほかた、[5]心よき人のまことにかどなからぬは、男《をとこ》も女もありがたき事《こと》なめり。また、[6]さる人もおほかるべし。

2 無造作、形式的な言葉。「あはれをばなげの言葉と言ひながら思はぬ人にかくるものかは」（古今六帖）に拠る。
3 思いやりを言葉にしてくれた人に。
4 感謝の情を「見られたい」、つまり相手に知らせたい。
5 気立てもよく真に才気ある人。
6 前言を少し修正した。

二五四段

[1]人の上言《うへい》ふを腹立《はらだ》つ人こそ、いとわりなけれ。いかでか言《い》はではあらむ。わが身をばさしおきて、さばかりもどか

1 人の身の上を話題にすること。

しく、言《い》はまほしきものやはある。されど、けしからぬやうにもあり。また、おのづから聞《き》きつけて恨《うら》みもぞする、あいなし。また、思[2]ひはなつまじきあたりは、いとほしなど思[3]ひ解《と》けば、念《ねん》じて言《い》はぬをや。さだになくは、うち出《い》で笑《わら》ひもしつべし。

二五五段

[1]人の顔《かほ》にとりわきてよしと見ゆる所は、度《たび》ごとに見《み》れども、あなをかし、めづらしとこそおぼゆれ。絵《ゑ》など、あまたたび見《み》れば目《め》も立《た》たずかし。近《ちか》う立《た》てたる屏風の絵《ゑ》などは、いとめでたけれども、見も入《い》れられず。人のかたちは、をかしうこそあれ。にくげなる調度《てうど》の中にも、一《ひと》つよき所のまもらるるよ。見にくきも、さこそはあらめと思ふこそ、わびしけれ。

2　絶縁できそうにない相手。そこに遠慮が生まれる。
3　「思ひ解く」は、悟る、事情を察する意。

1　人の顔について、その美点を絵などと対比して語る。「評」参照。

二五六段

[1]古体《こたい》の人の指貫《さしぬき》着たるこそ、いとたいだいしけれ。前《まへ》にひき当《あ》てて、まづ[2]裾《すそ》をみな籠《こ》め入《い》れて、[3]腰《こし》はうち捨《す》てて衣《きぬ》の前《まへ》をととのへ果《は》てて、腰《こし》をおよびて取《と》るほどに、後《うし》ろざまに手《て》をさしやりて、猿《さる》の手結《てゆ》はれたるやうに、[4]ほときたてたるは、とみの事《こと》に出《い》で立《た》つべくも見《み》えざめり。

1 古風な人。古めかしい人。
2 単《ひとへ》などの裾を。
3 指貫に付いている腰紐。
4 「ほとき」は未詳。「もがく」のような意で、「たつ」は補助動詞か。

二五七段

[1]十月十余《(とをか)よ》日の月のいと明《あ》かきに、ありきて見《み》むとて、女房《(にょう)ばう》十五六人ばかり、みな濃《こ》き衣《きぬ》を上《うへ》に着《き》て引《ひ》きかへしつつありしに、[2]中納言の君の紅《くれなゐ》の張《は》りたるを着《き》て、[3]頸《くび》より髪《かみ》をかき越《こ》したまへりしが、[4]あたらしき卒塔婆《そとば》にいとよくも似《に》たりしかな。[5]「ひひなのすけ」とぞ、若《わか》き人々つけたりし。後《しり》に立《た》ちて笑《わら》ふも知《し》らずかし。

1 年時不詳。女房が出歩く様は七五・一五六段にも見えた。
2 上﨟女房。九二段注17参照。
3 後ろ髪を襟首から前に回していた。
4 底本「あたらし」、能本に拠る。「卒塔婆」は墓標・供養塔（石や木板の五輪塔《ごりんとう》）。
5 雛人形のような典侍《すけ》の意か。

二五八段

成信《なりのぶ》[1]の中将こそ、人の声《こゑ》[2]はいみじうよう聞《き》き知《し》りたまひしか。同《おな》じ所の人の声《こゑ》などは、常《つね》に聞《き》かぬ人はさらにえ聞《き》き分《わ》かず。ことに男《をとこ》は、人の声《こゑ》をも手《て》をも見分《みわ》き聞《き》き分《わ》かぬものを、いみじうみそかなるも、かしこう聞《き》き分《わ》きたまひしこそ。

1　源成信。一〇段注6参照。
2　声で個々の女房を認定できた。

二五九段

大蔵卿《くら》[1]ばかり耳《みみ》[2]とき人はなし。まことに蚊の睫毛《まつげ》の落《お》つるをも聞《き》きつけたまひつべうこそありしか。

職《しき》[3]の御曹司《ざうし》の西面《にしおもて》に住《す》みしころ、大殿《おほとの》[4]の新中将、宿直《とのゐ》にて物《もの》など言《い》ひしに、そばにある人の「この中将に扇の絵《ゑ》の事言《い》へ」とささめけば、「今《いま》かの君の立《た》ちたまひなむにを」と、いとみそかに言《い》ひ入《い》るるを、その人だにえ聞《き》きつ

1　藤原正光《まさみつ》。補注一
2　耳聡い人。声を「聞き知る」成信（前段）とは評価が異なる。
3　四七段注2参照。
4　源成信。「大殿」は藤原道長《みちなが》。成信が道長の養子だったことから。右近権中将に任じられたのは、正光の任大蔵卿と同日で二十歳（宣方《のぶかた》の後任）。就任間もないので「新中将」と呼称。

けで、「何《なに》とか何《なに》とか」と耳《みみ》をかたぶけ来《く》るに、遠《とほ》くゐて、「にくし。さのたまはば今日《けふ》は立《た》たじ」とのたまひしこそ、いかで聞《き》きつけたまふらむと、あさましかりしか。

二六〇段

うれしきもの　まだ見ぬ物語《がたり》の一を見《み》て、いみじうゆかしとのみ思《おも》ふが残《のこ》り見出《い》でたる。さて、心おとりするやうもありかし。

人の破《や》り捨《す》てたる文《ふみ》を継《つ》ぎて見《み》るに、同《おな》じつづきをあまたくだり見《み》つづけたる。いかならむと思《おも》ふ夢を見《み》て、おそろしと胸《むね》つぶるるに、ことにもあらず合《あ》[1]はせなしたる、いとうれし。

[2]よき人の御前《おまへ》に、人々あまたさぶらふをり、昔《むかし》ありける事にもあれ今聞《いまきこ》しめし世に言《い》ひける事《こと》にもあれ語《かた》らせたまふを、われに御覧《らん》じ合《あ》はせてのたまはせたる、いとうれし。

1　夢を夢解《と》きが占ってくれた。補注一
2　以下、自身の宮仕え体験か。本段最後の項目も同じ。

遠《とほ》き所はさらなり、同《おな》じ都のうちながらも隔《へだ》たりて、身にやむごとなく思ふ人の、なやむを聞《き》きて「いかに、いかに」とおぼつかなき事《こと》を嘆《なげ》くに、おこたりたるよし消息《せうそこ》聞《き》くもいとうれし。

思ふ人の人にほめられ、やむごとなき人《ひと》などの、くちをしからぬ者《もの》におぼし、のたまふ。もののをり、もしは人々言《い》ひかはしたる歌《うた》の聞《きこ》えて、[3]打聞《うちぎき》などに書《か》き入《い》れらるる。みづからの上《うへ》にはまだ知《し》らぬ事《こと》なれど、なほ思ひやるよ。

[4]いたううち解《と》けぬ人の言《い》ひたる[5]古《ふる》きことの、知《し》らぬを聞《き》き出《い》でたるもうれし。後《のち》に[6]物の中などにて見出《い》でたるは、ただをかしう、これにこそありけれと、[7]かの言《い》ひたりし人ぞをかしき。

[8]みちのくに紙《がみ》、ただのも、よき得《え》たる。はづかしき人の歌《うた》の本末《もとすゑ》問《と》ひたるに、ふとおぼえたる、我ながらうれし。常《つね》におぼえたる事も、また人《ひと》の問《と》ふに、清《きよ》う忘《わす》れてやみぬ

3　歌やその成立にまつわる覚え書き。
4　さほど親しくない人。気安く尋ねられない間柄。
5　古歌・古詩や故事など。
6　書物の中などから。
7　その人の教養を評価。
8　二九段注4参照。

るをりぞおほかる。とみにて求《もと》むる物見出《みい》でたる。

[9]物合《ものあは》せ、何《なに》くれといどむ事《こと》に勝《か》ちたる、いかでかはうれしからざらむ。また、「我は」など思ひてしたり顔《がほ》なる人、はかり得《え》たる。女どちよりも男《をとこ》はまさりてうれし。「これが答《たふ》はかならずせむと思ふらむ」と、常《つね》に心づかひせらるるもをかしきに、いとつれなく何《なに》とも思ひたらぬさまにてたゆめ過《す》ぐすも、またをかし。にくき者《もの》のあしき目見《めみ》るも、[10]「罪《つみ》や得《う》らむ」と思ひながらまたうれし。

[11]もののをりに、衣打《きぬう》たせにやりて「いかならむ」と思《おも》ふに、きよらにて得《え》たる。[12]刺櫛《さしぐし》磨《す》らせたるに、をかしげなるもまたうれし。[13]「また」もおほかるものを。

日ごろ月ごろ[14]しるき事ありてなやみわたるが、おこたりぬるもうれし。思《おも》ふ人の上《うへ》は、わが身よりもまさりてうれし。

御前《おまへ》に人々所もなくゐたるに、今《いま》のぼりたるは、すこし

9　左右に分かれて物の優劣を競う。歌をはじめ、前栽、根、貝、扇、謎々合せなど。

10　人の不幸を喜ぶのは仏罰を蒙《こうむ》る所業だが。

11　晴れの儀の着物を、光沢を出すため砧で打たせる。

12　正装時、髪飾りにする櫛。

13　自身が「また」を使いすぎたことに触れた。

14　「しるき」は「際立った」意。ここは病状が重いこと。

遠《とほ》き柱《はしら》もとなどにゐたるを、とく御覧《らん》じつけて「こち」と仰《おほ》せらるれば、道《みち》あけていと近《ちか》う召《め》し入《い》れられたるこそうれしけれ。

二六一段

御前《おまへ》にて人々とも、また物仰《ものおほ》せらるるついでなどにも、

世の中の腹立《はらだ》たしうむつかしう、かた時《とき》あるべき心地《ち》もせで、ただいづちもいづちも行《い》きもしなばやと思《おも》ふに、[1]ただの紙《かみ》のいと白《しろ》う清《きよ》げなるによき筆《ふで》、[2]白《しろ》き色紙《しきし》、[3]みちのくに紙《がみ》など得《え》つれば、こよなうなぐさみて、「さはれ、かくてしばしも生《い》きてありぬべかんめり」となむおぼゆる。また[4]高麗《かうらい》ばしの筵《むしろ》、青《あを》うこまやかに厚《あつ》きが、縁《へり》の紋《もん》いとあざやかに黒《くろ》う白《しろ》う見《み》えたるを、ひきひろげて見《み》れば、「何《なに》か、なほこの世はさらにさらにえ思ひ捨《す》つまじ」と、命《いのち》さ

1　さほど上質でない紙。「よき筆」とセットで。
2　白く染めた料紙《りょうし》。
3　二九段注4参照。
4　白地に黒の文様を織り出した縁《へり》（高麗縁《こうらいべり》）を付けた筵（植物の繊維を編んだ敷物）。高麗縁は繧繝縁《うんげんべり》に次ぐ高級品。

へ惜《を》しくなむなる。

と申せば、「いみじく、はかなき事《こと》にもなぐさむなるかな。[5]姨《をば》捨《すて》山の月は、いかなる人の見けるにか」など笑《わら》はせたまふ。さぶらふ人も、「いみじうやすき[6]息災《そくさい》の祈《いの》りななり」など言《い》ふ。

さて後《のち》ほど経《へ》て、[7]心から思ひ乱《みだ》るる事ありて里《さと》にあるころ、めでたき紙《かみ》二十を包《つつ》みて給はせたり。[8]仰《おほ》せ言《ごと》には「とくまゐれ」などのたまはせて、「これは聞《きこ》しめしおきたる事《こと》のありしかばなむ」「わろかめれば、[9]寿命経《（ずみやう）》もえ書《か》くまじげにこそ」と仰《おほ》せられたる、いみじうをかし。思ひ忘《わす》れたりつる事《こと》をおぼしおかせたまへりけるは、なほただ人にてだにをかしかべし。まいて、おろかなるべき事《こと》にぞあらぬや。心も乱《みだ》れて啓《けい》すべきかたもなければ、ただ、[10]かけまくもかしこき神のしるしには鶴《つる》の齢《よはひ》となりぬべ

5 「我が心なぐさめかねつ更級《さらしな》や姨捨山に照る月を見て」（古今集・雑上・よみ人しらず）に拠る。心の慰め難さを詠んだ歌。
6 災害を息《と》める意（仏教語）。延命につながる。
7 一三八段などに描かれた、長徳二年（九九六）の長期里居《さとゐ》。
8 取り次ぎの女房が定子の言葉を伝えた。「聞こしめしおきたる事」は先の清少納言の発言。
9 「仏説一切如来金剛寿命陀羅尼経」（不空《ふくう》訳）。延命の祈願。
10 「神」に「紙」を掛ける。「鶴の齢」は千年もの長寿。

きかな
　あまりにや、と啓《けい》せさせたまへ

とてまゐらせつ。[11]台盤所《だいばん》の雑仕《ざふし》ぞ御使《つかひ》には来《き》たる。青《あを》き綾《あや》の単《ひとへ》取らせなどして、まことに、[12]この紙《かみ》を草子《さうし》に作《つく》りなどもてさわぐに、むつかしき事《こと》もまぎるる心地して、「をかし」と心のうちにもおぼゆ。

　二日《ふつか》ばかりありて、[13]赤衣《あかぎぬ》着《き》たる男《をとこ》、[14]畳《たたみ》を持《も》て来《き》て「これ」と言《い》ふ。「あれは誰《た》そ」「[15]あらはなり」など、[16]ものはしたなく言《い》へば、さし置《お》きて往《い》ぬ。「いづこよりぞ」と問《と》はすれど「まかりにけり」とて取《と》り入《い》れたれば、ことさらに[17]御座《（ご）ざ》といふ畳《たたみ》のさまにて、[18]高麗《かうらい》などいときよらなり。心のうちには「さにやあらむ」なんど思へど、なほおぼつかなさに人々出《い》だして求《もと》むれど[19]失《う》せにけり。あやしがり言《い》へど、使《つかひ》のなければ言《い》ふかひなくて、「所違《ところたが》へなどならば、おのづからまた言《い》ひに来《き》なむ。[20]宮の辺《へん》に案内《あない》しにまゐらま

11　台盤所で働く女官。当時の御在所は小二条殿《こにじようどの》。
12　贈られた紙を草子（綴じ本）にした。「評」参照。
13　雑役などをつとめる者。
14　「畳」は座ったり横臥したりする所に敷く。縁《へり》の種類、厚さや大きさは様々。
15　無遠慮でつつしみがない。男は名乗りもせず、ぶっきらぼうに振舞ったか。
16　家人のそっけない応答。
17　「御座」は縁《へり》の付いた畳表。贈られたのは上等な薄畳だった。これが跋文に見える「畳」。
18　自身が「心が慰められる」と公言していた「高麗ばし」。
19　届けたらすぐ帰るよう命じられていたか。
20　中宮の元には軋轢《あつれき》のある女房もいた（一三八段）。

ほしけれど、さもあらずはうたてあべし」と思《おも》へど、「なほ誰《たれ》かすずろにかかるわざはせむ。仰《おほ》せ言《ごと》なめり」と、いみじうをかし。

二日ばかり音《おと》もせねばうたがひなくて、右京の君[21]のもとに「かかる事なむある。さる事《こと》やけしき見たまひし。しのびてありさまのたまへ。さる事《こと》見えずは、かう申したりとな散《ち》らしたまひそ」と言《い》ひやりたるに、「いみじう隠《かく》させたまひし事なり。ゆめゆめまろが聞《きこ》えたると、な口《くち》にも」とあれば、「さればよ」と思《おも》ふもしるくをかしうて、[22]文《ふみ》を書《か》きてまたみそかに御前《おまへ》の高欄《かうらん》に置《お》かせしものは、[23]まどひけるほどにやがてかけ落《おと》して、[24]御階《みはし》の下《しも》に落《お》ちにけり。

二六二段

[1]関白殿《どの》、[2]二月二十一日に[3]法興院《ほこ》の積善寺《さくぜんじ》といふ御堂《みだう》にて[4]一切《(いっさい)》経供養せさせたまふに、[5]女院もおはしますべけれ

21 中宮女房。本段と次段に名が見える。能本「左京の君」。
22 畳の御礼状。こちらも差出人不明の形にしたか。
23 密かに置いてくるよう命じられたので焦ったらしい。
24 「御階」は御在所の階段。以後は音信が途絶えたか。帰参は翌年初夏まで持ち越される（一三八段）。

1 藤原道隆（二一段注26）。四十二歳。
2 諸記録によれば正暦五年（九九四）二月二十日。
3 補注一

ば、二月ついたちのほどに[6]二条の宮へ出《い》でさせたまふ。ねぶたくなりにしかば、何《なに》事も見入《みい》れず。

つとめて、日のうららかにさし出《い》でたるほどに起《お》きたれば、白《しろ》うあたらしうをかしげに造《つく》りたるに、[7]御簾《みす》よりはじめて昨日かけたるなめり。御しつらひ、[8]獅子《しし》狛犬《こまいぬ》など、いつのほどにか入《い》りゐけむとぞをかしき。桜《さくら》の[9]一丈ばかりにて、いみじう咲《さ》きたるやうにて、御階《みはし》のもとにあれば、「いととく咲《さ》きにけるかな。梅《むめ》こそただいまは盛《さか》りなれ」と見《み》ゆるは、[10]造《つく》りたるなりけり。すべて花のにほひなど、つゆまことにおとらず。「いかに[11]うるさかりけむ。雨降《あめふ》らば、しぼみなむかし」と思《おも》ふぞくちをしき。小家《こいへ》などいふもの、おほかりける所を今造《いまつく》らせたまへれば、[12]木立《こだち》など見所ある事もなし。ただ宮のさまぞ、け近《ぢか》うをかしげなる。

[13]殿わたらせたまへり。青鈍《あをにび》の[14]固紋《かたもん》の御指貫《さしぬき》、[15]桜の御直衣《なほし》に紅《くれなゐ》の御衣《ぞ》三《み》つばかりを、ただ御直衣《なほし》にひき重《かさ》ねてぞ奉り

4　経典の総称。大蔵経とも。新たに書写して奉納した。
5　藤原詮子（八七段注5）。三十三歳。
6　定子の里第《りてい》。東三条院の東町。一町の北と南に屋敷。二年前の十一月にも新造の同所に定子の遷御《せんぎょ》があった。
7　御簾などが真新しく見えた。
8　帝や后の御帳台前の左右に据える。魔よけの役割も。
9　約三・三メートル。
10　花は紙製の造花だった。
11　「うるさし」は「手間を掛けた」「よく工夫した」意。
12　立派な木立は見当たらなかった。先の桜が際立つ。
13　関白道隆。
14　「固紋」は一〇一段注15参照。
15　桜襲（表白、裏紅や紫）の直衣と紅の袿《うちき》。

たる。御前《おまへ》よりはじめて、[16]紅梅《こうばい》の濃《こ》き薄《うす》き織《おり》物、固紋《かたもん》[17]無《む》紋《もん》などをある限《かぎ》り着《き》たれば、ただ光《ひか》り満《み》ちて見《み》ゆ。[18]唐衣《からぎぬ》は萌黄《もえぎ》、柳《やなぎ》、紅梅《こうばい》などもあり。

御前《おまへ》にゐさせたまひて、物《もの》など聞《きこ》えさせたまふ。御いらへなどのあらまほしさを、「里《さと》なる人などに、はつかに見《み》せばや」と見たてまつる。女房《(にょう)ばう》など御覧《らん》じわたして、「宮、何事《なにごと》をおぼしめすらむ。こころめでたき人々を据《す》ゑ並《な》めて御覧《らん》ずるこそは、うらやましけれ。一人《ひとり》、わるきかたちなしや。これみな家々《いへいへ》のむすめどもぞかし。あはれなり。よう顧《かへり》みてこそ、さぶらはせたまはめ」[19]「さても、この宮の御心をばいかに知《し》りたてまつりて、かくはまゐり集《あつ》まりたまへるぞ。いかにいやしく物惜《ものを》しみせさせたまふ宮とて、我は宮の生《う》まれさせたまひしより、いみじうつかうまつれど、まだおろしの御衣《ぞ》一《ひと》つ給はらず。なにか、しりう言《ごと》には聞《きこ》えむ」などのたまふが、をかしければ笑《わら》ひぬれば、

16 縦糸紫、横糸紅の織り色。表着。
17 無紋綾。
18 女房の唐衣。表着の上に着用。
19 以下も道隆の言葉。女房に冗談を言って笑いを誘う。

「まことぞ、をこなりと見《み》てかく笑《わら》ひいまするが、はづかし」などのたまはするほどに、内より式部丞《しきぶのぞう》[20]なにがしまゐりたり。

御文《ふみ》は、大納言殿[21]取《と》りて殿《との》に奉らせたまへば、引《ひ》き解《と》きて、「ゆかしき御文《ふみ》かな。ゆるされはべらば開《あ》けて見《み》はべらむ」とはのたまはすれど、「あやふしとおぼいためり。かたじけなくもあり」とて奉《たてまつ》らせたまふを、取《と》らせたまひても広《ひろ》げさせたまふやうにもあらずもてなさせたまふ御用意《ようい》ぞ、ありがたき。御簾《みす》のうちより女房《（にょう）ばう》褥《しとね》さし出《い》でて、三、四人御几帳《みきちやう》のもとにゐたり。「あなたにまかりて、禄《ろく》の事《こと》ものしはべらむ」とて、立《た》たせたまひぬる後《のち》ぞ、御文《ふみ》御覧《らん》ずる。御返し、紅梅《こうばい》の薄様《うすやう》に書《か》かせたまふが、御衣《ぞ》[22]の同《おな》じ色ににほひかよひたる、「なほ、かくしもおしはかりまゐらする人はなくやあらむ」とぞくちをしき。「今日《けふ》のはことさらに」とて、殿《との》[24]の御方《かた》より禄《ろく》は出《い》ださせたまふ。

20　式部丞（式部省三等官）源則理《のりまさ》。大納言重光《しげみつ》の四男、姉妹が伊周室。後文に名が見える。

21　藤原伊周（二一段注8）。権大納言で二十一歳。

22　「紅梅の濃き薄き」とあった定子の衣装。返信の紙と同色だった。

23　紅梅の紙を選んだ定子の心中をおもんばかっている。

24　父の関白が禄を用意。細長も加えた格別な待遇。

女の装束《さうぞく》に紅梅《こうばい》の細長《ほそなが》そへたり。肴《さかな》などあれば酔《ゑ》はさまほしけれど、「今日《けふ》はいみじきことの行事[25]にはべり。あが君[26]、ゆるさせたまへ」と大納言殿にも申して立《た》ちぬ。

[27]君《きみ》などいみじく化粧《けさう》じたまひて、紅梅《こうばい》の御衣《ぞ》ども劣《おと》らじと着《き》たまへるに、三[28]の御前《おまへ》は、[29]御匣《みくしげ》殿、[30]中姫《(なか)ひめ》君よりも大《おほ》きに見えたまひて、上《うへ》など聞《きこ》えむにぞよかめる。

[31]上《うへ》もわたりたまへり。御几帳《みきちやう》引《ひ》き寄《よ》せて、[32]あたらしうまゐりたる人々には見えたまはねば、いぶせき心地《ち》す。さしつどひて、[33]かの日の装束《さうぞく》、[34]扇《あふぎ》などの事《こと》を言《い》ひ合《あ》へるもあり。また、いどみ隠《かく》して「まろは何《なに》か。ただあらむにまかせてを」など言《い》ひて、「例《れい》の君の」などにくまる。夜《よ》さり[35]まかづる人おほかれど、かかるをりの事《こと》なれば、えとどめさせたまはず。上《うへ》日々にわたりたまひ、夜《よる》もおはします。君たちなどおはすれば、御前人少《おまへひとずく》なならでよし。御使《つかひ》、日々にまゐる。

25 「行事」は儀式の担当者。
26 親しみを込めた二人称。
27 定子と同母の妹たち。
28 道隆の三女。本段のみに登場。後に冷泉《れいぜい》皇子の敦道《あつみち》親王と結婚。当時から貫禄があったか。『大鏡』などに奇行も伝わる。
29 道隆の四女（八〇段注8）。御匣殿は後の呼称だが（当時の御匣殿は姉の原子）、作中では四女を指す。
30 道隆二女の原子。八七段注6参照。
31 道隆の妻、高階貴子（一〇一段注9）。姫君たちの母。
32 新参女房たち。清少納言も含まれる。
33 供養の当日。
34 晴れの日用の檜扇。
35 当日の支度のために里下がりする女房。

[36]御前《おまへ》の桜《さくら》、露に色《いろ》はまさらで、日などに当《あた》りてしぼみ、わろくなるだにくちをしきに、雨の夜降《よるふ》りたるつとめて、いみじくむとくなり。いととう起《お》きて「『[37]泣《な》きて別れ』けむ顔《かほ》に心劣《おと》りこそすれ」と言《い》ふを聞《き》かせたまひて、「げに雨降《あめふ》るけはひしつるぞかし。いかならむ」とておどろかせたまふほどに、殿《との》の御方《かた》より侍《さぶらひ》の者ども下衆《げす》などあまた来《き》て、花《はな》のもとにただ寄《よ》りに寄《よ》りて、引《ひ》き倒《たふ》し取《と》りてみそかに行《ゆ》く。「まだ暗《くら》からむにとこそ仰《おほ》せられつれ」「明《あ》け過《す》ぎにけり」「ふびんなるわざかな」「とくとく」と倒《たふ》し取《と》るに、いとをかし。「『[38]言《い》はば言《い》はなむ』と、[39]兼澄《かねずみ》が事を思ひたるにや」とも、よき人ならば言《い》はまほしけれど、「かの花盗《はなぬす》むは誰《たれ》ぞ。あしかめり」と言《い》へば、いとど逃《に》げて引《ひ》きもて往《い》ぬ。なほ、[40]殿《との》の御心はをかしうおはすかし。枝《えだ》どもも濡《ぬ》れまつはれつきて、いかに便《びん》なきかたちならましと思《おも》ふ。ともかくも言《い》はで入《い》りぬ。

36　冒頭に記された造花の桜。

37　「桜花露に濡れたる顔見れば泣きて別れし人ぞ恋しき」（拾遺集・別・よみ人しらず）に拠る。露に濡れた桜に女性の泣き顔を重ねた歌。造花にはその風情がない。以下、引歌が場面を牽引する。

38　「山守《やまもり》は言はば言はなん高砂《たかさご》の尾上《おのへ》の桜折りてかざさん」（後撰集・春中・素性《そせい》）に拠るか。「とやかく言われても桜を折って飾ろう」の歌意を、侍たちの思いに準《なぞら》えた。実際は口にしなかった言葉。

39　源兼澄。公忠《きんただ》の孫、信明《のぶあきら》の甥。清原元輔とも交流があった歌人。ただし右の歌は素性作として伝わる。

40　見苦しくなった造花を片付けさせた道隆の心遣い。

[41]掃司《かもんづかさ》まゐりて御格子《みかうし》まゐる。[42]主殿《とのも》の女官、御きよめなどにまゐり果《は》てて、起《お》きさせたまへるに花もなければ、「あなあさまし、あの花《はな》どもはいづち往《い》ぬるぞ」と仰《おほ》せらる。「暁《あかつき》に『花盗《はなぬす》人あり』と言《い》ふなりつるを、なほ枝《えだ》など少《すこ》し取《と》るにやとこそ聞《き》きつれ。誰《た》がしつるぞ、見《み》つや」と仰《おほ》せらる。「さも侍らず。まだ暗《くら》うてよくも見《み》えざりつるを、[43]白《しろ》みたる物の侍りつれば、花を折《を》るにやと、うしろめたさに言《い》ひはべりつるなり」と申す。「さりとも、みなはかう、いかでか取《と》らむ。殿《との》の隠《かく》させたまへるならむ」とて笑《わら》はせたまへば、「いで、よも侍らじ。[44]春の風のして侍るならむ」と啓《けい》するを、「かう言《い》はむとて隠《かく》すなりけり。盗《ぬす》みにはあらで、いたうこそ[45]ふりなりつれ」と仰《おほ》せらるるも、[46]めづらしき事《こと》にはあらねどいみじうぞめでたき。

殿《との》おはしませば、「『[47]寝《ね》くたれの朝顔《あさがほ》』も、[48]時ならずや御覧《らん》ぜむ」と引《ひ》き入《い》る。おはしますままに「かの花《はな》は失《う》せに

41　格子の上下などを司る女官。後宮十二司の一つ。

42　清掃などを司る。「とのもりの伴《とも》のみやつこ心あらばこの春ばかり朝ぎよめすな」（拾遺集・雑春・源公忠）を想起させる。公忠は兼澄の祖父。

43　下衆たちの服。

44　「春風は花のあたりをよきて吹け心づからや移ろふと見む」（古今集・春下・藤原好風《よしかぜ》）など、春風は桜を散らすものとして詠まれた。

45　「震《ふ》り鳴り」か。風のせいにした清少納言に、ならば相当な音がしてしまう、と応じた。

46　打てば響くような会話が、自分には感動的だった。

47　「しどけなき寝《ね》くたれ髪を見せじとやはた隠れたる今朝の朝顔」（小町集）に拠る。朝顔に「寝乱れた朝の顔」を重ねる。

48　朝顔は秋の花なので時季はずれ。朝の顔などお目に掛けられようか、の意を掛ける。

49　片付けさせたことをとぼけて言う。

50　「桜見に有明の月に出でたれば我より先に露ぞおきける」（忠見集）に拠る。「おき」に「置き」「起き」を掛ける。桜が消えたのは「先に起

けるは。[49]いかでかうは盗《ぬす》ませしぞ。いとわろかりける女房《ばう》たちかな。いぎたなくて、え知《し》らざりけるよ」とおどろかせたまへば、「されど『[50]我より先《さき》に』とこそ思ひてはべりつれ」としのびやかに言《い》ふに、いととう聞《き》きつけさせたまひて、「[51]さ思ひつる事《こと》ぞ。世にこと人『[52]出《い》で』ゐて『見《み》』じ。[53]宰相とそことの程《ほど》ならむとおしはかりつ」と、いみじう笑《わら》はせたまふ。「さりけるものを、少納言は『[54]春の風《かぜ》におほせ』ける」と、宮の御前《おまへ》のうち笑《ゑ》ませたまへる、いとをかし。「[55]そら言《ごと》をおほせはべるなり。『今《いま》は山田《だ》も作《つく》る』らむものを」などうち誦《ず》せさせたまへる、いとなまめきをかし。「さても、ねたく見つけられにけるかな。さばかりいましめつるものを。人の御方《かた》にはかかるいましめ者《もの》のあるこそ」などのたまはす。「『[56]春の風』は、そらにいとかしこうも言《い》ふかな」など、またうち誦《ず》せさせたまふ。「[57]ただ言《ごと》には、[58]うるさく思ひつよりてはべりし。[59]今朝《けさ》のさまいか

きた（撤去させた）人」がいたからでしょう。

51　道隆も女房に見とがめられたという報告は受けていたのだろう。

52　清少納言が引いた歌（注50）から「見に」と「出でたれば」を響かせる。

53　中宮女房。二一段注30参照。

54　「山田さへ今は作るを散る花のかごとは風におほせざらなん」（貫之集）に拠る。もう桜の散る季節なのだから風に「かごと」（恨み言）は言わないでほしい。「おほす」は「負わせる、～のせいにする」。先の清少納言の発言「春の風のして侍るならむ」を受けて、歌とは逆に「風」のせいにしたと、おもしろがった。

55　貫之《つらゆき》歌の「かごと」を「そらごと」（嘘）と言い換えた。「今は山田も作る」も同歌から。とぼけて春風のせいにしたのだね、歌の季節とは合わないけれど、の意。

56　定子の言葉（「春の風に～」）を受けて、清少納言は貫之歌をそらんじていたのだろう、と持ち上げる。

57　「ただ言」は秀句ではない日常語。清少納言は貫之歌を引いたわけではないが、その返答（「春の風の～」）が定子の秀句を導き出した。

に侍らまし」などぞ、笑《わら》はせたまふ。[60]小《こ》若《わか》君「されど、それをいととく見《み》て『[61]露に濡《ぬ》れたる』と言《い》ひける、『[62]面《おもて》伏《ぶ》せなり』と言《い》ひはべりける」と申したまへば、いみじうねたがらせたまふもをかし。

さて、八、九日のほどにまかづるを、「いま少《すこ》し近《ちか》うなりてを」など仰《おほ》せらるれど出《い》でぬ。いみじう常《つね》よりも[63]のどかに照《て》りたる昼《ひる》つ方《かた》、「『[64]花の心開《ひら》け』ざるや、いかにいかに」とのたまはせたれば、「[65]秋はいまだしく侍れど、『夜《よ》に九度《ここのたび》のぼる』心地《ち》なむしはべる」と聞《きこ》えさせつ。

[66]出《い》でさせたまひし夜、[67]車《くるま》の次第《しだい》もなく「まづまづ」と乗《の》りさわぐがにくければ、[68]さるべき人と「なほこの車《くるま》に乗《の》るさまのいとさわがしう、[69]祭《まつり》の帰《かへ》さなどのやうに倒《たふ》れぬべくまどふさまの、いと見苦《みぐる》しきに」「ただされ、乗《の》るべき車《くるま》なくてえまゐらずは、おのづから聞《きこ》しめしつけて給はせもしてむ」など言《い》ひあはせて立《た》てる前《まへ》より、[70]押《お》しこりて

以下、そこが評価される。

58 「うるさし」は注11参照。「思ひつよりて」は「しっかりと考えて」。

59 桜を片付けてもらわなかったら、という仮定の話。

60 中宮の上臈女房か。

61 先の清少納言の発言（「泣きて別れけむ顔に～」）を受ける。引歌（注37）の二句目を引いた。桜が「面目を失くした」と言ったも同然、と解説。

62 「面伏せ」な桜を見られてしまったと、道隆が改めて大げさに悔しがる。

63 「のどか」の強調は「うちはへて春はさばかりのどけきを花の心やなにいそぐらん」（後撰集・春下・深養父《ふかやぶ》）を想起させ、「花の心」を先導。退出を急ぐ「心」も重なる。

64 「九月西風興《おこ》り、月冷《ひや》やかにして露の花凝《こ》る。君を思ひて秋の夜長し、一夜に魂九たび升《のぼ》る。二月東風来り、草拆《ひら》けて花の心開く。君を思ひて春の日遅し、一日に腸《はらわた》九たび廻《めぐ》る」（白氏文集・長相思）による。二月には「花の心」が開くというではないか、急いで退出したそなたの心は（春の日長に）私を思い出してまだ開かないか。そろそろ帰参せよ、の意。

65 同詩から「一夜に魂が九度も昇

まどひ出《い》でて乗《の》り果《は》てて、「からうか」と言《い》ふに、「まだし、ここに」と言《い》ふめれば、宮司《づかさ》[71]寄《よ》り来《き》て「誰々《たれたれ》おはするぞ」と問《と》ひ聞《き》きて、「いとあやしかりける事《こと》かな。今《いま》はみな乗《の》りたまひぬらむとこそ思ひつれ。こはなどかう遅《おく》れさせたまへる。今《いま》は得選《とくせん》[72]乗《の》せむとしつるに、めづらかなりや」などおどろきて寄《よ》せさすれば、「さはまづその御心ざし[73]あらむをこそ乗《の》せたまはめ。次《つぎ》にこそ」と言《い》ふ声《こゑ》を聞《き》きて、「けしからず[74]。腹《はら》ぎたなくおはしましけり」など言《い》へば乗《の》りぬ。その次《つぎ》にはまことに御厨子《みづし》[75]が車《くるま》にぞありければ、火[76]もいと暗《くら》きを笑《わら》ひて、二条の宮にまゐり着《つ》きたり。

御輿《こし》[77]はとく入《い》らせたまひて、しつらひゐさせたまひにけり。「ここに呼《よ》べ」と仰《おほ》せられければ、「いづらいづら」と、右京[78]、小左近などいふ若《わか》き人々待《ま》ちて、まゐる人ごとに見《み》れどなかりけり。下《お》るるにしたがひて四人[79]づつ御前《おまへ》にまゐりつどひてさぶらふに、「あやし、なきか、いかなるぞ」

る」を使って、気持ちだけは何度も中宮様の元に参っています、と伝えた。詩には「九月」とあるので「秋はいまだしく」と付言。秀句を多用した一連の遣り取りはここで一段落する。

66　以下、話題が一変。後文から（冒頭に描かれた）二条の宮への退出時に遡った話とわかる。

67　乗車順が決められていなかった。

68　我先に乗ろうとはしない人（同僚女房）と二人で。

69　二〇七段注3参照。

70　女房たちが押し合って群れをなす様。

71　中宮職の役人。

72　中宮の御厨子《みずし》所《どころ》に属する下級女官。最後の車に乗る。

73　お目当ての女性を。得選をこう呼んで宮司をからかった。

74　得選を先に乗せるわけにはいかない。

75　「御厨子」は先の「得選」に同じ。底本「みつから」、弥本による。

76　最後尾なので付き添う松明も少ない。

77　中宮の輿。後文によれば葱花輦《そうかれん》。

78　右京は前段に続いて、小左近は本段のみ登場。ともに中宮女房。

と仰《おほ》せられけるも知《し》らず、ある限《かぎ》り下《お》り果《は》ててぞ、からうじて見つけられて、「さばかり仰《おほ》せらるるに、おそくは」とてひきゐてまゐるに、見《み》れば「いつのまにかう年《とし》ごろの御住《す》まひのやうに、おはしましつきたるにか」とをかし。「いかなれば、かう『なきか』とたづぬばかりまでは見えざりつる」と仰《おほ》せらるるに、ともかくも申さねば、[80]もろともに乗《の》りたる人、「いとわりなしや。最果《さいは》ちの車《くるま》に乗《の》りて侍らむ人は、いかでかとくはまゐりはべらむ。これも[81]御厨《みづ》子《し》がいとほしがりてゆづりてはべるなり。[82]暗《くら》かりつるこそわびしかりつれ」とわぶわぶ啓《けい》するに、「[83]行事する者《もの》のいとあしきなり。またなどかは[84]心知《し》らざらむ人こそはつつまめ、右衛門など言《い》はむかし」と仰《おほ》せらる。「されど、いかでかは走《はし》り先立《さいだ》ちはべらむ」など言《い》ふ、[85]かたへの人「にくし」と聞《き》くらむかし。「さまあしうて[86]高《たか》う乗《の》りたりとも、かしこかるべき事《こと》かは。[87]定《さだ》めたらむさまの、やむごとなか

79 「四人」は牛車の定員。
80 同乗した女房。後文によれば右衛門。
81 前出の得選《とくせん》。
82 前には「暗きを笑ひて」とあった。ここでは心細さを強調。
83 前出の宮司《みやづかさ》。
84 新参である清少納言。
85 先を争って乗った女房。
86 序列を高くして乗る意か。上位の車が先に出発する。
87 乗車順が決められていたなら、その様子が。「む」は仮定。

らむこそよからめ」と、ものしげにおぼしめしたり。[88]「下《お》りはべるほどの、いと待《ま》ち遠《どほ》に苦《くる》しければにや」とぞ申[89]しなほす。

[90]御経の事にて明日《あす》わたらせたまはむとて、今宵《こよひ》まゐりたり。[91]南《みなみ》の院の北面《きたおもて》にさしのぞきたれば、高坏《たかつき》どもに火をともして、二人《ふたり》三人《みたり》、三四人《（みたりよたり）》、[92]さべきどち屏風ひきへだてたるもあり。几《き》帳など隔《へだ》てなどもしたり。またさもあらで、集《あつ》まりゐて衣《きぬ》どもとぢ重《かさ》ね、[93]裳《も》の腰《こし》さし、化粧《けさう》ずるさまはさらにも言《い》はず。髪《かみ》などいふもの、明日《あす》より後《のち》はあり[94]がたげに見《み》ゆ。[95]「寅《とら》の時になむ、わたらせたまふべかなる。などか今《いま》までまゐりたまはざりつる。[96]扇《あふぎ》持たせて求《もと》めきこゆる人ありつ」と告《つ》ぐ。

さて、まことに寅《とら》の時かと装束《さうぞ》きたちてあるに、明《あ》け果《は》て、日もさし出《い》でぬ。「西《にし》の対《たい》の[97]唐廂《からびさし》にさし寄《よ》せてなむ乗《の》るべき」とて[98]渡殿《わたどの》へある限《かぎ》り行《い》くほど、[99]まだうひうひしき

88　降車時、後の車ほど待たされる。
89　先を争った女房の心情を弁護した。
90　以下、供養前日のこと。
91　二条の宮の南院。
92　親しい女房同士で。
93　腰紐に上刺しする。大腰《おおごし》の縁と引腰《ひきごし》の中央を刺繡。
94　髪が「あることが難しそう」の意。あまりに梳《と》かすので。
95　午前三時から寅の時。翌日となる。
96　当日用の檜扇。それを届けた人（あるいは受け取った人）と一緒に、清少納言を探していた女房がいた。
97　階《はし》隠しが唐風の廂（唐破風《からはふ》）だったか。
98　南院の寝殿から西の対への渡殿。
99　新参者。自身がその代表。

ほどなる今《いま》まゐりなどはつつましげなるに、西の対《たい》に殿の住《す》ませたまへば、宮もそこにおはしまして、まづ女房《ばう》ども車《くるま》に乗《の》せさせたまふを御覧《らん》ずとて、御簾《みす》の内《うち》に、宮、[100]淑景《しげい》舎《さ》、三、四の君《きみ》、殿の上《うへ》、その御おとと三所《みところ》、[101]たち並《な》みおはしまさふ。

車《くるま》の左右に大納言殿、[102]三位中将、二所《ふたところ》して[103]簾《すだれ》うち上《あ》げ、下簾《したすだれ》引《ひ》き開《あ》けて乗《の》せたまふ。うち群《む》れてだにあらば少《すこ》し隠《かく》れ所《どころ》もやあらむ、四人づつ[104]書《か》き立《た》てにしたがひて「それそれ」と呼《よ》びたてて乗《の》せたまふに、歩《あゆ》み出《い》づる心地《ち》ぞまことにあさましう、顕証《けそう》なりと言《い》ふも世の常《つね》なり。御簾《みす》の内《うち》にそこらの御目《め》どもの中に、宮の御前《おまへ》の「見苦《ぐる》し」と御覧《らん》ぜむばかり、さらにわびしき事《こと》なし。汗《あせ》のあゆれば、つくろひたてたる髪《かみ》なども、[105]みな上《あ》がりやしたらむとおぼゆ。からうじて過《す》ぎ行《い》きたれば、[106]車のもとにはづかしげに清《きよ》げなる御さまどももしてうち笑《ゑ》みて見たまふも、うつつならず。

100 「淑景舎」は前に「中姫君」とあった次女原子。東宮に入侍《にゅうじ》（一〇一段参照）以降の呼称。「御おとと」は貴子の妹。佐伯公行《きんゆき》室（光子）、大江為基《ためもと》室が知られる。
101 一同が居並んでいる。「たち」は接頭語。
102 伊周の同母弟の隆家（九九段注1）、十六歳。同年八月に従三位。
103 牛車の簾。その内側に下簾を掛ける。
104 乗車順を記した名簿。到着時と対照的に整然と乗車。
105 髪も逆立つ気がした。極度の緊張感。
106 車の左右に立つ伊周と隆家が。

されど倒《たふ》れでそこまでは行《い》き着《つ》き[107]ぬるこそ、かしこきか面《おも》なきか、思ひたどらるれ。

　みな乗《の》り果《は》てぬれば[108]引《ひ》き出《い》でて、[109]二条の大路《おほぢ》に榻《しぢ》にかけて、物《もの》見る車のやうに立《た》て並《なら》べたる、いとをかし。「人もさ見《み》たらむかし」と、心ときめきせらる。四位五位六位などいみじうおほう出《い》で入《い》り、[110]車のもとに来《き》てつくろひ、物《もの》言《い》ひなどする中に、[111]明順《あきのぶ》の朝臣《あそん》の心地《ち》、空《そら》をあふぎ胸《むね》をそらいたり。

　まづ院[112]の御むかへに、殿をはじめたてまつりて、殿上人地下《ぢげ》などもみなまゐりぬ。「それわたらせたまひて後《のち》に、宮は出《い》でさせたまふべし」とあれば、いと心もとなしと思《おも》ふほどに、日さしあがりてぞおはします。御車《くるま》ごめに十五、四《よ》つは[113]尼《あま》の車《くるま》、[114]一の御車は唐《から》車なり。それにつづきてぞ、尼《あま》の車《くるま》、後口《しりくち》より水晶《すいさう》の数珠《ずず》、薄墨《うすずみ》の裳《も》、袈裟《けさ》、衣《きぬ》いといみじくて、簾《すだれ》は上《あ》げず、下簾《したすだれ》も薄《うす》色の裾《すそ》すこし濃《こ》き。次《つぎ》に

107　底本「ぬるそ」。能本・前本による。
108　二条の宮の西門から車を出して。町尻《まちじり》小路を北上する。
109　二条大路で車を停めて（轅《ながえ》を榻《しじ》にかけて）出立を待つ。
110　男性たちが女車《おんなぐるま》の世話をする。
111　中宮の伯父、高階明順（九六段注15）。中宮大進として盛儀に従事していた。
112　女院詮子。二条の宮の西隣の東三条院にいたか。
113　出家している女院の女房たち。
114　女院は唐車（儀式用の最高級車）を使用。

女房《ばう》の十《（とを）》、桜《さくら》の唐衣《からぎぬ》、薄《うす》色の裳《も》、濃き衣《きぬ》、香染薄《かうぞめうす》色のうは着《ぎ》ども、いみじうなまめかし。日はいとうららかなれど、空《そら》はみどりに霞《かす》みわたれるほどに、女房《ばう》の装束《さうぞく》のにほひあひて、いみじき織《おり》物、色々の唐衣《からぎぬ》などよりも、なまめかしうをかしき事限《ことかぎ》りなし。

関白殿、[115]その次々《つぎつぎ》の殿《との》ばら、おはする限《かぎ》りもて[116]かしづきわたしたてまつらせたまふさま、いみじくめでたし。これをまづ見《み》たてまつり、めでさわぐ。[117]この車どもの二十立《た》て並《なら》べたるも、またをかしと見るらむかし。

「いつしか出《い》でさせたまはなむ」と待《ま》ちきこえさするに、いと久《ひさ》し。「いかなるらむ」と心もとなく思ふに、からうじて[118]采女《うねべ》八人馬《むま》に乗《の》せて引《ひ》き出づ。青裾濃《あをすそご》の裳《も》、[119]裙帯《くたい》領《ひ》布《れ》などの風《かぜ》に吹《ふ》きやられたる、いとをかし。[120]豊前《ぶぜ》といふ采《うね》女《べ》は、[121]典薬頭《てんやくのかみ》重雅《しげまさ》が知《し》る人なりけり。[122]葡萄染《えびぞめ》の織《おり》物の指《さし》貫《ぬき》を着《き》たれば、「重雅《しげまさ》は[123]色《いろ》ゆるされにけり」など、[124]山の井

115 道隆の弟の道兼《みちかね》などか。
116 女院に付き添って積善寺までお供する。
117 中宮女房の牛車。
118 中宮の采女（女官）。騎馬で供奉。
119 「裙帯領布」は一〇一段注44参照。
120 豊前は出身地だろう。
121 丹波康頼《やすより》の子、重雅。「典薬頭」は長徳四年八月以降の呼称。「知る人」は妾妻。
122 「葡萄染」が禁色《きんじき》の深紫に似ていた。「織物」も高級で禁色扱い。馬に乗るので指貫を着用。
123 「禁色を許される」に「二人の仲が公認されている」意を掛けた。
124 伊周らの異母兄、道頼《みちより》（一〇一段注82）。当時は権中納言で二十四歳。

の大納言笑《わら》ひたまふ。みな乗《の》りつづきて立《た》てるに、今《いま》ぞ[125]御輿出《こしい》でさせたまふ。めでたしと見《み》たてまつりつる御ありさまには、これはた、[126]くらぶべからざりけり。

朝日《あさ》のはなばなとさし上《あ》がるほどに、[127]水葱《なぎ》の花《はな》いときはやかにかかやきて、御輿《こし》の[128]帷子《かたびら》の色《いろ》つやなどの清《きよ》らささへぞいみじき。[129]御綱張《みつなは》りて出でさせたまふ。御輿《こし》の帷子《かたびら》のうちゆるぎたるほど、まことに[130]「頭《かしら》の毛《け》」など人の言《い》ふ、さらにそら言《ごと》ならず。さて後《のち》は、髪《かみ》あしからむ人も[131]かこちつべし。あさましういつくしう、「なほいかで、かかる御前《おまへ》に馴《な》れつかうまつるらむ」と、わが身もかしこうぞおぼゆる。御輿過《こしす》ぎさせたまふほど、車《くるま》の榻《しぢ》どもひとたびに[132]かき下《お》ろしたりつる、また牛《うし》どもにただかけにかけて、御輿《こし》の後《しり》につづけたる心地《ち》、めでたく興《きよう》あるさま言《い》ふ方《かた》もなし。

おはしまし着《つ》きたれば、[133]大門のもとに高麗《こま》唐土《もろこし》の楽《がく》して、[134]獅子《しし》狛犬《こまいぬ》をどり舞《ま》ひ、[135]乱声《らんじやう》の音《おと》、鼓《つづみ》の声《こゑ》にものもおぼ

125　中宮の御輿。葱花輦《そうかれん》。
126　賛美すべき光景として類を見ない。女院方と直接比べているわけではない。
127　葱花輦《そうかれん》の頂上にある擬宝珠《ぎぼし》。
128　前と左右に垂らす布。
129　輿の四隅から張った綱。これを引いて揺れを防ぐ。
130　前にも「髪などもみな上がりやしたらむ」とあった。ここは感動で髪が逆立つ。
131　髪の具合悪さの口実（逆立ったせい）にできる。
132　「かき下ろす」は轅《ながえ》を榻《しぢ》に置くこと。「うち下ろす」（地に置く）とは別。榻に下ろしていた轅を、再び牛に掛けて出発した。
133　積善寺の総門。そこで中宮を迎える舞楽が奏された。
134　蘇芳菲《そほうひ》の舞。二〇七段注30参照。
135　乱調子の笛の音。

えず。「こは生《い》きての仏の[136]国《くに》などに来《き》にけるにやあらむ」と、空《そら》にひびき上《あ》がるやうにおぼゆ。

内《うち》に入《い》りぬれば、色々の錦《にしき》の[137]幄《あげばり》に御簾《みす》いと青《あを》くかけわたし、[138]屏幔《へいまん》ども引《ひ》きたるなど、すべてすべてさらにこの世とおぼえず。御桟敷《さじき》にさし寄《よ》せたれば、また[139]この殿《との》ばら立《た》ちたまひて、「とう下《お》りよ」とのたまふ。乗《の》りつる所だにありつるを、いま少《すこ》し明《あ》から顕証《けそう》なるに、[140]つくろひそへたりつる髪《かみ》も唐衣《からぎぬ》の中にてふくだみ、あやしうなりたらむ。[141]色の黒《くろ》さ赤《あか》ささへ見《み》えわかれぬべきほどなるが、いとわびしければ、ふとも え下《お》りず。「まづ[142]後《しり》なるこそは」など言《い》ふほどに、それも同《おな》じ心にや、「しぞかせたまへ」「かたじけなし」など言《い》ふ。「恥《は》ぢたまふかな」と笑《わら》ひて、からうじて下《お》りぬれば寄《よ》りおはして、「『[143]むねたかなどに見《み》せで隠《かく》して下《お》ろせ』と宮の仰《おほ》せらるれば来《き》たるに、思ひ隈《ぐま》なく」とて引《ひ》き下《お》ろして率《ゐ》てまゐりたまふ。「さ聞《きこ》えさせたまひ

136　極楽浄土。
137　「幄」は参列者のために設ける、天幕を張った仮屋。
138　「屏幔」は引きめぐらした幕。
139　伊周と隆家。
140　髪にかもじを添えてある。
141　自分の髪とかもじの色の違い。
142　後部座席（下座）に乗った人。
143　「むねたか」未詳。藤原致孝《むねたか》や棟世《むねよ》をあてる説あり。

つらむ」と思《おも》ふも、いとかたじけなし。

まゐりたれば、はじめ下《お》りける人、物見《ものみ》えぬべき端《はし》に八人ばかりゐにけり。一尺余《よ》二尺ばかりの[144]長押《なげし》の上《うへ》におはします。「ここに[145]たち隠《かく》して率《ゐ》てまゐりたり」と申したまへば、「いづら」とて御几帳《みき(ちやう)》のこなたに出《い》でさせたまへり。[146]まだ御裳《も》、唐《から》の御衣《ぞ》奉《たてまつ》りながらおはしますぞ、いみじき。[147]紅《くれなゐ》の御衣《ぞ》ども、よろしからむやは。[148]中に唐綾《からあや》の柳《やなぎ》の御衣《ぞ》、葡《え》萄染《びぞめ》の[149]五重襲《いつへがさね》の織物《おり》に、赤色《あかいろ》の唐《から》の御衣《ぞ》、[150]地摺《ずり》の唐《から》の薄物《うす》に[151]象眼重《ざうがんかさ》ねたる御裳《も》など奉《たてまつ》りて、物《もの》の色などは、さらになべてのに似《に》るべきやうもなし。

「我をば、いかが見《み》る」と仰《おほ》せらる。「いみじうなむさぶらひつる」なども、言《こと》に出《い》でては世の常《つね》にのみこそ。「[152]久《ひさ》しうやありつる。それは[153]大夫《(だいぶ)》の、院の御供《とも》に着《き》て人に見《み》えぬる同《おな》じ下襲《したがさね》ながらあらば、人わろしと思ひなむとて、こと下襲《したがさね》縫《ぬ》はせたまひけるほどにおそきなりけり。いとす

144　上段の桟敷席が定子の御座所。
145　「たち」は接頭語。
146　女院に敬意を表して、定子も裳と唐衣を着用していた。
147　紅の打衣《うちぎぬ》。
148　改めて唐衣の下の衣装に言及。「唐綾の柳の御衣」は舶来の綾の表着。以下も唐物《からもの》であることを強調。
149　五枚の綾織の袿。
150　「地摺」は白地に染料などで模様を摺り出した織物。
151　金銀泥や色糸で縁取って文様を際立たせた裳。
152　出発まで時間がかかったこと。
153　中宮大夫の藤原道長（一二五段注6）、二十九歳。女院のお供をした後に中宮に供奉した。

きたまへりな」とて[154]笑《わら》はせたまふ。いと明《あき》らかに晴《は》れたる所は、いま少《すこ》しぞけざやかにめでたき。[155]御額上《ひたひあ》げさせたまへりける御釵子《さいし》に、分《わ》けめの御髪《ぐし》のいささか[156]寄《よ》りてしるく見《み》えさせたまふさへぞ、聞《きこ》えむ方《かた》なき。

三尺の御几帳《みき(ちやう)》[157]一《ひと》よろひをさしちがへて、こなたの隔《へだ》てにはして、そのうしろに畳《たたみひと》一ひらをながさまに縁《はし》を端《はし》にして長押《なげし》の上《うへ》に敷《し》きて、[158]中納言の君といふは、殿《との》の御をぢの[159]右兵衛の督忠君《かみただきみ》と聞《きこ》えけるが御むすめ、[160]宰相の君は、[161]富《とみの》小路の右の大臣《おとど》の御孫《まご》、それ二人《ふたり》ぞ上《うへ》にゐて見《み》たまふ。御覧《らん》じわたして、[162]「宰相はあなたに行《い》きて、人どものゐたる所《ところ》にて見《み》よ」と仰《おほ》せらるるに、心得《え》て「ここにて三人はいとよく見はべりぬべし」と申したまへば、「さは入《い》れ」とて召《め》しあぐるを、下《しも》にゐたる人々は[163]「殿上ゆるさるる内舎人《うどねり》なめり」と笑《わら》へど、[164]「こは『笑《わら》はせむ』と思ひたまひつるか」と言《い》へば、[165]「『むまさゐ』のほどこそ」など言《い》

154 遅延は道長のせいだったことに触れながら、それを笑顔で受け入れる定子の姿を描く。
155 髪上げをして、蔽髪《ひたい》（飾りの金具）を釵子（挿具のピン）で留めた正装姿。
156 「寄る」は寄り集まる意。釵子で留めたあたりの髪の様子。
157 几帳を二基一組にして。
158 上﨟女房。九二段注17参照。
159 藤原忠君。右大臣師輔の子で兼《かね》家《いえ》の同母弟。祖父忠平《ただひら》の養子となった。
160 先の花盗人の場面でも関白が名をあげていた（注53）。
161 右大臣藤原顕忠《あきただ》。左大臣時平《ときひら》の二男。
162 定子は清少納言を上席に召そうとする。
163 上席に上がることを昇殿に準えた。「内舎人」は中務省《なかつかさ》の下級官人。
164 女房たちが笑ったことを受けての発言。
165 「むまさゐ」は馬副《むまぞひ》か。宰相の馬副（乗馬の貴人に付き添う従者）のようだとからかった。宰相の父重《しげ》輔《すけ》は右馬頭《うまのかみ》でもあった。

へど、そこにのぼりゐて見《み》るは、いと面《おも》だたし。かかる事《こと》などぞ、みづから言《い》ふは[166]吹《ふ》き語《がた》りなどにもあり、また君の御ためにも軽々《かるがる》しう、「かばかりの人を、さおぼしけむ」など、おのづから物知《ものし》り世の中もどきなどする人は、あいなうぞ。かしこき御事《こと》にかかりてかたじけなけれど、[167]ある事《こと》はまたいかがは。まことに身のほどに過《す》ぎたる事《こと》どももありぬべし。

　女院の御桟敷《さじき》、所々の御桟敷《さじき》ども見《み》わたしたる、めでたし。殿の御前《おまへ》、このおはします御前《おまへ》より院の御桟敷《さじき》にまゐりたまひて、しばしありてここにまゐらせたまへり。[168]大納言二《ふた》所、[169]三位の中将は陣《ぢん》につかうまつりたまへるままに調《てう》度《ど》負《お》ひて、いとつきづきしうをかしうておはす。殿上人四位五位こちたくうち連《つ》れ、御供《とも》にさぶらひて並《な》みゐたり。入《い》らせたまひて見《み》たてまつらせたまふに、みな御裳《も》御唐《から》衣《ぎぬ》、[170]御匣殿《みくしげどの》まで着《き》たまへり。[171]殿《との》の上《うへ》は、裳《も》の上《うへ》に小袿《こうちき》を

166　吹聴話。自慢話。以下、読者の批判も想定した断り書き。
167　「事実だから書く」という執筆姿勢を強調。
168　前出の伊周と道頼《みちより》。
169　前出の隆家。「陣」は警護の陣屋、「調度」は武官が装備する弓箭《きゅうせん》。
170　前出（注29）の道隆四女。
171　前出の貴子。小袿姿（唐衣より略装）。

ぞ着《き》たまへる。「絵《ゑ》に描《か》いたるやうなる御さまどもかな。[172]いま一人は今日《けふ》は人々しかめるは」と申したまふ。「三位[173]の君、宮の御裳《も》ぬがせたまへ。この中の主君《すくん》には、わが君こそおはしませ。[174]御桟敷《さじき》の前《まへ》に陣《ぢん》屋するゐさせたまへる、おぼろけの事《こと》かは」とてうち泣《な》かせたまふ。「げに」と見《み》えて皆《みな》人涙ぐましきに、[175]赤《あか》色に桜《さくら》の五重《いつへ》の衣《きぬ》を御覧《らん》じて、[176]「法服《ほふぶく》の一《ひと》つ足《た》らざりつるを、にはかにまどひしつるに、これをこそ借《か》り申すべかりけれ。さらずは、もしまたさやうの物を取《と》り占《し》められたるか」とのたまはするに、大納言殿、少《すこ》ししぞきてゐたまへるが聞《き》きたまひて、[177]「清僧都《せいそうづ》のにやあらむ」とのたまふ。一言《ひとこと》としてめでたからぬ事《こと》ぞなきや。

[178]僧都《そうづ》の君、[179]赤色《あかいろ》の薄物《うすもの》の御衣《ころも》、紫《むらさき》の御袈裟《けさ》、いと薄《うす》き薄色《うすいろ》の御衣《ぞ》ども指貫《さしぬき》など着《き》たまひて、頭《かしら》つきの青《あを》くうつくしげに地蔵菩薩《じざうぼさつ》のやうにて、女房《(にょう)ばう》にまじりありきたまふ

172 娘たちを絶賛した後、妻をだしに笑いを誘う。
173 貴子（正暦元年十月に正三位）を女房に見立てた。中宮がこの場の主君だと強調。
174 中宮の桟敷前に陣が設けられた。
175 赤色の唐衣。無紋だろう。「桜」は袿などの襲《かさね》色目。一同が涙ぐんでしまったので、道隆が清少納言の衣装に目を付けて冗談を言った。
176 僧の礼装。僧都以下は赤色の袍と裳。
177 もともと清少納言の服でしょう、と助け舟を出した。
178 定子の同母弟、隆円《りゅうえん》（九〇段注8）。同年十一月に権少僧都。
179 以下、隆円の衣装。赤の法服（袍《ほう》裳）、紫の袈裟、淡い薄紫色の衵や単、袴は指貫（大口袴《おおくちばかま》よりも略式）。

もいとをかし。[180]「僧綱《そうがう》の中に威儀具足《ゐぎぐそく》してもおはしまさで、見苦《みぐる》しう女房《ばう》の中に」など笑《わら》ふ。

大納言殿の御桟敷《さじき》より[181]松君《まつぎみ》率《ゐ》てたてまつる。葡萄染《えびぞめ》の織《おり》物の[182]直衣《なほし》、濃《こ》き綾《あや》の打《う》ちたる、紅梅《こうばい》の織《おり》物など着《き》たまへり。御供《とも》に例《れい》の四位五位いとおほかり。御桟敷《さじき》にて女房《（にょう）ばう》の中に抱《いだ》き入《い》れたてまつるに、何事《なにごと》のあやまりにか泣《な》きののしりたまふさへ、いとはえばえし。

事《こと》はじまりて、[183]一切《（いっさい）》経を蓮《はす》の花の赤《あか》きに一部づつに入れて、僧俗《そうぞく》、上達部《かんだちめ》、殿上人、地下《（ぢげ）》、六位、何《なに》くれまで持《も》てつづきたる、いみじうたふとし。導師まゐり、[184]講《かう》はじまりて舞《まひ》などす。日《ひ》ぐらし見《み》るに目《め》もたゆく苦《くる》し。御使《つかひ》に[185]五位の蔵《くら》人まゐりたり。御桟敷《さじき》の前《まへ》に[186]胡床《あぐら》立《た》ててゐたるなど、げにぞめでたき。

夜《よ》さりつ方《かた》、[187]式部の丞則理《ぞうのりまさ》まゐりたり。「『[188]やがて夜《よ》さり入《い》らせたまふべし。御供《とも》にさぶらへ』と宣旨《せんじ》かうぶりて」

180　「僧綱」は僧正・僧都・律師の総称。「威儀具足」は僧として礼が身についている意（仏教語）。
181　伊周の長男、道雅《みちまさ》（一〇一段注57）。三歳。
182　童《わらわ》直衣姿。以下は打衣、衵の描写。
183　一切経（注4）を、蓮の花をかたどった器に一部ずつ入れた。底本「赤きひと花づつに」、能本による。
184　「講」は僧による講説、「舞」は法会後の法楽《ほうらく》の舞楽。
185　源重光《しげみつ》の子、明理《あきまさ》か。姉妹が伊周室。
186　折り畳み椅子。
187　前出の源則理（注20）。先に参上した明理の弟。
188　天皇の言葉。中宮の還御を望む。

とて帰りもまゐらず。宮は「まづ帰《かへ》りてを」とのたまはすれど、また[189]蔵人《くら》の弁まゐりて殿にも御消息《せうそこ》あれば、ただ仰《おほ》せ言《ごと》にて入《い》らせたまひなむとす。

院の御桟敷《さじき》より、[190]「ちかの塩釜《しほがま》」などいふ御消息《せうそこ》まゐりかよふ。をかしきものなど、持《も》てまゐり違《ちが》ひたるなどもめでたし。事果《ことは》てて、院帰《かへ》らせたまふ。[191]院司《じ》、上達部《かんだちめ》など、[192]今度《こたみ》はかたへぞつかうまつりたまひける。

宮は内にまゐらせたまひぬるも知《し》らず、女房《(にょう)ばう》の従者《ずさ》どもは「二条の宮にぞおはしますらむ」とてそれにみな行《い》きゐて、待《ま》てども待《ま》てども見えぬほどに夜いたうふけぬ。内《うち》には「[193]宿直《とのゐ》物持《も》て来《こ》なむ」と待《ま》つに、清《きよ》う見《み》えきこえず。あざやかなる衣《きぬ》どもの身にもつかぬを着《き》て、寒《さむ》きまま言《い》ひ腹立《はらた》てど、かひもなし。つとめて来《き》たるを「いかでかく心もなきぞ」など言《い》へど、陳《の》ぶる事も言《い》はれたり。

[194]またの日、雨の降りたるを、殿《との》は「[195]これになむ、おのが

189 高階信順《きねのぶ》。前出の明順（注111）の兄。時に蔵人で右少弁。
190 「みちのくの千賀《ちか》の塩釜近ながら遥けくのみも思ほゆるかな」（古今六帖）に拠る。近くにいるのにお会いできなくて残念です、という挨拶。
191 院の世話をする官人。
192 帰りは女院と中宮とに人数を分けて供奉した。
193 着替えや夜具。
194 記録では二月二十一日。「天陰、雨降」（本朝世紀）。
195 天候にめぐまれたこと。

宿世《すくせ》は見《み》えはべりぬる。いかが御覧《らん》ずる」と聞《きこ》えさせたまへる、御心おごりもことわりなり。

[196]されど、そのをりめでたしと見《み》たてまつりし御事《こと》どもも、今《いま》の世の御事《こと》どもに見たてまつりくらぶるに、すべて一《ひと》つに申すべきにもあらねば、物憂《ものう》くて、[197]おほかりし事《こと》どももみなとどめつ。

二六三段

[1]たふときこと　[2]九条《でう》の錫杖《さくぢやう》　[3]念仏の回向《ゑかう》。

二六四段

[1]歌《うた》は　風俗《ふぞく》、なかにも杉立《すぎた》てる門《かど》。神楽《かぐら》歌もをかし。今《いま》様歌《やううた》は、長《なが》うてくせづいたり。

196　以下は三巻本のみの本文。「今の世」は道長全盛の世。

197　その後の苦難などには筆が割けない。道隆は翌年に薨去、一家の転落が始まった。「評」参照。

1　「こと」という題詞は本段のみ。

2　法要で九条の経文を唱える際、ひと節ごとに振り鳴らす錫杖（頭部に数個の輪がある）。

3　念仏の後に唱える回向（自分の善行功徳を皆に施し往生を願う）の文言。ともに聞いていてありがたく心地よい。

1　節をつけて謡う物。以下、補注

二六五段

[1]指貫《さしぬき》は　紫《むらさき》の濃《こ》き　萌黄《もえぎ》。夏《なつ》は二藍《ふたあゐ》。いと暑《あつ》きころ、夏《なつ》の虫《むし》の色《いろ》したるも涼《すず》しげなり。

1　指貫袴（三段注32参照）。以下は指貫の色目。補注一

二六六段

[1]狩衣《かりぎぬ》は　[2]香染《かうぞめ》の薄《うす》き　[3]白《しろ》きふくさ　赤色《あかいろ》　松《まつ》の葉《は》色《いろ》　青《あを》葉《ば》　桜《さくら》　柳《やなぎ》。また、青《あを》き藤《ふぢ》。

[4]男《をとこ》は何《なに》の色《いろ》の衣《きぬ》をも着《き》たれ。

1　袖に括りのある平服。
2　「香染」は三四段注3参照。
3　補注一
4　そのまま次段に繋がる一文。

二六七段

[1]単《ひとへ》は　白《しろ》き。

[2]昼《ひ》の装束《さうぞく》の紅《くれなゐ》の単《ひとへ》の衵《あこめ》など、かりそめに着《き》たるはよし。されど、なほ白《しろ》きを。[3]黄《き》ばみたる単《ひとへ》など着《き》たる人は、いみ

1　裏地のない絹の衣。衵の下に着る。
2　正装（束帯姿）の際、かりそめに着る「単の衵」（単《ひとへ》仕立ての夏用の衵）なら紅でもよいが、やはり白が望ましいという。なお、作中で「白き単」が描かれた人物は三三段の道隆。

じう心づきなし。[4]練《ねり》色の衣《きぬ》どもなど着《き》たれど、なほ単《ひとへ》は白《しろ》うてこそ。

3　白い絹は黄ばみやすい。
4　練糸《ねりいと》で織った衣。淡黄色になる。

二六八段

[1]下襲《したがさね》は
冬は　[2]躑躅《つつじ》　桜《さくら》　[3]掻練襲《かいねりがさね》　蘇芳襲《すはうがさね》。
夏は　二藍《ふたあゐ》　白襲《しらがさね》。

1　袍・半臂《はんぴ》の下に着る。以下は色目。
2　「躑躅」「桜」は表白糸、裏赤糸。
3　以下、補注一

二六九段

[1]扇《あふぎ》の骨《ほね》は　朴《ほほ》。
[2]色《いろ》は　あかき　むらさき　みどり。

1　蝙蝠《かわほり》扇（夏扇）。「朴」は骨木の材質。
2　紙の色。

二七〇段

[1]檜扇《ひあふぎ》は　無紋《むもん》　唐絵《からゑ》。

1　正装時の扇。以下、白木の無地と中国風の絵を描いたもの。

二七一段

神[1]は　松《まつ》の尾《を》。

八幡《やはた》、この国の帝《みかど》にておはしましけむこそめでたけれ。行幸などに[2]水葱《なぎ》の花《はな》の御輿《こし》に奉《たてまつ》るなど、いとめでたし。大《おお》原野《はらの》、春日《かすが》、いとめでたくおはします。

平野《ひら》は、[3]いたづら屋のありしを、「何《なに》する所ぞ」と問《と》ひしに「[4]御輿宿《こしやど》り」と言《い》ひしも、いとめでたし。斎垣《いがき》に蔦《つた》などのいとおほくかかりて、紅葉《もみぢ》の色々ありしも、「[5]秋にはあへず」と貫之《つらゆき》が歌《うた》思ひ出《い》でられて、つくづくと久《ひさ》しうこそ立《た》てられしか。

みこもりの神、またをかし。賀茂《かも》、さらなり。稲荷《いなり》。

1 神社の祭神。以下、補注一
2 葱花輦《そうかれん》。
3 使っていない建物。
4 行幸の際に御輿を納める所。
5 「ちはやぶる神の斎垣《いがき》にはふ葛《くず》も秋にはあへず移ろひにけり」（古今集・秋下・貫之）に拠る。神社の垣根の紅葉を「秋には抗えなくて」と詠んだ歌。

二七二段

崎《さき》[1]は　から崎《さき》[2]　みほが崎《さき》[3]。

1 岬。
2 「から崎」は比叡明神の祭場で、祓の名所。近江の歌枕。「細波《さざなみ》の志賀《しが》の唐崎《からさき》行幸《みゆき》して大宮人の船《ふな》よそひせり」（古今六帖）など。
3 補注一

二七三段

屋[1]は　まろ屋《や》　あづま屋《や》。

1　家屋。以下、補注一

二七四段

時[1]奏《そう》する、いみじうをかし。いみじう寒《さむ》き夜中ばかりなど、こほこほとこほめき沓《くつ》すり来《き》て、[2]弦打《つるう》ち鳴《な》らして、「[3]何々《なんな》なのなにがし、時丑《うしみ》三つ」「子四《ねよ》つ」など、はるかなる声《こゑ》に言《い》ひて、時[4]の杭《くひ》さす音《おと》など、いみじうをかし。「[5]子《ね》九《ここの》つ」「丑八《うしや》つ」などぞ、里《さと》びたる人は言《い》ふ。すべて何《なに》も何《なに》も、[6]ただ四《よ》つのみぞ、杭《くひ》はさしける。

1　補注一
2　魔除けに弓弦を鳴らす。
3　まず官名と名を名乗る。
4　補注一参照。
5　陰陽寮で打つ鼓の数。『延喜式』によれば「九つ」は子・午の時、「八つ」は丑・未の時に打つ鼓の数。陰陽寮は一五六段注9・11参照。
6　宮中では一刻ごとに各四回。「九つ」「八つ」はない。底本「杭には」、能本・前本による。

二七五段

日のうらうらとある昼《ひる》つ方《かた》、また、いといたうふけて

「子《ね》の時《とき》などいふほどにもなりぬらむかし、大殿《おほとの》ごもりおはしましてにや」など思ひまゐらするほどに、「[1]をのこども」と召《め》したるこそ、いとめでたけれ。夜中ばかりに御[2]笛《ふえ》の声《こゑ》の聞《きこ》えたる、またいとめでたし。

1 天皇が蔵人などをお召しになる。夜中なので私的な用向きらしい。
2 一条天皇は笛を好んだ（二二九段）。

二七六段

[1]成信《なりのぶ》の中将は、[2]入道兵部卿の宮の御子《こ》にて、かたちいとをかしげに、心ばへもをかしうおはす。[3]伊予守兼資《いよのかみかねすけ》がむすめ忘《わす》れて、親《おや》の伊予《いよ》へ[4]率《ゐ》て下《くだ》りしほど、いかにあはれなりけむとこそおぼえしか。[5]暁《あかつき》に行《い》くとて今宵《こよひ》おはして、[6]有明の月に帰りたまひけむ直衣姿《なほしすがた》などよ。その君、常《つね》にゐて物言《ものい》ひ、人の上《うへ》などわるきは「わるし」などのたまひしに。
[7]物忌《ものいみ》くすしう、つのかめなどに立《た》てて食《く》ふ物まづかいかけなどする物《もの》の名を姓《（さう）》にて持《も》たる人のあるが、こと人の子になりて「平《たひら》」などいへど、ただそのもとの姓《さう》を、若《わか》き

1 源成信（一〇段注6）。事件時の長保二年には右近権中将で二十二歳。
2 村上天皇第三皇子の致平《むねひら》親王。源雅信《まさのぶ》女との間に成信を儲ける。天元四年（九八一）に出家。
3 源兼資。遠資から改名。正暦四年以前から伊予守。娘の一人が隆家室。
4 成信が通わなくなったので、娘を任国に伴おうとしたか。
5 下向前の最後の夜に成信が会いにきた。
6 月夜の訪れは、後文で無条件に称賛されている。
7 以下文意未詳。「食う物」以下は「箸」の意で、この女房の姓が土師《はじ》だったか。

人々言《こと》ぐさにて笑《わら》ふ。ありさまも、ことなる事《こと》もなし。をかしき方《かた》なども遠《とほ》きが、さすがに人にさしまじり心などのあるを、御前《おまへ》わたりも「[8]見苦《みぐる》し」など仰《おほ》せらるれど、腹《はら》ぎたなきにや、[9]告《つ》ぐる人もなし。

[10]一条の院に造《つく》らせたまひたる一間《ひとま》の所《ところ》には、にくき人はさらに寄《よ》せず。[11]東《ひんがし》の御門《みかど》につと向《む》かひていとをかしき小《こ》廂《ひさし》に、[12]式部《しきぶ》のおもとともろともに夜《よる》も昼《ひる》もあれば、[13]上《うへ》も常《つね》に物《もの》御覧《らん》じに入《い》らせたまふ。「今宵《こよひ》は[14]内《うち》に寝《ね》なむ」とて南《みなみ》の廂《ひさし》に二人臥《ふたりふ》しぬる後《のち》に、[15]いみじう呼《よ》ぶ人のあるを、「うるさし」など言《い》ひ合《あ》はせて寝《ね》たるやうにてあれば、なほいみじうかしがましう呼《よ》ぶを、「それ起《お》こせ、空寝《そらね》ならむ」と仰《おほ》せられければ、この[16]兵部《(ひやうぶ)》来《き》て起《お》こせど、いみじう寝《ね》入《い》りたるさまなれば、「さらに起《お》きたまはざめり」と言《い》ひに行《い》きたるに、やがてゐつきて物言《い》ふなり。「しばしか」と思ふに、夜いたうふけぬ。「権《(ごんの)》中将にこそあなれ。こは

8　女房としての資質に問題があった。
9　当人に忠告する女房もいなかった。
10　今内裏《いまだいり》。一〇段注2参照。
11　東北門。定子が住む北二対の東廂と向かい合う。
12　中宮女房。小廂で共に過ごしていたことは四七段に見えた。
13　一条天皇。四七段でも小廂を訪れている。
14　小廂ではなく奥の廂の間で。
15　後文で成信だと明かされる。
16　先に紹介された「平」姓となった女房。

何事《なにごと》をかくゐては言《い》ふぞ」とて、みそかにただいみじう笑《わら》ふも、いかでかは知《し》らむ。暁《あかつき》まで言《い》ひ明《あ》かして帰る。「またこの君、[17]いとゆゆしかりけり。さらに寄《よ》りおはせむに物《もの》言《い》はじ。何事《なにごと》をさは言《い》ひ明《あ》かすぞ」など言《い》ひ笑《わら》ふに、[18]遣戸《やりど》あけて女は入《い》り来《き》ぬ。

つとめて、例《れい》の廂《ひさし》に人[19]の物言《い》ふを聞《き》けば、「[20]雨《あめ》いみじう降《ふ》るをりに来《き》たる人なむあはれなる。日《ひ》ごろおぼつかなくつらき事《こと》もありとも、さて濡《ぬ》れて来《き》たらむは憂《う》き事《こと》もみな忘《わす》れぬべし」とは、などて言《い》ふにかあらむ。さあらむを。[21]昨夜《よべ》も昨日《きのふ》の夜もそがあなたの夜も、すべてこの頃《ごろ》うちしきり見《み》ゆる人の、今宵《こよひ》いみじからむ雨《あめ》にさはらで来《き》たらむは、なほ一夜《ひとよ》もへだてじと思ふなめりと、あはれなりなむ。[22]さらで、日《ひ》ごろも見《み》えずおぼつかなくて過《す》ぐさむ人の、かかるをりにしも来《こ》むは、「さらに心ざしのあるにはせじ」とこそおぼゆれ。人の心々なるものなればにや。物《もの》見知《し》り思

17 兵部ごときと語り明かした成信への幻滅。
18 東廂と南廂との間の戸。「女」は兵部。
19 「人」は兵部のようだが明記されない。
20 昨夜は雨だったか。この発言を契機に、男性の来訪をめぐる持論が展開される。
21 「昨夜」は昨晩（今朝が来る前）。「昨日の夜」は前日の夜。
22 以下、雨夜に訪れる男性の魂胆を指摘。昨夜の成信の来訪も「あはれ」とは見なされない。

ひ知《し》りたる女の心ありと見《み》ゆるなどを語《かた》らひて、あまた行《い》く所《ところ》もあり、もとよりのよすがなどもあれば、しげくも見《み》えぬを、なほ「さるいみじかりしをりに来《き》たりし」など、人にも語《かた》り継《つ》がせほめられむと思《おも》ふ人のしわざにや。それもむげに心ざしなからむには、げに何《なに》しにかは作《つく》り事《ごと》にても見《み》えむとも思はむ。

されど雨《あめ》の降《ふ》る時には、ただむつかしう、今朝《けさ》まで晴《は》れ晴《は》れしかりつる空《そら》ともおぼえず、にくくて、いみじき細殿《ほそどの》[23]、めでたき所ともおぼえず。まいていとさらぬ家《いへ》などは、とく降《ふ》りやみねかしとこそおぼゆれ。をかしき事《こと》あはれなる事《こと》もなきものを。

さて、月の明《あ》かきはしも、過《す》ぎにしかた行末まで思《おも》ひ残《のこ》さるることなく、心もあくがれ、めでたくあはれなる事たぐひなくおぼゆ。[24]それに来《き》たらむ人は、十日二十日（はつか）一月（ひとつき）、もしは一年《ひととせ》も、まいて七、八年ありて、思ひ出《い》でたらむは

23　登花殿の細殿（七四段参照）。「めでたき所」の代表。

24　月夜に兼資女を訪ねた成信と重なる。雨夜とは雲泥の差。

いみじうをかしとおぼえて、えあるまじうわりなき所《ところ》、人《ひと》目《め》つつむべきやうありとも、かならず立《た》ちながらも物言《い》ひて返し、また泊《とま》るべからむは、とどめなどもしつべし。

月の明《あ》かき見《み》るばかり、ものの遠《とほ》く思ひやられて、過《す》ぎにし事《こと》の、憂《う》かりしもうれしかりしもをかしとおぼえしも、ただ今《いま》のやうにおぼゆるをりやはある。[25]こま野《の》の物語《がたり》は、何《なに》ばかりをかしき事《こと》もなく、言《こと》葉も古《ふる》めき見所《どころ》おほからぬも、月に昔《むかし》を思ひ出《い》でて、虫《むし》ばみたる蝙蝠《かはほり》取《と》り出でて、[26]「もと見《み》しこまに」と言《い》ひてたづねたるがあはれなるなり。

雨《あめ》は心もなきものと思ひしみたればにや、かた時降《ふ》るもいとにくくぞある。[27]やむごとなき事《こと》、おもしろかるべき事《こと》、たふとうめでたかべい事《こと》も、雨《あめ》だに降《ふ》れば言《い》ふかひなくくちをしきに、何《なに》かその濡《ぬ》れてかこち来《き》たらむがめでたからむ。[28]交野《かたの》の少将もどきたる[29]落窪《おちくぼ》の少将などはをかし。[30]昨夜《よべ》一昨日《をととひ》の夜もありしかばこそ、それもをかしけれ。足洗《あしあら》ひ

25　二〇〇段補注一参照。

26　能本「もとこしこまに」。「夕闇は道も見えねど古里はもと来《こ》し駒に任せてぞ来る」（後撰集・恋五・よみ人しらず）をふまえたか。

27　以下、宮中行事などを念頭に置く。

28　二〇〇段にも名が見えた物語の主人公。『落窪物語』（巻二）で好色者として非難されている。

29　『落窪物語』の主人公、左近少将。

30　「昨夜」（三日目）も「一昨日」（結婚初日）の夜も。昨日の夜（二夜目）も含まれる。三日続けて雨中に姫君を訪れたことを評価。三夜目に汚物まみれの足を洗う場面がある。

たるぞにくき。きたなかりけむ。

風などの吹《ふ》き荒々《あらあら》しき夜来《き》たるは、たのもしくてうれしうもありなむ。

雪《ゆき》こそめでたけれ。「[31]忘《わす》れめや」などひとりごちて、しのびたることはさらなり、いとさあらぬ所も、直衣《なほし》などはさらにも言《い》はず、うへの衣《きぬ》、[32]蔵人《くらうど》の青色《あをいろ》などのいとひややかに濡《ぬ》れたらむは、いみじうをかしかべし。[33]緑衫《ろうさう》なりとも、雪《ゆき》にだに濡《ぬ》れなばにくかるまじ。[34]昔《むかし》の蔵《くら》人は、夜《よる》など人のもとにもただ青色《あをいろ》を着《き》て、雨《あめ》に濡《ぬ》れてもしぼりなどしけるとか。今《いま》は昼《ひる》だに着《き》ざめり。ただ緑衫《ろうさう》のみうちかづきてこそあめれ。[35]衛府《ゑふ》などの着《き》たるは、まいていみじうをかしかりしものを。[36]かく聞《き》きて、雨《あめ》にありかぬ人やあらむとすらむ。

月のいみじう明《あ》かき夜、紙《かみ》のまたいみじうあかきに、ただ「[37]あらずとも」と書《か》きたるを、廂《ひさし》にさし入《い》りたる月にあ

31　忘れようか（忘れまい）。「妹が家路我忘れめや足引の山かき曇り雪は降るとも」（家持集）などの類歌がある。
32　六位蔵人の袍。八五段に詳述。
33　六位の位袍。通常は「にくし」とされるもの。
34　八五段同様、今昔の六位蔵人を対比。
35　兵衛・衛門尉《じよう》と兼任の六位蔵人。
36　「かく」はここまでの主張（雪夜の訪問の薦め）を指す。続く「あらむ」も「かくあらむ」の意と解す。
37　「恋しさは同じ心にあらずとも今宵の月を君見ざらめや」（拾遺集・恋三・源信明《さねあきら》）に拠る。

てて、人《ひと》の見しこそをかしかりしか。雨降《ふ》らむをりは、さはありなむや。

二七七段

常《つね》に文《ふみ》[1]おこする人《ひと》の、「何《なに》かは。言《い》ふにもかひなし、今《いま》[2]は」と言《い》ひて、またの日《ひ》音《おと》もせねば、さすがに明《あ》けたてば「さし出《い》づる文《ふみ》の見えぬこそ、さうざうしけれ」と思ひて、「さても、きはぎはしかりける[3]心かな」と言《い》ひて暮《く》らしつ。

またの日、雨《あめ》のいたく降《ふ》る昼《ひる》まで音《おと》もせねば、「むげに思ひ絶《た》えにけり」など言《い》ひて端《はし》の方《かた》にゐたる夕暮《ゆふぐれ》に、傘《かさ》さしたる者《もの》の持《も》て来《き》たる文《ふみ》を常《つね》よりもとく開《あ》けて見《み》れば、ただ「水増《ま》す[4]雨《あめ》の」とある、いとおほく詠《よ》み出《い》だしつる歌《うた》どもよりもをかし。

今朝《けさ》はさしも見《み》えざりつる空《そら》の、いと暗《くら》うかき曇《くも》りて雪《ゆき》のかきくらし降《ふ》るに、いと心細《こころぼそ》く見出《みい》だすほどもなく白《しろ》う

1 ここでは後朝の文。
2 二人の仲も今はこれまで。
3 きっぱりしている、割り切っている。
4 引歌未詳。「水」「ます」「雨」という語の一致から、諸注は「まこも刈る淀の沢水あめふれば常よりことにまさるわが恋」（古今集・恋二・貫之）や、「雨ふりて水まさりけり天河《あまのがわ》こよひはよそに恋ひむとや見し」（後撰集・秋上・源中正《なかただ》）を参考歌としてあげる。「水増す雨の」は、水嵩が増すように思いも増す意か。たくさん詠んだ和歌などよりも、短い文の方が情趣がある。

積《つも》りて、なほいみじう降《ふ》るに、随身《ずいじん》[5]めきて細《ほそ》やかなるをのこの、傘《かさ》さしてそばの方《かた》なる塀《へい》の戸《と》より入《い》りて、文《ふみ》をさし入《い》れたるこそをかしけれ。いと白《しろ》[6]き[7]みちのくに紙《がみ》、白《しろ》き色《しき》紙《し》の結《むす》びたる上《うへ》に[8]引《ひ》きわたしける墨《すみ》の、ふと氷《こほ》りにければ裾薄《すそうす》になりたるを開《あ》けたれば、いと細《ほそ》く巻《ま》きて結《むす》びたる[9]巻《まき》目《め》はこまごまとくぼみたるに、墨《すみ》のいと黒《くろ》う薄《うす》く、[10]くだり狭《せば》に裏表《うらうへ》書《か》き乱《みだ》りたるを、うち返《かへ》し久《ひさ》しう見《み》るこそ、「何《なに》事《ごと》ならむ」とよそにて見《み》やりたるもをかしけれ。まいて、うちほほゑむ所はいとゆかしけれど、遠《とほ》うゐたるは、黒《くろ》き文字《もじ》などばかりぞ「さなめり」とおぼゆるかし。

　額髪《ひたひがみ》長《なが》やかに面様《おもやう》よき人の、暗《くら》きほどに文《ふみ》を得《え》て、火《ひ》ともすほども心もとなきにや、火桶《ひをけ》の火《ひ》を挟《はさ》み上《あ》げて、たどたどしげに見《み》ゐたるこそをかしけれ。

5　貴人の外出の際の護衛。四六段注2参照。五一段にも「雑色随身は、すこしやせて細やかなるぞよき」とあった。
6　雪に合わせて、白い紙を選ぶ美意識。
7　陸奥国紙への評価は高い。二九段注4参照。
8　封印の墨の線。
9　紙をたたんだその折目。
10　行と行の間が狭い。

二七八段

[1]きらきらしきもの　[2]大将、御前駆追《さきお》ひたる。[3]孔雀《くざ》経の御《み》読《ど》経、御修法《みずほふ》。五大尊《だいそん》のも。御斎会《ごさいゑ》。[4]蔵人《くら》の式部丞《しきぶのぞう》の、白馬《あをむま》の日、大庭《おほば》練《ね》りたる。その日、靫負佐《ゆげひのすけ》の摺衣《すりぎぬ》破らする。[5]尊星王《そんしやうわう》の御修法《みずほふ》。季《き》の御読《みど》経。熾盛光《しじやうくわう》の御読《みど》経。

1　輝かしく立派に見えるもの。「きらぎらし」とも。
2　近衛大将が行幸などの前駆を務める姿。
3　以下「御斎会」まで補注一
4　蔵人で式部省三等官を兼ねる。補注二
5　以下、補注三

二七九段

神のいたう鳴《な》るをりに、[1]神鳴《なり》の陣《ぢん》こそいみじうおそろしけれ。[2]左右の大将、中少将などの御格子《みかうし》のもとにさぶらひたまふ、いといとほし。鳴《な》り果《は》てぬるをり、大将おほせて「[3]おり」とのたまふ。

1　雷鳴時に清涼殿・紫宸殿《ししんでん》に設けられる警護の陣。
2　清涼殿では左右近衛官人が御格子のもと（御簾の前）に伺候。
3　解陣《げぢん》を命じる。

二八〇段

[1]坤元録《こむえろく》の御屏風こそ、をかしうおぼゆれ。

1　宮中の屏風を取り上げる。補注一

漢書《かんじよ》の屏風は、[2]雄雄《をを》しくぞ聞《きこ》えたる。月次《なみ》の御屏風もをかし。

二八一段

[1]節分違《せちぶんたが》へなどして夜深《ぶか》く帰《かへ》る、寒《さむ》き事《こと》いとわりなく、[2]頤《おとがひ》などもみな落《お》ちぬべきを、からうじて来着《きつ》きて火桶《をけ》引《ひ》き寄《よ》せたるに、火の大《おほ》きにて、つゆ黒《くろ》みたる所もなくめでたきを、こまかなる灰《はひ》の中《なか》よりおこし出《い》でたるこそ、いみじうをかしけれ。

また、物《もの》など言《い》ひて火の消《き》ゆらむも知《し》らずゐたるに、こと人の来《き》て[3]炭入《すみい》れておこすこそ、いとにくけれ。されど、[4]めぐりに置《お》きて中に火をあらせたるはよし。[5]みな外《ほか》ざまに火をかきやりて、炭《すみ》を重《かさ》ね置《お》きたるいただきに火を置《お》きたる、いとむつかし。

2　底本「おほしく」、能本による。前本「おゝしう」。

1　節分の方違《かたたが》え（二三段注9参照）。ここは立春前夜。
2　あごが寒さでガタガタするさま。
3　炭を入れて火を起こし直す。その間、話が中断するので有難迷惑。
4　火種の周囲に継ぎ足し用の炭を置く。最低限の手間で済む。
5　以下、残り火を使わずに、新たに起こそうとする様か。

二八二段

[1]雪のいと高《たか》う降りたるを、例《れい》ならず御格子《みかうし》まゐりて、炭《す》櫃《びつ》に火おこして物語《ものがたり》などしてあつまりさぶらふに、「少納言よ、[2]香炉峰《かうろほう》の雪いかならむ」と仰《おほ》せらるれば、[3]御格子《みかうし》上《あ》げさせて[4]御簾《みす》を高《たか》く上《あ》げたれば、笑はせたまふ。人々も、「さることは知《し》り、[5]歌などにさへうたへど、思《おも》ひこそよらざりつれ。[6]なほこの宮の人にはさべきなめり」と言《い》ふ。

1 大雪の日。補注一
2 定子の秀句。補注二
3 女官などに格子を上げさせて。
4 自分で簾を巻き上げて鉤に掛けた。
5 歌謡などにして朗誦する。
6 想定を超えたパフォーマンスを称賛。知識を誇る話ではない。「評」参照。

二八三段

[1]陰陽師《おんやうじ》のもとなる小童《こわらは》べこそ、いみじう物は知《し》りたれ。祓《はらへ》などしに出《い》でたれば、[2]祭文《さいもん》など読《よ》むを、人はなほこそ聞《き》け、ちうと立《た》ち走《はし》りて「[3]酒《さけ》、水《みづ》いかけさせよ」とも言《い》はぬに、しありくさまの例知《れいし》り、いささか主《しう》に物言《い》はせぬこそうらやましけれ。「さらむ者がな。使《つか》はむ」とこそおぼ

1 陰陽師の助手となる小さい子供。
2 神に奏上する中臣祭文《なかとみさいもん》。
3 祭文を読んだ後の作法か。

ゆれ。

二八四段

[1]三月ばかり、「物忌《いみ》しに」とてかりそめなる所に人の家《いへ》に行きたれば、木どもなどのはかばかしからぬ中に、柳《やなぎ》と言《い》ひて例《れい》のやうになまめかしうはあらず、ひろく見《み》えてにくげなるを、「あらぬものなめり」と言《い》へど、「かかるもあり」など言《い》ふに、

　さかしらに[2]柳《やなぎ》のまゆのひろごりて春《はる》のおもてをふする
　宿かな

とこそ見《み》ゆれ。

　そのころ、また同《おな》じ物忌《いみ》しにさやうの所に出《い》で来《く》るに、[3]二日といふ日の昼《ひる》つ方《かた》、いとつれづれまさりて、ただ今もまゐりぬべき心地《ち》するほどにしも、仰《おほ》せ言《ごと》のあれば[4]いとうれしくて見《み》る。浅緑《あさみどり》の紙《かみ》に[5]宰相の君《きみ》、いとをかしげに書《か》い

1　何年の三月かは不明。

2　「柳のまゆ」は柳の細長い若葉を眉に喩えた成句。漢語「柳眉」から美人の眉のイメージ（三段注24）。「おもてをふする」（面目をつぶす）は後半の逸話に繋がる。

3　物忌の二日目。

4　うれしくて物忌中でも文を開いた。

5　中宮女房（二一一段注30）。同僚では最多の登場（六度目）。

たまへり。

[6]いかにして過《す》ぎにしかたを過《す》ぐしけむ暮《く》らしわづらふ
昨日今日《けふ》かな

となむ。[7]わたくしには、「今日《けふ》しも千歳《とせ》の心地《ち》するに、暁《あかつき》にはとく」とあり。この君ののたまひたらむだにをかしかべきに、まして仰《おほ》せ言《ごと》のさまはおろかならぬ心地《ち》すれば、

[8]雲の上もくらしかねける春の日をところがらともながめつるかな

[9]わたくしには、「今宵《こよひ》のほども『[10]少将にやなりはべらむ』とすらむ」とて暁《あかつき》にまゐりたれば、「昨日の返し『[11]かねける』いとにくし。[12]いみじうそしりき」と仰《おほ》せらるる、いとわびし。まことにさる事《こと》なり。

二八五段

十二月二十四日、[1]宮の御仏名《(みぶつみやう)》の[2]半夜《はん(や)》の導師《(だう)し》聞《き》きて出《い》づ

6 定子の歌。補注一
7 宰相の君からの私信。
8 「雲の上」は宮中、「ところがら」は物忌で滞在している「かりそめなる」宿の場所柄。
9 以下は宰相の君への私信。
10 誰を指すか未詳。「少将になる」が「あわただしい出立」を意味するか。宰相が文を受け取る「今宵」にも出立する予定だと伝えている。
11 補注二
12 昨日皆の前で不備を指摘したか。「評」参照。
1 中宮の仏名会。内裏仏名会（七八段注1）前後に行われた。年時は不明。

る人は、夜中ばかりも過《す》ぎにけむかし。

日《ひ》ごろ降《ふ》りつる雪の今日《けふ》はやみて、風などいたう吹《ふ》きつれば、[3]垂氷《たるひ》いみじうしだり、地《つち》などこそむらむら白《しろ》き所がちなれ、屋《や》の上《うへ》はただおしなべて白《しら》きに、あやしき賤《しづ》の屋も雪にみな面隠《おもがく》しして、有明《ありあけ》の月の隈《くま》なきに、いみじうをかし。銀《しろかね》などを葺《ふ》きたるやうなるに、[4]水晶《すいさう》の滝《たき》など言《い》はましやうにて、長《なが》く短《みじか》くことさらに掛《か》けわたしたると見えて、言《い》ふにもあまりてめでたきに、下簾《したすだれ》もかけぬ車の、簾《すだれ》をいと高《たか》う上《あ》げたれば、奥《おく》までさし入《い》りたる月に、[5]薄《うす》色、白《しろ》き、紅梅《こうばい》など七《なな》つ八《や》つばかり着《き》たる上《うへ》に、濃《こ》き衣《きぬ》のいとあざやかなるつやなど、月に映《は》えてをかしう見《み》ゆるかたはらに、[6]葡《え》萄染《びぞめ》の固紋《かたもん》の指貫《さしぬき》、白《しろ》き衣《きぬ》どもあまた、山吹《やまぶき》、紅《くれなゐ》など着《き》こぼして、直衣《なほし》のいと白《しろ》き、紐《ひも》を解《と》きたれば脱《ぬ》ぎ垂《た》れられて、いみじうこぼれ出《い》でたり。指貫《さしぬき》の片《かた》つ方《かた》は[7]軾《とじきみ》のもとに踏《ふ》み出《い》だしたるなど、道に人会《あ》ひたらば、をかしと見《み》つべし。

2 ひと晩を初《しよ》・半・後《ご》夜と分け、各々導師（首席の僧）が異なる。

3 つらら。

4 二二七段注2参照。

5 以下、車中の女性の衣装。「濃き衣」は表着《うはぎ》か。

6 以下、傍らの男性の衣装。「着こぼして」は出《い》だし袿《うちき》にして。

7 「軾」は牛車の乗降口に横に渡した板。

月の影《かげ》のはしたなさに後《うし》ろざまにすべり入《い》るを常《つね》に引《ひ》き寄《よ》せ、あらはになされてわぶるもをかし。[8]「凜々《りんりん》として氷鋪《こほりし》けり」といふことをかへすがへす誦《ず》して[9]おはするは、いみじうをかしうて、夜一夜《ひとよ》もありかまほしきに、行《い》く所の近《ちか》うなるもくちをし。

二八六段

[1]宮仕《づか》へする人々の出《い》であつまりて、おのが君々《きみぎみ》の御事《こと》めできこえ、宮の内《うち》、殿《との》ばらの事《こと》どもかたみに語《かた》り合《あ》はせたるを、その家主《いへあるじ》にて聞《き》くこそをかしけれ。

[2]家《いへ》ひろく清《きよ》げにて、わが親族《しぞく》はさらなり、うち語《かた》らひなどする人も、宮仕《づか》へ人《びと》を、かたがたにすゑてこそあらせまほしけれ。さべきをりは一所《ひとところ》にあつまりゐて物語し、人の詠《よ》みたりし歌、なにくれと語《かた》り合《あ》はせて、[3]人の文《ふみ》など持《も》て来《く》るも、もろともに見、返《かへ》り事書《ごとか》き、またむつましう来《く》る

8 「秦甸《しんでん》の一千余里、凜々として氷鋪《し》けり。漢家《かんか》の三十六宮、澄々として粉餝《ふんかざ》れり」（和漢朗詠集・十五夜）。十五夜の月に照らされた大地を「氷」に喩えた詩。二十四日の月じたいはさほど明るくないが、雪明りが十五夜を幻視させる。

9 末文のみ敬語を使用。当事者（女）に寄り添う叙述に切り替えた。

1 出仕先の異なる女房たちが、ある人の里に集っている。

2 以下、宮仕え人たちとの理想的な暮らしに思いを馳せる。

3 自分がもらった手紙を、女房が持って来て見せている。

人もあるは、清《きよ》げにうちしつらひて、雨《あめ》など降《ふ》りてえ帰《かへ》らぬもをかしうもてなし、まゐらむをりは、[4]その事見《ことみ》入れ思はむさまにして、出《い》だしたてなどせばや。よき人のおはしますありさまなどの、いとゆかしきこそ、けしからぬ心にや。

4　その女房が出仕する折には。

二八七段

[1]見ならひするもの　あくび　ちごども。

1　見て倣う、まねするもの。

二八八段

[1]うちとくまじきもの　えせ者《もの》。さるは、「よし」と人に言《い》はるる人よりも、うらなくぞ見《み》ゆる。船の路《みち》。

[2]日のいとうららかなるに、海の面《おもて》のいみじうのどかに、浅緑《あさみどり》の[3]打《う》ちたるを引《ひ》き渡《わた》したるやうにて、いささかおそろしきけしきもなきに、[4]若《わか》き女などの袙袴《あこめはかま》など着《き》たる、

1　気を許せそうにない、油断ならないもの。
2　以下、船旅での見聞。天延二年（九七四）父元輔の周防赴任に際し、作者（九歳くらい）も船旅を体験したか。
3　砧で打って艶を出した布を広げたように。穏やかな海面の様子。
4　以下、他の船の様子。

侍《さぶらひ》の者《もの》の若《わか》やかなるなど、櫓《ろ》といふ物押《お》して歌《うた》をいみじう歌《うた》ひたるは、いとをかしう、やむごとなき人などにも見せたてまつらまほしう思ひ行《い》くに、風いたう吹《ふ》き、海の面《おもて》ただあしにあしうなるに、物もおぼえず。泊《とま》るべき所《ところ》に漕《こ》ぎ着《つ》くるほどに船に浪のかけたるさまなど、かた時に、さばかりなごかりつる海とも見《み》えずかし。

思《おも》へば船《ふね》に乗《の》りてありく人ばかり、あさましうゆゆしき物こそなけれ。よろしき深《ふか》さなどにてだに、さるはかなき物に乗《の》りて漕《こ》ぎ出《い》づべきにもあらぬや。まいて、底《そこ》ひも知《し》らず、[5]千尋《ちひろ》などあらむよ。物《もの》をいとおほく積《つ》み入《い》れたれば、[6]水際《ぎは》はただ一尺ばかりだになきに、下衆《げす》どものいささかおそろしとも思はで走《はし》りありき、つゆ悪《あし》うもせば沈《しづ》みやせむと思ふを、大きなる松《まつ》の木などの二、[7]三尺にてまろなる、五《いつ》つ六《む》つほうほうと投げ入《い》れなどするこそいみじけれ。

[8]屋《や》形《かた》といふ物の方《かた》にて押《お》す。されど、[9]奥《おく》なるはたのも

5 「尋」は両手を広げた長さ。
6 積荷の重みで、船縁《ふなべり》から水面まで一尺（約三〇センチ）もない。
7 直径二、三尺の船荷の丸太。それを勢いよく投げ入れてゆく。
8 船屋形の後方で、櫓を押して漕いでいる。
9 「奥」は内側、「端」は外側。ともに漕ぎ手の位置。

し。端《はた》にて立《た》てる者《もの》こそ、目《め》くるる心地《ち》すれ。[10]早緒《はやを》とつけて、櫓《ろ》とかにすげたる物《もの》の弱《よわ》げさよ。かれが絶《た》えば何《なに》にかならむ。ふと落《お》ち入《い》りなむを、それだに太《ふと》くなどもあらず。

わが乗《の》りたるは、清《きよ》げにつくり、妻戸《つまど》あけ、格子《かうし》上《あ》げなどして、[11]さ水と等《ひと》しう下《お》りげになどあらねば、ただ家《いへ》の小《ちひ》さきにてあり。

[12]小舟《こふね》を見やるこそ、いみじけれ。遠《とほ》きはまことに、笹《ささ》の葉を作《つく》りてうち散《ち》らしたるにこそいとよう似《に》たれ。泊《とま》りたる所にて、舟《ふね》ごとにともしたる火は、またいとをかしう見《み》ゆ。

はし舟とつけて、いみじう小《ちひ》さきに乗《の》りて漕《こ》ぎありく、つとめてなど、いとあはれなり。「[13]あとの白浪」は、まことにこそ消《き》えもて行《い》け。よろしき人は、なほ乗《の》りてありくまじき事とこそおぼゆれ。徒歩路《かちぢ》もまたおそろしかなれど、それはいかにもいかにも地に着《つ》きたれば、いとたのもし。

10 「早緒」は櫓に取り付けてある命綱。「とつけて」は、後文の「はし舟とつけて」と同義（と名づけて）と解す。

11 「さ」は先に「水際はただ一尺ばかりだになきに」とあった荷船を指す。

12 はしけ。本船と陸を行き来する小舟。

13 「世の中を何に喩へむ朝ぼらけ漕ぎゆく舟のあとの白波」。『古今六帖』『拾遺集』（哀傷・満誓《まんぜい》）ほか所収。

海《うみ》はなほいとゆゆしと思《おも》ふに、まいて海女《あま》のかづきしに入《い》るは憂《う》きわざなり。[14]腰《こし》につきたる緒《を》の絶《た》えもしなば、いかにせむとならむ。男《をのこ》だにせましかば、さてもありぬべきを、女はなほおぼろけの心ならじ。舟《ふね》に[15]男《をとこ》は乗《の》りて、歌《うた》などうち歌《うた》ひて、この栲縄《たくなは》を海に浮《う》けてありく。あやふくうしろめたくはあらぬにやあらむ。のぼらむとて、その縄《なは》をなむ引《ひ》くとか。まどひ繰《く》り入《い》るるさまぞ、ことわりなるや。舟の端《はた》をおさへて[16]放《はな》ちたる息《いき》などこそ、まことにただ見《み》る人だに[17]しほたるるに、落《おと》し入《い》れてただよひありく男《をのこ》は、目《め》もあやにあさましかし。

二八九段

[1]衛《ゑ》門《もん》の尉《ぞう》なりける者《もの》の、えせなる男親《をとこおや》を持《も》たりて、「人の見るに面伏《おもてぶ》せなり」と苦《くる》しう思ひけるが、[2]伊予《いよ》の国より上《のぼ》るとて浪に落《おと》し入《い》れけるを、「人の心ばかりあさましか

14 後文の「栲縄《たくなわ》」（楮《こうぞ》の皮で作った縄）。海に潜る際に腰に巻いた命綱。
15 海女の夫。
16 海女が吐き出す息。笛の音のように聞こえた。
17 「涙で濡れる」「海水に濡れる」の両義を生かす。
1 衛門府の三等官。誰かは不明。
2 現在の愛媛県。

りける事《こと》なし」とあさましがるほどに、七月十五日、「盆《ぼん》[3]奉《たてまつ》る」とて急《いそ》ぐを見たまひて、道命阿闍梨《だうめいあざり》[4]、

[5]わたつ海に親《おや》おしいれてこのぬしのぼんする見《み》るぞあ
はれなりける

と詠《よ》みたまひけむこそ、をかしけれ。

二九〇段

小原《をはら》[1]の殿《との》の御母上《ははうへ》とこそは、普門《ふもん》[2]といふ寺《てら》にて八講《かう》[3]しける聞《き》きてまたの日、小野殿《をのどの》[4]に人々いとおほくあつまりて、遊《あそ》びし、文作《ふみつく》りけるに、

[5]たきぎこる事は昨日《（きのふ）》につきにしをいざをののえはここ
にくたさむ

と詠《よ》みたまひたりけむこそ、いとめでたけれ。

ここもとは打聞《うちぎき》になりぬるなめり。

3　盂蘭《うら》盆。亡き親の供養をする。
4　道命は藤原道綱《みちつな》の長男で歌人。長保三年（一〇〇一）十一月に阿闍梨となる。
5　「この」が「此の・子の」の掛詞。『続詞花集』に所載。「あはれ」には皮肉がこもる。

1　補注一
2　北山岩倉あたりの寺。
3　法華八講。三一段注15参照。
4　小野（比叡山西麓）にあった藤原文範《ふみのり》の別邸か。
5　法華八講の五巻日の行道《ぎょうどう》で歌われた「法華経を我が得しことは薪《たきぎ》こり菜摘み水汲み仕へてぞ得し」（拾遺集・哀傷・行基《ぎょうき》）を踏まえた歌。釈尊は薪を拾い水を汲んで阿私《あし》仙人に仕え、法華経を得たという。「をののえ」は爛柯《らんか》の故事（七二段注2）から。「斧」に「小野」を掛けた。「薪」の縁語。

二九一段

また、[1]業平《なりひら》の中将のもとに、母《はは》の皇子《みこ》の「[2]いよいよ見《み》まく」とのたまへる、いみじうあはれにをかし。ひき開《あ》けて見《み》たりけむこそ、思ひやらるれ。

1　在原業平。阿保《あぼ》親王の子で、六歌仙のひとり。元慶《がんぎょう》元年（八八七）に近衛中将。その「母の皇子」とは桓武《かんむ》天皇の皇女、伊都《いと》内親王。貞観《じょうがん》三年（八六一）九月に薨去。
2　「老いぬればさらぬ別れのありといへばいよいよ見まくほしき君かな」（古今集・雑上）。『伊勢物語』にも見える歌。老いた身の心細さから息子に会いたいと訴えた。

二九二段

[1]をかしと思ふ歌《うた》を、草子《さうし》などに書《か》きておきたるに、言《い》ふかひなき下衆《げす》のうち歌《うた》ひたるこそいと心憂《う》けれ。

1　歌語りを記載した三章段を受け、良い歌も台無しにする下衆に言及。次段に繋げる。

二九三段

よろしき男《をとこ》を下衆《げす》女などのほめて、「いみじうなつかしうおはします」など言《い》へば、やがて思ひおとされぬべし。そしらるるは、なかなかよし。下衆《げす》にほめらるるは、女だにいとわろし。また、[1]ほむるままに言《い》ひそこなひつるもの

1　ほめているつもりで台無しにしてしまう。「は」は詠嘆。

は。

二九四段

[1]左右の衛門《（ゑもん）》の尉《ぞう》を判《はう》官といふ名《な》つけて、いみじうおそろしう、かしこきものに思ひたるこそ。[2]夜行《やかう》し細殿《ほそどの》などに入《い》り臥《ふ》したる、いと見苦《みぐる》しかし。布《ぬの》の白袴《しろばかま》几帳にうちかけ、うへの衣《きぬ》の長《なが》く所《ところ》せきをわがねかけたる、いとつきなし。[3]太刀《たち》の後《しり》にひきかけなどして立《た》ちさまよふは、されどよし。[4]青《あを》色《いろ》をただ常《つね》に着《き》たらば、いかにをかしからむ。「[5]見し有明《ありあけ》ぞ」と誰言《たれい》ひけむ。

1　衛門府三等官で判官《ほうがん》（検非違使の尉）を兼ねる者。ここは六位蔵人も兼務。
2　夜の巡回と称して女房の細殿（四四段参照）などに立ち寄る。
3　太刀の先に裾を引っ掛けて。
4　六位蔵人の青色の袍（三段注39参照）。八五・二七六段でも言及。
5　出典未詳。

二九五段

[1]大納言殿まゐりたまひて文《ふみ》の事《こと》など奏《そう》したまふに、例《れい》の夜いたくふけぬれば、御前《おまへ》なる人々一人《ひとり》二人《ふたり》づつ失《う》せて、御屏風、御《み》几《き》帳《（ちやう）》の後《うし》ろなどにみな隠《かく》れ臥《ふ》しぬれば、ただ

1　藤原伊周（二一段注8）。事件時は正暦五年（九九四）か。同年八月に内大臣。

一人《ひとり》ねぶたきを念《ねん》じてさぶらふに、「丑四《うしよ》つ」[2]と奏《そう》すなり。「明《あ》けはべりぬなり」とひとりごつを、大納言殿、「[3]いまさらにな大殿籠《おほとのごも》りおはしましそ」とて、寝《ぬ》べき者《もの》ともおぼいたらぬを、「[4]うたて、何《なに》しにさ申しつらむ」と思へど、また人《ひと》のあらばこそはまぎれも臥《ふ》さめ。

[5]上《うへ》の御前《おまへ》の、柱《はしら》に寄《よ》りかからせたまひて少《すこ》しねぶらせたまふを、「かれ見《み》たてまつらせたまへ。今《いま》は明《あ》けぬるに、かう大殿籠《おほとのごも》るべきかは」と申させたまへば、「げに」など宮の御前《おまへ》にも笑《わら》ひきこえさせたまふも知《し》らせたまはぬほどに、長女《をさめ》が童《わらは》の鶏《にはとり》をとらへ持《も》て来《き》て、「あしたに里《さと》へ持《も》て行《い》かむ」と言《い》ひて隠《かく》しおきたりける、いかがしけむ、犬見《いぬみ》つけて追《お》ひければ、[6]廊《らう》の間木《まぎ》に逃《に》げ入《い》りておそろしう鳴《な》きののしるに、皆人《みなひと》起《お》きなどしぬなり。上《うへ》もうちおどろかせたまひて、「いかでありつる鶏《とり》ぞ」などたづねさせたまふに、大納言殿の「[7]声《こゑ》、明王《めいわう》のねぶりをおどろかす」といふ

2 午前二時半。寅一刻（午前三時）から翌日。
3 わざと戯れて清少納言に敬語を使った。
4 かえって注目される羽目になってしまったので。
5 一条天皇。正暦五年なら十五歳。
6 「廊」は清涼殿の北廊。「間木」は上長押《かみなげし》のあたりに渡した板。
7 「鶏人《けいじん》暁に唱ふ、声明王の眠りを驚かす。鳧鐘《ふしよう》夜に鳴る、響き暗天の聴きを徹す」（和漢朗詠集・禁中）。「鶏人」は時を知らせる役人。「明王」は聡明な天子。鶏鳴で目を覚ましたことに着想を得て、天皇を「明王」と称える趣向。

言《こと》を高《たか》ううち出《い》だしたまへる、めでたうをかしきに、[8]ただ人のねぶたかりつる目《め》もいと大《おほ》きになりぬ。「いみじきをりの言《こと》かな」と、上《うへ》も宮も興《きよう》ぜさせたまふ。なほ、かかる事《こと》こそめでたけれ。

またの夜は、[9]夜《よる》のおとどにまゐらせたまひぬ。夜中ばかりに廊《らう》に出《い》でて人呼《よ》べば、「下《お》るるか、いで送《おく》らむ」とのたまへば、[10]裳《も》、唐衣《からぎぬ》は屏風にうちかけて行《い》くに、月のいみじう明《あ》かく御直衣《なほし》のいと白《しろ》う見《み》ゆるに、指貫《さしぬき》を[11]長《なが》う踏《ふ》みしだきて、袖をひかへて「倒《たふ》るな」と言《い》ひておはするままに、「[12]遊子《いうし》なほ残《のこ》りの月に行く」と誦《ず》したまへる、またいみじうめでたし。「かやうの事めでたまふ」とては笑《わら》ひたまへど、いかでかなほをかしきものをば。

二九六段

[1]僧都《そうづ》の御乳母《めのと》のままなど、[2]御匣殿《みくしげ(どの)》の御局《つぼね》にゐたれば、

8　「ただ人」（自分）の眠気を吹き飛ばしたのは（鶏でなく）伊周の朗詠だった、とする。
9　定子は清涼殿の御寝所《ぎょしんどころ》に召された。
10　登花殿の局まで帰る際、裳と唐衣は上御局《うえのみつぼね》に置いてゆく。
11　裾を紐で括らず踏みつけて歩く。
12　「遊子」は旅人。出典は一八六段注2参照。
1　隆円の乳母。補注一
2　道隆四女。八〇段注8参照。

[3]をのこのある。板敷《いたじき》のもと近《ちか》う寄《よ》り来《き》て、「からい目《め》を見《み》さぶらひて、誰《たれ》にかはうれへ申しはべらむ」とて泣《な》きぬばかりのけしきにて、「[4]何事《なにごと》ぞ」と問《と》へば、「[5]あからさまに物《もの》にまかりたりしほどに、侍《(はべる)》所の焼《や》けはべりにければ、[6]がうなのやうに人の家《いへ》に尻《しり》をさし入《い》れてのみさぶらふ。[7]馬寮《むまづかさ》の御秣《みまくさ》積みて侍りける家《いへ》より出《い》でまうで来《き》て侍るなり。ただ垣《かき》をへだてて侍れば、[8]夜殿《よどの》に寝《ね》て侍りける童《わらは》べも、ほとほと焼《や》けぬべくてなむ。いささか物《もの》も取《と》ではべらず」など言《い》ひをるを、御匣《みくしげ》殿も聞《き》きたまひて[9]いみじう笑《わら》ひたまふ。

[10]みまくさをもやすばかりの春の日によどのさへなど残《のこ》らざるらむ

と書《か》きて、「これを取《と》らせたまへ」とて投《な》げやりたれば、笑《わら》ひののしりて、「このおはする人の、家焼《いへや》けたなりとていとほしがりて給《たま》ふなり」とて取《と》らせたれば、ひろげてうち見《み》て「[11]これは何《なに》の御短冊《たんざく》にかはべらむ。物《もの》いくらばかり

3　そこに出入りしている下男。
4　近くにいた女房が男に尋ねた。
5　以下も男の語り。敬語が過剰で言葉遣いもおかしい。
6　ヤドカリ。
7　男の話によれば、馬寮《めりょう》の飼い葉が蓄えてある建物から出火した。男は近くに住み込みしていたか。左《き》馬寮での火災は『権記』長保二年正月四日条に見える。
8　「夜殿」は貴人の寝所を思わせる。「童べ」は男の妻。
9　男の語り口がおかしくて。
10　清少納言の歌。男が使った「夜殿」に「淀野」（淀一帯の水郷）を掛けて揶揄した。他に「真草《まくさ》（草の美称）・馬草」「萌やす・燃やす」「日・火」が掛詞。
11　男は細長い紙を短冊（支給される物品の目録）と誤解した。

にか」と言《い》へば、「ただ読《よ》めかし」と言《い》ふ。「いかでか、[12]片《かた》目《め》も開《あ》きつかうまつらでは」と言《い》へば、「人にも見《み》せよ。ただいま召《め》せば、とみにて上《うへ》へまゐるぞ。さばかりめでたき物を得《え》ては、何《なに》をか思ふ」とて、みな笑《わら》ひまどひのぼりぬれば、「人にや見せつらむ」「里《さと》に行《い》きて、いかに腹立《はらだ》たむ」など御前《おまへ》にまゐりて[13]ままの啓《けい》すれば、また笑《わら》ひさわぐ。御前《おまへ》にも[14]「などかく物ぐるほしからむ」と笑《わら》はせたまふ。

二九七段

[1]男《をとこ》は女親《めおや》なくなりて、男親《をおや》の一人《ひとり》ある、いみじう思《おも》へど、心わづらはしき北《きた》の方出《かたい》で来《き》て後《のち》は内《うち》にも入《い》れ立《た》てず、装《さう》束《ぞく》などは乳母《めのと》また故上《こうへ》の御人どもなどしてせさす。

西東《にしひんがし》の対《たい》のほどに、まらうどゐなどをかし。屏風、障子《さうじ》の絵《ゑ》も見所《みどころ》ありて住《す》まひたり。殿上のまじらひのほど、くちをしからず人々も思ひ、上《うへ》も御けしきよくて、常《つね》に召《め》し

12　読み書きができない意。「つかうまつる」の用法がおかしい。

13　「まま」が笑い話として定子に報告。

14　無情な仕打ちに興じる女房たちを定子が評した。

1　ある男の話。母を亡くし、父には後妻がいる。『うつほ物語』の忠《ただ》こそに似るか。敦康親王を諷したという説も。

て御遊《あそ》びなどのかたきにおぼしめしたるに、なほ常《つね》に物嘆《ものなげ》かしく、世の中、心に合《あ》はぬ心地《ち》して、2好《す》き好《ず》きしき心ぞ、かたはなるまであべき。

上達部《かんだちめ》の、またなきさまにてもかしづかれたる3妹《いもうと》一人《ひとり》あるばかりにぞ、思《おも》ふ事うち語《かた》らひ、なぐさめ所なりける。

2　不如意の反動のように色恋や風流にのめり込む。

3　さる上達部の女きょうだい。男にとって唯一の理解者で、色恋の相手とは別らしい。

二九八段

ある女房《ばう》の、1遠江《とほたあふみ》の子《こ》なる人を語《かた》らひてあるが、「同《おな》じ宮人をなむ忍《しの》びて語《かた》らふ」と聞《き》きてうらみければ、「『親《おや》などもかけて誓《ちか》はせたまへ。いみじきそら言《ごと》なり。夢《ゆめ》にだに見《み》ず』となむ言《い》ふは、いかが言《い》ふべき」と言《い》ひしに、

2ちかへ君《きみ》とほたあふみの神かけてむげに浜名《はまな》の橋見《はしみ》ざりきや

1　遠江守の息子。橘則光（七九段注29）が長徳四年に遠江権守となっており（勘物）、その子だとすれば清少納言が産んだ則長《のりなが》か。

2　ある女房に代わって詠んだ歌。「神」に「守（男の父）」、「橋」に「端（一部分）」を掛ける。「かけ」「橋」は縁語。「浜名の橋」は遠江の歌枕。

二九九段

便[1]《びん》なき所にて人に物を言《い》ひける、胸[2]《むね》のいみじう走《はし》りけるを、「など、かくある」と言《い》ひける人に、

あふさか[3]は胸《むね》のみつねにはしり井《ゐ》の見つくる人やあらむと思へば

三〇〇段

「[1]まことにや、やがては下《くだ》る」と言《い》ひたる人に、

思[2]ひだにかからぬ山のさせもぐさ誰《たれ》かいぶきのさとはつげしぞ

一本一

一本[1]　きよしと見《み》ゆるものの次に

夜まさりするもの　濃[1]《こ》き搔練《かいねり》のつや　むしりたる綿[2]《わた》。

1　人目が気になる場所。宮中の局などか。「人」は男性。
2　「胸走る」は胸騒ぎがする。参考「人に逢はむ月のなきには思ひおきて胸はしり火に心やりけり」（古今集・雑体・小町《こまち》）。
3　「あふさか」に「逢ふ」、「見つ」に「水」を掛ける。「はしり井」は逢坂の関の歌枕、勢いよく水が涌き出す（一六二段注3参照）。

1　作者が地方に下るという噂があったらしい。「やがては下る」は引歌か。
2　補注一

1　以下27章段、三巻本巻末に附載。実際に「きよしと見ゆるもの」（一四三段）の次に収めた本は伝わらず、章段は堺本と共通するものが多い。

1　ここでは紅。「搔練」は練った絹。打ってつやを出す。
2　真綿。光沢がある。

女は、[3]額《ひたひ》はれたるが髪《かみ》うるはしき。[4]琴《きん》の声《こゑ》。かたちわろき人の、けはひよき。ほととぎす。滝《たき》の音《おと》。

3 いわゆる「おでこ」。
4 七弦の琴。

一本二

[1]日かげにおとるもの　紫《むらさき》の織物《おりもの》　藤《ふぢ》の花《はな》。すべて、その類《るい》はみなおとる。くれなゐは[2]月夜にぞわろき。

1 日の光。補注一
2 月光では色鮮やかさが減じる。

一本三

聞《き》きにくきもの　声《こゑ》にくげなる人《ひと》の、物言《ものい》ひ笑《わら》ひなどうちとけたるけはひ。ねぶりて[1]陀《だ》羅《ら》尼《に》読《よ》みたる。[2]歯《は》黒《ぐろ》めつけて物言《ものい》ふ声《こゑ》。

ことなることなき人は、物食《く》ひつつも言《い》ふぞかし。[3]篳篥《ひちりき》習《なら》ふほど。

1 二〇一段注1参照。居眠りしながら梵語を読まれては聞きづらい。
2 鉄を酒に浸して酸化させた液で歯を黒く染めること。
3 二〇六段に詳述。

一本四

[1]文字《もじ》に書《か》きてあるやうあらめど心得《こころえ》ぬもの　[2]いため塩《しほ》
衵《あこめ》　帷子《かたびら》　屐子《けいし》　泔《ゆする》　桶《をけ》　槽《ふね》。

1　表記する漢字が、実体とは異なるので理解できないもの。
2　以下、補注一

一本五

[1]下《した》の心《こころ》かまへてわろくて清《きよ》げに見《み》ゆるもの　[2]唐絵《からゑ》の屏風《びやうぶ》。
石灰《いしばひ》の壁《かべ》。盛物《もりもの》。檜皮葺《ひはだぶき》の屋の上《うへ》。[3]河尻《かうじり》のあそび。

1　下地などの汚さに対し、表面はきれいに見えるもの。
2　以下「盛物」まで補注一
3　河尻の遊女の厚化粧。

一本六

女の表着《うはぎ》は　[1]薄色《うすいろ》　葡萄染《えびぞめ》　萌黄《もえぎ》　桜《さくら》　紅梅《こうばい》。すべて、
[2]薄色《うすいろ》の類《るい》。

1　薄紫（一説、薄紅）色。
2　淡い色。

一本七

唐衣《からぎぬ》は　[1]赤色《あかいろ》　藤《ふぢ》。
夏は[2]二藍《ふたあゐ》。秋《あき》は枯野《かれの》。

1　表赤または蘇芳、裏赤または二藍。「藤」は表薄紫、裏青。
2　三段注32参照。「枯野」は表黄、裏薄青で作中唯一の例。

一本八

裳《も》は　大海《おほうみ》[1]。

1 海賦《かいふ》とも。波、海松《みる》、貝など海辺の景物をあらわした模様。

一本九

汗衫《かざみ》[1]は
春《はる》は躑躅《つつじ》[2]、桜《さくら》。夏《なつ》は青朽葉《あをくちば》[3]、朽葉《くちば》。

1 童女の表着。四〇段注3参照。
2 表蘇芳、裏萌黄または青。
3 以下、補注一

一本一〇

織物《おりもの》[1]は　紫《むらさき》　白《しろ》き。
紅梅《こうばい》[2]もよけれど、見《み》ざめこよなし。

1 模様を織り出した絹。
2 紫の縦糸と紅の横糸で織ったもの。

一本一一

綾《あや》[1]の紋《もん》は　葵《あふひ》[2]　かたばみ　あられ地《ぢ》[3]。

1 綾織物の模様。
2 補注一
3 霰に似た市松模様。

一本一二

[1]薄様《うすやう》、色紙《しきし》は　白《しろ》き　紫《むらさき》　赤《あか》き　[2]刈安染《かりやすぞめ》　青《あを》きもよし。

1　薄手の鳥の子紙。「色紙」は色を染めた紙。
2　黄色に染めるのに刈安草《ぐさ》を用いたもの。

一本一三

硯《すずり》の箱《はこ》は　[1]重《かさ》ねの[2]蒔絵《まきゑ》に雲鳥《くもどり》の紋《もん》。

1　二段に重ねた箱。
2　漆地に金銀や貝などで絵柄を施したもの。

一本一四

筆《ふで》は　[1]冬毛《ふゆげ》、使《つか》ふもみめもよし。兎《う》の毛《け》。

1　動物の冬毛。補注一

一本一五

墨《すみ》は　[1]まろなる。

1　円形の墨。舶来の唐墨《からすみ》か。

一本一六

貝《かひ》は　[1]うつせ貝《がひ》、蛤《はまぐり》。いみじう小《ちひ》さき[2]梅《むめ》の花貝《はながひ》。

1　中身がなく殻だけの貝。貝合《かいあわせ》に用いる。
2　白色で梅の花弁に似た貝。補注一

一本一七

櫛《くし》[1]の箱《はこ》は　蛮絵《ばんゑ》[2]、いとよし。

1　櫛をはじめ化粧道具を入れる箱。
2　鳥獣や草花のモチーフを円形にまとめた模様。春日祭・賀茂祭・御《ご》禊《けい》行幸などの随身《ずいじん》の袍《ほう》、舞人の装束、厨子《ずし》をはじめ調度類に多く用いられた。

一本一八

鏡《かがみ》は　八寸五分《はちすんごふん》[1]。

1　直径が約二十六センチ。

一本一九

蒔絵《まきゑ》は　唐草《からくさ》[1]。

1　中国風の蔓《つる》草模様。葡萄唐草、宝相華《ほうそうげ》唐草、牡丹唐草、蓮華唐草、忍冬《にんどう》唐草などがある。織物、染物、蒔絵のほか、柱の装飾などに用いる。

一本二〇

火桶《ひをけ》は　赤色《あかいろ》[1]　青色《あをいろ》　白《しろ》[2]きに作絵《つくりゑ》もよし。

1　赤や青の漆塗りをいう。
2　地塗りをしない白木に彩色画を描いたもの。

一本二一

畳《たたみ》は　高麗縁《かうらいばし》[1]。また、黄《き》[2]なる地《ぢ》の縁《はし》。

1　白地に黒の文様の縁をつけた畳。
2　黄色地の綾で縁どりした畳。

一本二二

1檳榔毛《びらうげ》は　のどかにやりたる。

2網代《あじろ》は　走《はし》らせ来《く》る。

一本二三

1松の木《（こ）》立《だち》高《たか》き所の、東《ひんがし》南《みなみ》の格子《かうし》上《あ》げわたしたれば、涼《すず》しげに透《す》きて見ゆる母屋《もや》に、四尺の几《き》帳立てて、その前《まへ》に円座《わらうだ》置《お》きて、四十ばかりの僧《そう》のいと清《きよ》げなる、墨染《すみぞめ》の衣《ころも》、薄物《うすもの》の袈裟《けさ》あざやかに装束《さうぞ》きて、2香染《かうぞめ》の扇《あふぎ》を使《つか》ひ、せめて3陀羅尼《だらに》を読《よ》みゐたり。

4物の気《け》にいたうなやめば、5うつすべき人とて、大《おほ》きやかなる童《わらは》の、生絹《すずし》の単《ひとへ》あざやかなる袴長《はかまなが》う着《き》なしてゐざり出《い》でて、横《よこ》ざまに立《た》てたる6几《き》帳のつらにゐたれば、7外様《とざま》にひねり向《む》きて、いとあざやかなる独鈷《とこ》を取《と》らせて、うち拝《をが》み

1　檳榔の葉で屋形を葺いた車。補注一

2　網代で覆った簡素な車。補注二

1　松の木立がそびえる広い邸。

2　三四段注3参照。

3　二〇一段注1参照。

4　以下に描かれる病人は、この家の女主人らしい。

5　よりまし（物の気を移す霊媒）となる大柄な童女。加持祈禱の様子は二三段参照。

6　童女は几帳の外（僧の近く）に出て座っている。

7　僧が童女に独鈷《とつこ》を渡すために。

て読《よ》む陀羅尼《だらに》もたふとし。

[8]見証《けそ》の女房《ばう》あまた添《そ》ひゐて、つとまもらへたり。久《ひさ》しうもあらでふるひ出《い》でぬれば、[9]もとの心失《う》せて、行《おこな》ふままに従《したが》ひたまへる[10]護法《ごほふ》もいとたふとしと見《み》ゆ。

[11]せうと従兄弟《いとこ》なども、みな内外《ないげ》したり。たふとがりてあつまりたるも、例《れい》の心ならば、いかにはづかしとまどはむ。[12]みづからは苦《くる》しからぬ事《こと》と知《し》りながら、いみじうわび泣《な》いたるさまの心苦《ぐる》しげなるを、[13]つき人の知《し》り人どもなどは、らうたく思《おも》ひ、け近《ぢか》くゐて、衣《きぬ》ひきつくろひなどす。

かかるほどに、よろしくて「御湯《ゆ》」など言《い》ふ。[14]北面《きたおもて》に取《と》り次《つ》ぐ若《わか》き人どもは、心もとなく引《ひ》きさげながら急《いそ》ぎ来《き》てぞ見《み》るや。単《ひとへ》どもいと清《きよ》げに、薄《うす》色の裳《も》など萎《な》えかかりてはあらず、清《きよ》げなり。

[15]いみじうことわりなど言《い》はせて、ゆるしつ。「[16]几《き》帳の内《うち》にありとこそ思《おも》ひしか、あさましくもあらはに出《い》でにける

8 祈禱に立会っている女房たち。
9 物の気の「もとの心」（正気）。つまりは病人を苦しめようとする意思。
10 底本「仏の御心も」、能本・前本に拠る。「護法」は僧が使役する護法童子（二三段補注一参照）。
11 病人の兄弟や従兄弟たち。
12 苦しんでいるのは物の気なのだが。
13 憑《つ》き人（よりましの童女）の知人たち。
14 薬湯を運んできた若い女房たちが主人の世話をする。
15 服従の意思を確認して物の気を放免する。
16 正気に返った童女の言葉。

かな。いかなる事《こと》ありつらむ」と、はづかしくて髪《かみ》[17]をふりかけてすべり入《い》れば、「しばし」とて加持《かぢ》すこしうちして、「いかにぞや、さはやかになりたまひたりや」とてうち笑《ゑ》みたるも、心はづかしげなり。「しばしもさぶらふべきを、時《じ》[18]のほどになりはべりぬれば」など、まかり申しして出《い》づれば、「しばし」など留《と》むれど、いみじう急《いそ》ぎ帰《かへ》る所に、上﨟《らふ》とおぼしき人、簾《す》のもとにゐざり出《い》でて、「いとうれしく立《た》ち寄《よ》らせたまへるしるしに、堪《た》へがたう思《おも》ひたまへつるを、ただ今おこたりたるやうに侍れば、かへすがへすなむよろこび聞《きこ》えさする。明日《あす》も御暇《いとま》のひまには物せさせたまへ」となむ言《い》[19]ひつぐ。「いと執念《しふね》き御[20]物の気《け》に侍るめり。たゆませたまはざらむ、よう侍るべき。よろしうものせさせたまふなるを、よろこび申しはべる」と言少《ことすく》なにて出《い》づるほど、いと験《しるし》ありて、仏《ほとけ》のあらはれたまへるとこそおぼゆれ。

17　額髪で顔を隠して。
18　勤行の時刻に。
19　上﨟女房が女主人の言葉を伝える。
20　僧は物の気に「御」を付す。貴人の霊だったか。

21清《きよ》げなる童《わらは》べの髪《かみ》うるはしき、また大《おほ》きなるが、髭《ひげ》は生《お》ひたれど思《おも》はずに髪《かみ》うるはしき、うちしたたかにむくつけげにおほかるなどおほく22て、暇《いとま》なう、ここかしこにやむごとなうおぼえあるこそ、法師《ほふし》もあらまほしげなるわざなれ。

一本二四

1宮仕《づか》へ所《どころ》は　内《（うち）》　后《きさい》の宮　その御腹《はら》の2一品《（いっぽん）》の宮など申したる。

3斎院《さい》、罪深《つみふか》かなれど、をかし。まいて世《よ》の所は。また、春宮《（とうぐう）》の女御の御方《かた》の所。

一本二五

1荒《あ》れたる家《いへ》の、2蓬深《よもぎふか》く葎《むぐら》はひたる庭《には》に、月の隈《くま》なく、あかく澄《す》み上《のぼ》りて見《み》ゆる。また、さやうの荒《あ》れたる板間《いたま》より

21　以下、僧に仕える童子たちの外見。特に髪に注目。
22　以上のような供が大勢いて。底本「おほえて」、勧本ほかに拠る。

1　お仕えする所としては。
2　「一品」は親王・内親王の最高の位階。補注一
3　賀茂の斎院。神に仕える斎院では仏教を遠ざけている。仏教的見地からは罪深い。「世の所」は当時の斎院（八四段注46参照）。一説に「余《よ》の」（他の）。

1　以下「風の音」まで、三巻本以外は「あはれなるもの」の項目。
2　蓬や葎は荒れた庭の象徴。

洩《も》り来《く》る月。荒《あら》うはあらぬ風《かぜ》の音《おと》。

池《いけ》ある所の五月長雨《ながあめ》のころこそ、いとあはれなれ。菖蒲《さうぶ》、菰《こも》など生《お》ひこりて、[3]水もみどりなるに、庭《には》も一《ひと》つ色《いろ》に見えわたりて、曇《くも》りたる空《そら》をつくづくと[4]ながめ暮《く》らしたるは、いみじうこそあはれなれ。

いつもすべて、池ある所はあはれにをかし。冬も、氷《こほり》したるあしたなどは、いふべきにもあらず。わざとつくろひたるよりも、うち捨《す》てて、水草《みくさ》がちに荒《あ》れ、青《あを》みたる絶《た》え間《ま》絶《た》え間《ま》より月かげばかりは白々《しろじろ》と映《うつ》りて見えたるなどよ。

すべて、月かげはいかなる所にてもあはれなり。

一本二六

[1]初瀬《せ》に詣《まう》でて局《つぼね》にゐたりしに、あやしき下﨟《げらう》どもの、[2]後《うしろ》をうちまかせつつゐ並《な》みたりしこそ、ねたかりしか。

いみじき心おこしてまゐりしに、[3]川の音《おと》などのおそろし

3　「おしなべて皐《さ》月《つき》の空を見わたせば水も草葉もみなみどりなり」（古今六帖）に拠る。
4　「眺め」「長雨」の掛詞。

1　長谷寺。一二段注3参照。
2　着物の裾を長く引きながら。身分ある人のしぐさ（九段注2）をまねているように見えた。
3　初瀬《はつせ》川。

う、4くれ階《はし》を上《のぼ》るほどなど、おぼろけならず困《こう》じて、「いつしか仏の御前《まへ》を、とく見たてまつらむ」と思《おも》ふに、5白衣《しろぎぬ》着《き》たる法師《ほふし》、蓑虫《みのむし》などのやうなる者どもあつまりて、立《た》ちゐ額《ぬか》づきなどして、つゆばかり所《ところ》もおかぬけしきなるは、まことにこそねたくおぼえて、おし倒《たふ》しもしつべき心地《ち》せしか。いづくもそれはさぞあるかし。

やむごとなき人などのまゐりたまへる、御局《つぼね》などの前《まへ》ばかりをこそ払《はら》ひなどもすれ、6よろしき人は制《せい》しわづらひぬめり。さは知《し》りながらも、なほさしあたりてさるをりをり、いとねたきなり。

掃《はら》ひ得《え》たる櫛《くし》、7あかに落《おと》し入《い》れたるもねたし。

一本二七

女房《ばう》のまゐりまかでには、人の車を借《か》るをりもあるに、いと心よう言《い》ひて貸《か》したるに、牛飼童《うしかひわらは》、例《れい》の「1し」文字《もじ》よ

4　高欄《かうらん》のついた唐風の階段。

5　浄衣《じやうえ》姿の修験者、蓑を着た修行者など。

6　底本「よろしは」、能本に拠る。

7　「垢《あか》」（ほこり）、あるいは「閼伽《あか》」（仏に供える水）。

1　牛を操る際の「し」という掛け声。早く仕事を終えたい牛飼童《うしかひわらは》が、牛をせかしている。

りも強《つよ》く言《い》ひて、いたう走《はし》り打《う》つも「あなうたて」とおぼゆるに、[2]をのこどもの、ものむつかしげなるけしきにて、「とうやれ、夜ふけぬさきに」など言《い》ふこそ、主《しゅう》の心おしはかられて、また言《い》ひ触《ふ》れむともおぼえね。

[3]業遠《なりとほ》の朝臣《あそん》の車のみや、夜中暁《あかつき》わかず、人の乗《の》るに、いささかさる事なかりけれ。ようこそ教《をし》へならはしけれ。それに道《みち》に会《あ》ひたりける女車の、深《ふか》き所に落《おと》し入《い》れてえ引《ひ》き上《あ》げで、牛飼《かひ》の腹立《はらだ》ちければ、[4]従者《ずさ》して打《う》たせさへしければ、ましていましめおきたるこそ。[5]

跋文

[1]この草子《さうし》、目《め》に見え心に思ふ事を「[2]人やは見《み》むとする」と思《おも》ひて、[3]つれづれなる里居《さとゐ》のほどに書《か》きあつめたるを、[4]あいなう人のために便《びん》なき言《い》ひ過《す》ぐしもしつべき所々もあれば、「よう隠《かく》しおきたり」と思ひしを、心よりほかにこ

2　車副《くるまぞい》の従者たち。

3　高階業遠《なりとお》。補注一

4　自分の従者に女車の牛を打たせて、車を引き上げてやった。一説、牛飼童をこらしめた。

5　「こそあらめ」の意。

1　既に世に知られていた初稿本枕草子を念頭に置く。

2　「人」は中宮（周辺）以外の人。

3　長徳二年から三年にかけての長期里居（一三八・二六一段）。

4　不本意ながら「言ひ過ぐし」と取られかねない箇所があるという。

そ洩《も》り出《い》でにけれ。

宮の[5]御前《おまへ》に[6]内の大臣《おとど》の奉《たてまつ》りたまへりけるを、「これに何《なに》を書《か》かまし。[7]上《うへ》の御前《おまへ》には史記《しき》といふ文《ふみ》をなむ書《か》かせたまへる」などのたまはせしを、「[8]枕にこそは侍らめ」と申ししかば、「さは得《え》てよ」とて給《たま》はせたりしを、あやしきを[9]こよや何《なに》やと、尽《つ》きせずおほかる紙《かみ》を書《か》き尽《つ》くさむとせしに、[10]いと物おぼえぬ事ぞおほかるや。

おほかたこれは、世の中にをかしき事《こと》、人の「めでたし」など思ふべき、なほ選《え》り出《い》でて、歌《うた》などをも[11]木草鳥虫をも言《い》ひ出《い》だしたらばこそ、「思《おも》ふほどよりはわろし。心見えなり」とそしられめ、ただ心一《ひと》つにおのづから思ふ事をたはぶれに書《か》きつけたれば、「物に立《た》ちまじり、人並《な》み並《な》みなるべき耳《みみ》をも聞《き》くべきものかは」と思ひしに、「はづかしき」なんどもぞ[12]見《み》る人はしたまふなれば、いとあやしうぞあるや。げにそもことわり、人のにくむを「よし」

5 中宮定子。以下は（跋文を付している）再編本の料紙の来歴。
6 定子の兄、伊周。正暦五年八月から長徳二年四月まで内大臣。ただし作者への下賜が同時期とは限らない。
7 一条天皇。献上の料紙に『史記』（一九九段参照）を書写させた。
8 「枕」は枕草子。「しきたへの枕」なる歌語も踏まえている。「解説」参照。
9 「こよや」不詳。「これや」の意と解す。
10 擱筆《かくひつ》時の感慨。書くうちに予想外のものに仕上がったという。
11 作中に類聚《るいじゅう》段の題詞として見える。三八段にも類似表現。
12 「見る人」は初稿本を読んだ外部の人。以下その流布のいきさつを述べる。

と言《い》ひ、ほむるをも「あし」と言《い》ふ人は、心のほどこそおしはからるれ。ただ、人に見えけむぞねたき。

[13]左中将まだ伊勢の守《かみ》と聞《きこ》えし時、里《さと》におはしたりしに、端《はし》の方《かた》なりし[14]畳《たたみ》をさし出《い》でしものは、この草子《さうし》載《の》りて出でにけり。まどひ取《と》り入《い》れしかど、やがて持《も》ておはして、いと久《ひさ》しくありてぞ返《かへ》りたりし。それよりありきそめたるなめり、[15]とぞ本《ほん》に。

13　源経房《つねふさ》（七八段注7）。「左中将」は長徳四年十月以降の呼称。同元年正月から同三年正月までが伊勢権守。同二年秋に経房が里を訪れた様子が一三八段に描かれているが、「草子」を持ち出したのはそれ以降か。

14　この「畳」は定子から紙とともに贈られた畳表で、「草子」はその紙を仕立て上げた冊子（二六一段）。この時点でひとまず執筆を終えていた。畳に載っていたので経房には枕（畳の縁語でもある）に見えた。書名の由来を伝える。「解説」参照。

15　巻末に記される常套句。

補注

一三九段（一）着物を新調するとき丈を長く作り、腰のところで縫いあげておき、背が伸びるに従い下ろしてゆき、脛が見えるようになるまで着るのである。

一三九段（二）打毬はもともと左右二組に分かれて毬を打ち、敵陣の球門《きゆうもん》に多く打ち込んだ方を勝ちとするホッケーのような競技。吐蕃《チベット》から唐を経由して伝わり、元来正月に行ったが、子供の遊戯ともなり通年行われるようになった。騎馬または徒歩で行うが、ここでは後者。

一三九段（三）女童《めのわらわ》は単衣《ひとえぎぬ》の上に衵を着て、さらに汗衫《かざみ》を重ねるが、汗衫を着ない場合は衵が表《うわ》着《ぎ》になる。ここでは寒い季節なので、衵の下に袿を重ねて着ている。

一四三段（一）もともと真菰《まこも》で作ったからそう言うのである。「さす」は畳の床に畳表を縫い付け、縁を付けて畳に作る意。

一四五段（一）当時、疫病は頻繁に猛威を振るい、多くの死者を出した。作者の出仕中では、正《しよう》暦《りやく》五年（九九四）の大流行などが記録に残るが（日本紀略ほか）、作中に直接の言及はない。

一四六段（一）「瑠璃の壺」は、『新猿楽記』で海商である八郎真人《はちろうまひと》が扱った唐物《からもの》（舶来品）の一つ。「瑠璃の壺ささらゐさきははちす葉にたまれる露にさも似たるかな」（好忠集）とあるように、小さくて繊細な貴重品といったイメージである。『うつほ物語』『源氏物語』など平安文学の中でも、常にプラスの評価で語られる。

一四八段（一）　肘を笠に雨除けをしなければならないような雨。催馬楽《さいばら》「妹《いも》が門《かど》」に「ひじかさの雨も降らなむ」とあり、『俊頼髄脳』『綺語抄』『和歌初学抄』『和歌童蒙抄』『袖中抄』『夫木和歌抄』など歌学書にも見える。『うつほ物語』菊の宴巻や『源氏物語』須磨《すま》巻末の上巳《じょうし》の祓《はらえ》でも、にわかに肘笠雨が降り出したとある。

一四八段（二）　「生霊《いきすだま》」（生霊《いきりょう》）は人に祟る生者の霊魂。「蛇いちご」はへび苺。「鬼わらび」はわらびの一種で大きくなったもの。「鬼ところ」は山芋の一種。「荊《むばら》」は野いばら。「からたけ」は唐竹か。「炒炭」はあぶって加工した炭か。「牛鬼」は伝説にいう海または淵の怪。一説に地獄にいる牛頭の獄卒。「碇」は舟をとめる重り。

一五〇段（一）　「皮衣」は交易品の毛皮に裏をつけ、男性が野外や宿泊で着用したり、敷物にもした。『うつほ物語』蔵開《くらびらき》中巻では、宮中で宿直する仲忠《なかただ》のために、妻の女一の宮が黒貂《くろてん》の皮衣に綾の裏地をつけて綿入れしたものを届けている。

一五一段（一）　「正月の大根」は、歯固め（長寿を願う食膳）に用いる。「行幸のをりの姫まうち君」は、行幸に騎馬で供奉《ぐぶ》する内侍司《ないしのつかさ》の女官。「御門司」は、後宮十二司の女官。即位式では高御座《たかみくら》の前で絹蓋《きぬがさ》をさし掛ける。「節折の蔵人」は、大祓《おおはらえ》の夜、竹で天皇の体を測る中臣氏《なかとみうじ》の女。

一五一段（二）　「春日祭の近衛舎人」は、春日神社の祭前日、奉幣使《ほうへいし》の中・少将に従う近衛官人。

「元三の薬子」は、正月三が日、天皇の毒味をする薬司《くすりのつかさ》の童女。「卯杖の法師」は、七七段注1参照。「御前の試みの夜」は、五節《ごせち》（八七段注1）二日目の夜。「御髪上げ」は、舞姫の理髪係。清涼殿に上がる。「御まかなひの采女」は、天皇の給仕係の女官。

一五六段（一）「人間《じんかん》の四月芳菲《ほうひ》尽き、山寺《さんじ》の桃花《とうか》始めて盛りに開く。長く恨みき春帰りて覓《もと》むる処無きを。知らず転じて此の中に入り来るを」（白氏文集・大林寺桃花）。答えたのが斉信で、しかも四月の詩だった理由は後に明かされる。

一六〇段（一）正月と十二月の初午の日に行う祭で、陰陽師が延命息災・子孫繁栄を祈って、高《たか》御産霊《みむすひ》以下六種の神を祀る。

一六一段（一）『阿弥陀経』では極楽は十万億土の遠くにあるが、『観無量寿経』では仏を念ずれば近くにあるとする。極楽往生は遠い先のようで、いつ死が訪れるかわからないとする説もある。

一六二段（一）「武蔵なるほりかねの井の底を浅み思ふ心を何にたとへむ」（古今六帖）。「井」は水が湧き出ている所。

一六二段（二）「われならぬ人に汲ますな行きずりに結びおきつる玉の井の水」（道信集）。

一六二段（三）「走り井」は勢いのよい湧き水をいう普通名詞だが、ここは近江国の逢坂《おうさか》関の走り井。「走り井の程を知らばや逢坂の関曳き越ゆるゆふかげの駒」（拾遺集・雑秋・清原元輔《もとすけ》）。

一六二段（四）「安《あ》積山《さかやま》影さへ見ゆる山の井の浅くは人を思ふものかは」（古今六帖、万葉集、大和物語一五五段）。『古今集』仮名序でも「難波《なにわ》津《づ》に」とともに「歌の父母《ちちはは》」のように位置づけられている。

一六二段（五）大和国の歌枕。催馬楽「飛鳥井」に「飛鳥井に宿りはすべしや　おけ　蔭もよし　みもひも寒し　みま草《くさ》もよし」とある。「みもひ」は水を入れる器から転じて飲料水の意。

一六二段（六）東三条院の名泉「千貫の泉」。

一六二段（七）『拾芥抄』によれば烏丸《からすま》の東、大炊御《おおいのみ》門《かど》南。小《お》野宮《ののみや》の東町《ひがしまち》。

一六二段（八）大和国の明日香村の井。一説に『山城志』の「一条北二町五辻南桜井辻」にある井とも。

一六二段（九）内裏の常寧殿《じょうねいでん》と承香殿《しょうきょうでん》を結ぶ廊《ろう》が后町《きさきまち》の廊で、その傍にある井か。

一六三段（一）「秋ごとに大宮人《おおみやびと》の来る野辺はさがのこととや花も見るらむ」（能宣集）と秋の景色が賞美された。

一六三段（二）『万葉集』以来の歌枕で「否《いな》」との掛詞で詠まれることが多い。「女郎花《おみなえし》我に宿かせいなみ野のいなといふともここを過ぎめや」（能宣集）。

一六三段（三）「逢ふ事の交野へとてぞ我はゆく身を同じ名に思ひなしつつ」（後撰集・恋五、藤原為世《ためよ》）。『伊勢物語』八二段にあるように遊猟の地。

一六三段（四）「瓜うゑしこま野の原の御《み》園生《そう》のしげくなりゆく夏にもあるかな」（好忠集）。催馬楽「瓜作《つく》り」にも詠まれている。交野と駒野はともに散逸物語『交野少将』『こま野の物語』の舞台。

一六三段（五）大和国春日野。「春日野の飛火の野守《のもり》出でて見よ今幾日《か》ありて若菜摘みてむ」（古今集・春上・よみ人しらず、古今六帖）。

一六三段（六）山城国。「明日よりは春菜摘まむとしめし野に昨日も今日も雪は降りつつ」（万葉集）の伝承により野の名となったか。

一六三段（七）「飛火野」の別名。「春日野の若菜摘みにや白妙《しろたえ》の袖ふりはへて人の行くらむ」（古今集・春上・貫之《つらゆき》）と詠まれるように若菜摘みの名所。なお『うつほ物語』吹上《ふきあげ》下巻の冒頭で、嵯峨院が「野山の中ではどこが興味深いか」と尋ねるのに対して、源仲頼《なかより》が嵯峨野と春日野を挙げており、本段への影響も指摘されている。

一六三段（八）未詳。「たまきはる宇智《うち》の大野《おおの》に馬なめて朝踏《ふ》ますらむその草深野《くさふかの》」（万葉集）により草深野《そうふけの》（＝宇智の大野）を考える説もある。

一六三段（九）陸奥国の歌枕。宮城野《みやぎの》と同じ。「宮城野のもとあらの小萩露を重み風を待つごと君をこそ待て」（古今集・恋四・よみ人しらず）と詠まれる萩の名所。

一六三段（十）近江国滋賀郡。「栗津野の逢はで帰れば瀬田《せた》の橋恋ひて帰れと思ふなるべし」（兼盛集）。

一六三段（十一）山城国愛宕《おたぎ》郡。「浅茅生《あさじう》の小野の篠原しのぶれどあまりてなどか人の恋しき」（後撰集・恋一・源等《ひとし》）。『伊勢物語』や『源氏物語』でも隠棲の地として語られている。

一六三段（十二）　山城国愛宕郡。洛北で賀茂の斎院のあった野。その地名から斎院は紫野斎院と呼ばれた。

一六四段（一）　「左大将」「右大将」は、それぞれ左近衛府と右近衛府の長官。「春宮大夫」は、春宮坊の長官。

一六四段（二）　大納言の定員二人、中納言三人に対して、定員外で任じられるポスト。左大将・右大将・春宮大夫と同様、摂関家や大臣家など名門の子弟が任じられた。

一六四段（三）　「宰相中将」は、参議で近衛の中将を兼ねた者。中将は従四位下《じゅしいげ》相当であるが、大臣の子弟に限って三位《さんみ》に任ぜられた。それが「三位中将」。

一六五段（一）　以下、「権中将」は定員外の近衛の中将、「四位少将」は特に四位に任ぜられた少将《しょう》（正五位下相当）、「蔵人少納言」は五位の蔵人《くろうど》で弁官に任ぜられた人。「蔵人兵衛佐」は五位の蔵人で兵衛府の次官を兼ねる者。

一六七段（一）　京官《きょうかん》の人が兼任して現地に赴かない場合と、現地に赴任する場合があったが、ここは後者である。

一六七段（三）　甲斐は現在の山梨県、越後は新潟県、筑後は福岡県の南部、阿波は徳島県で、いずれも上国である。この四つが選ばれた理由は不明。

一六八段（一）　「式部大夫」は式部省の三等官の丞《じょう》、「左衛門大夫」は左衛門の大尉《だいじょう》（従六位上《じょう》相当）、「右衛門大夫」は右衛門の大尉で、それぞれ特に五位に叙せられた者をいう。

一六九段（一）「律師」は僧綱《そうごう》に設けられた官職の一つ。僧正・僧都《そうず》とともに、僧尼を統轄するポスト。

一六九段（三）宮中の内道場《ないどうじょう》に奉仕し、御斎会《ごさいえ》の講師《こうじ》を勤め、夜居《よい》の僧に任じられた。天皇の壮健を祈る。十人の高僧が選任され、これを「内供奉十禅師」という。

一七〇段（一）後宮十二司の一つである内侍司の二等官。定員は四人。長官の尚侍《ないしのかみ》（定員二人）に次ぐポストで、尚侍が名誉職や帝の寵愛を受ける場合、実質の長官となった。天皇に常侍《じょうじ》して、渡御《とぎょ》の時は神器を奉持した。

一七六段（一）「帰る」に「蛙」を掛けた趣向を借用した。この場面では「沖」と「燠」（赤くなった炭火）、「漕がる」と「焦がる」も掛詞として機能し、「燠火《おきび》に焦げる物を見ると蛙だった」の意となる。

一七七段（一）御形《みあれ》祭（賀茂神社の祭事。斎院がつかさどる）で宣旨《せんじ》を伝える女官。ここは花山《かざん》天皇が東宮時代に宣旨だった源相識《すけもと》女。家集に『御形宣旨集』。

一七八段（一）「空に」に「天空に」と「何も見ずに（証拠がなくとも）」の意を掛ける。「ただすの神」は糾《ただす》の森にある下賀茂神社の祭神。偽りをただす神として歌にも詠まれた。「いつはりを糾の森の木綿《ゆふ》だすきかけて誓へよ我を思はば」（平中物語）など。

一八三段（一）「事なしび」は「いいかげんに」の意。前段にも見られる語で、章段間の連想関係を思わせる。

一八三段（二）　くつろいだ姿で後朝《きぬぎぬ》の文を書いている。この段では、後朝における衣の着こなしのだらしなさを、むしろ男性の女性への愛情を示すものとみて、それさえも賛美の対象としている。

一八三段（三）　『枕草子』では本段のように白と黄もしくは赤という色彩のコントラストを賞美する傾向がある。こうした鋭敏な色彩感覚によって、男性の理想像が描き出されている。

一八三段（四）　逢瀬の余韻に浸っているので洗面や朝食は進まないが、漢詩のおもしろいところになると思わず声高く吟詠してしまう。昨夜の余韻に浸っていても、教養人の性《さが》は捨てきれないところが肯定的に捉えられている。

一九〇段（一）　ここでは打衣《うちぎぬ》のつやが薄れたものをいう。打衣は砧《きぬた》で打って光沢を出した衣。重《かさね》袿《うちき》と表着の間に着用。「濃き」は紫または紅の濃い色をさすが、打衣は紅を通例とするから後者であろう。

一九〇段（二）　縹《はなだ》色のことで淡青色。「かへる」は褪色の意。縹色は露草の花汁で染めた色で、あせやすい。

一九三段（一）　多くの島をあらわす歌語ではなく、歌枕として住吉大社の近くの八十島《やそしま》説、出羽国の象潟《きさかた》説、陸奥説がある。

一九三段（二）　「塩釜の前に浮きたる浮島のうきて思ひのある世なりけり」（古今六帖）。

一九三段（三）　肥後国宇土《うと》郡の歌枕。「まめなれどあだ名は立ちぬたはれ島寄る白浪を濡衣に着て」（後撰集・雑一・朝綱《あさつな》、古今六帖）、「名にしおはばあだにぞ思ふたはれ島波の濡衣いくよ着つらむ」（後撰集・羈旅《きりよ》、伊勢物語・六一段）。

一九二段（四）　淡路国の北東部の歌枕。『撰集抄』に、在原行平《ありわらのゆきひら》が須磨の浦から絵島《えしま》が浦に行って海女に心魅かれ、家を尋ねたところ「白浪の寄する渚に世を過す海士《あま》の子なれば宿も定めず」と答えたとある。

一九二段（五）　陸奥国の松島《まつしま》か。「音に聞く松が浦島今日ぞ見るむべも心あるあまは住みけり」（後撰集・雑一・素性《そせい》）。

一九二段（六）　長門国（和歌初学抄）とされるが所在未詳。豊浦《とよら》郡の仲哀《ちゅうあい》天皇の豊浦宮か。「白波の立ちながらだに長門なる豊浦の里のとよられよかし」（能因集）。

一九二段（七）　陸奥国の塩釜近くの島。「わがせこを都にやりて塩釜の籬《まがき》の島のまつぞ恋しき」（古今集・東歌《あずまうた》）。

一九三段（一）　東遊歌《あずまあそびうた》の駿河《するが》舞《まい》に「や　有《う》度《ど》浜《はま》に　駿河なる有度浜に　打ち寄する波は　七くさの妹《いも》　ことこそよし　ことこそよし」とある。

一九三段（二）　「君が代は限りもあらじ長浜の真砂《まさこ》の数はよみつくすとも」（古今集・大歌所御《おおうたどころのおん》歌《うた》）。

一九三段（三）　紀伊国。「きの国の吹上の浜もあるものを沈み果てぬと何なげくらむ」（古今六帖）。『うつほ物語』で紀伊国の豪族の神奈備種松《かんなびのたねまつ》が四方四季の邸宅を構えた地でもある。

一九三段（四）近江国。「近江なるうちいでの浜のうち出でつつ怨みやせまし人の心を」（拾遺集・恋五・よみ人しらず）。

一九三段（五）但馬国。「但馬なる雪の白浜もろよせに思ひしものを人のとや見む」（古今六帖）。

一九三段（六）紀伊国。『伊勢物語』七八段に「三条の大御《おおみ》幸《ゆき》せし時、紀の国の千《ち》里《さと》の浜にありける、いとおもしろき石奉れりき」とある。

一九四段（一）抜書本は「をふの浦」。『古今集』に「伊勢歌」として「おふの浦に片枝《え》さしおほひなる梨のなりもならずも寝てかたらはむ」（東歌）がある。『万葉集』では元明《げんめい》天皇が「大《おお》の浦のその長浜によする浪ゆたけく君を思ふこの頃」と遠江国の「大の浦」を詠んでいるが、中古の用例に乏しいという指摘もある。

一九四段（二）「君まさで煙絶えにし塩釜のうらさびしくも見えわたるかな」（古今集・哀傷・貫之）をはじめ、塩焼きの煙を詠んだ歌が多い。源融《とおる》が塩釜の浦を模して河原院《かわらのいん》の庭を作ったことも有名である。

一九四段（三）摂津国。「風をいたみくゆる煙の立ちいでてもなほこりずまの浦ぞ恋しき」（後撰集・恋四・貫之）のように、「こりず」と須磨を掛詞にしており、本来「こりずま」という地名はないとされる。

一九四段（四）『八雲御抄』によれば、遠江国。「紀の海の名《な》高《たか》の浦に寄する波音高きかも逢はぬ子ゆゑに」（万葉集）などにより、紀伊国説もある。「名高し」との掛詞としても詠まれた。

一九五段（一）「いはたの森」は山城国。「山城のいはたの森のははそ原いはねど秋は色づきにけり」（古今六帖）。「こがらしの森」は駿河国。「人知れぬ思ひするがの国にこそ身をこがらしの森はありけれ」（古今六帖）。『能因歌枕』に拠れば、山城国にもあったという。「うたたねの森」は陸奥国岩代《いわしろ》。『大日本地名辞書』の引く『白河往昔記』に拠る。

一九五段（二）「おほあらきの森」は山城国。「大荒木の森の下草老いぬれば駒もすさめず刈る人もなし」（古今集・雑上・よみ人しらず）。女性の嘆老の歌として『蜻蛉日記』や『源氏物語』にも引かれる。「たれその森」は伊賀国。「小夜《さよ》更けてたれその森の郭公《ほととぎす》　名乗りかけても過ぎぬなるかな」（夫木抄）。

一九五段（三）「ようたて」とすれば、『蜻蛉日記』中巻に初瀬詣の途中、「ようたての森に車とどめて」の例がある。

一九六段（一）大和国高市《たかいち》郡にあった。本尊は千手観音。

一九六段（二）山城国相楽《さがらか》郡の笠置山にあった。本尊は弥勒菩薩。

一九六段（三）山城国の嵐山にあった法輪寺。本尊は虚空蔵菩薩。

一九六段（四）山城国にあった正法寺《しょうぼうじ》で、通称は霊山寺《りょうぜんじ》。東山の鷲《わし》の尾《お》にあったので、釈迦が説法した聖地霊鷲山《りょうじゅせん》に擬された。それを踏まえて「釈迦仏の御すみかなるが」とする。本尊は釈迦如来。

一九六段（五）近江国滋賀郡の石山寺。本尊は如意輪観世音。聖武《しょうむ》天皇の時代に良弁《ろうべん》僧正が創建。

貴族の信仰を集め、『蜻蛉日記』『源氏物語』『更級日記』など石山詣を描いた作品も多い。

一九六段（六） 紀伊国那賀《なが》郡にあった粉河寺《こかわでら》。本尊は千手観音。

一九六段（七） 近江国滋賀郡の崇福寺《すうふくじ》。本尊は弥勒菩薩。後に焼失により廃寺。

一九七段（一） 八巻二十八品《ほん》。諸経の中でも最も重じられた。『法華経』を四日で講読する法華八講は三三段ほかに見える。

一九七段（二） 普賢菩薩の十願が述べられている。

一九七段（三） 『千手千眼《せんじゅせんげん》観世音菩薩大悲心《だいひしん》陀羅尼経《だらにきょう》』の略。千手観音の功徳を説く。

一九七段（四） 『普遍光明焔鬘清《ふへんこうみょうえんまんしょう》 浄熾盛如意宝印心無能勝大明王大随求《じょうしじょうにょいほういんしんむのうしょうだいみょうおうだいずいぐ》陀羅尼経《だらにきょう》』の略。大随求《だいずいぐ》陀羅尼《だらに》の功徳を説く。

一九七段（五） 『金剛般若波羅蜜経《こんごうはんにゃはらみつきょう》』の略。一巻。弟子須菩提《しゅぼだい》の質問に釈迦が答えたもの。

一九七段（六） 『薬師瑠璃光如来本願功徳経《やくしるりこうにょらいほんがんくどくきょう》』の略。一巻。薬師如来の功徳を説く。

一九七段（七） 『仁王護国般若波羅密経《にんのうごこくはんにゃはらみつきょう》』の略。二巻。春と秋に宮中で下巻を講説する仁王会《にんのうえ》が行われた。

一九八段（一） 如意は如意宝珠、輪は法輪の意味で、衆生の苦を救済する。一九六段の石山寺の他、醍醐寺《だいごじ》・観心寺《かんしんじ》の如意輪観音像が有名。千手観音は衆生救済のため千の慈手《じしゅ》、千の慈眼《じげん》を持つとされる。一九六段の壺坂寺《つぼさかでら》・粉河寺《こかわでら》の本尊。六観音は、千手・聖《しょう》・馬頭・十一面・准胝《じゅんてい》・如意輪。六道に配されて衆生を救うという。

一九六段（二）　薬師瑠《る》璃《り》光《こう》如来とも。衆生の病災を除く現世利益《りやく》の仏。左手に薬壺を持つ像が多い。

一九六段（三）　古代インドの釈迦族の浄飯王《じょうぼんおう》と摩耶夫人《まやぶにん》の長男として生まれた悉達多《しったつだ》太子。仏教の開祖。一九六段の霊山寺《りょうぜんじ》の本尊。

一九六段（四）　弥勒菩薩。兜率天《とそつてん》にあって衆生を教化《きょうげ》し、釈尊入滅後の五十六億七千万年後に成仏して、娑婆に出現し、釈迦の功徳を受けられなかった衆生を救済する。末法思想が盛んになるにつれ、その出現が期待され、弥勒信仰が盛んになった。一九六段の笠置寺《かさぎでら》・志賀寺《しがでら》の本尊。

一九六段（五）　地蔵菩薩。釈迦の入滅後、弥勒出現までの無仏《むぶつ》の世界において、六道の衆生を救済するとされた。

一九六段（六）　文殊菩薩。釈迦如来の左にあって知恵を司る。獅子に乗る像が多い。

一九六段（七）　不動明王で、五大明王を代表する存在。大日如来の使者として真言《しんごん》の行者の守護をする。忿怒《ふんぬ》の形相で降魔《ごうま》の剣を持つ。密教の加持祈禱に最も尊信される。

一九六段（八）　普賢菩薩。釈迦如来の右にあって理徳を司り、白象に乗る。『源氏物語』で末摘《すえつむ》花《はな》の鼻の比喩にこの白象が用いられたことでも有名。

一九九段（一）　白楽天の詩文集。現存七十一巻。平安初期に船載され、大流行した。作中でも一〇三段の「南秦雪《なんしんのゆき》」をめぐる公任《きんとう》とのやり取り、二八二段の「香炉《こうろ》峰《ほう》の雪」をめぐる定子との応酬はあまりにも有名。

一九九段（二）　大学寮の紀伝道《きでんどう》では教科書の一つとして学ばれた。

一九九段（三）　『文選』の賦《ふ》の中で六朝《りくちょう》時代のものとする説や、それに限らず新しい時代の賦とする説がある。

一九九段（四）　前漢の司馬遷が著した百三十巻の史書。本紀《ほんぎ》以下、列伝体《れつでんたい》の史書で、『漢書』『後漢書』と並んで大学寮の紀伝道では教科書の一つ。

一九九段（五）　『史記』の第一巻。黄帝《こうてい》から尭《ぎょう》・舜《しゅん》まで五帝の事跡を記した部分。皇子誕生の時、読書の博士がこの部分を読むことがあった。

一九九段（六）　神仏に祈願する時、その内容を記した漢文。

一九九段（七）　官職を辞する際など、天皇に奉る上奏文。「願文」と「表」は多くは代作であった。

一九九段（八）　官位昇進などを願う際に朝廷に奉る申請書を、文章博士《もんじょうはかせ》が作ったもの。他人の依頼にしても自分の為にしても文飾をこらした。

二〇〇段（一）　「こま野の物語」（底本「こまの」、抜書本および二七六段の本文にて校訂）は『源氏物語』蛍巻によれば、幼い男女の物語か。「ものうらやみの中将」は、一説に『風葉集』に見える「ものねたみ」。「交野の少将」は当時、色好みの代名詞だった。『落窪物語』『源氏物語』にも言及がある。

二〇五段（一）　「風香調」「黄鐘調」は調絃後に調子を整えるために弾く「搔き合せ」か。それぞれ春と秋の調べ。「蘇合」は盤渉《ばんしき》調のインド楽、蘇合香《そごうこう》。「急」は曲の終盤。「鶯のさへづり」は壱超調《いちこつ》の唐楽、春鶯囀《しゅんおうてん》。「想夫恋」は平調《ひょうじょう》の唐楽、相府蓮《そうふれん》。『源氏物語』横笛巻に演奏場面がある。

二〇六段（一）「髪が立ち上がる」を感動表現と見る説もあるが、文脈からは「身の毛立つ」意。横笛に聞き入っていたので、やかましい篳篥に不意を突かれて衝撃が走った。不快感というよりは、横笛との落差を大げさに表現したもの。

二一三段（一）「昨日こそ早苗取りしかいつの間に稲葉そよぎて秋風の吹く」（古今集・秋上・よみ人しらず）。歌に詠まれた季節の移ろいを「まことに」と実感している。

二一八段（一）鋺《かなまり》は金属製の碗。「眼を見れば、かなまりのごとくきらめきて」と阿修羅を評した『うつほ物語』の例から、きらきらした眼を指すか。『今昔物語集』に「眼きらめきてはなはだ恐ろし」という例がある。

二二〇段（一）折れ曲がっている廊か。廻り廊下という説もある。

二二〇段（二）「懸盤」の次なるものという説と、「折敷」が角型であるのに対して「中の盤」は丸型で脚がないものという説がある。

二二〇段（三）大原木《おはらぎ》（大原女《おはらめ》が売っていた薪）という説、「おばしま（欄干）」の誤りとする説がある。能因本や前田家本では「ははき（帚）」。

二二〇段（四）「かき板」は裁縫用の裁ち板か。「餌袋」は二一八段注1参照、「装束」は飾り。「唐傘」は中国風の柄のある差し傘。「棚厨子」は棚のある厨子。「提子」は一九一段注4参照。「銚子」は酒を注ぐもので長い柄がついている。

三四段（一）敦康親王は、定子が産んだ一条帝の第一皇子。前年十一月に同所で誕生、前月に親王宣下《せんげ》。寛弘《かんこう》八年（一〇一一）六月に叙一品《じょいっぽん》、准三宮《じゅさんぐう》。その後、具平《ともひら》親王女と結婚し一子（嫄子）を儲けるも、寛仁《かんにん》二年（一〇一八）十二月に二十歳で薨去《こうきょ》。三巻本で敦康に触れるのはこの一節のみ。

三四段（三）「ませ越しに麦はむ駒のはるばるに及ばぬ恋も我はするかな」（古今六帖）に拠る。「ませ」は馬の柵。歌句の「麦」が「青ざし」、「駒」が「五日」（馬と縁の深い節《せち》日《にち》）、「はるばるに」が「ほかより」「持て来たる」（宮中からではない頂き物）と通じ合う。

三六段（一）「山寺の入あひの鐘の声ごとに今日も暮れぬと聞くぞ悲しき」（拾遺集・哀傷・よみ人しらず）に拠る。「入あひの鐘」は日没時に撞《つ》く鐘。歌をそのまま「ものを」で受けている。

三七段（一）底本「山は」、抜書本による。「山の駅」は『延喜式』にみえる播磨国の野磨駅《やまのうまや》か。以下の「あはれ」は内容が記されないので様々な説がある。一列目は金峰山《きんぷせん》の僧が播磨国赤穂《あこう》郡の山駅に住む毒蛇だった前世を知る話（今昔物語集など）、二列目は伊周《これちか》が配流された際に、病でとどめ置かれた駅だったとする説（解環）に従うべきか。

三九段（一）藤原高遠は関白実頼《さねより》の孫、斉敏《ただとし》男。正暦三年八月に兵部卿。事件時には左兵衛督《かみ》で五十二歳。天皇が十歳の時（永祚《えいそ》元年）には笛の師だった（小右記）。

二一九段（二）　木工の頭《かみ》だった藤原輔尹か（小右記・寛仁四年八月十八日条）。正暦年間の六位蔵人。ただし母は兼時女ではない。本文の「木工允」は木工寮《もくりよう》三等官。

二三二段（一）　「船岡《ふなおか》のともべに立てる白雲の立ち別るるもあはれとぞ思ふ」（古今六帖）のように葬送の地。「船岡に若菜摘みつつ君がため子の日の松の千代と思ふらむ」（元輔集）のように若菜摘みの地でもある。

二三二段（二）　「霧立ちて雁《かり》ぞ鳴くなる片岡のあしたの原は紅葉しぬらむ」（古今集・秋下・よみ人しらず）。「明日からは若菜摘まむと片岡の朝《あした》の原は今日ぞ焼くめる」（拾遺集・春・人麿）。

二三二段（三）　「この笹はいづこの笹ぞ舎人《とねり》らが腰に下がれるとも岡の笹」（神楽歌・採物歌《とりものうた》）。

二三二段（四）　未詳。前田本では「かたひらの岡」。「かたらひ山」と同一で大和国多武峰《とうのみね》とする説もある。

二三二段（五）　山城国葛野《かどの》郡。「手もふれで今日はよそにて帰りなむ人見《ひとみ》の岡のまつのつらさよ」（住吉物語）。

二四〇段（一）　「斎《とき》」は僧侶の正時《しようじ》（午前中）の食事。その飯の一部を撒いて餓鬼などに施すのが「生飯《さば》」。ここはそれを烏《からす》が屋根で食べている。鳴き声も騒がしいが「板屋」なので足音などがよく響く。

二四一段（一）　唐絵に描かれた革の帯の後ろ姿。石帯《せきたい》とも呼ばれ、男性貴族が束帯《そくたい》などの正装で着用し、正面に玉・石・角などの飾りをつけた。唐の装束では後ろに装飾がないためか。

二四二段（一）「宮のべの祭」については、一六〇段補注一を参照。「宮のべの祭文」は、卑俗な言葉を並べたもので、祝詞《のりと》の厳粛さがない。

二四五段（一）「凶会日」は具注暦《ぐちゅうれき》に掲示される二十数種の大凶日で、節月《せつげつ》ごとに干支で決まり、月三日から十五日と数も一定でないので、他の凶日より確認が煩雑だった。

二五九段（一）藤原正光は、関白太政大臣兼通《かねみち》の六男。長徳二年蔵人頭《とう》（斉信《ただのぶ》の後任）、左中将。同四年十月二十二日に大蔵卿（大蔵省長官）。長保《ちょうほう》二年二月二十五日に中宮亮《すけ》、寛弘元年二月に参議。

二六〇段（一）夢は神仏などのお告げや予兆と考えられていたので、その吉兆を判断する専門家（夢解《と》き）がいた。僧や陰陽師などが占うこともあり、仏教の布教にも利用された。『蜻蛉日記』や『更級日記』には作者が見た夢が数多く記載されているが、『枕草子』には具体的な夢の記述はひとつもない。また、未来を暗示すると考えられた夢の力は、物語では効果的に取り入れられもしたが、『枕草子』にはそうした利用法も見られない。

二六二段（一）「積善寺」は、道隆《みちたか》の父兼家《かねいえ》が吉田野に建立していた寺。正暦元年五月、出家に際し二条京極院を改修、まずは積善寺の別院とした。兼家薨去後の正暦二年、道隆が積善寺を完成させた際、その別院を法興院《ほこいん》と号した。さらに正暦五年には遠方の積善寺を法興院の内に移築、そこで本段に描かれる御堂供養が行われた。場所は二条北・東京極東（拾芥抄）。

二六四段（一）　「風俗」は、もと諸国の民謡で貴族の謡い物となったもの。「杉立てる門」という風俗歌は伝わらないが、「わが庵《いお》は三輪の山もと恋しくはとぶらひ来ませ杉立てる門」（古今集・雑下・よみ人しらず）などの和歌や、今様として「恋しくは疾《と》う疾《と》うおはせ我が宿は大和なる三輪の山本杉立てる門」（梁塵秘抄）などが伝わる。「神楽歌」は神事で謡う古代歌謡。「今様歌」は当世風の新しい歌謡で、文献上はこれが「今様」の初出。独特の節まわしを「くせづいたり」と評した。

二六五段（一）　「紫の濃き」は二一段の伊周、「萌黄」（黄と青の中間色）は一〇一段の道隆などが印象的。「二藍」は三段注32参照。三三段などに散見。「夏の虫の色」は未詳、青系の薄い色か。ここから男性の装束と持ち物に関する章段が続く。章段区分は『本文集成』に従っているが、二七〇段まで一章段と見なしてよい内容。

二六六段（一）　「ふくさ」は糊を引いていない絹。「赤色」は赤衣《あかぎぬ》か。「松の葉色」は緑系の色。「青葉」は青朽葉の脱字か。「桜」以下、襲《かさね》の色目。

二六八段（一）　「掻練襲」は八九段注16参照。表裏ともに紅。「蘇芳襲」は表薄蘇芳、裏濃蘇芳。「二藍」は三段注32参照。「白襲」は表裏白か。

二七一段（一）　「社は」（二二八段）が民間信仰に関わる神社だったのに対し、本段の祭神は勅使が派遣されるような国家の守護神が多く、場所も山城・大和に限られる。一条天皇の行幸は「松の尾」（松尾大社）が一回（寛弘元年で初例）、「八幡」（石清水八幡宮）が三回（一二四段補注一参照）、「この国の帝にて」は祭神の応神《おうじん》天皇を指す。「大原野」「春日」は各一回（正暦四年、永祚元年）、ともに藤原氏の氏神を祀る。「平野」も一回（正暦三年）。「賀茂」は二回（永延《えいえん》元年、長保五年）。「みこもり」は「みくまり」（吉野の水分《みくまり》神社が有名）の転か。「稲荷」（一五三段注1参照）とともに行幸はない。

二七二段（一）「みほが崎」は近江の水尾《みお》が崎か。「思ひつつ来れど来かねつみをが崎まかなの浦をまたかへるみつ」（古今六帖）など。

二七三段（一）「まろ屋」は葦や茅などで葺いた粗末な家。平安中期以降の歌語。「津の国のまろ屋あやなし冬籠り中絶えにける憂き宿りかな」（順集）など。「まろ（私）や」と掛ける。「あづま屋」も粗末な小屋で歌語。「あづま屋のふせ屋板間のあはぬより空の星とも見ゆる君かな」（古今六帖）など。催馬楽「東屋」が有名。

二七四段（一）「時奏」（時申し）は宮中における夜間の時刻の奏上。左右近衛の官人が漏刻《ろうこく》器で時をはかり、亥一刻から寅一刻まで一刻（約三十分）ごとに行う。また、殿上の間の南小庭に設置された時の簡《ふだ》（板）に、該当する刻の杭（木片）をさした。その音が「時の杭さす音」。これらを耳にするのは宮中ならではの体験。ちなみに一五六段には時司《ときづかさ》の鼓の音が、二九五段には時奏《ときのそう》の姿が描かれている。

二七六段（一）「孔雀《くざ》経」は『仏母《ぶつも》大孔雀明王経《だいくじゃくみょうおうきょう》』。それを宮中で衆僧《しゅそう》が読誦し、加持祈禱する。「五大尊の（修法）」は、五大明王を安置して各々高僧が祈禱する大規模な修法二七八段（二）　（五壇の御修法《み》）。「御斎会《ごさいえ》」は正月八日から七日間、大極殿《だいごくでん》で『金光明最勝王《こんこうみょうさいしょうおう》経《きょう》』を国家鎮護のために講説する法会。「白馬《あおうま》」は三段注4参照。当日、蔵人の式部丞は建礼《けんれい》門を開き永安《えいあん》門を入るが、見物できる南庭《なんてい》を練り歩いたか。「靫負佐」は四三段注8参照。「摺衣《すりぎぬ》」（型木《かたき》の上で絹布に染料を摺りつけて文様を染めたもの）は過差《かさ》（贅沢）に当たるので、検非違使《けびいし》は見つけると破らせた。

二七八段（三）　「尊星王《そんしょうおう》」は妙見《みょうけん》菩薩の輔星《ほせい》、北斗星。その宮中での御修法は確認できない。「季《き》の御読経」は一五一段注3参照。「熾盛光《しじょうこう》」は『熾盛光大威徳消災吉祥陀羅尼《しじょうこうだいいとくしょうさいきちじょうだらに》』。読経の例はないので「熾盛光御修法」（＝能因本、熾盛光仏頂を本尊とする修法）か。鎮護国家を祈る。

二八〇段（一）　「坤元録《こんげんろく》」は中国の地誌（現存せず）。村上天皇の時代、ここから詩題を選ばせて屏風八帖を描かせた（日本紀略）。「漢書の屏風」は『漢書』（前漢の歴史書、三史のひとつ）から題材を選んで描いた唐絵屏風。宮中行事で各所に立てたことが儀式書に見える。「月次の御屏風」は毎月の年中行事や景物を描いた屏風。色紙形に和歌を記載した。

二八二段（一）　年時は不明ながら、当時の降雪頻度から長徳四年（九九八）十二月十日の可能性が高い（八四段注16参照）。「高う降りたる」は高く積もるほどの大雪。雪でも朝には必ず格子を上げるが、異例の大雪でいつもより早く下ろしていた。それを二八二段（三）「降りたれば」と明確な順接にしなかったのは、作者が雪好きのゆえか。「遺愛寺《いあいじ》の鐘は枕に欹《よ》りて聴き、香炉峰の雪は簾を撥《は》ねて看る」（白氏文集・香炉峰下《か》に新たに山居《さんきょ》を卜《ぼく》す、草堂《そうどう》初めて成り、偶《たま》たま東の壁に題す）に拠る。降り積もった雪景色を見てみたいと、雪好きの清少納言に伝えた。

二八四段（一）「過ぎにしかた」は清少納言が退出する以前。わずかな日数だが大げさに言った。日暮れまでが長く感じられる晩春の所在なさはひとしおなので。この歌は清少納言の返歌とともに『千載集』にも見え、その詞書には「一条院御時、皇后宮に清少納言初めて侍りけるころ、三月ばかり二、三日まかりいでて侍りけるに、かの宮よりつかはされて侍りける」とある。初出仕頃とするのは「過ぎにしかた」を「清少納言と出会う前」と解したためか。作者の応対ぶりには初々しさも感じられるが、本段の事件時は特定できない。

二八四段（三）清少納言が用いた「かねける」が問題視されている。「かねける」は「春の日」に掛かるのだろうが、ここまで読んだ時点では「中宮様も暮らしかねていること よ」と詠嘆しているように取られかねない。まして原因が自分の不在であれば憚りない物言いとなる。

二九〇段（一）本段の歌は道綱母《みちつなのはは》の作として伝わるので（拾遺集・哀傷）、「傅《ふ》の殿の母上」（前田家本）とあるべきか。『蜻蛉日記』の作者で、前段の道命《どうめい》の祖母。道綱が東宮《とうぐう》傅《ふ》となるのは寛弘四年（一〇〇七）正月。

二九六段（一）隆円《りゅうえん》僧都は九〇段注8参照。その乳母の通称が「まま」。本段は長保二年（一〇〇〇）春、三条宮（生昌邸《なりまさ》）での出来事か。

三〇〇段（一）「思ひ・火」「斯からぬ・掛からぬ」「言ふ・伊吹《いぶき》」「然《さ》と・里」「告げ・付け」が掛詞。「させも草」（さしも草）はもぐさ、「火」「付け」の縁語。伊吹山（近江と美濃の境）はその産地。「かくとだにえやはいぶきのさしも草さしも知らじなもゆる思ひを」（実方集）を想起させる歌。

一本二（一）前田家本・堺本では「ほかげおとりする物」で、それに倣って「灯」に照らされて見劣りするものと解する注釈が多い。また『集成』は紫系統は灯に照らされると赤みが増して品位が劣るとするが、底本通りに「日かげ」でも意味は通じよう。紫色系は日光に映えず、紅色系は月光で引き立たないという対照をとらえたのが興味深い。

一本四（一）「いため塩」は焼き塩。表記は「熬塩」など諸説ある。「袙」は単《ひとえ》の上に着る衣。「帷子」は裏を付けない衣、または几帳《きちょう》の垂れ絹。「屐子」は被《おお》いの付いた足駄。「泔」は髪を洗うこと、またそれに用いる湯水。古くは米のとぎ汁を用いた。「桶」「槽」は「桶槽」（舟形の桶）とする説もある。

一本五（一）屛風の骨組・下張はきれいではないが、格の高い唐絵がその上に描かれると立派という意か。「石灰」は漆喰塗《しっくいぬり》。はげてくると下地が汚い。お供えなどの「盛物」は、高く盛り上げるために食物以外で芯を作り、それに食物などを貼りつけた。

一本九（一）「青朽葉」は三段注32参照。「朽葉」は一三八段注7参照。青朽葉の襲は、経《たて》青《あお》・緯黄《よこき》の綾地を表とする説、表青・裏朽葉説、表青・裏黄説など諸説がある。朽葉の襲についても、縦紅・横黄の綾地を表とする説、表山吹・裏黄説、表青・裏黄説など諸説あるが、秋に着用する。

一本一二（一）『装束織文図会』や『織文図会』に「小葵」の文様があり、一般的であったらしい。

一本一四（一）冬は動物の毛も密集するので、使い勝手も見た目も美しい。筆の毛には兎、鹿、狸などを用いたが、白く美しい兎の毛を最上とした。

一本一六（一）ツキガイ科で、殻は小さく円形。「春風になどや折りけむみちのくのまがきが島の梅の花貝」（散木奇歌集）。

一本二三（一）三十段注1も参照。檳榔の葉の代わりに菅《すげ》を用いることもある。物見・庇《ひさし》がなく、上皇以下、貴人が用いる大型車である。

一本二三（三）三十段注2も参照。車の屋形に竹または檜《ひのき》の網代を張ったもの。四位五位クラスの車であるが、大臣・納言・大将クラスでも略儀や遠出に用いた。

一本二四（一）定子腹の脩子は寛弘四年（一〇〇七）正月、敦康《あつやす》は同八年（一〇一一）六月に叙せられた。媄子は無品のまま寛弘五年に薨去。

一本二七（一）高階業遠《なりとお》は敏忠《としただ》の男。貴子（定子の母）の従兄弟。寛弘七年（一〇一〇）四月に四六歳で卒去。時に従四位上、春宮《とうぐう》権亮。道長《みちなが》・頼通《よりみち》にたびたび貢物し、道長

「無双」の側近と見なされていた（小右記）。子に成行《なりゆき》（上総大輔《かずさのたいふ》の父）、成章《なりあき》（藤原賢子の夫）ら。作中では高階明順《あきのぶ》（九六・二六二段）とともに地の文で「朝臣」を付される。

現代語訳・評

一三九段

正月十日過ぎのころ、空がまっ黒に曇り（雲が）厚く見えながら、そうは言っても日はくっきりと（雲間から）差し出ている所に、これといった身分でもない者の家の荒畑というものの、土もきちんと平らにならされていない所に、桃の木が若々しくて、ほんとうに小枝がたくさん差し出ているのが、片側はとても青く、もう片側は色濃くつややかで蘇芳《すおう》色であるのが、日の光に照らされて見えているのを、じつにほっそりとした男童《おのわらわ》で、狩衣《かりぎぬ》は鉤裂《かぎざ》きなどがあって髪はきちんとしたのが登っているので、着物をたくし上げている男の子や、また少し脛《すね》を出して半靴《ほうか》をはいているのなどが、木の下に立って、「わたしに毬打《ぎちょう》を切って」などと頼むと、また髪の美しげな女童《めのわらわ》で、袙《あこめ》などはほころびがちで袴はよれよれになっているけれど美しい袿《うちき》を着ているのが三、四人来て、「卯槌《うづち》にする木のよさそうなのを切っておろして」「御主人さまもご所望だ」などと言って、（男童が桃の木を）おろしたので奪い合って取って、（桃の木を）仰いで「私にたくさん」などと言っているのはおもしろい。

黒袴をつけている男が走って来て頼むのに、（木の上の男童が）「待って」などと言うと、木の幹をゆさぶるので、（男童が）あぶながって猿のようにしがみついてわめくのもおもしろい。梅などの（実が）なっている折も、そのようにすることだ。

［評］本段は巧みに構成されており、早春の空の光景から地上へと視点が移り、桃の木に登る少年と枝をねだる少年少女や大人の様子へと視点が移っていく。「毬打」「卯槌」など正月らしい風物を織り交ぜながら、無邪気な子供たちの生態を活写しているのである。

一四〇段

こぎれいな男が、双六《すごろく》を一日中打って、それでも満足しないのか、低い灯台に火をともして、とても明るく灯心を掻き立て、相手が賽《さい》を渡すようせがんですぐにも（筒《どう》に）入れないので、筒を盤の上に立てて待つのだが、狩衣《かりぎぬ》の襟が顔にかかるので、片手で押し入れて、固くない烏帽子《えぼうし》を頭を振って払いながら、「たとえ賽《さい》にたいそうなまじないをしても、失敗などしようか」と、じれったそうに見守っているのは、誇らしげに見える。

一四一段

碁を高貴な人が打つといって、(直衣《のうし》の)紐を解き、何も気にしない様子で(石を)拾って置くのに、(相手の)身分の劣っている人が、居住まいもかしこまっている様子で、碁盤から少し離れて及び腰で、袖の下はもう一方の手で押さえたりして打っているのもおもしろい。

[評] 前段では、外見のよい男性と同じく身分がさほど高くない男性との双六の駆け引きが活き活きと語られている。それに対して、本段は身分違いの男性たちの碁の対決である。高貴な男性は直衣の紐まで解いたくつろぎ姿で、身分の劣る男性が及び腰で所作に気を遣う様も目に浮かぶ。国宝『源氏物語絵巻』の「宿木一」で、お引《ひき》直衣を着くずした今上帝《きんじょうてい》と畏まった薫《かおる》が碁を打つ場面は同様の趣である。

一四二段

恐ろしそうに見えるもの　どんぐりの笠《かさ》　焼け跡　鬼蓮《おにばす》　菱の実。髪の多い男が洗髪して乾かす間。

［評］一四八段とは違い、一目で恐ろしく見えるものを列挙し、植物ではとげとげしいものを忌み嫌っている。

一四三段

見た目の清らかなもの　素焼の陶器　新しい金属製の碗　これから畳に作る菰《こも》　水を何かに入れる（とできる）透影《すきかげ》。

［評］「清し」はふつう月の光や水の清らかさなど清明美をいう場合が多いが、本段では高価といえない「土器」「鋺《かなまり》」「菰」など、意外性に富むものを挙げている。「透影」も物越しに透いて見える姿の意が一般的だが、ここでは光を透して見える水の動きを表している。

一四四段

下品に見えるもの　式部の丞《じょう》の笏《しゃく》。黒い髪の筋がよくないの。

布屏風の新しいの。古くなって黒ずんでいるのは、そのように言っても仕方ないもので、かえって何とも思われない。新しく仕立てて、桜の花を多く咲かせて、胡粉《ごふん》、朱砂《すさ》などで彩った絵がいろいろ描いてあるの。遣戸厨子《やりどずし》。法師が太っているの。本物の出雲筵《むしろ》の畳。

〔評〕笏には儀式の段取りを記したカンニングペーパーを貼りつけるが、式部丞は出番が多いので度々貼り替える。その多忙さに対して同情はなく、笏の汚ればかりが非難の的となるのである。「出雲筵」は、『堤中納言物語』「よしなしごと」で「荒磯海《ありそうみ》の浦にうつるなる」とされるように決して上等な筵ではなく、本物より模造した筵の方がましというのも頷ける。

一四五段

胸がつぶれるもの　競《くら》べ馬の見物。元結《もとゆい》をよる時。親などが具合が悪いということで、様子が普段と違う時。まして、世の中などが騒がしいと耳にする頃は、いっさい何も考えられない。また、まだしゃべらない乳児がひたすら泣いて、乳も飲まず、乳母《めのと》が抱いても止まずに久しい時。

いつもと違う所で、特にまだ公然の仲ではない人の声を聞きつけたのはもちろん、他人などがその人の噂話などをする際にも、たちまち（胸が）つぶれる。たいそう憎らしい人が来た時にも、またつぶれる。妙につぶれがちなものは胸であるよ。昨夜通い始めた人の、今朝の文が遅いのは、他人のためにまでつぶれる。

［評］二七段「心ときめきするもの」とは違って、本段では期待感がとぼしく心配や不安な気持ちをかきたてる事柄を列挙している。「競馬」「元結」にはじまり、病気と男女関係などを取りあげる。『枕草子』の中では疫病の流行に言及している段も珍しい（注4参照）。

一四六段

かわいらしいもの　瓜に描いた幼児の顔。雀の子が、鼠鳴《ねずな》きすると踊るように来る様子。二、三歳くらいの幼児が、急いで這ってくる途中に、とても小さい塵があったのを目ざとく見つけて、とても愛らしげな指でつかまえて、大人ごとに見せているのは、実にかわいらしい。髪は尼そぎにしてある幼児が、目に髪がかかっているのを、払いのけないで、顔を傾けて物などを見ているのもかわいらしい。

大きくはない殿上童《てんじょうわらわ》が、装束をきちんと着せられて歩きまわるのもかわいらしい。いかにも愛らしい幼児が、ちょっと抱いて遊ばせかわいがるうちに、抱きついて寝たのは、とてもいとおしい。

雛人形の道具。蓮の浮き葉のとても小さいのを、池から取り上げたの。葵のとても小さいの。何もかも、小さいものはみなかわいらしい。

たいへん色白で太っている幼児で二歳くらいなのが、二藍《ふたあい》の薄物《うすもの》など、着物が長いので襷《たすき》で袖を結《ゆ》いあげているのが這い出したのも、また背の低い子が、袖ばかり目立つ着物で歩きまわるのも、みなかわいらしい。八、九、十歳くらいの男の子が、声は幼い感じで漢籍を読んでいるのは、とてもかわいらしい。

鶏《にわとり》の雛が、足長に白く愛らしげに、着物を短く着た恰好で、「ひよひよ」とやかましく鳴いて、人の後ろや前に立って歩きまわるのも愛らしい。また、親鳥が一緒に連れ立って走るのも、みなかわいらしい。かるがもの卵　瑠璃《るり》の壺。

[評]平安時代の「うつくし」は、ほとんどが人間、特に十歳以下の幼い者に対して用いられるが、本段ではおもしろいことに人間ばかりでなく動物や小さい物も対象となる。なお当時の高価な舶来品を代表する「瑠璃の壺」で閉じられる背景には、中関白《なかの》家の栄華と富があろう。

一四七段

調子づいて見えるもの　これという取り柄のない者の子供で、とはいえ（親などが）常に甘やかしている子。咳。立派な人に何か言おうとすると先に出る。

近くに住む人の子供で四、五歳くらいなのは、好き放題して、物を取り散らかして壊すのを、引っ張られて止められて、思い通りにもできずにいる（その）子が、親が来たので勢いづいて、「あれを見せてよ、ねえ母」などと引っぱって揺するのに、（母親は）大人と話があると言って、たやすく聞き入れないので、自分で探し出して（それを）見て騒ぐのは、本当に憎らしい。それを「いけない」とも取り上げて隠さないで、「そんなことしないで」「壊さないで」などとだけ笑顔で言うのは、親も憎らしい。とはいえ自分は、中途半端にも注意できずに（ただ）見るのは、気が気でない。

［評］前段で捉えた愛らしさとは対照的に、傍若無人にふるまう子供の姿を描いている。二六段の「にくきもの」でも同様の指摘があるが、本段では母親の態度も非難している。

一四八段

名前が恐ろしいもの　青淵《あおふち》　谷の洞《ほら》　鰭板《はたいた》　くろがね　つちくれ。雷《いかずち》は名前だけでなく、ひどく恐ろしい。疾風《はやち》　不祥雲《ふそうぐも》　矛星《ほこぼし》　肘笠雨《ひじかさあめ》　荒野《あらの》ら。

強盗《ごうとう》は、また万事につけて恐ろしい。らんそうは、総じてこわい。かなもちは、また万事につけて恐ろしい。生霊《いきすだま》　蛇《くちなわ》いちご　鬼わらび　鬼ところ　荊《むばら》　からたけ　炒炭《いりずみ》　牛鬼《うしおに》。碇《いかり》は、名前よりも見るのが恐ろしい。

［評］能因本をはじめ、他系統本では異文の多い章段である。実態が不明なものも多いが、「肘笠雨」は催馬楽《さいばら》「妹《いも》が門《かど》」の詞章を踏まえるためか、『うつほ物語』や『源氏物語』、歌学書などに用例が多い。いずれにしても名称への興味が先行する段の一つである。

一四九段

見た目には格別なことがないもので、文字に書いて大仰なもの　覆盆子《いちご》　鴨頭草《つゆくさ》　水茨《みずふぶき》　蜘蛛《くも》　胡桃《くるみ》　文章博士《もんじょうはかせ》　得業の生《とくごうのしょう》　皇太后宮《こうたいごうぐう》の権大夫《ごんのだいぶ》　楊梅《やまもも》。

いたどりはまして、虎《とら》の杖《つえ》と書いてあるとか。（虎は）杖がなくてもよさそうな顔つきなのに。

［評］本段では、仮名で書けば何でもないものも漢字で書くと大袈裟になるという、その落差を楽しんでいるかのようである。男性並みの漢学の知識からの興味であろう。

一五〇段

気味悪そうなもの　刺繡の裏。鼠の子の毛もまだ生えないのを、巣の中から転がし出したの。裏地をまだ付けない皮衣《かわぎぬ》の縫い目。猫の耳の中。特にこぎれいでもない場所が暗いの。

これという取り柄のない人が、子などをたくさん持って世話しているの。たいして深くも愛情を感じない妻が、気分が悪くて久しくわずらっているのも、夫の気持ちはわずらわしいに違いない。

［評］前半は刺繡の裏など事物を並べ、後半では人間関係に転じて、貧乏人の子沢山や、病気の妻への男の薄情に言い及ぶ。『源氏物語』真木柱《まきばしら》巻で物の気《け》により長く病む北の

方と髭黒《ひげくろの》大将の関係にも通じるもので、人情の機微を言い当てている。

一五一段

つまらない者が幅をきかせる折　正月の大根。行幸の折の姫大夫《ひめもうちぎみ》。御即位の御門司《みかどつかさ》。六月十二月の月末の節折《よおり》の蔵人《くろうど》。

季《き》の御読経《みどきよう》の威儀師《いぎし》。赤袈裟《あかけさ》を着て僧たちの名を読みあげているのは、とても威厳がある。

季の御読経、御仏名《みぶつみよう》などの御設営をする蔵人所《どころ》の衆。春日祭《かすがまつり》の近衛舎人《このえどねり》ども。元三《がんさん》の薬子《くすりこ》。卯杖《うづえ》の法師。御前の試《こころ》みの夜の御髪上《みぐしあ》げ。節会《せちえ》の御配膳の采女《うねめ》。

[評]　宮中の行事のオンパレードで、ふだん見下している物や人がにわかに脚光を浴びる瞬間をすくい取っている。

一五二段

つらそうなもの　夜泣きという行いをする赤ん坊の乳母《めのと》。愛する人を二人持って、両方に嫉妬される男。

手ごわい物の気《け》（の調伏）にあたっている験者《げんじゃ》。効験だけでもあらたかならよかろうに、そうでもなく、とはいえ物笑いになるまいと祈念する様は、とても苦しそうだ。

むやみに物を疑う男に、深く愛されている女。摂関家などで羽振りをきかせている人も、気楽ではいられないが、それはよいようだ。いらいらしている人。

［評］夜泣きする赤子の乳母をはじめ、傍目に苦しそうに映じる人物を列挙した段。二人の女から嫉妬される男より、猜疑心の強い男の方が数は少ないにしても、『源氏物語』真木柱巻で玉鬘《たまかずら》に執着し苦しめる髭黒大将は後者の典型である。

一五三段

うらやましそうなもの　経などを習うといって、ひどくたどたどしく忘れがちなので、何度も同じ箇所を読むのに、法師は当然のこと、男も女もすらすらと簡単に読んでいるのは、あの人のようにいつになったらなるのだろうと思われる。具合など悪くなって臥せっている時に、笑い声を立てて物など言い、屈託なさそうに歩き回る人を見るのは、大変にうらやましい。

稲荷に思い立って参詣した時に、中の御社《みやしろ》あたりがどうしようもなく苦しいが我慢して登ると、少しも苦しそうな様子もなく、後から来たと思われる者たちが、ひたすら先に進んで参詣するのは、とてもすばらしい。

二月の午《うま》の日の未明に、急いで出立したけれど、坂の途中くらいまで歩いたところ、巳《み》の時ほどになってしまった。しだいに暑さまで加わって、本当にやりきれなくて、「どうしたことか、このように暑くない好い日もあろうものを。何だって参詣しているのだろう」とまで、涙もこぼれ落ちてげんなりして休んでいると、四十過ぎくらいの女で、壺装《つぼそう》束《ぞく》などではなくて、ただ裾をたくし上げた者が、「私は七度《しちど》詣でをするのですよ。三度はお参りした。あと四度は何ということもない。未《ひつじ》の刻の内にはきっと下向《げこう》するだろう」と、道で会った人に声を掛けて下りて行ったのは、普通の所では目にも留まるはずない者なのに、「この女の身に、今すぐなり代わりたい」と思われた。

女の子でも男の子でも法師でも、出来のよい子供たちを持っている人は、大変うらやましい。髪がとても長く整っていて、下がり端《ば》などがすばらしい人。また、高貴な人が、大勢の人にうやまわれ、大切にされていらっしゃるのを見るのも、とてもうらやましい。字がうまく歌を上手に詠んで、何かの折ごとにも真っ先に取り上げられる人は、うらやましい。

高貴な人の御前に女房がとても大勢伺候する時に、心ひかれる（相手の）所へお遣りになる仰せ書きなどを、誰がひどく下手な字なんかで書くだろうか。けれど局《つぼね》などにいる人をわざわざお呼びになって、御硯《すずり》を下賜して書かせなさるのもうらやましい。そのような事は、古参女房などになってしまうと、本当に難波《なにわ》あたり（から）遠くない（下手な）人でも事柄次第では書くものだが、これはそうではなくて、上達部《かんだちめ》などの（娘や）、また「お目見えに参上しよう」と言上させている人の娘などへ遣る際には、特に気を遣って、紙から始めとして整えさせていらっしゃるのを、人々が集まって冗談にせよ悔しがってあれこれ言うようだ。

琴や笛などを習う時、これもそのように未熟なうちは、「この人のように早くなりたい」と思われるようだ。主上、東宮《とうぐう》の御乳母。主上の女房で、夫人《ふじん》たちの所をどこへでも堂々と行き来申し上げる人。

［評］「稲荷詣で」の項目は、「二月午の日」以下、過去の助動詞（「き」）を用いた体験記らしい叙述となっている。坂の途中で疲労のあまり涙がこぼれたというが、作中で自身が「泣く」場面は本段と一二四段のみ。どちらも悲しみの涙ではない。ただ「長泣き」という特異な落涙が描かれた一二四段と比べて、ここは素直で飾らない涙となっている。一方これほど苦労した参詣でありながら、祈願内容への言及はいっさいない。

一五四段

早く知りたいもの　巻《まき》染め、むら濃《ご》染め、しぼり染めなどを染めている時。人が子を産んだ時に、男か女かを早く聞きたい。高貴な人の場合はいうまでもなく、身分がたいしたことがない者や低い者でさえ、やはり知りたいものだ。除目《じもく》の翌朝。必ずしも知り合いが任官するはずのない時も、やはり（結果を）聞きたいものだ。

〔評〕「もの」型章段では前半に事物を挙げ、後半に人事を扱うものが多いが、本段もその典型である。生まれた子が男か女かは誰しも関心をもつが、天皇家では皇子、上流貴族では将来の后がねになる娘の誕生が望まれたから、より重要な話題であった。除目の結果については、三段「正月一日は」、一二三段「すさまじきもの」、一三四段「つれづれなるもの」で繰り返し語られるのも、受領《ずりょう》の父を持つ作者にとって切実な話題ゆえであろう。

一五五段

気がかりなもの　人の所に急ぎの仕立物を依頼して、今か今かと心配で座り込んで、あちらを見守り続けている気持ち。子を産むはずの人が、予定日を過ぎるまでその気配がないの。遠い所から愛する人の手紙をもらって、固く封をした続飯《そくい》などを開ける間は、とてももじれったい。見物に遅れて出掛けて、行列は始まってしまったことよ。白い杖などを見付けた時に、（車を）近くにやって寄せるまでは、やりきれず、降りてでも行ってしまいたい気持ちがする。

（居ることを）知られまいと思う人がいるので、前にいる人に教えて口上を言わせている時。いつ生まれるかと待ち構えていた赤ん坊が、五十日《いか》百日《ももか》などのお祝いの頃になったその行く末は、非常に待ち遠しい。

急ぎの仕立物を縫うのに、薄暗くて針に糸を通す時。けれどそのじれったさはもちろんで（仕方ないとして）、（穴が）あるはずの所を押さえて人に通させる時に、その人も気がせくからだろうか、すぐにも差し込まないのを、「いや、もう通さないで」と言うのに、「そうは言っても、どうして止《や》められよう」という顔つきで離れられないでいるのは、憎らしさまで加わってしまう。

何事であっても、急いでどこかへ行かねばならない折に、先に自分がしかるべき所へ行くということで、「ただちに（車は）よこそう」と言って出て行ってしまった車を待つ間は、実にじれったい。大路を通った車を「戻ってきたようだ」と喜んでいると、よその方へ行ってしまうのは、とても残念だ。まして見物に出掛けようとしている時に、「今ごろ準備は万端だろう」と人が言っているのを聞くのは、やりきれない。

子を産んだ後の事が長引いているの。見物、寺詣でなどに、一緒に見るつもりの人を乗せに行った時に、車をさし寄せてすぐにも乗らずに、待たせる間も実にじれったく、うち捨ててでも行ってしまいたい気持ちがする。また、急ぎで炒炭《いりずみ》をおこす間も実に時間がかかる。

人からの歌の返事。すぐしなければならないのに、満足に詠めない時もじれったい。慕ってくる人などはそれほど急ぐべきでもないが、自然とまた急がねばならない折もある。まして（相手が）女の場合も、普通にやりとりする歌の言葉は、「とにかく早く」と思ううちに、むやみに間違いもあることだ。

気分がすぐれず何となく恐ろしい気分の折、夜明けまでの間は、とても待ち遠しい。

［評］「心もとなし」は気持ちがはやって抑えきれない状況を示して、本段では縫物と出産、手紙と物見という四つの話題が中心をなしている。しかし、それらが順序立てて書かれるというより、アトランダムに並べられている。

一五六段

故関白殿の御服喪の頃、六月の下旬の日、大祓《おおはらえ》があるということで中宮様は退出なさらなければならないのだが、職《しき》の御曹司《みぞうし》を方角が悪いといって、太政官庁の朝所《あいたどころ》にお移りになっていらっしゃる。

その夜は、暑くてどうにもならない闇夜で、わけもわからず窮屈で不安を抱いて明かした。翌朝、見れば建物の様子はまっ平らで低く瓦葺きで、唐《から》めいて、様子が変わっている。常の住まいのように格子などもなく、ぐるりと御簾《みす》だけを掛けてある。かえって心ひかれておもしろいので、女房は庭に降りたりして遊ぶ。植込みに萱草《かんぞう》という草を籬《まがき》を結って非常に多く植えてあったのだが、その花が際立って房状になって咲いているのが、格式ばった場所の植込みには非常に好ましい。時司《ときづかさ》などはすぐ傍らにあって、鼓の音もいつもと違って聞こえるのに気をそそられて、若い女房たちが二十人ばかりそちらへ行って、階段から高い楼へ登ったのをこちらから見上げると、誰もが薄鈍《うすにび》色の裳《も》唐衣《からぎぬ》、同じ色の単襲《ひとえがさね》、紅の袴を着て登っているのは、とても天人などとは言えそうにないが、空から降りて来たのではないかと見える。同じ若い女房でも（上の人を）押し上げている人は、仲間に入れずに、うらやましそうに見上げているのも実におもしろい。

左衛門の陣まで行って倒れるほど騒いだ女房もあったようなのを、「こんな事はしないものだ」「上達部《かんだちめ》が着席なさる椅子などに女房たちが上って、太政官人などの座る床子《しょうじ》をみな倒して壊している」などとまじめくさって言う者たちがいるが、聞き入れもしない。

建物が非常に古くて瓦葺きだからだろうか、暑さが尋常ではないので、御簾の外に（女房は）夜も出て来て寝ている。古い所なので、蜈蚣《むかで》という物が一日中落ちてきて、蜂の巣が巨大で蜂が群れ集っている様などは、たいそう恐ろしい。殿上人《てんじょうびと》が連日参上し、座ったまま夜明かしして話し込むのを聞いて、「どうして予想できたか、太政官の地がいま夜行《やこう》の庭となるような事態を」と吟誦し始めたのはおもしろかった。

秋になっているけれど、（涼しいはずの）片方の通い路でさえ涼しくない風が（吹くのも）、場所柄なのだろうが、それでもやはり虫の声などは聞こえている。八日に（中宮様は）内裏にお帰りになったので、（七日夜に行った）七夕祭がここでは普段より近く見えるのは、場所が狭いからであろう。

宰相の中将斉信《ただのぶ》、宣方《のぶかた》の中将、道方《みちかた》の少納言などが参上なさったので、女房たちが出て話などする時に、唐突に「明日はどのようなことを」と（私が）言うと、少しも思案や躊躇もなく「人間《じんかん》の四月をこそは」と（宰相が）お答えになったのが、大変におもしろいことだった。過ぎてしまった事でも心得て言うのは誰であれ好ましいが、女などはそのような物忘れはしないけれど、男はそうではなく、自分が詠んだ歌などさえよく覚えていないものなのに、本当にすばらしい。御簾の内の女房も外にいる人も、何の事かと思っているのはもっともである。

この四月初旬頃のこと、細殿《ほそどの》の四の戸口に殿上人がたくさん立っていた。しだいにそっと姿を消したりして、ただ頭《とう》の中将（斉信）、源《げん》の中将（宣方）、六位の蔵人が一人残って、いろいろな事を話し、経を読んだり歌をうたったりするうちに、「夜がすっかり明けてしまうようだ。帰ろう」と言って「露は別れの涙なるべし」という詩を頭の中将が詠じなさったので、源の中将も一緒に実に見事に吟誦している時に、「気の早い七夕であるよ」と（私が）言うのを、（頭の中将は）ひどく悔しがって「ただ暁の別れという一条をふと思い付くまま口にして、残念な結果になったことよ。何でもこのあたりで、こうした事を考えなしに言うのは悔しい思いをすることだ」などと繰り返し笑って、「人にはお話しにならないように。必ず笑われるだろうから」と言って、あまりに明るくなったので、「葛城《かずらき》の神は、もう帰るしかない」と言って逃げて行ってしまわれたのだが、「七夕の折に、この事を言ってやりたい」と思ったけれど、（頭の中将は）宰相におなりになったので、「必ずしもどうして（その日に会うことができよう）。その時分に探し出したりしてみよう。手紙を書いて主殿司《とのもづかさ》に届けさせよう」などと思ったのだが、七日に（朝所に）参上なさったので、とてもうれしくて、「あの夜の事などを言い出したら（それで）お気付きになるといけない。ただ何となくふと口にしたら、『何の事か』などと首をかしげなさるだろうか。そうしたらそこで、四月にあった事を言おう」と思っている時に、少しもまごつかないでお答えになったのは、本当にこの上なくすばらしかった。何か月も、早く七夕が来ないかと心待ちにしていた事でさえ、わが心ながら物好きだと思われたのに、どうしてそう予期していたかのようにお答えになったのだろう。(あの時は)一緒になって悔しがった源の中将は、考えも及ばずにいたので、「先日の暁の事を、諭されているのだと分からないか」と(宰相が)おっしゃる段になって、「なるほどなるほど」と笑うようだが、成っていないことだ。

人と何か話す事を、碁になぞらえて親密に語り合ったりしていたのを、(例えば)「手を許してしまった」「結《けち》をさした」などと言い、「男は手を受けるだろう」などと言う意味を、他人は知りようもない。この君(斉信)と二人で心得て言うのを、「(意味は)何か何か」と源の中将(宣方)は寄ってきて聞くけれど言わないでいると、かの君(宣方)に「何としても、やはりおっしゃってください」と(私は)文句を言われて、(斉信と)仲が良い人なので意味を聞かせてしまった。

あっさり近い関係になってしまうのを、「押し壊《こぼ》ちのほどだ」などと言う。「自分も(隠語を)会得してしまった」と(源の中将は)早く知ってほしいと、「碁盤はありますか。一緒に碁を打とうと思う。『手』はどのようにお『許し』なさろうとするか。頭の中将と『等し碁』だ。分け隔てなさるな」と言うので、「そんな事ばかりしたら『取り決め』が無意味では」と(私が)言った次第を、さらにかの君(斉信)にお話し申し上げたところ、「うれしい事を言ってくれた」と喜んでいらっしゃった。やはり過ぎてしまった事を忘れない人は、実にあっぱれだ。

（斉信が）宰相におなりになった頃、主上の御前で「詩をとても素敵に吟誦しますのに。『蕭会稽《しょうかいけい》が過《す》ぎし古廟《こびょう》』などの詩も他に誰が吟じましょうか。しばらく宰相にならずにお仕えすればいいのに。つまらないから」と申し上げたところ、（主上は）たいそうお笑いになって、「そなたがそう言うから、宰相には任じまいよ」などと仰せになったのもおもしろい。

　それなのに宰相になってしまわれたので、本当に満たされない思いでいた頃に、源の中将は負けまいとして気どって遊びまわるので、（私が）宰相の中将のお話を切り出して、『いまだ三十の期《ご》に及ばず』という詩を、まったく他の人とは段違いに吟誦なさった」などと言うと、「どうして私だって負けていようか。上手にやろう」と言って詠じるのだが、「まったく似ても似つかない」と言うと、「やりきれないことだ、何とかしてあの人のように吟じよう」とおっしゃるので、「『三十の期』という所が、総じて特に魅力的だった」などと言うと悔しがって笑ったりしているうちに、（宰相が）近衛の陣に着座していらしたのを（源の中将は）傍らに呼び出して、「（少納言が）こう言う。もっとその箇所を教えてください」とおっしゃったので笑って教えていた事も知らずにいたところ、局《つぼね》の元に来て（源の中将が）たいそうよく似せて詠じるので、妙だと思って「これは誰か」と問うと、ご機嫌な声になって「大変な事をお聞かせしよう。このように昨日陣に着座していた時に教えてもらったおかげで、何はともあれ似ているようだね。『誰か』と愛らしい様子でお尋ねになるのは」と言うのも、わざわざお習いになったというのがおもしろいので、この詩を詠じさえすれば出て行って話などをするのを、「宰相の中将のおかげを蒙《こうむ》ることだ。そちらに向って拝まねばならない」などと言う。下局《しもつぼね》にいながらも「上にいます」などと（人に）言わせる時に、この詩を詠じると「本当はここにいる」などと言う。中宮様にも「このような事が」などと申し上げると、お笑いになる。

主上の御物忌《ものいみ》の日、右近の将曹《さかん》みつ何《なに》とかいう者を使って、（源の中将が）畳紙《たとうがみ》に書いて寄こしたのを見ると、「参上しようと思うが、今日明日の御物忌で（参れません）。『三十の期に及ばず』はいかが」と言ってきたので、返事に「その年齢は過ぎていらっしゃるでしょう。朱買臣《しゅばいしん》が妻を教え諭したという年には（及ばないとしても）」と書いて送ったのを、また悔しがって主上にも奏上したので、（主上は）中宮様の所にお越しになって、「（少納言は）どうしてそのような事を知ったのか。三十九だった年に、そのように（朱買臣は妻を）戒めたというわけで、宣方はひどい言われようだと言っているようなのは」と仰せになられたとか。常軌を逸した方と思われたことよ。

弘徽殿《こきでん》とは、閑院《かんいん》の左大将（公季《きんすえ》）の女御のことを申し上げる。その御方に「うちふし」という者の娘で、「左京」という名で伺候している者を、「源の中将が親しくしている」と人々が笑う。

中宮様が職の御曹司にいらした時に（源の中将が）参上して、「時々は宿直《とのい》などもして差し上げるべきだけれど、しかるべき様に女房などがもてなして下さらないので、ご奉仕がひどくおろそかになっている始末。宿直所《どころ》だけでも用意していただけましたなら、それこそ誠意をもってご奉仕致しましょう」と話し続けていらっしゃるので、女房たちが「なるほど」などと受け答えする時に、「本当に人は『うちふし』休む所があるのが良い。そのような辺りには、頻繁に参上なさるようなのに」と（私が）差し出口をしたといって、「（あなたには）いっさい物を申し上げまい。味方だと信頼申し上げれば（調子に乗って）人が言い古した噂通りに見なそうとなさるようだ」などと、かなり本気になってお恨みなさるので、「まあ妙なこと。どのような事を申し上げましたか。まったくお聞き咎めになるような事はない」などと言う。（私が）傍らの女房を揺さぶると、「怒るような事柄でもないのに、かっとなっていらっしゃるのは、何か訳があるのだろう」と言って（その女房が）派手に笑うので、「これもあの人が言わせなさるのだろう」と言って、とても不快に思っていらっしゃる。「決してそのような類の話はしません。人が言うのさえ憎らしいのに」と答えて引っ込んでしまったところ、（源の中将は）後にもまだ「人に恥になるような事を言いふらした」と恨んで、「殿上人に受けるというので、言ったようだ」とおっしゃるので、「それなら私一人をお恨みになるべき筋でもなかろうに、妙なことを」と言うと、その後は縁が切れて（私との付き合いを）終わりになさってしまった。

［評］本段には「宰相中将」斉信と親しく交際する様が描かれているが、彼が宰相になるのは実際は事件時の翌年（長徳二年四月）で、その頃には絶縁状態となっていたらしい（八一段）。また、斉信の訪れが途絶えたとされる長徳元年四月から六月までは、道《みち》隆《たか》の薨去《こうきょ》から道長《みちなが》が右大臣・氏長者《うじのちょうじゃ》となるまでの激動期にあたる。七夕に清少納言を訪ねてきたのは、権勢の推移を見極め、道長追従の意を固めた後の斉信だったことになる。無沙汰の理由には、事実とは異なる翌年の「任宰相」が当てられているが、それこそは彼が道長に進んで与《くみ》した成果にほかならない。「忘れない」ことを称える一方で、任宰相の時期だけを「忘れて」見せた所には、渾身のアイロニーが仕組まれていよう。

一五七段

昔が思い出されて無用なもの　繧繝縁《うげんべり》の畳の節《ふし》が出て来ているの。唐絵《からえ》の屏風が黒ずんで表面が傷つけられているの。絵師の目が見えにくいの。七、八尺のかもじが赤くなっているの。葡萄染《えびぞめ》の織物《おりもの》の、色あせているの。色好みの男が老いて弱っているの。風情ある家の木立《こだち》が焼け失せているの。池などはそのままあるけれど、浮き草や水草などが茂っていて。

［評］時間の経過とともに見る影もなく衰えた物や人を列挙した段。「繧繝ばしの畳」「唐絵の屛風」「葡萄染の織物」は、宮仕えしなければ目にしないような最高級品で、であればこそ、その衰退が惨めに映るのである。絵師の老眼、老いた色好みも然りである。木立が焼けて池に水草が茂る邸の凋落は、『源氏物語』橋姫《はしひめ》巻の八宮《はちのみや》邸を思わせる。

一五八段

頼りになりそうにないもの　移り気で妻を忘れがちな婿が、常に夜離《よが》れするの。でたらめを言う人が、自信満々な顔で大事を引き受けたの。風が激しい時に帆をかけた舟。七、八十ぐらいの人が、気分がすぐれず何日にもなっているの。

［評］もともと不安定な要素をもつ人や物が、さらに条件が加わって頼りなくなった場合を挙げる。本段は異文が多く、能因本・前田本には「六位の頭白き」「一番に勝つ双六」が入る。六位になっても白髪頭ではこの先、出世は望めないというのであろう。

一五九段

読経は不断経。

一六〇段

近くて遠いもの　宮のべの祭　情愛のない兄弟、親戚の間柄。
鞍馬のつづら折という道。十二月の大晦日と、正月の一日との間。

一六一段

遠くて近いもの　極楽　舟の道中　男女の仲。

［評］本段は前段とペアをなす。そもそも類聚《るいじゅう》段にはクイズとその答えという要素があり、「近くて遠いものは」「遠くて近いものは」という謎かけに対しての応答となっている。こうした言語遊戯は、女房たちの打ち解けた会話でよくされていたのであろうし、その反映とする見方もある。

一六二段

井は　ほりかねの井　玉の井。走り井は、逢坂《おうさか》にあるのがおもしろいのだ。山の井は、なぜそんなにも（心の）浅い例になり始めたのだろう。飛鳥井は（催馬楽で）「みもひも寒し」と（水の冷たさを）ほめたのが、おもしろい。千貫《ちぬき》の井　少将の井　桜井　后町《きさきまち》の井。

［評］武蔵・陸奥・近江・大和など歌枕として著名な井戸をあげた後、都周辺の名前のおもしろい井戸をあげた趣である。

一六三段

野は　嵯峨野《さがの》、よいことは言うまでもない。いなみ野　交野《かたの》　こま野　飛火野《とぶひの》　しめし野　春日野《かすがの》。そうけ野は、わけもなくおもしろい。どうして、そのように（名を）つけたのだろうか。宮城野《みやぎの》　粟津野《あわづの》　小野　紫野《むらさきの》。

［評］都人の逍遥《しょうよう》の地である嵯峨野にはじまり、各地の歌枕を遠く陸奥の宮城野まで挙げ、最後は都周辺の小野・紫野でしめ括っている。その中で「そうけ野」は所在不明であるが、やはり名称への興味が顕著にうかがわれるところである。

一六四段

上達部は　左大将　右大将　東宮の大夫　権大納言　権中納言　宰相の中将　三位《さんみ》の中将。

［評］いずれも摂関家や大臣家など名門の子弟が任じられることが多く、エリートコースを歩んでいることを示すポストである。

一六五段

君達《きんだち》は　頭の中将　頭の弁　権の中将　四位《しい》の少将　蔵人の弁　四位の侍従　蔵人の少納言　蔵人の兵衛佐《すけ》。

［評］摂関家や大臣家など名門の子弟が、前段の官職に就く前に経験するようなポストを列挙している。前段と合わせて、定子の兄弟の伊周《これちか》・隆家《たかいえ》、清少納言と交流のあった行成《ゆきなり》・斉信《ただのぶ》・経房《つねふさ》・成信《なりのぶ》らが歴任した官職でもある。

一六六段

受領は　伊予の守　紀伊の守　和泉の守　大和の守。

［評］当時は国の規模によって、大国《たいこく》・上国《じょうこく》・中国《ちゅうごく》・下国《げこく》の区別があり、伊予と紀伊は上国、和泉は下国、大和は大国である。温暖な気候や都との距離の近さにより選ばれたか。その区別は受領の父を持つ作者にとって関心のあるところであろう。なお本段は一類本にはない。二類本にて補った。

一六七段

権《ごん》の守は　甲斐　越後　筑後　阿波。

一六八段

大夫は　式部の大夫　左衛門の大夫　右衛門の大夫。

一六九段

法師は　律師《りつし》　内供《ないぐ》。

一七〇段

女は　内侍《ないし》のすけ　内侍。

［評］典侍と内侍は中流出身の女性にとっては憧れのポストであった。一〇三段で、源俊賢《としかた》が清少納言を「なほ内侍に奏してなさむ」と話したと聞いて、内心得意になったのももっともである。

一七一段

六位蔵人などは、（以下のような事は）思い描くべき事ではない。五位に叙せられて、どこかの権《ごん》の守《かみ》、大夫《たいふ》などという人が、板屋《いたや》などの狭い家を持っていて、また小檜垣《こひがき》などというものを新しくして、車庫に車を引いて停め、家のすぐ前に一尺くらいの木を生やして、（そこに）牛をつないで草などを与えさせるのは、たいそう憎らしい。庭をとてもこぎれいに掃き、紫革《むらさきがわ》で伊予簾《いよす》を掛けわたして、布障子《ぬのしょうじ》を張らせて住んでいるの。夜は「門をしっかり閉めろ」などと指図しているのは、本当に前途がなくて気に入らない。

親の家、舅《しゅうと》（の家）はもちろん、おじや兄などの住んでいない家に、（あるいは）そうしたしかるべき人がいないような場合は、たまたま、親しく付き合っているような受領で、任国に行って無駄になっているような家、さもなければ院、宮様方の、たくさんある家（の一つ）に住んだりして、待っていた官職を得て後、すぐによい家を探して手に入れて住んでいるのがよい。

［評］本段から一七三段まで、住まいはかくあるべきという美学が語られる。ここで槍玉《やりだま》に挙げられるのは、六位蔵人が五位になった途端、相応に狭い家を建てて小市民的な暮らしに甘んじて汲々としている姿である。それくらいならば親族や知り合いの家に仮

住まいして、然るべきポストを得てから理想のマイホームを建てたらよいと忠告するのである。

一七二段

女が一人で住む所は、ひどく荒れ果てて土塀なども傷んだ箇所があって、池などがある所も水草が陣取り、庭なども、蓬《よもぎ》だらけというほどではなくとも、所々砂の中から青い草が少し顔を覗かせ、寂しそうな様子がしみじみしてよい。
何やら賢そうに、体裁よく家を修理して、門はしっかり閉め、配慮が際立っているのは、とてもいやな感じがする。

[評] この女の趣ある一人住まいからは後見がないこと、築地や池の存在からはそれなりの階級の家であったことがうかがわれる。『うつほ物語』俊蔭《としかげ》巻の俊蔭女が典型のように、物語でも蓬・葎《むぐら》の宿に思いがけない美女が住んでいるというパターンが好まれたのである。

一七三段

宮仕えしている人の里なども、親たちが二人いるのはとてもよい。人が頻繁に出入りし、奥の方に大勢の声がいろいろ聞こえ、馬の音などがしてとても騒がしいほどであっても、差し支えはない。

けれど、お忍びでも公然とでも、「たまたま、里に退出なさっていたのを、知ることができずに」とも、「次はいつ参上なさいますか」などと言いに、ちょっと顔を出しに来る者もある。思いを寄せている人は、やはりどうして（来ないことがあろうか）。（客のために）門を開けたりするのを、「いやに騒がしい」「のんびり構えて夜中まで」などと（家の者が）思っている様子は、とても憎らしい。「大御門《おおみかど》は閉めたか」などと尋ねる声がすると、「今はまだ客人がいらっしゃるので」などと言う者が、どこか不服そうに思って答えるのに対しても、「客人が退出なさったら、早く閉めろ」「最近は盗人がたいそう多いそうだ」「火事が怖い」などと言っているのが実にわずらわしく、それを耳にする客人さえいる。

この客人の供である者たちは、（主人の長居を）嘆かないのだろうか、「この客は、もう帰るか」と絶えず覗いて様子を見る家の者たちを、きっと笑うようだ。（供が）まねするのを（家の者が）聞いたら、ましてどんなに厳しく言いとがめるだろう。思いを正面切って言わないとしても、（そもそも）思う心がない人は、必ず来たりするものか。けれど生真面目な客は、「夜が更けてしまう」「御門が不用心だ」などと笑って出て行ってしまう者もいる。本当に思いが格別な人は、「早く」などと何度も追い払われるけれど、それでも座り込んで夜を明かすので、たびたび（門番が）見てまわるにあたり、夜が今にも明けてしまいそうな様子を何とも尋常でないと思って、「ひどい、御門を今宵はだらしなく開け広げて」と聞こえるように言い、意味なく未明に閉めるようなのは、どんなに憎らしいことか。親が一緒の場合は、そうは言ってもやはりこの程度の不自由さだ。ましてや、実の親でない場合は「どう思っているだろう」とまで遠慮される。男兄弟の家なども、気づまりな点では同じだろう。

夜中も未明も関係なく、門の開閉もあまり思慮深く対処せず、どこそこの宮、内裏、殿たちの所に出仕している女房たちもやって来て集ったりして、格子なども上げたまま冬の夜を座り込んで明かして、客人が出て行った後も見送っている様が趣深い。有明《ありあけ》の月の頃などは、まして実にすばらしい。笛などを吹いて（客の男が）退出した後の余韻には、急にも寝られず、人のうわさなど言い合って、詠んだ歌などを語ったり聞いたりするままに寝入ってしまうのはおもしろい。

［評］宮仕え人が里下がりした時の理想の実家について語る段。両親が揃っていれば、

人が頻繁に出入りして賑やかな家でも許されるが、実の親でなかった場合は、男兄弟の家でも気づまりで遠慮されるという嘆きを記しているところに実感がこもる。

一七四段

ある所に、何の君とか言った（女の）人のもとに、君達《きんだち》ではないが、その頃とても風流人だと評判で、情趣を解する心などを備える人が、九月ごろに訪ねて行って、月は有明で霧が深く立ち込めて趣ある時分に、「（帰った後）余情に浸ってもらおう」と言葉を尽くして出て行くが、「今は（どこまで）行ってしまっているだろう」と（女が）遠く見送る様子は、言いようもなくなまめかしい。（男は）出て行くように見せかけて立ち帰り、立蔀《たてじとみ》の間に物陰に添って立って、やはり立ち去り難い様子で「もう一度言葉を掛けよう」と思うが、（女が）「有明の月のありつつも」と忍びやかに口にして、外をのぞいているその髪が、頭髪（全体）にも添わないで五寸ほど前に垂れて、（男からは）火をさし灯したように鮮明に見えたため、月の光にせきたてられてはっとする気がしたので、そっと出ていった、と語ったことだ。

［評］引き返して声を掛けようとした男を思い止まらせたのは、女の口ずさんだ「有明

の」という歌の一節だった。会えない時こそが恋心を募らせるのだという。ここで顔を出せば女は喜ぶかもしれないが、歌の情趣は台無しになる。そっと立ち去った男の振舞いこそが「心ばせある人」にふさわしい。

一七五段

雪がそれほど高くではなくて、うっすらと降っているのなどは、とても趣がある。また、雪がとても高く降り積もっている夕暮れから、端近な所に気の合う人、二、三人くらいで、火桶《ひおけ》を中に据えておしゃべりなどするうちに、暗くなってしまうけれど、こちらには火も灯さないのに、一面を照らす雪明りがとても際立って見えている中に、火箸《ひばし》で灰などを心のままに掻いて、しみじみした事も趣深い事もそれぞれ話しているのはおもしろい。

宵も過ぎてしまっていようかと思う頃に、沓《くつ》の音が近く聞こえるので、妙だと思って外を見ていると、時々このような折に思いがけなく現れる人なのだった。「今日の雪をどのように、とお案じ申し上げながら、つまらない事に妨げられて、その場所で一日過ごしてしまった」などと言う。「今日来《こ》む」などという方面の事を言っているのだろうよ。昼にあった事などをはじめとして、様々な話をする。円座《わろうだ》ばかりを差し出したけれど、片方の足は縁から下げたままにしているので、（明け方の）鐘の音なども聞こえる時分まで、簾《すだれ》の内の人にも外の人にもこのおしゃべりは飽きることがないと思われる。

薄明の頃に（男は）帰ると言って、「雪、何の山に満《み》てり」と吟誦しているのは、とても趣深いものである。女だけでは、そうも座り込んで夜明かしはできないだろうに。普通の時よりはおもしろくて、風流な（その晩の）様子などを話し合った。

［評］雪明りでの女同士の語らい、そして宵を過ぎた頃の男の訪れ、風雅な交流はまるで物語の一場面のような展開である。雪はこうした風流韻事を演出するものなのである。一七八段の伊周を思わせるような男は、片方の足を縁から下げたままの状態で一晩過ごしている。それもまた国宝『源氏物語絵巻』「竹河《たけかわ》一」や「東屋《あずまや》」の薫に通じる男の理想的な振る舞いなのである。

一七六段

村上の先帝の御代《みよ》に、雪がたくさん降っていたのを様器《ようき》にお盛らせになって、梅の花を挿して、月のとても明るい晩に、「これで歌を詠め。どう言うべきか」と兵衛《ひょうえ》の蔵人《くろうど》に下さったところ、「雪月花《ゆきつきはな》の時」と奏上したのを、（帝は）たいそう称賛なさったことだ。

「歌などを詠むのは世の常だ。このように折に合った事はなかなか言えない」と仰せになったという。
同じ人をお供として、殿上の間に誰も伺候していなかった折に、（帝が）ふらっと訪れなさったところ、火鉢に煙が立ったので、「あれは何であるか見てみよ」と仰せになったので、見て戻って参って、

海の沖合に漕がれている物を見ると、海人《あま》が釣りをして帰るところであるよ

と奏上したのはおもしろい。蛙が飛び込んで焼けているのだった。

［評］「清涼殿の丑寅《うしとら》の隅の」（二一段）にも明らかなように、定子サロンにとって村上朝は憧れの聖代《せいだい》、仰ぎ見る先例の御代であった。本段は聞き書きとして、村上天皇の試問に兵衛《ひょうえ》の蔵人《くろうど》という女房が当意即妙に答えた二つの逸話を記している。本段の前半で兵衛の蔵人は『白氏文集』の一節を巧みに引用して、主君への敬慕の情を表し、後半でも『藤六集《とうろくしゅう》』の俳諧歌を借用して答えるなど機転を利かせた。定子サロンで漢籍の知識や機知の才で活躍する清少納言のまさに先蹤《せんしょう》、お手本となるべき存在として顕彰されたのである。

一七七段

御形《みあれ》の宣旨《せんじ》が、主上に、五寸くらいの殿上童の大変かわいらしい人形を作って、みずらに髪を結って装束などを立派にして、内側に名を書いて献上させなさったのだが、（その名が）「ともあきらの大君」と書いてあったのを、（主上は）とてもおもしろがられたということだ。

一七八段

中宮様に初めてお仕えした頃、何とも気後れする事が数えきれず、今にも涙がこぼれてしまいそうなので、夜ごとに参上して三尺の御几帳《みきちょう》の後ろに伺候すると、（中宮様が）絵などを取り出してお見せくださるのに、手も差し出せそうになくてつらい。「この絵はこうである、このようだ」「それか、あれか」などとお話しなさる。高坏《たかつき》にお灯し申し上げている御灯火なので、髪の毛の筋なども、かえって昼よりもはっきり見えてきまり悪いけれど、我慢して絵を見たりする。ひどく寒い頃なので、さし出しなさっている御手《て》がわずかに見えるのが、何ともつややかな薄紅梅色なのは、この上なくすばらしいと、こうした世界を知らない里人《さとびと》の気持ちとしては、このような方がこの世にいらっしゃるのかと、愕然とするまでにただお見つめ申し上げる。

未明にはすぐ局に下がろうと、おのずと急がれる。「葛城《かずらき》の神もいま少し（残れ）」などと（中宮様が）仰せになるが、「どうして（これ以上）はすかいに御覧に入れられようか」と思って、やはり臥しているので御格子《みこうし》もお上げしない。女官たちが参上して「これをお外しになって下さい」などと言うのを聞いて女房が（掛金を）外すのを、「いけない」と（中宮様が）仰せになるので（女官は）笑って帰ってしまう。何かお尋ねになり、お話しなさるうちに、随分と時が経ったので、「下がりたくなったのだろう。ならばすぐ（下がって）、今夜は早く参れ」と仰せになる。（私が）膝行《しっこう》して姿を隠すやいなや格子をどんどん上げたところ、（外は）雪が降っていたのだった。登花殿《とうかでん》の御前は立蔀《たてじとみ》が近くて狭い。雪はとても趣深い。

昼ごろ、「今日はやはり参れ」「雪で空が曇ってあらわでもあるまい」などと（中宮様が）度々お召しになるので、この局の主《あるじ》の女房も「見苦しいことだ。そう引きこもってばかりいようとするのか。張り合いないほど簡単に御前に控えることを許されたのは、（中宮様が）そうお考えになるわけがあるのだろう。人の思いに応えないのは憎らしいものだ」と、ただせき立てて出したので、何が何だか分からないのに参上するのは、とても苦しい。火焼屋《ひたきや》の屋根に雪が降り積もっているのも、目新しくて素敵だ。

中宮様の近くにはいつものように炭櫃《すびつ》に火をふんだんにおこして、その辺りにはあえて座る人もいない。上臈女房《じょうろう》がお給仕に参上なさったままに、近くに座っていらっしゃる。（中宮様は）沈《じん》製で梨絵を施した御火桶《ひおけ》の前にいらっしゃる。次の間《ま》に長炭櫃《ながすびつ》にぎっしりと座っている女房たちの、唐衣《からぎぬ》をずらし下げて着ている様などが、もの慣れて気楽そうなのを見るのも何ともうらやましい。御文を取り次いで立ったり座ったり行き来する様子などが、気後れする感じでなく、何か言ってにっこり笑う。「いつになったら、あのように馴染むのだろうか」と思うことまでも気が引ける。奥の方に寄って三、四人集って、絵などを見る人もいるようだ。

しばらくたって先払いを声高にするので、「殿が参上なさるようだ」と言って（女房が）散らかっている物を片付けたりするので、「何とかして局に下りよう」と思うけれど、とても皆のようにとっさには動けないので、いま少し奥に引っ込んで、とはいえ（我ながら）興味津々なのだろう、御几帳の隙間から少しのぞき込んで見ている。

大納言殿（伊周）が参上なさったのだった。御直衣、指貫の紫色が、雪に映えてとても美しい。柱の所にお座りになって、「昨日今日と物忌でありましたが、雪がたいそう降りましたので、こちらが気がかりになって」と（中宮様に）申し上げなさる。『道もなし』と思ったのに、どのようにして」とお返事がある。（大納言殿は）お笑いになって、『あはれと』も御覧になるかと思いまして」などとお話しになるお二人のご様子も、これより何が勝ろうか。物語でそれこそ口にまかせて褒めている様に、異なる所がないようだと思われる。

中宮様は、白い御衣《おんぞ》を重ねた上に紅の唐綾《からあや》をお召しになっている。そこに御髪《みぐし》が掛かっていらっしゃる様などは、絵に描いてあるのならこうした場面は見たが、現実には初めての光景なので、夢のような気持ちがする。

(大納言殿は)女房と何か話し、ふざけたりしていらっしゃる。(女房は)お答えを少しも恥ずかしいとも思っておらずお返し申し上げ、(大納言殿が)作り話などをなさるのに対しては張り合って反論など申し上げるのは、目もくらむばかりで、あきれるほどむやみに顔が赤らむことだ。御果物を召し上がったり座を取り持って、中宮様にもお勧めなさる。「御張台《みちょうだい》の後ろにいるのは誰か」と質問なさるようなのだが、(その女房が私の事を)吹聴するのだろう、(大納言殿が)立ってこちらへいらっしゃるのを、それでもやはりよそへ行かれるのだろうと思ううちに、すぐ近くにお座りになってお話などなさる。まだ宮仕えに上がる前から(大納言殿が)お聞きになっていた事などを、「本当なのか、そんな事があったとは」などとおっしゃるが、御几帳を隔てて遠くから拝見した時でさえ気後れしたのに、まさに見苦しくも対座申し上げている心持ちは、現実とも思われない。

行幸などを見物する折、(大納言殿が)自分の車の方へちらっとでも目をお向けになると、下簾《したすだれ》を引き塞いで、影も透けてはいけないと扇で顔を隠すのに、さらにこうしてわが心ながら身の程知らずに、どうして宮仕えに出てしまったのかと、汗が滲んで大変な状態では、何をお返事申し上げようか。立派な陰になると思ってささげた扇までも（大納言殿が）取り上げてしまわれるので、振りかけて顔を隠すべき髪の見栄えまでもおかしかろうと思うのに、すべてこうみっともない様子も見られているのだろうと思って、お立ちになってほしいと願うけれど、扇を手でもてあそんで、絵の事を「これは誰が描かせたのか」などとおっしゃって、すぐにも返して下さらないので、袖に顔を押し当ててうつ伏している様も、唐衣《からぎぬ》に白い物が移って（私の顔は）まだらなのだろうよ。

長いこと（大納言殿が）座っていらっしゃるのを、思いやりなくつらいと（私が）思っているだろうと（中宮様は）お察し下さったのか、「これを御覧になって、これは誰の筆跡か」と申し上げなさるのを、（大納言殿は）「頂いて（ここで）見ましょう」と申し上げなさるので、「やはりこちらへ」と（中宮様は）仰せになる。「人をつかまえて立たせないのです」とおっしゃるのも何ともしゃれていて、身の程に合わずいたたまれない。誰かの書いた草仮名《そうがな》の草子などを（中宮様は）取り出して御覧になる。「誰のだろうか。彼女にお見せなさいませ。その人はありとあらゆる人の筆跡は、すべて見知っておりましょう」などと、（大納言殿は）ただ私に答えさせようと、妙な事などをおっしゃる。

おひと方でさえこうなのに、また先払いをさせて同じ直衣の人が参上なさって、こちらはいま少し陽気に冗談などをおっしゃるのを、（女房は）笑い興じ、自分からも「誰それが」「とある事を」などと殿上人の噂など申し上げなさるのを聞くのは、やはり変化《へんげ》の者か、天人などが降りてきたのではと（その時は）思われたものだが、宮仕えに慣れて日数《ひかず》も過ぎると、まあそれほどでもないことだった。このように（羨望の眼差しで）見る人々もみな、家から出て来たばかりの頃はそう感じていたのだろうなどと、落ち着いてゆくにつれ、自然とあつかましくなってしまうに違いない。

何かお話などなさって、「私を大事に思うか」と（中宮様が）お尋ねなさる。御返事に「どうして（お慕いしないはずが）」と申し上げるのに合わせて、台盤所《だいばんどころ》の方で（誰かが）大きなくしゃみをしたので、「まあいやだ、偽りを言うのね。もういいから」と言って奥へお入りになってしまう。「どうして偽りなどであろうか。思いは並一通りでさえあろうはずがない。情けなく、くしゃみをした鼻の方こそ嘘つきだ」と思う。「それにしても誰が、このような憎らしい振る舞いをしたのだろう。だいたい（くしゃみなんて）気に入らないと思われるので、出そうな時も押し殺しながらやり過ごすのに、まして（このような時に）、ひどい、憎らしい」と思うけれど、まだもの慣れていないので、何とも申し開きできず、夜が明けてしまったので局へ下がるとすぐ、浅緑色の薄様紙《うすようがみ》に（したためた）優美な文を（使いが）「これを」と持って来たのを、開けて見ると、

どのようにして、どうして（そなたの嘘が）分かっただろうか、偽りを空《そら》で問いただす糺《ただす》の神がいなかったならば

との（中宮様の）ご意向です

とあるので、すばらしくも悔しくも思い乱れるにつけ、やはり昨晩の（くしゃみした）人こそが、しゃくにさわって憎んでやりたい。

色が薄いとか濃いとか、花ならそれで境遇も左右されようが、花ならぬ鼻のせいでつらい境遇を味わうのがやりきれない

やはりこれくらいは中宮様に取りなし申し上げなさってください、式の神もおのずと（真偽をただしてくれるはずです）、まことに畏れ多いことで

と書いて差し上げた後にも、「ああいやだ。折も折にどうしてあのような事がまたあったのだろう」と、実に嘆かわしい。

［評］出仕間もない頃の自身の姿が、こうして作品の後半部で初めて紹介される。恥ずかしさのあまり夜しか顔を出せないうえ、貝のように口を閉ざしていた清少納言が、ようやく中宮に歌で返答するまでが描かれる。注目すべきは、新人を職場に馴染ませるべく、あれこれと働きかける女主人の姿だろう。定子の方が十歳ほど年下だったと思われるが、印象はまるで逆である。最後の「我をば思ふや」という問いかけも、すでに貫禄さえ感じさせるが、くしゃみを聞いて奥に入ってしまう姿には、あまりに率直な言葉を口にしてしまった彼女のはにかみ（山本健吉『いのちとかたち』）を見て取ることもできようか。いずれにせよ定子は、清少納言の出仕に大きな期待を寄せていたようだ。

一七九段

得意顔なもの　正月一日に最初にくしゃみした人。まずまずの身分の人はそんなこともない。（得意顔なのは）下賤の者よ。競争が激しい時の蔵人に、子供を任官させた人の様子。また、除目でその年の最上の国を手に入れた人。（人が）お祝いなど言って「たいへん見事におなりになった」などと言う（その）返事に、「なあに、（任国は）異様なまでに破綻しておるそうですから」などと言うのも、いかにも得意顔である。

また、言い寄る人が大勢で競い合っている中で、（女が）選んで婿になった男も、自分こそはと（得意に）思うに違いない。受領をしている人が宰相になったのは、元々の君達《きんだち》が昇進したよりも得意顔で、（自分は）気高く格別だとは思っているようだ。

［評］得意満面の表情となる事柄を集めた章段。前段には宮仕え当初、他人のくしゃみにより濡れ衣を着せられた逸話が描かれたが、その繋がりから元日のくしゃみを取りあげたか。

一八〇段

位は、やはりすばらしいものではある。

同じ人でありながら、大夫《たいふ》の君、侍従の君などと申し上げる間は、実に気安く扱いがちなのに、中納言、大納言、大臣などにおなりになっては、何をするにせよ制する向きもなく、立派な身分と感じていらっしゃるその格別さといったら。身分に応じてなら、受領などもみな同様ではあるようだ。たくさんの任国に行き、大弐《だいに》や四位三位などになってしまうと、上達部《かんだちめ》なども立派なものとして扱おうとなさるようだ。

女は、やはり（男より）見劣りする。宮中で、主上の御乳母《めのと》は、内侍のすけ、三位などになってしまうと重々しいけれど、かといって盛りの時期を過ぎて、どれくらいよい事があろうか。また、（そのような人は）多くいようか。受領の北《きた》の方《かた》として任国に下るのをこそ、並の身分の人の幸いの極みと思って称えうらやむようだ。普通の人が、上達部《かんだちめ》の北の方になり、上達部の御娘が后でいらっしゃるのは、すばらしい事であるようだ。

けれど、男はやはり若い身空で出世してゆくのが、実にすばらしいことだ。法師などが「誰それ」などと名乗って出歩くのは、どうとも思われない。経を尊く読んで、見た目のこぎれいさによっても、女房に馴れ馴れしくされて、声を荒らげたりするようだ。（だが）僧都《そうず》、僧正になってしまうと、仏が出現なさったかのように（人々が）ひどく恐縮し、かしこまる様子は他に似るものがあろうか。

［評］　本段は作者の上昇志向が率直に反映された段と評される。のちに大臣になる良家の子息も、大夫、侍従の時なら気安いというのも中流出身の女房ゆえの感覚であろう。そして「ただ人の～御むすめ后にゐたまふこそは」の理想に、定子の母高階貴子を透かし見るのは穿《うが》ちすぎであろうか。

一八一段

恐れ入る者は、乳母《めのと》の夫である。

帝《みかど》や皇子《みこ》たちなどの乳母の夫は、文字通りなので除外申し上げた。その次々の身分、受領の家などでも、その家々での思惑で、はばかられる存在として（乳母の夫を）扱っているので、（本人は）得意顔にいかにも信望があると思い込んで、妻が養っている子をむやみに自分のものにして、女の子の場合はそれでもましで、男の子にはしっかり付き添って世話をし、少しでもその子のご意向に背く者を責め立て、讒言《ざんげん》し、それは悪い事なのだが、この夫の天下を思うままに忠言する人もいないので、得意になって大きな顔をして、実務を仕切ったりする。

（ただし）子供がひどく幼い時は、少し体裁が悪い。（乳母は）子供の親のそばに寝るので、（夫は）一人で部屋で寝ている。だからといって他の女の所へ行くと、「浮気心がある」と言って騒がれるに違いない。無理に（妻を）呼んで下がらせて一緒に寝ている時に、「早く早く」と呼ばれると、（妻は）冬の夜など（着物を）手で探り探り参上してしまうのが、とてもやりきれないのだ。それは身分の高い方《かた》の所も同じ事で、いま少し面倒な事があるばかりである。

［評］他の王朝文学では言及がなかなかない乳母の夫について、実態を記した珍しい段。その権勢と弱みを暴いて貴重ではある。

一八二段

病は　胸　物の気《け》　脚の気《け》。果ては、ただ何ということなくて食欲がない感じ。

十八、九歳くらいの人で、髪がとても端正で背丈ほどあり、先の方が実にふさふさで、とてもきれいにふっくらして、非常に色白で顔は愛嬌があって、美しく見える人が、歯をひどく病んで、額髪《ひたいがみ》もぐっしょり泣き濡らし、乱れかかるのも分からず、顔も真っ赤にして（痛む所を）押さえて座っているのはとても風情がある。

八月ごろに、白くしなやかな単《ひとえ》に、袴は立派な感じで、紫苑襲《しおんがさね》のとても品のある衣を羽織って（いる女性が）、胸をひどく病んでいるので、友人の女房などが何人も来ては見舞って、室外の方にも若々しい君達がたくさん来て、「何とも気の毒なことか」「いつもこのように苦しんでいらっしゃるのか」などと何気ないように言う人もいる。思いを寄せている人は、心から気の毒にと思って悲嘆しているのは（その思いが見てとれて）おもしろい。とても端正で長い髪をひき結んで、物を吐くといって起き上がっている様子もいかにもいたわしい。

主上もお聞きになられて、御読経の僧で声のよい者をお寄こしになったので、几帳を引き寄せて（僧の座を）設けた。いくらもない狭さなので、見舞いの女房もたくさん来て経を聞いたりする姿もあらわなので、（僧はそちらに）目を配って経を読み続けているのは、仏罰をこうむるのではないかと思われる。

〔評〕「病は」という題目のもと、病人をめぐる随想や回想的記事までが収められている。冒頭に並ぶ病名は、今日と比べれば非常に大まかで、実際の病状も様々だった。物の気などは、あらゆる病気の原因と見なされてもいた。項目の最後が食欲不振なので、特に重篤な病が選ばれている印象は与えない。かといって、他章段のようにそこに「をかし」等をあてがって済むかといえば、安易な形式論は「病」という題目が拒むのだ。そもそも類聚項目とは、題目（類）に対して「個」であることだけが必要条件であり、選ばれる項目によって「意味」は生まれ、更新もされてゆく。前田家本はここに「腹」を加えているが、項目は次の項目を呼び寄せる原因でもあるのだろう。類聚項目に諸本の異同が特に甚だしいのも、類聚の連鎖の為せる業か。『枕草子』の原動力のひとつがそこにある。

一八三段

色好みで独身暮らしをする男《ひと》が、夜はどこに泊まったのであろうか、未明に帰ってそのまま起きているのは、眠そうな様子であるけれど、硯を取り寄せて墨を丁寧にすって、いいかげんに筆にまかせてというのではなく、心をこめて（後朝《きぬぎぬ》の文を）書くくつろいだ姿も趣深く見える。

白い衣などの上に、山吹や紅などの衣を着ている。白い単《ひとえ》が（皺で）すっかりしおれているのを、じっと見つめては（文を）書き終えて、前にいる女房にも渡さず、わざわざ立ち上がって、小舎人童《こどねりわらわ》や、（こうした使者に）ふさわしい随身《ずいじん》などをそばに呼び寄せて、ひそひそと言いふくめながら手渡して、（使いが）立ち去った後もしばらく物思いにふけって、経典などのしかるべき箇所をそっと口をついて出るにまかせて読んでいたところ、奥の方で、御粥や手水《ちょうず》などの用意をしてすすめるので、そちらへ歩み入っても、文机《ふづくえ》に寄りかかって漢籍などを見る。おもしろかった箇所は、声高く吟誦《ぎんしょう》しているのもじつに風情がある。手を洗って直衣《のうし》だけを着て、(法華経の) 第六巻をそらで読むのが、ほんとうに尊い感じであるところへ、(女の邸は) 近い所なのだろう、先刻の使者が (戻って) 合図をするので、すぐ誦経をやめて、(女の) 返事に心を移すのは「仏罰をこうむるだろう」とおもしろく感じられる。

[評] 後朝にあって逢瀬の余韻に浸る男性像が好意的に描かれている。男の衣装やふるまいは、全体として物語の一場面のような趣がある。この段の「罪得らむ」という結びは前段の結びと照応しており、章段の連想関係を思わせる。

一八四段

ひどく暑い昼中に、どのようなことをして涼もうかと、扇の風もぬるい (ので)、氷水に手を浸して大騒ぎする折に、仰々しく赤い薄様の文を、唐撫子《からなでしこ》の見事に咲いたのに結び付けて (あるのを) 受け取ったのは、(相手が) 書いている際の暑さ、誠意のほどが、浅からず推し量られて、一方で使っていてさえ物足りなく思われる扇もついそこに置いてしまう。

〔評〕本段から一八六段まで、夏の情趣を物語風につづったような章段が続く。薄様の文やそれを結び付けた唐撫子の赤の色鮮やかさが、扇も役に立たない猛暑をかえって忘れさせるというのである。

一八五段

南かそうでなければ東の廂《ひさし》の間の板敷の、影が映って見えるくらいの所に、真新しい畳を置いて、三尺の几帳《きちよう》の帷子《かたびら》がとても涼しそうに見えているのを押しやると、滑っていって、思う位置よりも遠くに立っている所に、白い生絹《すずし》の単《ひとえ》、紅《くれない》の袴姿で、寝具には濃い色の衣《きぬ》のさほどは萎えていないのを、少し引っ掛けて（女主人が）横になっている。

火を灯してある灯籠《とうろう》から二間《ふたま》ほど隔てて、簾を高く巻き上げて、女房が二人くらい、童女などが長押《なげし》に寄り掛かり、また下ろしている簾に寄り添って横になっている者もある。火取《ひとり》香炉に炭火を深く埋めて、あるかないかの風情で香を立ててあるのも、とてものどかで心ひかれる。

宵を少し過ぎた頃に、忍びやかに門をたたく音がすると、いつもの事情がわかっている女房が来て、気取ったしぐさで（男を）自分の陰に隠し、客人を大切に扱って中に入れたのは、それはそれでおもしろい。（客の）傍らにとてもよい音色の琵琶で、風情ありそうなのが置いてあるのを、おしゃべりの暇々に、音色も立てずに爪弾《つまび》きでかき鳴らしているのは趣がある。

［評］前段の夏の日中に対して、本段はその後の宵までの時間をスケッチ風に描いた随想段。猛暑の季節であればこそ、青々とした畳や几帳の帷子、白い生絹の単など涼しげで風情あるものに目が凝らされる。ほのかな薫物《たきもの》の香も暑さを忘れさせるが、そこに忍びの恋人が訪れて琵琶の爪弾きが加わり、いっそう物語の一場面のような情趣がただよう。

一八六段

大路が近い所で聞くと、牛車に乗っている人が、有明《ありあけ》の月の風情に簾を上げて、「遊子《ゆうし》なお残りの月に行く」という詩を、声うるわしくて吟誦しているのも趣がある。馬に乗ってでも、そのような人が通って行くのは趣深い。

そのような所で聞く時に、泥障《あおり》の音が聞こえるのを、どのような者なのだろうと、やりかけの仕事もさし置いて外を見るのに、卑しい者を見つけたのは、ひどくしゃくにさわる。

［評］「遊子なほ残りの月に行く」の秀句は、「大納言殿まゐりたまひて」（二九五段）で、伊周が作者を送る際に吟じたものであった。その朗誦の優雅さは、有明の頃に女性の許から帰宅する貴公子の理想的な振る舞いなのである。しかし本段では、そうした物語的な情緒を期待して外を見てみれば、下賤の者を見つけたという現実のオチをつけるのである。

一八七段

ふと幻滅とか感じるものは、男も女も、言葉を下品に使って話すことが、何事にもまさってみっともない。ただ用字ひとつで、妙なことに、上品にも下品にもなるのはどうしたわけだろう。とはいえ、こう考える人が、特にすぐれているわけでもなかろうよ。いずれを「良い」「悪い」と判断するのか（それは難しい）。だとしても、人の事は知るまいが、ただ自分の気持ちとしてそう思われるのだ。

下品な言葉もみっともない言葉も、そうと知りながらあえて言っているのは、悪くもない。自分の身に付いている言葉を遠慮なく口にしているのは、あきれてしまうことだ。また、そんな言葉を使うべきでない年老いた人、男などが、わざわざ取り繕って田舎びた言葉を使うのは憎らしい。正しくない言葉も下品な言葉も、年輩の女房は臆面なく言ったのを、若い人は、何ともいたたまれない状況に消え入りそうにしているのは、当然のことである。

何を言うにしても、「その事させんとす」「言はんとす」「何とせんとす」と言う際の「と」の文字をなくして、ただ「言はんずる」「里へ出でんずる」などと言うと、直ちにもうみっともない。まして手紙に書いては、何とも言いようがない。物語などは、わざと悪く書いてしまうと、言及する価値もなく、作者までが気の毒だ。「ひてつ車に」と言った人もいた。「もとむ」という言葉を「みとむ」などとは皆が言うようだ。

〔評〕言葉遣いに関する章段で、二四二段や二四六段と繋がりがある。下品な言葉を批判しているが、一概に退けるわけではなく一定の表現効果を認めてはいる。しかし無自覚に使うことは話し言葉だけでなく、手紙や物語でも戒めるべきなのである。

一八八段

宮仕え女房の所へ来たりする男が、そこで物を食べるのは、とてもよくない。

食べさせる人も、ひどく憎らしい。思いを寄せるような人が「やはり（どうぞ）」などと情愛をもって言うようなのに対し、忌み嫌っているように口を塞ぎ、顔を背ける事もできかねるので、食べているのではあろう。たいそう酔って仕方なく、夜が更けて（男が）泊まったとしても、決して湯漬《ゆづけ》をさえ食べさせまい。「愛情もなかったのだ」と思って来ないのは、そのままでよかろう。里などにおいて、奥から食事を出してきては、仕方がない。それさえやはりよくないことであるが。

［評］当時の貴族が朝食べるのは粥だが、それは自分の家か正妻の家で食するものであって、『蜻蛉日記』に拠れば兼家《かねいえ》でさえ道綱母《みちつなのはは》邸では粥を食べなかった。一方、湯漬けは食欲のない時や、来客に出したりする、もっと気楽な食事であった。しかしそれとて女房は宮仕え先では男に出してはならないし、実家で親などが出してくるのは止められなくても、それも望ましくないという。朝の食事についての美学が顕著にうかがえる段である。

一八九段

風は嵐。三月ごろの夕暮れに、ゆるく吹いている雨風。

八、九月ごろに雨にまじって吹いている風は、とてもしみじみする。雨足が横なぐりに騒がしく吹いている時に、夏を通して着た綿衣《わたぎぬ》で（汗などの）匂いが漂っているのを、生絹《すずし》の単衣《ひとえぎぬ》と重ねて着ているのも実に趣がある。この生絹さえ、何ともうっとうしく暑苦しく、取り捨てたかったのに、「いつの間に、こんなに（涼しく）なったのだろうか」と思うのもおもしろい。未明に、格子や妻戸を開けたところ、嵐がさっと顔にしみたのは、大変おもしろい。

九月の末、十月の頃、空が曇って風がとても騒がしく吹いて、黄色の葉たちがほろほろとこぼれ落ちるのは、実にしみじみする。桜の葉、椋《むく》の葉は、実にすぐには落ちる。十月ごろに、木立が多い所の庭は、とてもすばらしい。

［評］『古今集』的な美意識では秋の訪れを告げる風を賞美したが、最初に嵐をいうところに本段の斬新さがあろう。続いて四季折々の風を扱い、しかも視覚的な光景ばかりでなく、嗅覚や触覚、聴覚から捉え返すのである。

一九〇段

野分《のわき》の風の吹いた翌日は、実にしみじみと趣深い。

立蔀《たてじとみ》や透垣《すいがい》などが倒れかかっているので、庭前の植え込みどもがじつに痛々しい姿である。大きな木々も倒れ、枝などが（風で）吹き折られたのが、萩や女郎花《おみなえし》などの上に横ざまに倒れ伏しているのは、あまりにもひどいことである。格子の一こま一こまなどに、木の葉をまるで丁寧に入れたかのように、念入りに吹き入れてあるのは、荒々しかった風のしわざとは思われない。

たいそう濃い紅の着物の表面はすこし黒ずんでいる物の上に、黄朽葉色の織物や薄物などの小袿《こうちき》を着て、実直そうでこぎれいな女性が、昨夜は風の騒ぎで寝られなかったので、長いこと朝寝をして起きたままの姿で、母屋《もや》から（縁近くへ）少しにじり出ているが、髪は風に吹き乱されて、少しふくらんでいるのが、肩に垂れかかっている様子は、まことにすばらしい。（その女が）しんみりとした様子で外をながめやって、「むべ山風を」などと口ずさんでいるのも、情趣を解するのだろうと思われるが、（もう一人）十七、八歳ぐらいであろうか、小さくはないが、ことさらに大人とは見えない人が、生絹の単《ひとえ》のたいそう綻び縫いの糸が切れ、（その上に）はなだ色もあせて濡れなどしている薄紫色の夜着を着て、髪はつややかで一本一本きちんと整っていて、その先も薄《すすき》のようにふさふさで身の丈ぐらいだったので、着物の裾に隠れて袴の端々から見えるが、（その人が）女童や若い侍女たちが根ごと吹き折られている草木を、あちこちに取り集め起こし立てたりするのを、うらやましそうに（簾を外の方に）押しやって、簾に寄り添っている後ろ姿もおもしろい。

［評］本段とよく比べられるのが『源氏物語』野分巻で、その場合は野分そのものやそれに翻弄される人々の感情が動的に語られる。一方、本段では野分そのものではなく翌日の光景や、それを眺める二人の女性の寝起き姿がきわめて細緻に美的に描かれている。

一九一段

心ひかれるもの　何かを隔てて聞くと、女房とは思われない人の手（を叩く音）が、ひそやかに風情ありそうに聞こえたので、返事を若々しい声でして、衣ずれの音をさせて参上する気配。何かの後ろや、障子などを隔てて聞くと、お食事を召し上がる所なのだろうか、箸や匙《さじ》などの音が一緒に鳴っているのは、おもしろい。提子《ひさげ》の柄が倒れ伏す音も耳にとまる。

よく打って艶《つや》を出した着物の上に、うるさい感じではなく髪が振り掛かっているのは、その長さが推し量られる。

立派にしつらえてある部屋が、大殿油《おおとのあぶら》はお灯しせず、炭櫃《すびつ》などに十二分におこした炭火の光だけが照り満ちているので、御帳台《みちょう》の飾り紐などがほのかに光沢を帯びて見えているのは、とてもすばらしい。（そのような明るさで）御簾の帽額《もこう》や、総角《あげまき》結び（の緒）などの下で、（御簾を）掛け上げた鉤《こ》が際立っている様子も、はっきりと見える。立派な作りの火桶の、灰との境目がすっきりしているせいで、おこしてある炭火で内側に描いてある絵などが見えているのは、とても趣がある。火箸がとても際立ってつやつやして、斜めに立っているのも何とも素敵だ。

夜がたいそう更けて、中宮様もお休みになり、女房たちがみな寝てしまった後で、外の方で殿上人などに言葉をかける様子、部屋の奥で碁石の容器に入れる音が何度も聞こえるのは、とても心ひかれる。火箸を忍びやかに灰に突き立てたのも、また（その音で）「起きているのだな」と聞き知るのも、とてもおもしろい。やはり眠らない人は心ひかれる。人が横になっている折に、（その気配を）何かを隔てて聞くのだが、夜中頃などにふと目を覚まして聞くと、「起きているようだ」と分かって、言葉は聞こえない。相手の男も忍びやかに笑っているのは、「何を話しているのだろうか」と知りたくなる。

また、中宮様が起きていらして、女房なども伺候している所へ、主上の女房や、内侍《ないし》のすけなど、気のおけるような方々が参上している時、御前近くでお話などがある間は、大《おお》殿油《とのあぶら》も消しているが、長炭櫃《ながすびつ》の炭火で物の細部もよく見える。

殿方などには気になる新参女房で、（中宮様が）さほど目をおかけになる程ではない者が、やや夜が更けて参上したのだが、さらさらと衣ずれの音が好ましく、膝行《しっこう》してきて御前に伺候すると、（中宮様が）何か小声で仰せになり、（その返事が）おっとりと遠慮がちで、声の様子も相手にさえ聞こえそうにない程で、実に静かだ。女房はあちこちに集まって座りながらおしゃべりして、局と御前を行き来する衣ずれの音などは、大そうな音ではないけれど「誰それだろう」と分かるのは、とても気をそそられる。

宮中の局などに、気を許せそうにない男の人が来ているので、（局の女は）付近の灯火は消しているのに、傍らの（灯火の）光が物の上などから射し込んでいるので、暗いとは言ってもぼんやりと物の区別は付くが、（女は）低い几帳を引き寄せて、特に昼間はそのように対座しない相手なので、几帳の方に顔を寄せて横になって軽く傾いている頭髪の、良し悪しは隠れないようだ。（男の）直衣《のうし》や指貫《さしぬき》などは几帳に打ち掛けてある。六位の蔵人の青色の袍《ほう》（ならそれ）も我慢しよう。緑衫《ろうそう》はもう、後ろの方に輪のように丸めて、未明に帰る際にも探し当てることができないよう慌てさせてやりたい。夏も冬も、几帳の横木の片方に（脱いだ衣を）ちょっと引っ掛けて人が寝ているのを、奥の方からそっとのぞいているのも、とてもおもしろい。

薫物の香りは、とても心ひかれる。五月の長雨の頃、上《うえ》の御局《みつぼね》の小戸《こと》の簾《す》に、斉信《ただのぶ》の中将がもたれて座っていらした香りは、本当に素敵であったことよ。何の香りとも似ていなくて、だいたい雨にも湿ってあでやかな風情が、例がない事でもないが、どうして言わずにいられようか。翌日まで御簾に染み付いて香っていたのを、若い女房などが無上のものと思っているのは、道理であるよ。

特に立派ではない従者で、背の高いのや低いのを大勢引き連れている様よりも、少し乗り慣らしてつやつやに磨きあげた車に、牛飼童《うしかいわらわ》の身なりがいかにも似つかわしくて、牛がたいそうはやっているのを、童は遅れるように綱に引かれて車を進める様や、ほっそりした従者で、裾濃《すそご》染めしたような二藍《ふたあい》か何かの袴に、上着は何であれ掻練《かいねり》や山吹などを着ているのが、とてもつややかな沓で、車の筒《どう》のあたり近くを走っている様は、かえって心ひかれるように見える。

［評］本段には藤原斉信の逸話が含まれる。「頭中将」か「宰相中将」か、政変と直結した彼の呼称には、ここまで強いこだわりが示されてきたが、最後の登場となる本段では、呼称はただの「中将」で、本人の姿も描かれない。あでやかな残り香への称賛が、彼に用意された退場の花道なのだろう。なお、この一節は三巻本以外には見えない。

一九二段

島は　八十島《やそしま》　浮島《うきしま》　たはれ島《しま》　絵島《えしま》　松が浦島《しま》　豊浦《とよら》の島　籬《まがき》の島。

［評］「うき島」に「浮気」、「たはれ島」に「戯れ」、「まつがうら島」に「待つ」、「とよ

らの島」に「と寄る」など、男女の恋愛への連想があるとされる。著名な歌枕というばかりでなく名称への興味もうかがわれる段である。

一九三段

浜は　有度《うど》浜　長浜　吹上《ふきあげ》の浜　打出《ふきいで》の浜　もろよせの浜　千里《ちさと》の浜は、広々していると思いやられる。

[評]「千里の浜」に限らず、「長浜」や「吹上の浜」など広々としたイメージをかき立てる浜が多く挙げられている。

一九四段

浦は　おおの浦　塩釜《しおがま》の浦　こりずまの浦　名高《なだか》の浦。

[評]「こりずま」や「なだか（名高）」には一九二段と同じく恋愛への連想があるが、前の二つが歌枕の中から選ばれた基準は不明である。

一九五段

森は　うえ木の森　石田《いわた》の森　木枯しの森　うたた寝の森　岩瀬の森　大荒木《おおあらき》の森　たれその森　くるべきの森　立ち聞きの森。

よこたての森というのが耳にとまるのは、不思議なものだ。森などといえるはずもなく、ただ木が一本あるのをどのような理由で森と名付けたのだろう。

［評］有名な歌枕と「うたた寝」「誰そ」「来るべき」「立ち聞き」など恋愛にまつわる名称の森が混在する段である。

一九六段

寺は　壺坂寺《つぼさかでら》　笠置寺《かさぎでら》　法輪寺《ほうりんじ》。

霊山寺《りょうせんじ》は、釈迦仏のお住まいであるのが、しみじみと感じられる。石山寺《いしやまでら》　粉河寺《こかわでら》　志賀の崇福寺《すうふくじ》。

一九七段

経は法華経がいうまでもない。
普賢十願　千手経　随求《ずいぐ》経　金剛般若　薬師経　仁王《にんのう》経の下巻。

一九八段

仏は如意輪菩薩、千手菩薩、すべて六観音。
薬師如来　釈迦如来　弥勒如来　地蔵菩薩　文殊菩薩　不動明王　普賢菩薩。

［評］「寺」「経」「仏」の三段は、壺坂寺とその本尊の千手観音、その功徳を説く千手経のように、それぞれ関わりの深いものが挙げられている。作者の好みというより、仏教的な知識として披露されたものか。ただし寺では長谷寺、仏では阿弥陀仏や大日如来が不在なのは不審とする説もある。

一九九段

漢文の書は　白氏文集《はくしぶんしゆう》　文選《もんぜん》　新賦《しんぷ》　史記　（その中の）五帝本紀《ごていほんぎ》。願文《がんもん》　上奏文　文章博士《もんじようはかせ》の（書いた）上中書。

［評］『白氏文集』から『史記』「五帝本紀」まで漢籍の古典を挙げ、「願文」以下は日本で作られた実用漢文を挙げている。作者の趣味というより、一般的に評価されているものを並べたか。八五段でも博士の書く「願文」や「表」が「めでたきもの」とされている。

二〇〇段

物語は　すみよし　うつほ。（うつほでは）殿《との》うつり、国譲《くにゆずり》は憎らしい。うもれ木　月まつ女　梅壺《うめつぼ》の大将　道心すすむ　まつがえ。こま野の物語は、古い蝙蝠《かわほり》扇を探し出して持って行ったのがおもしろいのだ。ものうらやみの中将は、宰相に子を産ませて、形見の衣などを求めたのが憎らしい。交野《かたの》の少将。

［評］平安時代に物語は多く創作されたが、ほとんどは散逸するか改作されて、当時の姿をとどめていない。本段でも現在に伝わるのは改作本の『住吉物語』と『うつほ物語』だけである。それだけに『こま野の物語』の一節はその内容を知る貴重な手がかり

である。

作者が『うつほ物語』に登場する仲忠を贔屓にしていたことは八〇・八三・二一一段に見える。「殿うつり」「国譲」のうち、後者は現存本にある巻名だが、前者は伝わらず、散逸の巻、「蔵開」の古名だったなど諸説ある。後者が「にくし」とされるのは、描かれた政争への嫌悪とされるが、底本によれば「にくし」は「殿うつり」と合わせた評価だろう。ならば両巻は現存の「国譲上・中・下」に該当するという説（室城秀之）が有力か。抜書本「うつほの殿うつり」によれば、同巻は評価されていたことになる。

二〇一段

陀羅尼は暁（に聞くのがよい）。読経は夕暮れ（がよい）。

二〇二段

楽器の演奏は夜、人の顔の見えない頃（がよい）。

［評］前段と本段は、聴覚の点からそれぞれの事柄にふさわしい時間帯が選ばれ、「春はあけぼの」の段にも通じる時間の美学をうかがわせる。

二〇三段

遊戯は　小弓《こゆみ》　囲碁。体裁は悪いけれど、蹴鞠もおもしろい。

［評］蹴鞠といえば、『源氏物語』若菜《わかな》上巻で蹴鞠をする柏木《かしわぎ》が女三の宮を垣間見る場面が有名だが、そこでも蹴鞠が「をさをさ、さまよく静かならぬ乱れ事なめれど」と同様に評されている。

二〇四段

舞は駿河舞《するがまい》、求子《もとめご》がとてもおもしろい。太平楽《たいへいらく》は、太刀などはいやな感じだが、とても興味深い。唐土《もろこし》で敵同士で舞ったという話などを聞くと。鳥の舞。抜頭《ばとう》は髪を振り上げた目つきなどは嫌な感じだけれど、音楽もやはり非常に興味深い。落蹲《らくそん》は二人で膝《ひざ》をついて舞っている。こま形《がた》。

［評］本段では「駿河舞」と「求子」という国風《くにぶり》の舞を最初に挙げて、続いて「太平楽」など唐楽《とうがく》、「落蹲」など高麗楽《こまがく》の順で並べており、その配列の妙に注目したい。

二〇五段

弾く物は琵琶。調べは風香調《ふこうぢょう》、黄鐘調《おうしきぢょう》、蘇合《そごう》の急《きゅう》、鶯のさえずりという調子。箏《そう》の琴《こと》も、とてもすばらしい。調子は想夫恋《そうふれん》。

［評］前段が舞楽《ぶがく》で、その演奏で使われる琵琶や箏の楽器、曲調へと連想が広がったのであろう。「風香調」と「黄鐘調」の春秋の対比からすれば、春の曲である「春鶯囀《しゅんのうでん》」と、秋にふさわしい「想夫恋」という対照もあるか。

二〇六段

笛は横笛が、とても趣がある。遠くから聞こえる音が、しだいに近くなってゆくのもおもしろい。近かった音がはるか遠くになって、とてもほのかに聞こえるのも実におもしろい。車に乗っていても歩いてでも馬上でも、すべて懐《ふところ》に差し入れて持っていても、そこにあるとも見えず、これくらいおもしろい物はない。まして聞き知っている調子などは、非常にすばらしい。未明などに（男が）忘れて、趣ある感じの笛が、枕元にあったのを見付けた時も、やはりおもしろい。男の人が（使いを）取りによこしたので、（紙に）押し包んで遣わすのも、立て文《ぶみ》のように見えている。

笙《しょう》の笛は、月の明るい晩に車中などで聞けたのは、とても趣深い。おおげさな大きさで、取り扱いにくく見える。そして、吹く時の顔はどうだろうか。それは横笛も吹き方しだいであるようだが。

篳篥《ひちりき》はとてもやかましく、秋の虫で言えば轡虫《くつわむし》などの感じがして、不快で身近で聞きたくはない。まして、下手に吹いているのは実に憎らしいのに、臨時の祭の日、まだ（主上の）御前には出ないで、物陰で横笛をすばらしく吹きたてているのを、「ああ、良い音だ」と聞くうちに、中盤くらいから（篳篥が）さっと加わって音高く吹いているのは、もう大変なもので、整った髪を持っているような人もすべて逆立ってしまいそうな気持ちがする。しだいに琴と笛に合わせて（舞人《まいびと》も）歩み出ているのは、とても素敵だ。

［評］前段の弾く物の絃楽器から笛の管楽器に転じるが、中心は横笛である。横笛は音色に加えて形も目立たず、男性貴族が嗜むべき楽器であった。笙や篳篥に辛口なのは、

どちらかといえば専門楽人《がくにん》の奏《そう》する楽器という理由もあるかもしれない。

二〇七段

見物《みもの》は　臨時の祭　行幸《ぎょうこう》　賀茂祭の帰《かえ》さ　御賀茂詣で。

賀茂の臨時の祭。空が曇って寒そうな折に、雪が少し散って、挿頭《かざし》の花、青摺《あおずり》の袍など
に降りかかっているのは、何とも言えず素敵だ。（舞人の）太刀の鞘《さや》がくっきりと黒く、
まだら模様で幅広く見えている所に、半臂《はんぴ》の緒《お》が磨いてあるようにかかっているのや、地《じ》
摺《ずり》の袴《はかま》の中から（見える）、氷かと驚くばかりの打目《うちめ》など、すべて何ともすばらしい。

もう少し多くの行列を渡らせたいが、祭の使いは必ずしも身分の高い人でなく、受領《ずりよう》な
どであるのは目もとまらず、憎らしい感じであるものの、（挿頭の）藤の花に隠れている
所はおもしろい。そのまま過ぎてゆく方を見送ると、陪従《べいじゅう》の品《ひん》のない者は、柳襲《やなぎがさね》に挿頭の
山吹がどうしようもなく見えるけれど、馬の泥障《あおり》をとても音高くうち鳴らして「神の社《やしろ》の
木綿《ゆう》だすき」と歌っているのは、実に素敵だ。

行幸に並ぶものは何があろうか。（主上が）御輿《みこし》にお乗りになるのを拝見する際には、
（自分が）明け暮れ御前にお仕え申し上げているとも思われない。（行幸は）神々しく厳か
で尋常でなく、普段は何とも目にとまらない何々司《つかさ》、姫大夫《ひめもうちぎみ》までが、重々しく新鮮に思わ

れることよ。御綱《みつな》の助《すけ》の中・少将は、とても素敵だ。近衛の大将は、何者にも増してすばらしい。近衛府《このえふ》は、やはりとても魅力がある。

五月（の行幸）は、例がないくらい優雅なものであることよ。けれど現在は絶えてしまっている行事のようなので、とても残念だ。昔語りに人が話すのを聞き、考え合わせると、本当にどのような行事だったのだろう。ただその日は菖蒲《しょうぶ》を葺き、普通の様子でさえすばらしいけれども、武徳殿《ぶとくでん》の様子は、ここかしこの御桟敷《さじき》に菖蒲を葺き渡し、すべての人々が菖蒲鬘《かずら》を付けて、あやめの蔵人は顔かたちのよい者だけ（御前に）選び出されて、（主上が諸臣に）薬玉《くすだま》をお与えになると、（あやめの蔵人を介して受け取った薬玉を）拝舞《はいぶ》して腰に付けたりなどしたというのは、どれほどすばらしかっただろう。（ゑいのすいゑうつりよきも）などを打ったというのは、滑稽にも素敵にも思われる。（主上が）お帰りなさる御輿の先に獅子や狛犬などが舞い、ああそのような事が実際あるのだろうよ、（折しも）ほととぎすが鳴き、時節柄まで（当時の五月には）匹敵するものはなかったことだろう。

行幸はすばらしいけれど、君達《きんだち》の車などが、恰好良くあふれるほど人を乗せて北へ南へ走らせたりする事がないのが残念だ。そのような車が（他の車を）押しのけて停めたりするのには、わくわくする。

賀茂祭の帰《かえ》さは、とても素敵だ。昨日は万事が立派に整っていて、一条の大路の広くこぎれいな所に、日の光も暑く、車に射し込んでいるのもまぶしいので、扇で顔を隠し、座り直し、長いこと待つのも苦しく、汗などもにじんだものだが、今日はとても早くに急いで出発して、雲林院《うりんいん》、知足院《ちそくいん》などのあたりに停めた車々の、葵桂《あおいかつら》どもも風にうちなびいて見える。日は昇っているけれども空はやはり曇っている折に、とにかく何とかして声を聞こうと目を覚まして起きていて、（一声が）待たれるほととぎすが、一羽どころではないだろうと思うくらい鳴き声を響かせるのは、たいそうすばらしいと思うのだが、うぐいすが年老いた声で、それに似せようと、猛々しく声を添えているのは、気に入らないけれどまたおもしろい。

いつ来るのかと待つが、御社《みやしろ》の方から赤衣《あかぎぬ》を着た者たちなどが連れ立って来るのを、「どうなのか、出発したのか」と言うと、「まだいつになるか」などと答え、御輿など持って帰る。（斎王が御社で）あれにお乗りになっていらっしゃるとかいうのも、すばらしく気高く、どうしてそんな下衆などが近くにお仕えするのかと思うと、恐ろしい。

はるか先のように言ったけれど、間もなく（斎王は）お帰りになる。（女官の）扇をはじめとして青朽葉《あおくちば》の衣装どもが、とても素敵に見えるのに、蔵人所《くろうどどころ》の衆が青色の袍で、白襲《しちがさね》の裾を少しだけ（帯に）引っ掛けているのは、卯《う》の花の垣根に似通った感じで、ほととぎすもその陰に隠れてしまいそうに見えることだ。昨日は車一台に大勢乗って、二藍《ふたあい》の袍と同じ色の指貫《さしぬき》、あるいは狩衣《かりぎぬ》などがしどけなくて、（車の）簾を解いて下ろし、正気を失っているとまで見えた君達《きんだち》が、斎院の饗《きょう》のお相伴にということで、束帯姿《そくたい》をきちんとして、今日は一人ずつ寂しく車に乗っている、その後ろの席にかわいらしい殿上童《わらわ》を乗せているのもおもしろい。

（行列が）渡り終えた、その時は（従者たちの）気もせくのだろう、「我も我も」と危なく恐ろしいまでに「先に出発しよう」と急ぐのを、「そんなに急ぐな」と扇を差し出して制するが、聞き入れもしないので、どうしようもなくて、少し広い所で無理に止めさせて駐車したのを、「じれったく憎らしい」と（従者は）思っているはずだが、後に控えている車々を眺めているのはおもしろい。男車《おとこぐるま》で誰の車ともわからないのが後に続いて来るのも、普段よりはおもしろいのに、道が分かれる所で、「峰に別るる」と言っているのも素敵だ。やはり飽き足りずに心ひかれるので、斎院の鳥居の所まで行って見る時もある。

内侍《ないし》の車などが（帰る際は）とても騒々しいので、別の道から帰ると、本当の山里めいてしみじみした風情で、うつぎ垣根というものが、とても荒々しく、物々しそうに突き出ている枝々などが多いのに、花はまだ十分にも開き切らず、つぼみがちに見えるのを折らせて、車のあちこちに挿しているのも、鬘《かずら》などがしぼんでいるのが残念だけれど、趣深く思われる。とても狭く、通れそうもないと見える行く手の道を、近くまでどんどん進んで行くと、それほどでもなかったのはおもしろい。

［評］車内で見物する女性の視点から四つの行事を取り上げるものの、その中心への関

心は薄く、周縁の事柄に関心を寄せる傾向が指摘されている。賀茂の臨時祭では舞人や行列に供奉する人々の装いを焦点化している。行幸についても、そのものへの言及は少なく、行われなくなった五月の節会行幸の盛大さに思いを巡らす。賀茂祭にしても祭当日ではなく、翌日の「帰さ」の出来事を詳述するのである。

二〇八段

五月頃などに山里に出かけるのは、とても趣深い。草葉も水も一面が真っ青に見えているが、上は何でもなくて（ただ）草が生い茂っている所を、（牛車が）延々と縦に進んで行くと、下は並一通りでなかった水が、深くはないけれど、人などが歩くと跳ね上がったのは、実におもしろい。

左右にある垣根にある何かの枝などが、車の屋形《やかた》などに入って来るのを、急いで捕らえて折ろうとする時に、すっと通り過ぎて外れたのは何とも残念だ。蓬《よもぎ》が車に押しつぶされていたのが、車輪が回っているので、近くに引っ掛かっているのもおもしろい。

［評］初夏の山里の風物を車窓から新たに捉え直す随想段で、そうした情趣を集めるという類聚的な発想もある。跳ね上がる水しぶきのみならず、取り逃がしてしまった木の

枝、車輪に運ばれてきた蓬など、すべてが躍動感にあふれている。

二〇九段

ひどく暑い頃、夕涼みという時分、物のあり様などもはっきり見えないが、男車《おとこぐるま》が先払いして行くのは言うまでもなく、普通の身分の人も、後ろの簾を上げて、二人でも一人でも乗って走らせて行くのは涼しそうだ。まして琵琶をかき鳴らし、笛の音などが聞こえているのは、過ぎ去ってしまうのも残念だ。そのような折に、牛の鞦《しりがい》の香りが、何といっても特殊で（わざわざ）かいだことのないものだが、心ひかれるなんてどうかしている。とても暗く月のない夜に、車の前方に（従者が）灯している松明《たいまつ》の煙の香りが、車の中にこもっているのもおもしろい。

［評］夏の車での外出といっても、前段の昼の郊外に対して、本段は夕方や夜の洛中の外出である。視覚から琵琶や笛の音の聴覚へ転じて、さらに牛の鞦や松明の煙の香りという嗅覚が先鋭化している。特に「牛の鞦の香」は王朝の美意識の外にあるもので、そこに『枕草子』の本領もあろう。

二一〇段

五月四日の夕方、青い草をたくさん、きちんと整えて切って、左右の肩に担いで、赤衣《あかぎぬ》を着ている男が行くのは風情がある。

二一一段

賀茂へ参詣する道に、田植えするというわけで、女が新しい折敷《おしき》のような物を笠にかぶって、かなり大勢で立って歌を歌う。体を折れ伏すように、また何をしているようにも見えなくて、後ろの方へ下がって行く。「どういうことなのだろう、おもしろい」と思われる様子で、ほととぎすをたいそう無礼に歌うのを、聞くのは不愉快だ。「ほととぎす、おのれ、あやつめ、おのれが鳴いて我は田植えする」と歌うのを聞くにつけても、どういう人が「いたくな鳴きそ（あんまり鳴くな）」とは言ったのだろう。仲忠《なかただ》の生い立ちをけなす人と、「ほととぎすは、うぐいすに劣る」と言う人は、本当に恨めしく憎らしい。

［評］賀茂に詣でる道中で見聞した田植えの感想を綴っている。そこで耳にした田植え歌は、ほととぎすが鳴けば田植えをする時期という生活の知恵を謡ったものである。し

かし鼠屓のほととぎすを馬鹿にしたと、下々が知るべくもない『古今六帖』の歌や『うつほ物語』を引いて、半ば八つ当たり的に憤慨するのである。

二一二段

八月末、太秦《うずまさ》に参詣するといって（道中で）見ると、穂が伸びている田をかなり多くの人が眺めて騒ぐのは、稲を刈るのであった。「さ苗《なえ》取りしか、いつの間に」（の歌のように）、本当に、先ごろ賀茂へ参詣するといって見た（苗）が、感慨深くも（このように）なったことよ。この仕事は男たちが、とても赤い稲の、根元が青いのを持っていて（それを）刈る。何なのかわからない物で根元を切る様子は、簡単そうで、やってみたく思われることだ。どうしてそうしているのだろう、穂を敷きつめて並べているのもおもしろい。番小屋の様子など。

［評］前段の田植えと対応して、ここでは太秦に詣でる途中で見た稲刈りを取り上げる。しかし前段では田植え歌に反発したのに対して、本段では時間の経過を感慨深く語り、みずからも稲刈りをしたいとまで共感を示すのである。

二一三段

九月二十日過ぎの頃、長谷寺《はせ》に参詣して、かなり粗末な家に泊まっていた時に、とても苦しくてひたすら寝入ってしまう。

夜が更けて月光が窓から洩れていたので、人々が横になっていたその着物の上に、(月光が)際立って照り映えたりしていたのは、たいそうしみじみ感じられたことだ。そのような折に、人は、歌を詠むのだ。

[評] 長谷参詣の回想が随想風にまとめられている。窓から漏れ来る月光が夜具を照らし、旅寝の心細さをつのらせる。結語には、そうした情趣を歌ならぬ散文によって描き切ったという自負が込められている。

二一四段

清水寺《きよみず》などにお参りして、坂の下から登る時に、柴を焚く香りがたいそうしみじみ感じられるのはおもしろい。

二一五段

五月の菖蒲の秋冬を過ぎるまでとってあるのが、たいそう白くなって枯れてみすぼらしいのを、折って取り上げたところ、五月の折の香りが残ってこもっているのは、たいそうおもしろい。

［評］二〇九段以降、山里逍遥や参詣の道中がらみで嗅覚に関する事柄が出てきたが、前段では清水寺参詣の柴をたく香り、本段では菖蒲の秋冬の残り香を焦点化している。

二一六段

よくたきしめた薫物が、昨日、一昨日、今日などは忘れているのに、（伏籠《ふせご》の上から衣を）引き上げたところ、煙が残り香になっているのは、たった今たきしめた香《こう》よりもすばらしい。

［評］前段の菖蒲からの連想で、本段も薫物の残り香に言及している。「昨日一昨日今日」と変化をもたせた言い方もおもしろい。

二一七段

月がまことに明るい夜に（牛車で）川を渡ると、牛が歩を進めるにつれて、水晶などが割れたように水が飛び散ったのはおもしろい。

［評］皎々《こうこう》たる月光を浴びて、川水の飛沫が燦然《さんぜん》ときらめく一瞬を絵画的に捉えた。二〇八段にも川水が飛び散る場面があるが、昼の逍遥であるのに対して、こちらは月夜であればこその水晶の美しい喩えである。短い文章ながら、随想段の白眉といえる章段である。

二一八段

大きくてよいもの　家　餌袋《えぶくろ》　法師　くだもの　牛　松の木　硯《すずり》の墨。
使用人の男の目の細いのは女っぽい。また、金椀《かなまり》のようなのも恐ろしい。火桶《ひおけ》　酸漿《ほおずき》
山吹の花　桜の花びら。

［評］植物や動物、住居や食べ物、人間に関するものなど、挙げられた事柄はバラエティに富む。大きくてふっくらとした酸漿は、『源氏物語』野分巻で玉鬘の豊頬の容貌を「酸漿などいふめるやうにふくらかにて」としたように、賛美の表現としても使われた。

二一九段

短くてよいはずのもの　急ぎの衣類を縫う時の糸　下働きの女の髪　未婚の娘の声　燭《しょく》台《だい》。

［評］前段の「大きにてよきもの」の対となる章段で、物に関する事柄と人に関する事柄がバランスよく入れられている。

二二〇段

（しかるべき）人の家に似つかわしいもの　折れ曲った廊《ろう》　円座《わろうだ》　三尺の几帳《きちょう》　大柄な童女　品のいい召使い　侍《さぶらい》の詰所　折敷《おしき》　懸盤《かけばん》　中の盤《ちゅうばん》　おはらき　衝立障子《ついたてしょうじ》　かき板《いた》　装いを美しくしてある餌袋《えぶくろ》　唐傘　棚厨子《たなずし》　提子《ひさげ》　銚子。

[評] しかるべき家に備えるべき調度品や食器類、召使いなど、じつに細かく列挙した段である。

二二一段

どこかへ行く途中に、こぎれいな男でほっそりしたのが、立《た》て文《ぶみ》を持って急いで行くのは、(届け先は) どこなのだろうと思われる。

また、こぎれいな女童などが、衵《あこめ》などのさほど色鮮やかではなくて柔らかくなっているのを着て、つややかな屐子《けいし》で、歯に土がたくさん付いているのを履いて、白い紙に大きく包んだ物、または箱の蓋に何冊か草子などを入れて持って行くのは、何とか呼び寄せて(持ち物を) 見てみたい。

門に近い所の前を通る者を呼び入れるのに、愛想なく返事もしないで行く者は、(それを) 使っているような人の程度もおのずと知れるものだ。

[評] 手紙や草子などを運ぶ従者は、男女を問わず外形が良ければ、宛先やその内容までゆかしくなるもの。しかし愛想のない従者からは主人の教育が知れるというのは、一

本二七段の車を借りる際の従者批判にも通じるのである。

二二二段

どのような事よりも、見すぼらしい車に（乗って）みっともない衣装で見物する人は、実に気にくわない。説経聴聞などは、（逆に）とても好ましい。罪障を消滅する事だから。それさえ、やはり度を越した恰好では見苦しいので、ましてや賀茂祭などは見物しない方がよかろう。（そんな車は）下簾《したすだれ》がなくて、白い単《ひとえ》の袖などが垂れているようだ。（こちらは）ただその日のためと思って、車の簾も新調して、「さほど情けない思いはしないだろう」と出掛けた際に、それ以上の装いの車を見付けては、「何だって（出掛けたのか）」と思われるものなのに、ましてどのような気持ちで、そんな（見すぼらしい）恰好で見物するのだろう。

「よい場所に停めよう」と（供人が）急がせるので、早くに家を出て（行列を）待つ間、奥で座り込んだり立ち上がったり（しつつ）、暑く苦しくてぐったりしている頃に、斎院の饗応のお相伴に参上した殿上人、蔵人所の衆、弁官、少納言などが、七台八台と引き連ねて斎院の方から車を走らせて来るのには、「（行列の）準備が整ったのだ」とはっとさせられてうれしくなる。

見物の桟敷席の前に車を停めて見るのも、とてもおもしろい。（桟敷席の）殿上人が、何か言ってよこしたり、蔵人所の御前駆《ぜんく》の者たちに水飯《すいはん》を振る舞うということで、（前駆たちが）階段のもとに馬を引き寄せると、世評が芳しい人の子供たちなどには、桟敷主の雑色《ぞうしき》などが下りて、馬の口を取ったりしていて興をそそられる。そうではない子で見向きもされない前駆などは、とても気の毒そうだ。

（斎王の）御輿がお通りになるので、轅《ながえ》をすべての車がうち下ろして、通過なさってしまうと、あわてて（榻《しじ》に）上げるのもおもしろい。前方に停める車は（それを）強く制するのだが、「どうして停めてはいけないのか」と言って（従者が）強引に停めるので、それ以上は言いかねて（主人に）伝言などするのはおもしろい。場所もなく（車が）重なって停めてあるのに、高貴な所の御車、お供の車が、次々にたくさんやって来るのを、「どこに停めようとするのだろう」と見るうちに、御前駆《ぜんく》たちがどんどん馬から下りて、停めている車どもを次々押しのけさせて、お供の車まで並べて停めさせたのは、とてもすばらしい。追い払わせた車どもが、牛を（轅《ながえ》に）かけて空いている場所へ車を揺らして行くのは、とてもやりきれなさそうだ。威厳があり高貴な車などに対しては、そこまで圧倒することはない。とてもこぎれいな車なのに、また、田舎びて賤しい下衆などを絶えず呼び寄せ、（良い場所に）行かせて座らせたりしている者もあることだ。

〔評〕賀茂の祭見物でいくら早くから大路の場所取りをしても、みすぼらしい牛車だと、後からきた高貴な車の従者たちに平気で押しのけられてしまう現実がある。それを気の毒と思わず、当然だから車の装いは良くして出かけるべきという主張である。『源氏物語』葵巻の車争いで、六条御息所《ろくじょうのみやすどころ》が風情のあるやつし車でも押しのけられ、辱めを受けるのに対して、周囲が黙認したのも、こうした事情に拠るのであろう。

二二三段

「細殿に（泊めては）不都合な人が、未明に傘をさして出ていった」と噂しているのを、よく聞けば私の話だった。（その男は）地下《じげ》などといっても見苦しくなく、人に受け入れられないほどの人でもないようなのに、「妙な事だ」と思う時分に、上局《うえつぼね》から（使いが）お手紙を持って来て、「返事をすぐに」と（中宮様が）仰せになっている。「何事だろうか」と思って見れば、大傘の絵を描いて人の姿はなく、ただ手だけ（に傘の柄）をつかませて、その下に、

（三笠山の）山の端が明けた朝から

とお書きになっていらっしゃる。

やはりちょっとした事でも、（中宮様は）ただすばらしいとばかり思わせて下さるので、

「恥ずかしく嫌な事は、何とかしてお目にかけないようにしよう」と思うのに、こうしたでたらめな噂が立つのは、辛いのだけれど（お手紙が）おもしろくて、別の紙に（絵で）雨をたくさん降らせて、その下に、

（雨）ならぬ浮名が立ってしまったことよ

あの歌のまま、（私の場合も）濡れ衣ということにはなりましょうか

と申し上げたところ、右近の内侍などにお話しになってお笑いになられたことだ。

二二四段

三条の宮に（中宮様が）いらっしゃる頃、五月五日の菖蒲の輿などを（宮中から）持って参上し、薬玉《くすだま》を差し上げたりする。若い女房たち、御匣殿《みくしげどの》などが、薬玉で姫宮と若宮に飾り付けて差し上げなさる。とても風情ある薬玉をいくつか、ほかの所からも献上する際に、青ざしという物を持って来たので、青い薄様紙をあでやかな硯の蓋に敷いて、「これは、ませ越《ご》しでございます」と言って差し上げたところ、

人がみな花や蝶やと浮かれて支度するこの日にも、私の心をあなたは分かっていることとよ

この紙の端を引き破りなさってお書きになっているのが、大変すばらしい。

［評］当時（長保《ちょうほう》二年五月五日）、定子は第三子を懐妊中で、今内裏《いまだいり》を離れて三月二十七日から三条宮に滞在していた（今内裏には彰子が四月に戻っている）。その後、八月八日に入内するも二十七日に再び同所に退出し、十二月十五日に媄子を産んだ翌日に命を落とす。だがそうした経緯は作中に一切記されないため、本段が年時の明確な最終記事となる。

二二五段

御乳母の大輔《たいふ》の命婦《みょうぶ》が、日向《ひゅうが》へ下る時に（中宮様が）お与えになるいくつかの扇の中に、片面には日がとてもうららかに差している田舎の館などを多く描いて、もう片面は京のしかるべき所で雨がひどく降っている絵に、

あかねさす日に向かっても（日向に下っても）思い出してほしい、都では晴れることなく雨が降り続いて（私は物思いに沈んで）いるのだろうと

御直筆でお書きになられたのは、たいそうしみじみとすることだ。このようなお方をお残し申し上げて、とても行くことはできないだろう。

［評］定子から離れて乳母の大輔の命婦が日向に下るのは、夫の赴任に従った故であろうか。日のうららかな国府の館を描いた扇の絵は、大輔の命婦の今後を予祝するためであろう。しかし、扇の裏には都で雨が降る光景が描かれ、残される定子の寂寞《せきばく》が象《かたど》られている。背景にはまったく触れていないが、定子の運命が暗転した晩年を象徴するエピソードとも受け取れる。

二二六段

清水寺に参籠していた時に、（中宮様が）わざわざ御使いを立てて贈って下さった唐《から》の赤味がかった紙に、草仮名で、

山近い寺で日暮れに撞《つ》く鐘の音ごとに、そなたを恋しく思う回数が分かろうものなのに、格段の長居であることよ

とお書きになっていらっしゃる。紙などの、失礼に当たらないようなのも持ち忘れて来ている旅先のことで、紫の蓮の花びらに（お返事を）書いて差し上げる。

［評］「唐の紙」は、中国から舶載《はくさい》された紙で、定子が日頃そうした唐物《からもの》にとり囲まれた生活を送っていたことは、一七八段の「沈《じん》の御火桶」「紅の唐綾《からあや》」等からもうかがうこ

とができる。とはいえ、仕える女房にわざわざ貴重な舶来の紙を使って手紙を書き、清水寺に使者を遣わすのは破格の待遇であり、作者の感激のほどを思うべしである。

二二七段

駅《うまや》は　梨原《なしはら》　望月《もちづき》の駅。

山《やま》の駅は、あわれだった事を聞いていたのに、さらにあわれな事があったので、やはり取り集めてあわれである。

［評］『延喜式』に記された駅に梨原や望月は見えず、どのような基準で選ばれたのか不明である。「山の駅」が播磨国の野磨《やま》駅であるにしても、「あはれ」を三度もくり返す理由は朧化《ろうか》されている。

二二八段

社《やしろ》は　布留《ふる》の社　生田《いくた》の社　旅の御社《みやしろ》　花ふちの社。

杉の御社《みやしろ》は「(しるしの杉の)効験があるだろうか」とおもしろい。言《こと》のままの明神は、とても頼もしい。「(願いを)そのようにただ聞いたとかいう(社)」と言われなさるのだろうかと思うと、気の毒だ。

蟻通《ありとおし》の明神、貫之《つらゆき》の馬が苦しがった時に、「この明神が病気にさせなさった」ということで歌を詠んで奉ったというのが、とても興味深い。この「蟻通」と名を付けたのは、(次のような言い伝えがあるが)本当なのだろうか、

昔、世を治めていらっしゃった帝が、ただ若い人をばかり大事になさって、四十になった人を殺させなさったので、地方の遠い国に行って隠れたりして、まったく都の内に老人がいなかったのだが、中将であった人で、たいそう時流に乗っていて、思慮分別もあった人が、七十近い親を二人持っていたが、「このように四十歳をさえ規制するのだから、(七十近いなんて)ことさらに恐ろしい」と(親が)怖がって騒ぐ時に、(中将は)大変に孝行な人で、「遠い所には住まわせまい。一日に一度、顔を見ずにはいられそうにない」と言って、密かに家の中の土を掘って、その中に家を建てて(親を)隠し据えて、訪れて行っては顔を見る。他の人にも朝廷にも、消えて姿をくらました(虚偽の)事情を知らせてある。どうしてこうなるのか。家に引っ込んでいるような人には、関知しないでくださればよい。うとましい世であることよ。

この親は上達部《かんだちめ》などであったのだろうか、中将などを子として持っていたというのは。

思慮分別があり、万事に精通していたので、この中将も若いけれどとても評判が高く、行き届いた才知で、（帝も）時の人と思っていらっしゃるのだった。

唐土《もろこし》の帝が、この国の帝を何とかして、だましてこの国を奪い取ろうと考えて、常に試し事をし、争い事をしかけて、脅威をお与えになったのだが、（今回は）つやつやと丸くかわいい感じに削った二尺くらいある木を、「これの根元と先端はどちらか」と問うべく献上した時に、全く知りようもないので、帝が途方に暮れていらっしゃる際に、（中将も）困惑して、親の所へ行って「これこれの事がある」と言うと、「ただ流れが速そうな川に、立ったまま（その木を）横向きに投げ入れて、向きを変えて流れるような方を先と記して届けてやれ」と教える。参内して我《われ》知り顔で、「さて、試してみましょう」と言って人と一緒に投げ入れた木に、先になって行く方に印を付けて届けたところ、本当にその通りなのだった。

また、二尺くらいの蛇でちょうど同じ長さなのを、「これはどちらが男か、女か」と言って（唐土の帝が）奉った。これも、全く誰も知りようがない。例の中将が（親の所に）来て問うと、「二匹を並べて、尾の方に細い若枝を近づけてみる時に、尾が働かないならそれを女と判別せよ」と言った。すぐにそれは内裏の中で言う通りにしたところ、本当に一匹は動かず一匹は尾を動かしたので、またそのような印を付けて届けてやった。

しばらく経ってから、七曲《ななまが》りに曲がりくねった玉で、中が空洞で左右に口があいた小さな物を（唐土の帝は）奉って、「これに緒《お》を通していただこう。わが国では誰もがしておる事だ」と言って奉った時に、「大変な名人も、役に立たない」と、多くの上達部、殿上人、世の人がすべて口を揃えるので、また（中将は親の所へ）行って「かくかくしかじか」と言うと、「大きな蟻をつかまえて、二匹ばかりの腰に細い糸を結び付けて、またそれにもう少し太い糸を繋いで、あちらの口に蜜を塗ってみよ」と言ったので、そのように（帝に）申し上げて蟻を入れたところ、蜜の匂いをかいで、本当に実にすばやくあちらの口から出たのだった。そうして、その糸が貫かれている玉を届けてやった後には、「やはり日の本の国は、賢いことだ」ということで、以後はそうした事もしなかった。

この中将を（帝は）大変な人だとお認めになって、「（褒美には）どういうことをして、いかなる官位をお与えになるべきか」と仰せになったので、「決して官職も位階もいただきますまい。ただ年老いた父母が姿をくらましておりますのを、探し出して都に住まわせる事をお許しになってください」と申し上げたところ、「何ともたやすい事だ」ということで許されたので、大勢の人の親が、これを聞いて喜ぶ様は尋常でなかった。中将は、上達部、大臣として（帝が）お取り立てになったのだった。

そういうわけで、その人が神になったのだろうか、その神の御もとに参詣していた人に、夜（神が）現れておっしゃったのは、

七曲りに曲がりくねった玉の緒を貫いて（蟻を通した神の名を）蟻通とは知らないで

いるのだろうか

とおっしゃったのだった。

と、人が語った。

［評］本段は類聚段では最も長い章段で、最初に五つの社と二つの明神を挙げて、次に蟻通明神の由来について棄老《きろう》と難題の説話を聞書《ききがき》風に語り、和歌で締めくくっている。他の章段とは異なり、「けり」の語り文体を多用しているのも特徴的である。貫之の馬や最後の七曲りの歌語りについては歌論書などに多く採られるが、棄老伝承は『枕草子』のほかは後代の『奥義抄』『お伽草子』にしか見られない珍しいものである。先進国である唐土に対して、日本も負けてはいなかったという知恵比べの話で、本朝意識がうかがえることも注目される。

二二九段

一条の院を今内裏《いまだいり》と言う。主上がおいでになる殿舎は清涼殿で、その北にある殿舎に（中宮様は）いらっしゃる。西と東は渡殿《わたどの》で、（主上が）お渡りになり、（中宮様が）参上なさる通路になっていて、前は壺庭なので、前栽《せんざい》を植えて籬垣《ませがき》を結ってとても風情がある。

二月二十日頃のうららかにのどかに日が照っている時に、渡殿の西廂《にしびさし》で、主上が御笛を吹いていらっしゃる。高遠《たかとお》の兵部卿が、主上の御笛の師でいらっしゃるのだが、御笛二つで高砂《たかさご》を繰り返し吹いていらっしゃるのは、やはりこの上なくすばらしいと言うのもありきたりだ。御笛に関する事などを奏上なさるのは、とてもすばらしい。（私たちも）御簾の所に集って端に出てそれを拝見する折には、「芹《せり》摘みし」などと嘆かれる事は何もない。すけただは木工《もく》の允《じょう》で、蔵人にはなった人。ひどく粗暴でうとましいので、殿上人や女房が、「あらわこそ」と名を付けたのを、歌に作って「並びないお方、尾張人《おわりうど》の後胤《こういん》であったことよ」と歌うわけは、尾張の兼時《かねとき》の娘が産んだ子だったのだ。この節を（主上が）御笛で吹いていらっしゃるのを、傍らに伺候して、「やはり高くお吹きになって下さいませ。（当人は）耳にはできないでしょう」と申し上げると、「どうかな、そうは言っても聞いて気付くだろう」と、（いつもは）ひっそりとお吹きになるばかりなのだが、（この日は）あちらから渡っていらっしゃって、「あの者はいないのだったな。今こそ吹こう」とおっしゃってお吹きになるのは、大変にすばらしい。

［評］長保二年（一〇〇〇）二月二十日頃の今内裏の風景を描く。前年から画策されていた彰子の立后《りつごう》が前月二十八日に正式に決定し、立后に備えて彰子が二月十日に退出する

や、翌日に一条は定子を参内させた。十八日には敦康《あつやす》親王の百日の儀が北二対で催されており、本段はその直後、彰子立后の儀（二十五日）が目前に迫っていた時期の逸話となる。異例の「一帝二后」が実現されるまでの一条天皇の逡巡や苦悩は、行成《ゆきなり》の日記から窺い知ることができるが、最後に「いみじうめでたし」とまで讃えられているのは、つかの間の安らぎに浸るように笛に興じる天皇の姿にほかならない。ここに定子は登場しないが、当時の両人の暮らしぶりは七段と四七段に描かれている。

二三〇段

生まれ変わって、天人などはこうであろうかと見えるものは、普通の女房としてお仕えする人が、御乳母《めのと》となった場合。唐衣《からぎぬ》も着ず、裳《も》をさえもどうかすると着けない姿で御前に添い臥し、御帳台《みちょうだい》の中を居場所にして、女房たちを呼び使い、局《つぼね》に何か言って行かせ、手紙を取り次がせなどしている様子は、とても言い尽くせそうにない。

雑色《ぞうしき》が蔵人《くろうど》になったのは、すばらしい。去年の霜月の臨時の祭に御琴《みこと》を持っていた際は、人並みにも見えなかったのに、（今や）君達《きんだち》と連れ立って歩きまわる様は、いったいどこの人かと思われる。雑色以外から（蔵人に）なった人などは、あまりさほどとも思われない。

［評］一介の女房が皇族の乳母になり我が物顔に振る舞うこと、また無位の雑色がいきなり六位蔵人になり貴族の仲間入りをするのは大出世で、まるで天人への転生のようだとまで評するのである。定子腹の修子内親王や敦康親王の乳母に、命婦や女蔵人《にょ》程度の女房から選ばれた例をみての羨望と批判であろうか。

二三二段

雪が高く降って今もなお降る時に、五位も四位も、顔の色つやが端麗で若々しい者が、とても美しい色の袍で、石帯《せきたい》の形が付いているのを、宿直《とのい》姿で裾をたくし上げて、紫色の指貫《さしぬき》も雪に冴え映えて濃さがまさっているのを着て、衵《あこめ》が紅色か、さもなくば、仰々しい山吹色なのを出衣《いだしぎぬ》にして、唐傘《からかさ》をさしているが、風がひどく吹いて横ざまに雪を吹きかけるので、少し傾けて歩いて来ると、深沓《ふかぐつ》、半靴《ほうか》などの脛巾《はばき》にまで、雪が真っ白にかかっているのは風情がある。

［評］前段の蔵人からの連想か、それより上位の四位・五位の若君達について、色とりどりの宿直姿が白い雪に映える様子を活写している。その姿はまるで物語に登場する君

達のように色鮮やかで優美である。

二三二段

細殿《ほそどの》の遣戸《やりど》をとても早い時間に開けたところ、御湯殿《おゆどの》の馬道《めどう》から退出してくる殿上人が、萎えた直衣《のうし》、指貫《さしぬき》がかなりほころんでいるので、様々な色の衣がこぼれ出ているのを押し込んだりして、北の陣の方に歩いて行く時に、開いている遣戸の前を通るというので、纓《えい》を後ろから回して顔をふさいで行ってしまうのもおもしろい。

［評］前段と対照的な章段。前段が雪の降る折の若君達の色彩美を描いたのに対して、本段は殿上人の宿直から退下《たいげ》する姿で、着崩れて出衣もしないで、纓を半回転させて顔を隠すような現実的な姿をユーモラスに描いている。

二三三段

岡は　船岡《ふな》　片岡。
鞆岡《ともおか》は笹が生えているのが、趣があるのだ。かたらいの岡　人見《ひとみ》の岡。

［評］本段の岡は大和と山城に集中し、前半は若菜摘みに関わり、後半の「かたらひの岡」「ひとみの岡」は名称への興味で挙げたのであろう。

二三四段

降るものは　雪　霰《あられ》。

霙《みぞれ》は気にくわないけれども、白い雪がまじって降るのが、おもしろい。

［評］雨に近い霙《みぞれ》は好まれず、雪の白い清浄美が賛美される。

二三五段

雪は檜皮葺《ひわだぶき》（に降るのが）、まことにすばらしい。すこし消えそうになっているくらい（がよい）。また、あまり多くも降らないのが、瓦の目ごとに入って黒く丸く見えているのは、とてもおもしろい。

時雨、霰《あられ》は、板葺（にかぎる）。霜も、板葺、庭（がよい）。

［評］前段からの連想で、雪や時雨、霰などがどの屋根に似合うか、最適の場所が取りあげられる。秋から冬にかけての景物に限られるのも注目される。

二三六段

日は入り日、沈みきってしまった山の端に、残照の光がなおも残って赤く見えているところに、薄く黄ばんだ雲がたなびいている様子は、とても風情がある。

［評］一段の日の出とは対称的に、太陽が西の山に沈んだ直後の赤光や雲の残照の美しさを描いている。一段で秋の夕日に言及したことも連想される。

二三七段

月は有明の月の、東の山際に細い形で昇るころが、何ともしみじみする。

［評］前段の日没と対照的に、明け方の有明月の情趣を描いている。「細くて」は下弦の

月の形状であるが、後朝の別れの心細さが重ねられてもいる。

二三八段

星は　すばる　彦星《ひこぼし》　金星。
よばい星は、ちょっとおもしろい。尾さえなければもっと（すてきなのに）。

［評］古代日本では星に対する関心が薄く、七夕伝説以外の用例も少ない。本段が注目される所以だが、ここでも星そのものより、その名称への興味に終始している感がある。

二三九段

雲は白いの。紫、黒いのも趣がある。風が吹く折の雨雲。

夜が明けきる頃の黒い雲が、しだいに消えて、白んでゆくのも実に趣がある。「朝《あした》に去る色」とか、漢詩にも作っているようだ。

月のとても明るい面《おもて》に、薄い雲（がかかるの）は、しみじみとする。

［評］白雲は高山にあって桜の見立てとなり、紫雲は瑞雲《ずいうん》で阿弥陀仏の来迎《らいごう》、黒雲は凶兆を連想させる。しかし、本段では純粋に色彩の美しさやその推移を賞美したと捉えて、「春はあけぼの」の段と読み合わせたい。

二四〇段

騒がしいもの　火の粉　板屋の上で烏《からす》が斎《とき》の生飯《さば》を食べるの。十八日に清水寺《きよみず》に（人々が）籠《こも》り合っているの。

暗くなってまだ火も灯さない頃に、よそから人が来合わせたの。まして、遠い所の地方などから家の主人が上京した時は、とても騒がしい。近い所で「火が出て来た」と言う時。けれど、燃え移りはしないのだった。

［評］騒々しいものを列挙するが、特に冒頭の「走り火」をはじめ「火」に関わるものが多い。近所の火事に呆然とするものの、類焼をまぬがれたというオチからは安堵感が伝わってくる。

二四一段

無造作なもの　下級の女官たちが髪を結い上げた姿。唐絵に描かれた革帯の後ろ姿。聖のふるまい。

二四二段

言葉が無礼そうなもの　宮のべの祭文《さいもん》を読む人。舟を漕ぐ者ども。雷鳴《かんなり》の陣の舎人《とねり》。相撲とり。

［評］一八七段に続いて言葉に関する章段で、卑俗であったり大声や方言であったりと、雅やかでない言葉遣いに嫌悪感を抱いているのである。

二四三段

こざかしいもの　今時の三歳児。

幼児のための祈禱をして、腹などつかむ女。道具類を出してもらって、祈禱に使う物を作る。紙をたくさん押し重ねて、何とも鈍い刀で切る様子は、一枚だって裁断できそうにないのに、（そのような刀が）裁断の道具となってしまったので、自分の口まで引きゆがめて押し切り、目がたくさんある物などで、かけ竹を割ったりして、とても神々しく（御幣《ごへい》に）仕立てて、振るわせて祈る事々は、実にこざかしい。一方では「何々の宮、その殿の若君がひどい病状でいらっしゃったのを、かき拭《ぬぐ》ったように治して差し上げたので、褒美をたくさんいただいたことよ。その人やあの人をお召しになったけれど、効き目がなかったので、今だにこの女をお召しになる。その御ひいきにあずかる（ことだ）」などと語っている顔も卑しい。

下衆の家の女主人。ぼけている者は、それがまたこざかしくて、本当に利口な人を教えたりするのだよ。

［評］本段の中心人物は、幼児の病気平癒の祈禱をする巫女風の女で、その小賢しさと卑しさが強調されている。

二四四段

ただ過ぎに過ぎるもの　帆をかけた舟　人の年齢　春　夏　秋　冬。

［評］帆をかけた舟の空間的な移動から、人の年齢や四季という時間的な移ろいに転じている。四季は永劫回帰する時間ではあるが、ここでは移り変わりのはかなさに焦点が当てられている。

二四五段

ことさら人に知られないもの　凶会日《くえにち》　人の女親が老いてしまっているの。

二四六段

手紙の言葉が無作法な人は、ひどく憎らしい。世間をいいかげんに見て書き流している言葉が憎らしいのは（もちろん）、かしこまるべきでない人に対して度を越してかしこまっているのも、いかにもみっともない事だ。けれど、自分がもらったならもちろん、人のもとに届いているのまで憎らしいのだ。大体、面と向かって（話して）も、失礼な言葉は「どうしてこう言うのだろう」と、いたたまれない。まして、身分ある人などをそのように（失礼に）申し上げる者は、何ともしゃくにさわる感じまでする。田舎びた者などが失礼に話すのは、滑稽で実によい。

男主人などに（仕える者が）失礼な言葉を使うのは、とてもみっともない。自分の使用人などが「何とおはする」「のたまふ」などと言うのは、ひどく憎らしい。このあたりに「侍《はべ》り」などという文字を入れさせたいと思って聞くことは多い。そう指摘すべき者には、どうしてこうお前の言葉は無作法なのか」と言うと、（それを）聞く人も言われる人も笑う。こう感じるせいだろうか（注意すると）、「あまりに細かく見すぎる」などと（人が）言うのも、体裁が悪い証拠なのだろう。

殿上人、宰相などを、ただ（本人が）名乗る名を少しも遠慮なげに言うのは、とても体裁が悪いが、はっきり名を言わず、女房の局《つぼね》に使われている人をまで「あのおもと」「君」などと言うと、（言われた人は）「めったにないことでうれしい」と思って、ほめる事は尋常でない。

殿上人、君達《きんだち》（の場合）、御前以外では官名だけを言う。また、御前では自分たち同士で物を言うとしても、（主人が）お聞きになる時には、どうして「まろが」などとは言おうか。「まろ」と言うようなのが賢く、言わないのがみっともないはずがあろうか。

［評］一八七段や二四二段のように、言葉づかいに関する随想段で、特に敬語の使い方の誤りに警鐘を鳴らしている。宮仕え人や従者の言葉はいかにあるべきか、ここでの教

訓は現代にも通じるものがある。

二四七段

ひどくきたないもの　なめくじ　ぼろ板敷を掃く箒《ほうき》の先　殿上の間の合子《ごうし》（という椀）。

二四八段

ひどく恐ろしいもの　夜鳴る雷。隣近所に盗人《ぬすっと》が入ったの。自分の住む所に入って来た時は、無我夢中なので何もわからない。近くの火事、これまた恐ろしい。

［評］雷の中でも特に夜中が恐ろしいのである。近所の盗人や火事の方が、無我夢中の自分の時よりも恐ろしいというのも、人間の心理を言い当てている。

二四九段

頼もしいもの　具合が悪い時、（導師が）伴僧《ばんそう》をたくさん引き連れて修法《ずほう》しているの。

気分などがすぐれない折、心から親身になってくれる人が慰めの言葉をかけてくれた時。

［評］修法が大人数で行われるのは、病気で不安な時である。また愛しい人の慰めの言葉は格別だと主張したいのであろう。

二五〇段

たいそうな支度をして婿に迎えたのに、間もなく居つかなくなったその婿が、舅《しゅうと》に出会った時には、困ったことだと思っているのだろうか。

ある人が、大変に時めいている人の婿になって、ほんのひと月くらいもしっかり通って来ないで終わってしまったので、（妻の家の）誰もがあれこれ言って騒ぎ立て、乳母《めのと》などのような者は、（婿に）不吉な事などを言う人もいるのに、その翌年の正月に（婿は）蔵人になってしまった。「あきれてしまう、このような間柄なのに、どうして（昇進したのか）と人は思っている」などと言い立てるのは、（婿も）耳にしているだろうよ。

六月にある人が法華八講《ほっけはっこう》をなさる所で、人々が集って聴聞した際に、蔵人になった婿が、綾織の上の袴、黒半臂《くろはんぴ》など、たいへん鮮やかな身なりで、忘れ去ってしまった妻の車の、鵄《とみ》の尾《お》という物に半臂の緒を引っ掛けてしまうくらい（近く）の席にいたのを、「（車中では）どう思って見ているのだろう」と、他の車の人々も、事情を知っている者は誰も気の毒がったのだが、別の人々も「（そんな所に）平気な顔でいたものだな」などと、後にも言ったことだ。

やはり男は、何かに胸がしめつけられる感覚、人の心の内は理解しないようだ。

［評］本段から二五四段までは、人の心のありように関する評論的随想が続く。ここでは婿になったものの、すぐ妻を見限った男が対象で、その理由は詮索せずに、その後の薄情な態度を問題にしている。男が蔵人に出世し、また法華八講を聴聞した折の華やかな衣装からすると、前妻の父以上に権勢のある家の婿となったのであろうか。そんな想像をかき立てる章段である。

二五一段

世の中でやはり何ともつらいものは、人に憎まれるような事であるに違いない。いったいどこの変わり者が、「自分は人に憎まれよう」とは思おうか。けれどおのずと、宮仕え所でも親兄弟の間でも、愛される愛されない（の差）があるのは、とてもやりきれないことだ。

身分が高い人の御事はもちろん、下衆などの間でも、親などがいとおしむ子は、注目されて評判になって、大切にしたい感じがする。見どころのある子は当然で、どうしてかわいがらずにいられようかと思われる。これという取り柄のない子の場合は、同じくこの子をいとおしいと思っているらしいのは、親なればこそだとしみじみする。

親にも主君にも、すべて親しくしている人にも、人に愛されるならそれほどすばらしい事はあるまい。

［評］人に愛されることと愛されないこととの不平等を語りながら、後半で親はどんな子でも愛するとした点に若干の齟齬があり、親から子への愛情を特別視する姿勢がうかがえる。最後の一節は、定子の前で「すべて人に一に思はれずは何にかはせむ」と言い放った作者の宣言（九八段）を思い起こさせる。

二五二段

男というものは、やはり非常に珍しい生き物で、不可解な心を持っているものである。いかにも美しそうな人を捨てて、かわいげない人を（妻に）持っているのも妙なことだ。宮中に出入りしている男や、良家の子息などは、たくさんいる中で良さそうな女を選んで寵愛なさるがよい。手が届きそうにないような家柄の女さえも、すばらしいと思うならそのような相手を、死ぬほどにも思い焦がれなさい。

しかるべき人の娘や、まだ見ぬ人などをも、「すぐれている」と噂の女こそは「何とかして（手に入れたい）」とも思うようだ。一方、女の目にも「見劣りする」と思う女を愛するのは、どうしたことなのだろうか。

容貌がとても美しく心根も良い人が、字も見事に書き、歌もしみじみと詠んで、恨みを言ってよこしたりするのを、（男は）返事はこざかしくするものの（女の所に）寄りつかず、可憐な様子でじっと嘆いている女を見捨てて（他の女のもとへ）行ったりするのは、あきれて義憤を覚えて、傍で見ている者の心情としても不快に思えるはずなのに、自分の身の上となると少しも（相手の）つらさを理解しないことだ。

［評］本段の主眼は、理想の女性を顧みなくなる男性の心変わりの不可解さに義憤を禁じえないことにある。男性の好ましい恋愛や結婚は反実仮想の形で語られ、現実では男性が違った価値観で女性を選ぶことが我慢できないのである。なお美しい妻を捨てて不器量な女性と結婚する例としては、『大鏡』に描かれた藤原朝光《あさてる》の話が連想される。

二五三段

あらゆる事よりも思いやりがあるのは、男はもちろん、女でもすばらしく思われる。何でもない言葉でも、痛切に心に深くしみなくても、気の毒なことを「気の毒だ」とも、かわいそうなことを「本当にどんなに（つらく）思っていよう」などと言ったのを（人から）伝え聞いたのは、面と向かって（相手が）言う場合よりもうれしい。何とかしてこの人に「（お気持ちは）よくわかった」とでも（こちらの感謝を）知らせたいものだと、常に思われる。

思ってくれるに決まっている人、見舞ってくれるはずの人は、（それが）当然のことなので格別感激もしない。そう思ってくれそうもない人が、応答を（こちらが）安心するようにしたのは、うれしい振る舞いだ。とてもたやすい事だが、めったに見られない事であるよ。

大体、気立ての良い人で本当に才気がなくはないのは、男でも女でもめったにない事のようだ。あるいは、そのような人も多いはずだが。

［評］人の「情《なさけ》」、思いやりの重要性を説く段。「情」ある言葉は直接聞くよりも、間接的に伝え聞いたり、親しくない人からかけられる方が感動が深いというのは、真実を突

いている。最後に情と才気は両立しがたいとしながら、そうした人も多いはずと反転するのは、読者の批判をかわすためであろうか。

二五四段

人の噂話に腹を立てる人は、まったくわけがわからない。どうして口にせずにはいられようか。自分の身はさておいて、これくらい非難してやりたくなり、言いたくなるものは他にあろうか。けれど、(噂話は)良く思われないようでもある。また、自然と(本人が)聞きつけて恨んだりもするのは、具合悪いことだ。また、関係を絶つことができそうにない相手は、(言えば)厄介だなどと察しが付くので、がまんして言わないのだ。そういう事情さえなければ、話題に出してきっと笑ったりもするだろう。

[評] 人の噂についての評論。噂話以上に面白いものがあろうか、それを禁じるのは理不尽というのは、宮廷女房としての本音を語っているのであろう。

二五五段

人の顔で格別に良く見える所は、会う度に見ても、ああ素敵だ、類まれだと思われる。絵などは、何度となく見ると（もう）目もとまらないことよ。近くに立ててある屛風の絵などは、非常にすばらしくても、注目もされない。（それに対して）人の容貌は、おもしろいものだ。いかにも気に入らない道具類の中にも、一点の良い所が自然と注目されることよ。（人の顔の）見苦しい部分も、そのように注目されるのだろうと思うのは、やりきれない。

［評］「人の顔」の美点には、見飽きることがないという。絵などと違って、生きた表情があるからか。こうした指摘には説得力があるが、本段は最後にオチが付く。目を引くという点では、見苦しい部分も同じというわけだ。「わろし」で結んだ一段などと同じく、作中に多用される筆法である。ことさらに作者の容貌と結びつけ、不美人説の根拠としてきた旧来の解釈には従えない（四七段補注三参照）。

二五六段

古風な人が指貫《さしぬき》をはいている様は、とてもまどろっこしい。（指貫を）前に引き当てて、まず（単《ひとえ》などの）裾をみな押し込んで、腰紐は放っておいて衣服の前を整え終えて、及び腰で（腰紐を）取る際に、後ろの方に手をさし伸ばして、猿が手を縛られているように、ひどくもがいているのは、急用の際に出立できそうには見えないようだ。

［評］古風な老人がもたもたしながら指貫を着ける様子を侮蔑的に描いた段。中でも、猿が手を縛られているようという喩えが利いている。本段に限らず、『枕草子』には老人を嘲笑する描写も少なくないのである。

二五七段

十月十何日の月がとても明るい夜に、出歩いて（月を）見ようということで、女房が十五、六人ほど、みな濃い紫の着物を上に羽織ってそれぞれ裾を裏返してはしょっていた中に、中納言の君が紅の糊のきいた物を着て、頸《くび》から後ろ髪を前に回していらっしゃったのが、新しい卒塔婆《そとば》にとてもよく似ていたことだ。「雛《ひいな》の典侍《すけ》」と、若い女房たちはあだ名をつけていた。後ろに立って笑うのも（本人は）知らないのだよ。

二五八段

成信《なりのぶ》の中将は、人の声は非常によく聞いて理解なさったことだ。同室の女房の声などは、常に聞いていない人は全く聞き分けることができない。特に男は、人の声をも筆跡をも見分け聞き分けしないものなのに、ほんのかすかな声でも、見事に聞き分けなさったものだ。

二五九段

大蔵卿くらい早耳な人はいない。本当に蚊の睫毛が落ちる音をも必ずや聞き付けなさるほどだった。

職の御曹司の西面《おもて》に住んでいた頃、大殿《おおとの》の新中将（成信）が、宿直ということで話などした時に、近くにいる女房が「この中将に扇の絵の事を言ってよ」とささやくので、「じきにあの君（大蔵卿）がお立ちになったらその時にね」と、とてもこっそりと耳打ちするのを、その女房でさえ聞き取ることができず、「何だって何だって」と耳を傾けてくるのに、（大蔵卿は）遠くに座っていて、「憎らしい。そうおっしゃるなら今日は立ち去るまい」とおっしゃったのは、どうして聞き取りなさったのだろうと、あきれてしまった。

［評］前段では女房たちの声をきちんと聞き分ける成信《なりのぶ》を絶賛したが、本段では大蔵卿正光《まさみつ》の微細な音でも聞き逃さない聴力に辟易《へきえき》としている。同僚から成信に伝言を頼まれた作者が、大蔵卿が立ち去ってからにしようと内緒話をしたのを、得意の聴力で聞きつけた大蔵卿がへそを曲げる様子もユーモラスである。

二六〇段

うれしいもの　まだ見ぬ物語の一冊目を見て、本当に先が読みたいとばかり思う物の残りを見つけ出した時。とはいえ、がっかりするような場合もあるよ。人が破り捨てた手紙を継ぎ合わせて見ると、同じ（文字の）続きを何行も連続して目にした時。どうなのだろうと思う夢を見て、恐ろしいことだと胸がつぶれる時に、何でもないと（夢解《と》きが）占ってくれたのは、とてもうれしい。

身分ある人の御前に、人々がたくさん伺候する折に、昔あった事であれ今お聞きになり世間で話題になった事であれ語っていらっしゃるところ、自分に目を合わせなさってお話しになっているのは、とてもうれしい。

遠い所はもちろん、同じ都の内でも離れて暮らしていて、自分には大切に思う人が、病気だと聞いて「どうなのか、どうなのか」と不安な事柄を嘆くうちに、回復した旨の知らせを聞くのも大変うれしい。

好きな人が人にほめられ、高貴な人などが、（その人を）感心な者だとお思いになり、そうおっしゃるの。しかるべき折（の歌）、もしくは人々が詠み交わした歌が評判になって、打聞《うちぎき》などに書き入れられること。自分の身の上にはまだ経験のない事だけれど、やはり（うれしさを）想像することよ。

さほど親しくない人が口にした古い詩歌で、知らないのを（他から）聞き出したのもうれしい。後で何かの書物の中などで見付け出したのは、ただおもしろく、これだったのかと、それを言っていた人に心ひかれる。

みちのくに紙《がみ》も、普通の紙も、良い物を手に入れた時。立派な人が歌の上の句や下の句を尋ねた時に、ふと思い出したのは、我ながらうれしい。いつも覚えている事も、また人が問う時に、きれいに忘れてしまっている折が多いものだ。急いで探す物を見つけ出した時。

物合《ものあわ》せや、何やかや勝負事に勝ったのは、どうしてうれしくないことがあろうか。また、「自分こそは」などと思って得意顔な人を、あざむくことができた時。女同士よりも男（が相手の時）はそれ以上にうれしい。「このお返しは必ずしようと（相手は）思っているだろう」と、常に心積もりさせられるのもおもしろいのに、（相手は）実にさりげなく何とも思っていない様子で（こちらを）油断させてやり過ごすのも、またおもしろい。憎らしい者がひどい目にあうのも、「仏罰があたるだろう」と思いながらまたうれしい。しかるべき折に、着物を打たせにやって「(仕上がりは)どうだろう」と思う時に、美しい仕上がりで受け取ったの。刺櫛《さしぐし》を磨かせた時に、上々のような出来なのもまたうれしい。「また」も多いけれど。

何日も何か月もひどい症状でずっと具合悪かったのが、回復したのもうれしい。好きな人の身の上は、我が身よりも一層うれしい。

貴人の御前に人々が隙間なく座っている所に、今参上した者は、少し遠い柱の元などに座っているのを、すぐお見つけになって「こちらへ」と仰せになるので、(人々が)道を開けて御前すぐ近くにお召し入れされたのはうれしいことだ。

[評]うれしく感じられるものを無秩序に並べているようだが、物語をはじめ欲しい物を見つけ出すこと、また自分や親しい人が見つけ出され評価されることの喜びが全体の基調となっている。物語の愛好は「つれづれなぐさむもの」(一三五段)、「物語は」(二〇〇段)にもあり、続きを読みたいという思いは『更級日記』の作者にも通じる。陸奥《みちのくに》紙をはじめとする紙の愛好も、「心ゆくもの」(二九段)や後続の「御前にて」に繰り返し語られるものである。

二六一段

中宮様の御前で女房たちとも（話す際に）、また（中宮様が）お話しなさるついでなどにも、

世の中が腹立たしくわずらわしく、片時も生きていられる気がしなくて、ただどこへなりとも行ってしまいたいと思う時に、普通紙のとても白くこぎれいなのと上等な筆、白い色紙、みちのくに紙などを手に入れてしまうと、すっかり気が晴れて、「なるようになれ、このまましばらく生きていてもよいではないか」と思われる。また高麗縁《こうらいべり》の筵で、青々として（編目が）細かくて厚いのが、縁《へり》の紋がとてもくっきりと黒く白く見えているのを、ひき広げて見ると、「どうして、やはりこの世は決して決して思い捨てることはできまい」と、命までも惜しくなる。

と申し上げると、「ずいぶんと、他愛ない事にも気持ちが慰められることよ。姨捨《おばすて》山の月は、どのような人が見たのか」などと（中宮様は）お笑いになる。伺候する女房も、「たいそうお安い息災の祈りであるようだ」などと言う。

その後しばらくして、心から思い悩む事があって里に下がっている頃、（中宮様が）立

派な紙二十枚を包んでくださった。お言葉としては「早く参上せよ」などと仰せで、「この紙はお聞きになっていた事があったので（下賜する）」「上等ではないようなので、寿命《ずみよう》経も書けそうにないだろうが」と仰せになったのは、とてもすばらしい。忘れてしまっていた事を覚えておいて下さったのは、やはり普通の人でも感激するに違いない。まして（今回は）、おろそかに思うべきではないことよ。心も乱れて申し上げようもないので、ただ、

口にするのも畏れ多い神ならぬ紙の霊験で、きっと鶴のような長命となることでしょう

あまりに大げさですか、と申し上げなさって下さいと書いて差し上げた。台盤所の雑仕女《ぞうしめ》が（この度）お使いには来ている。（禄に）青い綾の単《ひとえ》を与えたりして、本当に、この紙を草子に仕立てなどして浮かれ騒いでいると、わずらわしい事も紛れる気がして、「すばらしいことだ」と心の内にも思われる。

二日ほどして、赤衣《あかぎぬ》を着た男が、畳を持って来て「これを」と言う。「あれは誰か」「無遠慮だ」などと、（家人が）そっけなく言うと、置いて行ってしまう。「どこからなのか」と尋ねさせるが「退出申してしまった」とのことで（部屋へ）取り入れたところ、わざわざ御座《ござ》という畳のように仕立ててあって、高麗縁《こうらいべり》などがとても美しい。心の中では「中宮様からだろうか」などと思うが、やはりはっきりしないので家人たちを出して探すけれど

（男は）消え失せてしまった。いぶかしがって（あれこれ）言うが、使いの男はもういないので仕方なくて、「場所違いなどならば、おのずとまた言ってくるだろう。中宮様の辺りに確かめに参上したいけれど、もしそうでなかったら情けなくなるに違いない」と思うが、「やはり誰がわけもなくこのような事をしようか。（中宮様の）仰せつけなのだろう」と（思えば）、何ともおもしろい。

二日ほど音沙汰もないので（中宮様からだと）疑いの余地なくて、右京の君のもとに「こういう事がある。それらしい気配はご覧になったか。こっそり様子をお話し下さい。何事もないようなら、こう申し上げたことは他言なさいますな」と言ってやったところ、「（中宮様が）とことん内密にしていらっしゃる事である。よもや私が申し上げたと、漏らさないように」と返事があるので、「やはりね」と想像通りでおもしろくて、また手紙を書いて密かに御前の高欄に置かせたものは、（使いが）あわてた際にそのまま落とし落として、御階《みはし》の下に落ちてしまった。

［評］長徳二年（九九六）、里下がりした清少納言に定子は度々帰参を促した。その心遣いには感激しながらも、ただちに帰参には至っていない。定子に対してここまで反応が鈍いのは異例のことで、帰参を阻んでいたのは同僚との軋轢《あつれき》だったらしい（一三八段）。代わりに打ち込んだのが、頂いた「紙二十」を仕立てた「草子」の執筆だった。「幅二

尺二寸、高さ一尺二寸（延喜式）の原紙二十枚を四つ半に切って二つ折りにしたもの」（解環）と考えれば、相当な頁数である。跋文によれば、これが後に源経房《つねふさ》によって世に広められる『枕草子』の初稿本となる。

二六二段

関白殿が、二月二十一日に法興院《ほこ》の積善寺《しやくぜんじ》という御堂で一切経《いっさい》の供養をなさる時に、女院もいらっしゃるはずなので、二月の初めごろに（中宮様は）二条の宮にお出ましになる。眠たくなってしまったので、何事もよく見ていない。

翌朝、日がのどかにさし出した頃に起きたところ、（お邸は）白く新しく風情ある様子に造ってあるが、御簾からはじめとして昨日掛けたようだ。お部屋の装飾は、獅子や狛犬などが、いつの間に入って座ったのだろうと思うとおもしろい。桜が高さ一丈ほどで、見事に咲いているようで、御階《みはし》のもとに植えてあるので、「何とも早く咲いたことよ。梅が今は盛りなのに」と見えるのは、造花なのであった。すべて花の色つやなど、まったく本物に劣らない。「どんなに手間が掛かったことだろう。雨が降れば、しぼんでしまうだろうよ」と思うと残念だ。小家などというものが、たくさんあった所を（造成して）新たに（お邸を）お造りになったので、木立などは見所があるわけでもない。ただ御殿の様子が、親しみやすく風情ある感じだ。

関白殿がお越しになられた。青鈍《あおにび》の固紋《かたもん》の御指貫、桜の御直衣に紅のお召し物三枚ほどを、ただ御直衣に引き重ねて着ていらっしゃる。中宮様をはじめとして、紅梅の濃淡様々の織物、固紋や無紋などの衣をそこにいる女房たちがみな着ているので、ただ光が満ち溢れて見える。（女房の）唐衣は萌黄、柳、紅梅などもある。

中宮様の御前に（関白殿が）お座りになって、お話など申し上げなさる。（中宮様の）お返事などの申し分なさを、「里にいる人などに、わずかでも見せたいものだ」と拝見する。（関白殿は）女房などを見渡しなさって、「宮は、何をお思いになっているのだろう。かくもそうそうたる人たちを居並べて御覧になるとは、うらやましい。誰一人、器量の劣る人はいないなあ。これはみなしかるべき名家の娘たちであるよ。すばらしい。よく目をかけて、お仕えさせなさいませ」「それにしても、この宮のお心をどのように拝察して、こうして参集申し上げていらっしゃるのか。いかに卑しく物惜しみなさる宮だとて、私は宮がお生まれになってから、一途にお仕え申しあげているが、まだお下がりのお召し物一つついただいていない。どうして、陰口では（このような事を）申し上げようか」などとおっしゃるのが、おもしろくて笑ってしまったところ、「本当だよ、愚かだと（私を）見てこう笑っていらっしゃるのが、恥ずかしい」などとおっしゃるうちに、内裏から式部丞なにがしが参上した。

（主上の）お手紙は、大納言殿（伊周）が受け取って殿に差し上げなさると、（上包みを）引き解いて、「心ひかれるお手紙だよ。お許しがありますなら開けて見ましょう」とはおっしゃるものの、「はらはらしていらっしゃるようだね。（拝見するのは）畏れ多くもある」と差し上げなさるのを、（中宮様は）お受け取りになってもお開きになる風でもなく扱っていらっしゃるお心遣いは、まれに見るすばらしさだ。御簾の内から女房が（式部丞に）敷物を差し出して、三、四人が御几帳のもとに座っている。「あちらに参って、禄の用意をしましょう」と言って、（殿が）お立ちになられた後で、（中宮様は）お手紙を御覧になる。お返事を、紅梅の薄様紙にお書きになっていらっしゃるのが、お召し物の（紅梅と）同じ色に照り映え合っている様は、「やはり、このような所までお察し申し上げる人はいないのだろうか」と思うと残念だ。「今日のは特別に」ということで、殿の御方から禄はお出しになる。女の装束に紅梅の細長《ほそなが》を添えてある。酒肴などがあるので（使いを）酔わせたいところだが、（式部丞は）「今日は大事なお役目でございます。あなた様、お許しください」と大納言殿にも申し上げて立ってしまう。

（殿の）姫君なども見事にお化粧なさって、紅梅襲のお召し物を競って着ていらっしゃるなかに、三の御前は、（妹の）御匣殿《みくしげ》、（姉の）中《なか》姫君よりも大柄に見えていらっしゃって、北の方などと申し上げる方がよいようだ。

北の方（貴子）もお渡りになった。御几帳を引き寄せて、新参の女房たちには見えないようになさっているので、つまらない気がする。集まって、当日の装束や、扇などの事を言い合っている人もいる。また（別の人は）、対抗心から内緒にして「私は新調したりしようか。ただある物で済ませておくわ」などと言って、「いつものあなたの（おとぼけね）」などと憎まれる。夜に退出する人も多いけれど、こうした折の事なので、（中宮様は）引き止めることもおできにならない。北の方は毎日お渡りになって、夜もいらっしゃる。姫君たちなどがいらっしゃるので、御前は人少なにならなくてよい。（主上の）御使いは、毎日参上する。

御前の桜は、露で色は深まることなく、日などに当たってしぼみ、見栄え良くなくなるのさえ残念なのに、雨が夜に降った翌朝は、いかにも台無しだ。かなり早く起きて『泣いて別れ』たという顔に見劣りする」と言うのを（中宮様は）お聞きになって、「確かに雨の降る気配がしたことよ。（桜は）どうなっていよう」とお目覚めになられる頃に、殿の御在所から侍《さぶらい》どもや下衆などがたくさんやって来て、花のもとにどんどん近寄って、（木を）引き倒し取ってこっそり持ってゆく。「まだ暗いうちにと（殿は）仰せられた」「夜が明けすぎたことよ」「まずいことだぞ」「早く早く」と倒し取るのが、とてもおもしろい。『言はば言はなむ』と、兼澄《かねずみ》の事を思ってやっているのか」とでも、相手が身分ある人なら言いたいけれど、（代わりに）「あの花を盗むのは誰か。いけない事なのでは」と言うと、いよいよ逃げるように引いて持ち去る。やはり、殿の御心はしゃれていらっしゃることよ。

枝々も濡れて（造花が）からみついて、（そのままにしていたら）どれほど具合悪い姿になったろうと思う。（それ以上は）何とも言わずに中へ入った。

掃司《かもんづかさ》が参上して御格子をお上げする。主殿司《とのも》の女官が、お掃除などに参上し終えて、（中宮様が）ご起床なさった時に花もないので、「まああきれた、あの花々はどこへ行ってしまったのか」と仰せになる。「未明に『花盗人がいる』と（そなたが）言うようだったが、とはいえ枝などを少し折り取るのだろうかと聞いたのに。誰がやったのか、見たか」と仰せになる。「よく見ておりません。まだ暗くてしっかり見えなかったけれど、白っぽい者がおりましたので、花を折るのかと、心配になって言ったのでございます」と申し上げる。「そうだとしても、（木ごと）全部はこう、どうして取ろうか。殿がお隠しなさったのだろう」と言ってお笑いになるので、「さあ、まさかそんなことはないでしょう。春の風の仕業でございましょう」と申し上げるのを、「そう（春の風だなんて）言おうと思って隠すのね。盗みではなくて（風の仕業なら）、相当に（木が）揺れて音が響いてしまう」と仰せになるのも、珍しい事ではないけれど大変すばらしい。

関白殿がおいでになるので、「『寝乱れた朝顔』も、時季はずれと御覧になるだろうか」と奥へ引っ込む。おいでになるやいなや「あの花はなくなってしまったね。どうしてこうもたやすく盗ませたのか。何とも感心しない女房たちだよ。お寝坊さんで、気付くことができなかったとは」と驚いていらっしゃるので、「けれども『我より先に（起きていた人がいた）』と思っておりました」と（私が）小声で言うと、すぐさま（殿が）聞きつけなさって、「そうだと思ったよ。絶対にほかの人なら『出て』じっと『見』たりするまい。（気付くとすれば）宰相とそなたくらいではないかと当たりをつけていた」と、たいそうお笑いになる。「殿の仕業だったのに、少納言は『春の風に（罪を）負わせ』たことよ」と、中宮様が微笑んでいらっしゃる様子は、とても素敵だ。「（少納言は）そら言（嘘）を（風に）押し付けたのですね。（歌では）『今は山田《やまだ》も作る』ような季節なのに」などと（殿がその歌を）口ずさんでいらっしゃるのは、とても優美で趣深い。「それにしても、こしゃくにも見つけられたことよ。あれほど注意したのに。宮様の所にはこうした番人がいるからな」などと（殿は）おっしゃる。「『春の風』とは、そらんじて実にうまく言うものよ」などと、また（殿はこの歌を）口ずさみなさる。「ただの言葉としては、（少納言は）抜かりなくしっかり考えました。（殿に片付けてもらわなかったら）今朝の桜の様はどうなっているでしょう」などと、（中宮様は）お笑いになる。小若君《こわかぎみ》が「けれど、それ（濡れた桜）をいち早く見つけて『露に濡れた（顔に劣る）』と（少納言が）言ったのは、『（桜の）不面目だ』と言いました（のと同じです）」と申し上げなさると、（殿が）たいそう悔しがっていらっしゃるのもおもしろい。

そして、八日か九日頃に（里に）退出するのを、「もう少し（当日）近くになってからにしては」などと（中宮様は）仰せになるけれど退出してしまう。普段より実にのどかに日が照っている昼ごろ、「『花の心は開か』ないか、どうかどうか」と（文にて）おっしゃるので、「秋はまだ先でございますが、『夜に九回上る』気持ちがしております」と（お返事）申し上げさせた。

（中宮様が二条の宮に）退出なさった夜、車の順序も決められていなくて（女房たちが）「先に先に」と騒いで乗るのが憎らしいので、しかるべき人と「やはりこの車の乗り方がもう騒がしく、祭の帰《かえ》さの見物などの時のように倒れそうなくらい慌てる様が、とても見苦しいから」「もうどうにでもなれ、乗るべき車がなくて参上できないなら、自然と（中宮様が）お聞きつけなさって（車の）手配もして下さるだろう」などと（私たちが）話し合って立っているその前から、（ほかの女房たちは）押し固まって慌てて出て乗り終わって、（役人が）「これで最後か」と言うのに対して、「まだ、ここに」と（誰かが）言うようなので、宮司《みやづかさ》が寄ってきて「誰々がいらっしゃるのか」と尋ねてきて、「何ともおかしな事だよ。もう皆お乗りになったのだろうと思ってしまった。これはどうしてかくも遅れていらっしゃるのか。もう得選《とくせん》を乗せようとしたのに、ありえないことだ」などと驚いて（車を）寄せさせるので、「それではまずそのお目当ての方をお乗せになって。（私たちは）次にでも」と言う声を聞いて、（宮司が）「困ったものだ。人が悪くていらっしゃること」などと言うので乗ってしまう。その次には本当に御厨子《みずし》の車が続いているので、（松明の）灯りもひどく暗いのを笑って、二条の宮に参り着いた。

（中宮様の）御輿は早々にお入りになって、整えてある御座《おまし》に控えていらっしゃった。「ここに（少納言を）呼べ」と仰せになったので、「どこかどこか」と、右京、小左近などという若い人たちが待ち受けて、参上する人ごとに確認するけれど姿はないのだった。車を降りる順に四人ずつ御前に参上して集まり伺候するのに、「おかしい、いないのか、どういうことか」と仰せだったとも知らず、すべての人が降車し終わってから、ようやく見つけられて、「あれほど（中宮様が）仰せなのに、かくも遅いとは」と言って（私を）引き連れて参上する時に、あたりを見ると「いつの間にこうも長年のお住まいのように、落ち着いた様子でいらっしゃるのか」と思われておもしろい。「どういうわけで、こう『いないのか』と探すくらいまで姿が見えなかったのか」と仰せになるけれど、（私が）どうこうとも申し上げないので、一緒に乗った人が、「もうどうしようもなくて。最後の車に乗っていますような人は、どうして早く参上できましょう。これでも御厨子《みずし》が気の毒がって譲ってくれたのです。（道中が）暗かったのが心細かった」と嘆きながら申し上げると、「係の者が実によくない。またどうして事情に疎いような人なら遠慮もしようが、右衛門など（何でも）言うだろうに」と（中宮様は）仰せになる。「けれど、どうして走って先立ったりしましょうか」など と（右衛門が）言うのを、傍らの人は「憎らしい」と思って聞いているだろう。「みっともなく競って序列高く乗ったとしても、立派だと言えようか。（順序が）決めてあるならその様子が、重々しいような振る舞いが好ましかろう」と、（中宮様は）不満げに思っていらっしゃる。「降りますまでが、とても待ち遠しく辛いので（早く乗ろうとしたのでしょう）」と（私は）取りなし申し上げる。

御経供養のために明日（中宮様が積善寺に）お渡りになるだろうということで、今夜参上した。南の院の北面《きたおもて》に顔を出したところ、それぞれ高坏に火を灯して、二・三人、三・四人と、しかるべき女房同士で屏風を引き隔てている人もいる。几帳などで隔てたりもしている。また隔てたりせずに、集って座りそれぞれ衣装を綴じ重ね、裳の腰紐に上刺《うわざ》しして、化粧する様子はもう言うまでもない。髪などというものは、（梳かしすぎて）明日から後はなくなってしまいそうに見える。「寅の時に、（中宮様は）お出かけなさる手はずのようだ。どうして今まで参上なさらなかったのか。（あなたに渡す）扇を（人に）持たせてお探しする人がいた」と（人が）告げる。

そこで、本当に（出発は）寅の時かと思って身支度していると、夜が明け果てて、日も昇ってしまう。「西の対《たい》の唐廂《からびさし》に（車を）寄せて乗ることになっている」というので渡殿へ全員で行く際に、まだ初々しい新参者などは気後れする様子なのだが、西の対に関白殿がお住まいになっているので、中宮様もそこへいらっしゃって、まずは女房たちを車にお乗せなさるのを御覧になるということで、御簾の内に、中宮様、淑景舎《しげいしゃ》、三、四の君、殿の北の方、その御妹がお三方、ずらりと並んでいらっしゃる。

車の左右に大納言殿（伊周）、三位中将（隆家）が、お二方で簾を上げ、下簾を引き開けて（私たちを）お乗せになる。せめて一群となって行くなら少しは隠れる所もあろうが、四人ずつ名簿に従って「誰々」と呼び立ててお乗せになるので、歩み出てゆく気持ちは本当にあまりのことで、あらわだと言うのもありきたりだ。御簾の内の大勢の方々の視線の中に、中宮様が「見苦しい」と御覧になるだろうと思うくらい、さらに辛い事はない。汗が滲むので、整えている髪なども、すべて逆立ったりしてはいないかと思われる。やっとのことで（御簾の前を）通り過ぎたところ、車のもとに気がひけるようにこぎれいな御様子で（大納言殿と三位中将が）微笑んで見ていらっしゃるのも、現実とは思えない。けれど倒れないでそこまで行き着いたのは、えらいのか恥知らずなのか、あれこれと考えてしまう。

　みな乗り終えてしまったので（車を）引き出して、二条の大路で（轅《ながえ》を）榻《しじ》にかけて、物見車のように停めて並べたのは、とてもおもしろい。「見物人も（自分たちを）そう見ているのだろう」と、自然と胸がどきどきする。四位五位六位などが実に大勢出入りし、車の所に来て（外観などを）整え、話をしたりする中で、明順《あきのぶ》の朝臣《あそん》の心持ちは（得意げで）、空を仰いで胸をそらしている。

　まず女院のお迎えに、関白殿をはじめ申し上げて、殿上人や地下《じげ》などもみな参上した。「そちら（女院）がお渡りになって後に、中宮様はご出立なさるはずだ」ということなので、とても待ち遠しいと思ううちに、日がさし昇ってから（女院は）お越しになる。（女院の）御車を入れて十五台、四つは尼の車で、第一の車は唐車《からぐるま》である。それに続いて、尼の車の、乗車口から（見える）水晶の数珠、薄墨色の裳、袈裟、衣装も非常に尊くて、簾は上げずに、下簾も薄色で裾が少し濃い。その次に女房の車が十台、桜襲の唐衣《からぎぬ》、薄色の裳、濃き色の衣、香染《こうぞめ》や薄色の表着《うわぎ》が、たいへん優美だ。日差しはとてもうららかだが、空は青緑に一面霞みがかっている様子に、女房の装束が映え合って、立派な織物や、色とりどりの唐衣などよりも、優美で趣深い事この上ない。

関白殿と、それに続く殿方が、いらっしゃる限りで（女院の車を）それぞれ丁重にお世話申し上げなさる様は、たいへんすばらしい。これをまず拝見して、褒めたたえ騒ぎ立てる。こちらの車二十台が並んで停めてあるのも、また（あちらでも）素敵だと見るだろうよ。

「早くお出ましになればいいのに」と（中宮様を）お待ち申し上げるが、とても時間がかかる。「どうなっているのだろう」と待ち遠しく思う頃に、やっとのことで（供奉の）采《うね》女《め》八人を馬に乗せて引いて（門を）出る。青裾濃の裳、裙帯《くたい》や領布《ひれ》などが風に吹かれているのが、とても素敵だ。豊前《ぶぜん》という采女は、典薬頭重雅《てんやくのかみしげまさ》のいい人なのだった。葡萄染《えびぞめ》の織物の指貫を着ているので、「重雅は禁色《きんじき》を許されたことだ」などと、山の井の大納言がお笑いになる。（采女が）みな（馬に）乗って整列していると、今こそ（中宮様の）御輿がお出ましになる。すばらしいと拝見したご様子としては、これはまた、何物にも比べようもないことだ。

　朝日が華やかにさし昇る頃に、（御輿の）水葱《なぎ》の花がとても鮮やかに輝いて、御輿の帷《かた》子《びら》の色つやなどの美しさまでがこの上ない。御綱《みつな》を張ってお出ましになる。御輿の帷子が揺れている様子は、本当に「髪の毛（が逆立つ）」などと人が言うのは、決してうそではない。そして今後は、髪の悪かろう人も（これに）かこつけるに違いない。驚くほど厳かで、「いったいどのように、（普段自分は）このように威厳のある中宮様に親しくお仕えしているのだろう」と、我が身も立派なものだと思われる。御輿が通過なさる間、（私たちの）車の榻《しぢ》に一度下ろしてあった（轅を）、また牛に次々と掛けて、御輿の後に（車を）連ねた気持ち、そのすばらしく趣ある様は言いようもない。

（寺に）お着きになったところ、大門の所で高麗《こま》楽と唐楽の演奏で、獅子と狛犬が踊り舞い、乱声《らんじょう》の音、鼓の音色に圧倒される。「これは生きたまま仏の国などに来たのだろうか」と、（楽音が）空に響き上がるように思われる。

　門内に入ってしまうと、色とりどりの錦の幄《あげばり》に御簾を青々と掛け渡し、屛幔《へいまん》どもを引いてある様子など、何もかも全くこの世のものと思われない。（中宮様の）御桟敷に車をさし寄せたところ、またこの殿方たち（伊周と隆家）がお立ちになって、「早く降りよ」とおっしゃる。乗った所でさえそうだったのだが、（ここは）いま少し明るくあらわなので、きちんと（かもじを）添えてあった髪も唐衣の中で膨らんで、妙な風体になっているだろう。(髪の)色の黒さ赤さまで見分けられそうなくらいなのが、とてもつらいので、容易に降りられない。「まず後ろの人から」などと言う時に、その人も同じ思いなのか、「後ろへお下がりください」「もったいない」などと言う。「恥ずかしがっていらっしゃること よ」と(大納言殿が)笑って、やっとのことで降りたところ近寄っていらっしゃって、『むねたかなどに見せないで隠して降ろせ』と中宮の仰せによって来ているのに、察しが悪い」と言って(私を)引き降ろして連れて参上なさる。「そのように(中宮様が)申し上げていらっしゃろうとは」と思うにつけ、大変もったいない。

(御前に)参上したところ、始めに車を降りた人が、見物できそうな端の方に八人ばかり座っていた。一尺余か二尺くらいの長押《なげし》の上に(中宮様は)いらっしゃる。「ここに隠して連れて参っている」と(大納言殿が)申し上げなさると、「どれ」と御几帳のこちらへお出ましになった。まだ御裳《おんも》、唐《から》の御衣《おんぞ》をお召しになったままでいらっしゃるのが、格別だ。紅のお召し物も、並一通りであろうはずがない。中に唐綾《からあや》の柳のお召し物、葡萄染《えびぞめ》の五重襲《いつえ》の織物の上に、赤色の唐の御衣、地摺《じずり》の唐の薄物に象眼《ぞうがん》を施した御裳などをお召しになって、その色合いなどは、全く大方のものと似るべくもない。

「私を、どう見るか」と(中宮様が)仰せになる。「とても素敵でございました」などとも、言葉に出してはありきたりなだけだ。「(出発まで)随分待ったか。それは大夫《だいぶ》(道長)が、女院のお供に着用して人目に触れたのと同じ下襲のままでいたら、みっともないと

（人が）思うだろうということで、別の下襲を縫わせていらっしゃるうちに遅くなったのだ。何とも風流でいらっしゃること」と言ってお笑いになる。とても明るく晴れがましいこの場では、（いつもの室内より）また少しすばらしさが際立つ。御額髪を上げていらっしゃる御釵子《さいし》に、分け目の御髪がいささか寄り集まってくっきりと見えていらっしゃる所までが、申し上げようもない。

三尺の御几帳一組を互い違いに置いて、こちら（下座）との隔てにはして、その後ろに畳一枚を横長に縁《へり》を端に合わせて長押《なげし》の上に敷いて、中納言の君という人は、関白殿の御叔父の右兵衛の督忠君《かみただきみ》と申し上げる方の御娘、宰相の君は、富《とみ》の小路の右大臣の御孫なのだが、その二人が上席で御覧になる。（中宮様は）あたりを見渡しなさって、「宰相はあちらに行って、女房たちの席で見よ」と仰せになるので、（宰相は）心得て「ここでも三人で十分によく見えましょう」と申し上げなさると、「それでは入れ」と（私を）上にお召しになるのを、下の席に座っている女房たちは「殿上を許される内舎人《うどねり》のようだ」と笑うが、「これは（そのように）『笑わせよう』と（中宮様が）お考えになったことかしら」と（私が）言うと、「（宰相の）『馬副《うまぞい》』くらいが（ふさわしい）」などと（女房は）言うけれど、そこに上って見るのは、実に光栄だ。

こうした事など、自分から言うのは自慢話の類でもあり、また中宮様の御ためにも軽々しく、「この程度の人を、どうしてそんなに寵愛なさったのだろう」などと、おのずと物を心得て世間を非難したりする人は、（それが）気に入らないことよ。畏れ多い中宮様の名誉に関わって恐縮なのだが、実際にある事はまたどうして（書かずにいられよう）。本当に身のほどに過ぎた事どもも確かにあるだろう。

女院の御桟敷や、方々の御桟敷を見渡した（眺めは）、すばらしい。関白殿は、中宮様のいらっしゃる御前から女院の御桟敷へお伺いなさって、しばらくしてからこちらに参上なさった。（御供には）大納言お二方（道頼《みちより》と伊周）、三位の中将（隆家）は陣にお仕えなさっていたままの姿で武具を背負って、とても似つかわしく素敵でいらっしゃる。殿上人や四位五位の人々が大勢連れ立って、（殿の）御供に伺候して並んで座っている。（殿が桟敷に）お入りになって拝謁なさると、皆が御裳と御唐衣を、御匣殿《みくしげどの》に至るまでお召しでいらっしゃる。殿の北の方は、裳の上に小袿を着ていらっしゃる。（殿が）「絵に描いてあるような皆のご様子であるよ。もう一人は今日は人並みなようだねえ」と申し上げなさる。「三位の君（貴子）、中宮の御裳をお脱がせなさい。この中では、わが君（中宮）こそが主君でいらっしゃる。御桟敷の前に陣屋を設けさせていらっしゃるのは、並大抵の事ではない」と言ってお泣きになる。「まったくだ」と見えて誰もが涙ぐむ時に、（私の）赤色（の唐衣）に桜の五重の衣を御覧になって、「法服が一つ足りなかったので、急に慌ててしまったのだが、これを拝借すればよかった。あるいは、もしやまたそのような服をひとり占めされているのか」と（殿が）おっしゃると、大納言殿は、少し下がって控えていらっしやったのだが（それを）お聞きになって、「清《せい》僧都の（法服）ではないか」とおっしゃる。一言としてすばらしからぬ事はないではないか。

僧都の君（隆円《りゅうえん》）は、赤色の薄手の御衣《おんころも》、紫の御袈裟、（その下に）とても淡い薄色のお着物を何枚かに指貫などお召しになって、頭の恰好が青々といかにもかわいらしく地蔵菩薩のようで、女房に交じって行き来していらっしゃるのも何ともおもしろい。「僧綱《そうごう》の中に威儀《いぎ》具足《ぐそく》して（お行儀よくして）いらっしゃらないで、見苦しくも女房に交じって」などと笑う。

大納言の御桟敷から松君《まつぎみ》をお連れ申し上げる。葡萄染の織物の直衣に、濃い綾の打衣、紅梅の織物などを着ていらっしゃる。お供にいつものように四位五位がとても多い。御桟敷で女房の中へ（松君を）抱き入れ申し上げると、何の手違いのためか大泣きなさる様までも、実に華やかに見える。

法会が始まって、一切経《いっさいきょう》を蓮の赤い花に一部ずつ入れて、僧俗が、上達部、殿上人、地下《じげ》、六位、誰かれまで手にして列をなしているのは、たいへんに尊い。導師の僧が参上し、講が始まって舞楽《ぶがく》など行う。一日中見ると目もだるくて辛い。主上の御使いに五位の蔵人が参上している。（中宮様の）御桟敷の前に胡床《あぐら》を立てて座っている様など、いかにもすばらしい。

夜になる頃、式部の丞則理《のりまさ》が参上した。「『このまま夜に参内なさるように。お供に伺候せよ』との宣旨を承って（参りました）」と言って帰参もしない。中宮様は「まずは（二条の宮へ）帰ってから」とおっしゃるけれど、さらに蔵人の弁が参上して関白殿にも御消息があるので、とにかく（主上の）仰せ言に従って参内なさるのがよかろうということにする。

女院の御桟敷から、「ちかの塩釜《しおがま》」などという御消息が参って行き来する。趣ある物などを、使いが持って入れ替わり参上する様もすばらしい。行事が終わって、女院がお帰りになる。院司《いんじ》、上達部などが、今度は半数がお供申し上げなさった。

中宮様は内裏へ参上なさってしまったとも知らずに、女房の従者たちは「二条の宮にいらっしゃるのだろう」と思ってそちらへ皆行っていて、待てども待てども（私達の姿が）見えないまま夜はたいそう更けてしまう。内裏では「宿直《とのい》の衣類を持って来てくれないか」と待つのに、さっぱり姿も見えず音沙汰もない。鮮やかな晴れ着で体にも馴染んでいないのを着て、寒いまま文句を言って腹を立てるけれど、仕方がない。翌朝（従者が）来たので「どうしてこう気が利かないのか」などと言うが、（従者からは）弁明も聞かされた。

翌日、雨が降ったのを、関白殿は「これで、私の宿世《すくせ》は明白になりました。どう御覧になるか」と（中宮様に）申し上げなさる、得意満面なご様子ももっともだ。けれど、その折にはすばらしいと拝見した様々な御事《おんこと》も、今の世の様々な御事と比べて拝見すると（隔世の感があり）、すべて一つにして申し上げるべき事柄もないので、その気になれなくて、たくさんあった出来事もみな書くのを止めてしまった。

［評］関白道隆が、正暦《しょうりゃく》五年（九九四）二月に積善寺で行った一切経供養の随行記で、作中の最長編となる。清少納言はまだ新参者だったが、上席での見物を許されるなど、主人から格別の待遇を受けている。記事の詳細さから見て、主家の盛儀を何らかの形で記録する役割が与えられていたか、少なくとも貴重な体験を忘れまいとの心構えで臨んだのだろう。

ただ『本朝世紀』などの公的記録と比べれば、本段はどこまでも書き手の「目に見え心に映る」光景となっている。当日の式次第にはわずかに触れるのみで、その前後の出来事に多くの筆が割かれる（日付が記録類と少々食い違うのは、一〇一段と共通する特徴）。特に前半の二条宮での「花盗人」の逸話は、軽妙洒脱な中関白家の気風をよく伝えていて興味深い。宮仕え当初は、定子と伊周の洗練された会話に感激するばかりの清少納言だったが（一七八段）、今や自身もその一員たり得ていることの高揚感も伝わる。一方その再現にあたり、引歌等の技巧が次々と繰り出される文章は、いささか肩に力が入りすぎている印象も与えよう。

前段（二六一段）には初稿本枕草子の執筆の契機が記されていたが、その当時の作者にとって、本段と一〇一段が記す出来事は、ともに自身が参加した一大イベントであり、主人のためにも書き留めておきたい光景だったに違いない。両段の一部なり原形なりが、初稿本に含まれていた可能性は大きいだろう。なお「されど」以下の追記のような末文は、三巻本以外には見えない。変わり果てた「今の世」から事件時を振り返るという、『枕草子』の基本姿勢を逸脱する叙述だが、この一文の意味するものについては「解説」を参照されたい。

二六三段

尊いこと　九条の錫杖《しやくじよう》　念仏の回向文《えこうもん》。

二六四段

歌は　風俗歌、中でも杉立てる門《かど》。神楽歌もおもしろい。今様歌《いまよう》は、長くて独特の節をしている。

二六五段

指貫《さしぬき》は　紫の濃いの　萌黄色。
夏は二藍。とても暑い頃、夏の虫の色をしているのも涼しそうだ。

二六六段

狩衣《かりぎぬ》は　香染《こうぞめ》の薄いの　白いふくさ　赤色　松の葉色　青葉　桜　柳。また、青い藤。
男は何色の衣でも着ているが。

二六七段

単《ひとえ》は　白（に限る）。
正装時の紅の単《ひとえ》の衵《あこめ》などを、かりそめに着ているのはいい。けれど、やはり白であるよ。黄ばんでいる単《ひとえ》などを着ている人は、ひどく気に入らない。練色《ねりいろ》の衣《きぬ》なども着ているけれど、やはり単《ひとえ》は白に限る。

二六八段

下襲《したがさね》は
冬は　躑躅《つつじ》　桜　掻練襲《かいねりがさね》　蘇芳《すおう》襲。
夏は　二藍《ふたあい》　白襲《しら》。

［評］二六五段から本段までは、「指貫」「狩衣」「単」「下襲」と男性装束の色目について扱った章段。当時は夏服を夏から秋に着用し、冬服は冬から春に着用するので、それぞれの好ましい色目を示している。指貫・単の好みについては、補注で示したように、中関白家の男君《おとこぎみ》の理想的な姿が投影されているのであろう。

二六九段

扇の骨は　朴《ほお》。
色は　赤いの　紫　緑。

二七〇段

檜《ひ》扇は　無地　唐絵《からえ》。

［評］前段と本段で、夏（秋）の扇の蝙蝠《かわほり》と、冬（春）の扇の檜扇を取りあげる。蝙蝠の骨に朴、紙色に赤を挙げるのは、小白川の段（三三段）での「朴塗骨《ほほぬりぼね》など骨《ほね》はかはれど、ただ赤《あか》き紙《かみ》をおしなべてうち使《つか》ひ持《も》たまへる」といった情景の記憶に拠ったのであろう。蝙蝠と檜扇は女性も持つが、それまでの流れや檜扇は無地や唐絵が良いとするあたり、男性用に限定して考えてもよい。

二七一段

神は　松の尾。

八幡《やわた》は、（祭神が）この国の帝でいらっしゃったというのがすばらしい。行幸などに水《な》葱《ぎ》の花の御輿《みこし》に（主上が）お乗りになるのなど、とてもすばらしい。大原野《おおはらの》、春日《かすが》は、とてもすばらしくていらっしゃる。

平野《ひらの》は、空き家があったのを、「何をする所か」と尋ねたところ「御輿宿り」と言ったのも、とてもすばらしい。斎垣《いがき》に蔦《つた》などがとても多く這いかかって、紅葉した色とりどりの葉があったのも、「秋にはあへず」と貫之《つらゆき》の歌が思い出されて、しみじみと長い間ついい車を停めたことだ。

みこもりの神は、また素敵だ。賀茂は、言うまでもない。稲荷。

[評] 勅使が派遣される格の高い神社を挙げ、民間信仰に関わる二二八段の「社は」とは一線を分かつ章段（補注一）。松尾《まつのお》・八幡《はちまん》とまず皇祖を祭神とする神社をあげて、続いて藤原氏の氏神である大原野・春日という順序も注目される。大原野・春日は藤原氏出身の后妃が参拝する神社で、定子が出家後に神事を務められないという、彰子が中宮に冊立される理由にもされた。

二七二段

崎は　から崎《さき》　みほが崎《さき》。

二七三段

屋は　まろ屋　東屋《あずまや》。

二七四段

時を奏上するのは、たいそうおもしろい。たいそう寒い夜中頃など、ごとごとと音を立てて沓《くつ》を引きずって来て、弦《つる》を打ち鳴らして、「何々の誰それ、時丑三《うしみ》つ」「子四《ねよ》つ」などと、はるか遠くからの声で言って、時の杭《くい》をさす音など、たいへんおもしろい。「子《ね》九《ここの》つ」「丑《うし》八《や》つ」などと、里暮らしの人は言う。(宮中では) すべて何であれ、ただ四つだけ、杭はさすことよ。

［評］漏刻《ろうこく》とよばれる水時計は、『日本書紀』に拠れば天智《てんじ》天皇十年 (六七一) に設置された。その時刻を人々に知らしめる方法が、『万葉集』に「時守《ときもり》の打ち鳴す鼓数《よ》みみれば」(巻一一・二六四一) とあるように、太鼓を打つことだった。しかし、いつからか夜間の宮中では声による「時奏《ときそう》」と「時の簡《ふだ》」に杭をさす方法に変化した (田中貴子『いちにち、古典』)。本段では太鼓の数でしか時刻を知りえない下々と、宮中での時奏や杭《くい》をさす音に慣れた者の意識の落差が描かれており、興味ぶかい。

二七五段

日がうららかに照る昼ごろ、また、すっかり夜が更けて「子《ね》の時《とき》などという時分にもなっているだろうよ、就寝なさっておいでだろうか」などと拝察する頃に、「男《おのこ》ども」と(主上が)お召しになったのは、実にすばらしい。夜中ごろに御笛の音が聞こえているのは、また実にすばらしい。

[評] 前段からの続きで、宮中の時間にスポットを当てた章段。その時間の中心にいるのは、他ならぬ天皇である。王権とは時間と空間を支配することであった点も思い合わされる。

二七六段

成信《なりのぶ》の中将は、入道兵部卿の宮の御子で、容貌はとても素敵な様子で、心ばえも魅力的でいらっしゃる。伊予の守兼資《かねすけ》の娘を忘れて(通わなくなって)、親が(娘を)伊予へ連れて下った時の様子は、どれほど哀愁があったろうと思われた。未明に出発するというので(その)当夜に会いにいらっしゃって、有明の月にお帰りになったという直衣姿などと言ったら。その成信の君は、常に座って（私と）話し込んで、人のことなど良くない点は「良くない」などとおっしゃったものだが。

物忌を変な風に（行い）、角瓶《つのかめ》などに立てて食べ物をまず引っ掛けたりする物の名を姓として持っている女房がいるのだが、他の人の養子になって（今の姓は）「平」などというのに、ただその元の姓を、若い女房たちは話の種にして笑う。容姿にしても、特筆すべき事もない。おもしろ味もほとんどないが、とはいえ（分不相応にも）他の人と一緒になって仕えようとするのを、中宮様あたりも「見ていられない」などと仰せになるが、意地が悪いのか、（当人に）告げる人もいない。

一条の院にお造りなさった一間《ひとま》の所には、気に入らない人は決して寄せ付けない。東の御門とじかに向かい合っているとても居心地よい小廂《こびさし》で、式部のおもとと一緒に夜も昼も過ごしていると、主上も常に物を御覧になりに入っていらっしゃる。「今宵は中で寝よう」と言って（小廂ではなく）南の廂の間《ま》に二人で横になってしまった後に、声高に呼ぶ人がいるので、「わずらわしい」などと言い合って寝たふりをしていると、それでも随分とやかましく呼ぶのを、（中宮様が）「その者を起こせ、空寝だろう」と仰せになったので、この兵部《ひょうぶ》が来て起こすが、（私たちが）ぐっすり寝入っている様子なので、「まったくお起きにならないようだ」と言いに（来た人の所へ）行ったのだが、そのまま座り込んで何か話すようだ。「少しくらいか」と思ううちに、夜はたいそう更けてしまう。「（来たのは）権《ごん》の中将（成信）のようだ。まあ何をこうも座り込んで話すのか」と言って、ひそかにただ大笑いするのも、（向こうは）知りようもない。未明まで話し明かして帰る。「さてもこの君（成信）ときたら、本当にとんでもないことよ。絶対においでになっても口をきくまい。何を兵部相手に話し明かすのか」などと言って笑うと、遣戸を開けて女（兵部）は入って来た。

翌朝、いつもの小廂で人が話すのを聞くと、「雨がひどく降る折に来た人には感動する。日頃は心細く耐え難い事があっても、そうして濡れて来たならばつらい事もみな忘れてしまうだろう」とは、どうして（そんな事を）言うのだろうか。（だって）そうだろうよ。昨夜も（その）前日の夜もそのまた前の夜も、ずっとこの所頻繁に訪れる人が、今夜ひどかろう雨に負けずに来たのならば、やはり一夜も欠かすまいとの心積りなのだなと、感動もしよう。そうではなくて、何日も姿を見せず何をしているかわからないような人が、そのような雨の折に限って来るようなのは、「決して誠意ある人とは認めまい」と思われる。それは人それぞれの感じ方なのだろうが。物知りで分別があって情趣を解すると思われる女などと懇意にして、（同時に）たくさん通い所もあり、本妻などもいるので、（その女の所には）頻繁にも顔を出さないのに、（こんな夜に来たとすれば）それはやはり「このようなひどい雨の折に来てくれた」などと、人にも語り継がせて褒められようと思う人の仕業ではないか。それでも全く誠意がないような人の所には、やはりどうして策を弄してまで顔を出そうとも思わないだろうが。

けれど雨の降る時には、ただうっとうしく、今朝まで晴れ晴れとしていた空とも思われず、憎らしくて、立派な細殿、（それさえ）すばらしい場所とも思われない。まして特に立派でもない家などでは、早く降り止んでほしいとばかり思われる。素敵な事も感動的な事もないのだから。

ところで、月の明るい晩こそは、過ぎ去った昔や行く末にまで思いを馳せないことはなく、気もそぞろに、すばらしく感動的な風情は比類ないと思われる。そんな夜に来たような人は、十日か二十日かひと月か、もしくは一年も、ましてや七、八年経って、思い出して来てくれたならば心底趣深く思われて、とても会えそうにない場所で、人目を憚らねばならない事情があろうとも、立ったままでも必ず話をして帰し、また泊まっても大丈夫なようならば、引き止めたりもするに違いない。

月の明るいのを見る時くらい、何かと遠く思いやられて、過ぎ去った事が、つらかった事もうれしかった事もおもしろく思われた事も、たった今の出来事のように感じられる折はない。こま野の物語は、これといっておもしろ味もなく、言葉も古めかしく見所は多くないのに、月夜に昔を思い出して、虫の食った蝙蝠扇《かわほり》を取り出して、「もと見しこまに」と口ずさんで（女を）訪れた場面が感動的なのである。

雨は情趣もないものと思い込んでいるせいか、降るのが少しの間でもひどく憎らしい。

大切な事柄、風情あるはずの事柄、尊くすばらしいはずの事柄も、雨が降るだけで見苦しくて残念なのに、どうして雨に濡れて嘆きながら来たような男がすばらしいことがあろうか。（ただし）交野《かたの》の少将を非難した落窪《おちくぼ》の少将などは立派だ。昨夜も一昨日（初日）の夜も訪れたのだから、雨夜でも素敵なのだ。（だが）足を洗った所は憎らしい。さぞ汚かったことだろう。

風などが吹いて荒々しい夜に（男が）来たのは、頼もしくてうれしくもあろう。

雪（の夜の訪れ）はすばらしい。「忘れめや」などとひとりで口ずさんで、忍んでいる仲はもちろん、全くそうではない女の所にも、直衣などは言うまでもなく、袍、蔵人《くろうど》の（着てきた）青色の袍などがとても冷たく濡れているようなのは、この上なく趣深いに違いない。緑衫《ろうそう》の袍であっても、雪にさえ濡れるのなら憎らしくはあるまい。昔の蔵人は、夜など女の所にもただ青色の袍を着て、雨に濡れても絞ったりしたとか。今は昼さえ着ないようだ。ただ緑衫ばかりを引っ被っているようだ。衛府などが（青色を）着ているのは、ましてたいそう素敵だったのに。こうした事を聞いて、雨夜に出歩かない人が（雪夜には）出歩こうとするだろうか。

月が鮮やかに明るい夜、またとても明るい色の紙に、ただ「あらずとも」と書いてあるのを、廂に射し込んだ月光に当てて、人が見たのは素敵だった。雨が降るような折は、そうはいかないだろう。

二七七段

いつも（後朝の）手紙をよこす人が、「何ということ。言っても無駄だ、（二人の仲も）今はこれまで」と言って、次の日音沙汰もないので、さすがに夜が明けきると「（使者が）差し出す手紙が見えないのは、物足りないことだ」と思って、「それにしても、きっぱりした心だこと」と言って（その日を）暮らした。

また次の日、雨がひどく降る昼まで音沙汰がないので、「すっかり思い切ってしまったことよ」などと言って端近に座っている夕暮れに、傘をさしている者が持って来た手紙をいつもより急いで開けて見ると、ただ「水増す雨の」と書いてあるのは、ほんとうに数多く詠んだ歌々よりも感興をおぼえる。

今朝はそれほどにも見えなかった空が、まっ暗にかき曇って雪があたりを暗くして降るので、まったく心細い気持ちで外を見ている間もなく白く降り積もって、さらに盛んに降るところへ、随身めいてほっそりした男が、傘をさして脇の方にある塀の戸口から入って、手紙をさし入れているのは趣がある。まっ白な陸奥紙《みちのくにがみ》や白い色紙が結び文にしてある上に長く引いてあった墨が、すぐに凍ってしまったので末の方が薄くなっているのを開けたところ、まことに細く巻いて結んである（その）巻き畳んだ折り目がこまかくくぼんでいる所に、墨がとても黒く薄く、行間も狭く裏も表も書き散らしてあるのを、くり返し時間をかけて見る様は、「どんな内容なのだろう」とはたから眺めているのもおもしろい。まして、ちょっとにっこりする箇所は何とも知りたいと思うけれど、離れて座っている際は、黒い文字などだけが「それなのだろう」と思われることだ。

額髪が長めで顔立ちの美しい人が、暗い頃に手紙を受け取って、火を灯す間も待ち遠しいのか、火鉢の火を挟み上げて、たどたどしそうに見つめているのは趣深いことだ。

［評］「今朝はさしも～」を境に、前半の雨と後半の雪の情景が対比される。それらを別の章段とする注釈も多い。前半は恋文をめぐって雨の夕暮れ、途切れたと思っていた男からの短い一句にかえって感動するという女の心理を語る段。後半は、雪の日の風情のある手紙を熱心に読む女の視点から、それを遠くから眺める人物の視点に転じて、その内容に関心を示す段である。

二七八段

輝かしいもの　近衛大将が、（主上の）御先払いしているさま。孔雀経の御読経、御修法。五大尊《ごだいそん》の御修法も。御斎会《ごさいえ》。蔵人の式部の丞が、白馬《あおうま》の日に、大庭を練り歩いているの。その日、靫負《ゆげい》の佐《すけ》が摺衣《すりぎぬ》を破らせる。
尊星王《そんしょうおう》の御修法。季《き》の御読経。熾盛光《しじょうこう》の御読経。

［評］宮中での特に仏教行事が多く取り上げられている。天皇や国家の安泰を祈る五壇《ごだん》の御修法をはじめ、王権守護のために荘厳な仏事がいかに多く営まれたか、その煌びやかさに圧倒される。

二七九段

神がたいそう鳴る折に、神鳴《なり》の陣は非常におそろしい。左右の近衛大将、中・少将などが御格子《みこうし》のあたりに伺候なさるのは、とても不憫だ。鳴り終わった折、大将が命じて「下りよ」とおっしゃる。

［評］「神鳴の陣」については『北山抄』巻八「雷鳴陣」に詳しく、清涼殿には近衛府、紫宸殿《ししんでん》には兵衛府の官人が詰めて警固した。なお堺本には本段がない。

二八〇段

『坤元録《こんげんろく》』の御屏風は、趣があると思われる。『漢書《かんじょ》』の屏風は、雄々しく評判になっている。月次《つきなみ》の御屏風も趣がある。

［評］『坤元録』の御屏風と『漢書』の屏風という唐絵をまずは挙げて、その次にやまと絵の月次の御屏風に言及している。国風文化の時代にあっても公的な世界では唐絵が重んじられ、紫宸殿の賢聖《けんじょうのしょうじ》障子が古代中国の賢聖三十二人の唐絵であったことも思い合わされる。

二八一段

節分違《せちぶんたが》えなどして夜更けに帰ると、寒くてもうどうしようもなく、あごなどもすべて落ちてしまいそうなのを、かろうじて帰り着いて火桶《ひおけ》を引き寄せたところ、火が大きく燃えて、黒くなっている所が少しもないすばらしい炭を、こまかな灰の中から掘り出したのは、とてもよい気分だ。

また、おしゃべりをして火が消えそうなのも気付かずにいる所に、他の人が来て炭を入れて火起こしするのは、とても憎らしい。けれど、（火種の）周囲に炭を置いて中に火があるようにさせたのはよい。（そうではなく）みな外の方に火をかきのけて、炭を重ね置いてあるてっぺんに火を載せているのは、とても不愉快だ。

［評］火鉢の炭火について、極寒の時に盛大に燃えるのを好ましいと思うことから、話題は人が灰継ぎをする時の態度の良し悪しに転じる。余計なお節介と思う時など、効率の良い時と悪い時があるのである。

二八二段

雪がとても高く降っているので、いつもと違って（早めに）御格子をお下げして、炭櫃《すびつ》に火をおこして（女房たちが）おしゃべりなどして集まり伺候する折に、「少納言よ、香炉《こう》《ろ》峰《ほう》の雪はどうだろう」と仰せになるので、御格子を上げさせて御簾を高く上げたところ、（中宮様は）お笑いなさる。女房たちも、「その詩句は知っていて、歌などにしてまで朗唱するが、（簾まで上げるとは）思いも寄らなかった。やはりこの宮にお仕えする人にはふさわしい心掛けであるようだ」と言う。

［評］定子の問いが「外の雪景色を見てみたい」意であることは、状況からたやすく推察できる。格子を上げさせれば雪は見えるが、清少納言はさらに自ら簾を巻き上げてみせた。原詩の「撥簾《はつれん》」（さっとはね上げる意）をアレンジした、咄嗟のパフォーマンスである。

秀句を織り交ぜた定子との対話は、ここまで数多く描かれてきたが、言葉によらない応答はこれが最初で最後。またそれを評価する女房の言葉が記されるのも異例である。良い意味で意表を突く機転が、定子の元では推奨され、日々実践されていたのだろう。ただその清少納言も常に満足な返答ができたわけではないことが、後続の二八四段で語られる。

二八三段

陰陽師《おんようじ》の所にいる小さい子は、非常に物がわかっている。祓《はらえ》などをしに出かけたところ、（主人が）祭文《さいもん》などを読むのを、人は同じように聞くのだが、（その子は）すばやく立ち走って（主人が）「酒、水を注がせよ」とも言わないのに、それをしてまわる様子が手順をわきまえていて、少しも主人に物を言わせないのがうらやましいことだ。「そうした者がいればなあ。（いたら）使いたい」と思われる。

［評］陰陽師に使われる小童《こわらわ》を話題にすることは珍しいが、ここでも前段の「香炉峰の雪」と同様、主人の意向を心得て先手を打つ振る舞いが推奨されるのである。

二八四段

三月ごろ、「物忌するために」ということで仮の宿りに人の家に行ったところ、木々などが特に見所もない中に、柳と言って普通のように優美ではなく、葉が広がって見えて不恰好なのを、「柳ではないようだ」と言うのに、「こういう柳もある」などと言うので、

でしゃばるように柳の眉（葉）が広がって、春の面目をつぶす宿であるよと思われる。

そのころ、また同じ物忌をするためにそうした所に退出して来るのだが、その二日目という日の昼ごろ、何とも所在なさが募って、今にも（中宮様の元へ）参上してしまいたい気持ちでいたちょうどその時に、仰せ言があるので心底うれしくてそれを見る。浅緑の紙に宰相の君の筆で、とても美しい感じで書いていらっしゃる。

いかにして、これまでの時を過ごしてきたのだろう。（そなたがいなくて）暮らしかねる昨日今日であることよ

との仰せである。(宰相の)私信には、「今日一日がまるで千年を過ごす気がするから、未明には早く(参上せよ)」とある。この宰相の君のお言葉さえ当然すばらしいのに、まして仰せ言の趣は並々でないと思われるので、

雲の上でも(中宮様も)暮らしかねていた春の日を、(所在ないのは)この場所のせいだと思って物思いにふけっていたことだ

(宰相への)私信には、「今宵のうちにも『少将になりましょうか』と(出立)しているだろう」と返事して未明に参上したところ、「昨日の返歌は『かねける』が非常によくない。たいそう非難した」と(中宮様が)仰せになるのが、とてもやりきれない。本当にご指摘の通りである。

[評]自身の返答が定子から厳しく駄目出しされた話で、冒頭の「面伏《おもてぶ》せ」がキーワード。歌の一字一句にも目を光らせる主人の姿が描かれる。定子が退出中の清少納言に文を送る例は作中に七回あり、その最後を飾る逸話でもある(一例目の八三段にも「面伏せ」の語が見える)。また七例のうち帰参を促すケースは五例にものぼる(一三八・二二六・二六一・二六二・二八四段)。ここでは先の二八二段とは正反対の評価が見えるが、こうした主従のやりとりによって、女房たちの技量が日々磨かれていたことを、両段はよく伝えていよう。

二八五段

十二月二十四日、中宮様の御仏名会《ぶつみようえ》の半夜《はんや》の導師（の講説）を聞いて退出する人は、夜中ごろも過ぎてしまったことだろう。

何日か降った雪が今日はやんで、風などがひどく吹いたので、つららが見事に垂れ下がり、地面などまだらに白い所が多い状態だが、屋根の上はただ一面に白いので、卑しい粗末な家も雪によって（見た目の悪さを）すっかりおおい隠して、有明の月が曇りないと、たいそう素敵だ。（屋根は）銀などを葺いたようなので、水晶の滝などと言いたいような風情で、（つららが）長く短くわざわざ掛け渡してあるように見えて、言葉に尽くせないくらいすばらしい折に、下簾も掛けない車が、簾を高々と巻き上げてあるので、奥まで差し込んでいる月光に、薄紫色、白、紅梅など七、八枚くらい着ている（袿などの）上に、濃い蘇芳の着物のとても鮮やかな光沢などが、月に映えて素敵に見える（その女の）傍らに、（男は）葡萄染《えび》の固紋の指貫に、白い単《ひとえ》をたくさん、山吹、紅の着物などを外に出して、直衣の真っ白なのが、襟紐を解いているので（片袖が）脱ぎ垂らされて、（中の衣が）あらわにこぼれ出ている。指貫《さしぬき》の片方は軾《とじきみ》の所に踏み出している様など、道で人が会ったら、素敵だと見るに違いない。月光のきまり悪さに奥の方へすべり入るのを（男は）常に引き寄せ、（女が）まる見えにされて困っているのもおもしろい。「凜々として氷鋪《し》けり」という詩を何度も吟誦していらっしゃるのは、とても素敵で、一晩中乗っていたいのに、行き先が近くなるのも残念だ。

二八六段

宮仕えする女房たちが退出して集って、自分たちの主君の御事をおほめ申し上げ、御所《ごしょ》の中（の事）、身分ある方々の事などを互いに語り合っているのを、その家の主人として聞くのはおもしろい。

家は広くこぎれいで、自分の親族はもちろん、親しく付き合ったりする人でも、宮仕えしている人を、（その家の）あちこちに住まわせておきたいものだ。しかるべき折には一箇所に集って座っておしゃべりをし、人の詠んだ歌を、何やかやと皆で話題にして、誰かの手紙などを持って来る際も、一緒に見て、返事を書き、また親しく訪ねて来る男の人でもいる時は、こぎれいに部屋を飾りつけて、雨などが降って帰れない場合も良い感じにもてなし、（女房が主家に）参上するような折は、その世話をして望むような有り様にして、送り出したりしたいものだ。高貴な人の暮らしていらっしゃる様子などが、とても知りたく思われるのは、よくない心だろうか。

［評］宮仕えの女房が里下がりする邸は、同じ境遇の親族や知り合いが同居し、あれこれ交流できる家が理想だとする。ここから連想されるのが『堤中納言物語』の「はなだの女御」で、姉妹とおぼしき女房たちがおおぜい実家に集まって、自分の仕えている女主人を秋の草花にたとえて次々に批評しあうのである。それを感心して聞いていたのは垣間見た風流男だが、本段では家の主人となってそんな話を聞くのが理想だという。本段を定子が亡くなり作者が宮仕えを退いた後の感慨とする説もあるが、定子亡き後に宮中に繋がっていたいという意識はなかったであろうと否定的に捉える向きもある。

二八七段

見てまねするもの　あくび　幼児たち。

二八八段

気を許せそうにないもの　つまらない身分の者。とはいえ、「善い人だ」と人に言われる人よりも、裏表なく見える。船路。

日のとてもうららかな折に、海面がたいそうのどかで、砧で打った浅緑色の布を引き渡してあるような感じで、少しも恐ろしい様子もない時に、若い女などで衵《あこめ》や袴《はかま》などを着ているのや、侍《さぶらい》の者で若々しいのなどが、櫓《ろ》という物を押して歌を見事に歌っているのは、とても興味深く、高貴な人などにもお見せ申し上げたく思って行くと、風が激しく吹き、海面はただひどくなるばかりなので、わけもわからない。停泊すべき所に漕《こ》ぎつける間に船に波がかかっている様子など、わずかな間に（変わり果て）、あれほど穏やかだった海とも思われないのだ。

思えば船に乗って漕ぎ回る人くらい、あきれるほど恐ろしいものはない。並みの深さなどでさえ、そうした頼りない物に乗って漕ぎ出せるものではないことよ。まして、（海は）底の深さも分からず、千尋《ちひろ》くらいもあろうよ。物をとても多く船に積み入れてあるので、水際まではほんの一尺くらいさえないのに、下衆どもが少しも恐ろしいとも思わずに走り回り、少しでも下手に扱えば沈みもしようかと思うのに、大きな松の木などの（切り口が）二、三尺で丸いのを、五つ六つぽんぽんと投げ入れたりするのは大変なものだ。

屋形《やかた》という物の方で（櫓《ろ》を）押す。けれど、奥にいるのは頼もしい。船の端で立っている者は、目がくらむ気持ちがする。早緒《はやお》と名づけて、櫓とかに取り付けてある物の弱そうなことよ。それがもし切れたらどうなるのだろう。簡単に（海に）落ち入ってしまうだろうに、それさえ太くなどもない。

自分が乗っている船は、こぎれいに作り、妻戸《つまど》を開け、格子《こうし》を上げなどして、先の荷船のように水と同じ高さに下がっていそうではないので、まさに（居心地は）家の小さい物である。

小舟を見やるのは、尋常でない。遠くの舟はまさに、笹の葉を舟にしてうち散らしているのにとてもよく似ている。停泊している所で、舟ごとに灯してある火は、またとてもおもしろく見える。

はし舟と名づけて、非常に小さい舟に乗って漕ぎ回る、その早朝（の光景）など、とてもしみじみとする。「（漕ぎゆく舟の）あとの白波」は、本当に次々消えてゆく。まずまずの身分の人は、やはり船に乗って移動すべきではないと思われる。徒歩の旅もまた恐ろしいものではあろうが、それはどうにもこうにも地に足が着いているのだから、実に頼もしい。

海はやはり非常に恐ろしいと思うのに、まして海女《あま》が獲物を取りに潜るのは切ない仕事だ。腰に付いている緒《お》が切れたりしたら、どうしようというのだろう。せめて男がするのだったら、それもあり得ることだが、女はやはり並大抵な心持ちではあるまい。舟に夫は乗って、歌などを口ずさんで、この栲縄《たくなわ》を海に浮かべて漕ぎ回る。危なくて不安ではないのだろうか。海面に上がろうとして、（海女が）その縄を引くのだとか。（夫が）あわてて手繰り入れる様子は、道理であるよ。舟の端を押さえて吐き出した息などは、本当にただ見る人でさえ涙で濡れるのに、(それを海に)落とし入れて浮かんで漂っている男は、目もくらむほどあきれることだ。

［評］前半の「船の路」までを一章段とする説もある。いずれにしても、その後は船旅やそこで見聞した海女についての感慨が綴られる。父清原元輔が周防守として赴任した時、作者は九歳ごろと幼いが、実際の船旅を経験しなければ書けない細やかな観察である。とくに海女を危険な目にあわせる夫への辛辣なまなざしには、世の男女の不条理な関係への強い批判がこめられている。

二八九段

衛門《えもん》の尉《じょう》であった者で、親とは言えないような男親を持っていて、「人が見ると不面目だ」と苦しく思った男が、伊予の国から上京するからといって(親を)浪に突き落したのを、「人の心ほどあきれた事はない」と(皆が)あきれている頃に、七月十五日、「(親のために)盆供養して差し上げる」と言って準備するのを御覧になって、道命阿闍梨《どうめいあじゃり》が、

海に親を押し入れて、その当人である子が盆供養するのを見るのは、何とも感慨深いことよ

とお詠みになったのは、おもしろい。

二九〇段

小原《おはら》の殿の御母上と（世に聞こえた方）は、普門《ふもん》という寺で八講をしたのを聴聞した翌日、小野殿《おのどの》に人々が実にたくさん集って、管絃の遊びをして、漢詩を作った時に、
　薪を切る事（法華八講）は昨日で終わってしまったので、さあ斧の柄はこの小野で腐らせよう（時を忘れて楽しもう）
とお詠みになったと聞くが、本当にすばらしい。
　このあたりは聞き書きになってしまったようだ。

二九一段

　また、業平《なりひら》の中将の所に、母の皇子が「いよいよ見まく」とお詠みになったのは、たいそう感動的でおもしろい。（御手紙を）ひき開けて見たであろう（業平の）気持ちは、自然と思いやられる。

二九二段

見事だと思う歌を、草子などに書いておいたのに、取るに足りない下衆が口ずさんでいるのは何とも嫌なものだ。

二九三段

まずまずな身分の男を下衆女などがほめて、「大変に親しみやすくていらっしゃる」などと言うと、そのまま（その男を）軽蔑するようになるに違いない。悪く言われるのは、かえってよい。下衆にほめられる人は、女でさえも実にみっともない。また、（下衆は）ほめているうちに言い損なってしまうものよ。

［評］前段と本段はいずれも下賤の者の心ない振る舞いを非難する。すばらしいと書き留めた歌を下賤の者が口ずさむのは、盗み見たのか予め知っていたのか、どちらにしても興ざめである。一かどの男を下衆女が褒めるのも、格別親しい関係と勘ぐられるからか、残念というのである。

二九四段

左右の衛門《えもん》の尉《じょう》を判官《ほうがん》という名をつけて、大変に恐ろしく、おそれ多いものと思っているなんて。夜の巡回をして（女房の）細殿《ほそどの》などに入って横になっているのは、とても見苦しいことよ。布の白袴《しろばかま》を几帳に引っ掛け、長く大げさな袍《ほう》を輪にして掛けてあるのは、実に場違いだ。太刀の後ろに（長い裾を）引っ掛けたりしてうろうろするのは、それでもよい。青色の袍をただ常に着ているなら、どんなに素敵だろう。「見し有明《ありあけ》ぞ」と誰が言ったのだろうか。

［評］ここでの「うへの衣」は六位の緑衫《ろうそう》で、そんな野暮な姿で巡察と称して細殿を訪れるのが許せないというのである。六位蔵人の青色の袍《ほう》は作者あこがれの麴塵《きくじん》の袍で、それを着用するべきだという主張は二七六段にも見える。

二九五段

大納言殿が参上なさって漢詩文の事などを（主上に）ご進講申し上げなさる時に、例によって夜がたいそう更けてしまうので、御前にいる女房たちは一人二人ずつ居なくなって、御屏風や御几帳の後ろなどにみな隠れ臥してしまうので、ただ一人眠いのを我慢して伺候していると、「丑四《うしよ》つ」と時を奏上するようだ。「夜が明けてしまうようです」と独り言を言うと、大納言殿は、「今さらお休みなさいますな」と言って、(私のことを)寝てよい者とも考えていらっしゃらないのを、「困った、何でそう申し上げてしまったのだろう」と思うけれど、他に人もいれば紛れて横になろうが(それもできない)。

主上が、柱に寄り掛かりなさって少し眠っていらっしゃるのを、「あれを拝見なさいませ。もう夜も明けてしまうのに、このようにお休みなさるおつもりか」と(中宮様に)申し上げなさるので、「本当に」などと中宮様におかれてもお笑い申し上げなさるのも(主上は)ご存じない(その)折に、長女《おさめ》が召し使う童が鶏をつかまえて持って来て、「朝に里へ持って行こう」と言って隠しておいたのが、どうしたことだろう、犬が見つけて追いかけたところ、廊の間木《まぎ》に逃げ込んで恐ろしい声で鳴き騒ぐので、誰もが起きたりしてしまったようだ。主上もふと目をお覚ましになって、「どうしてここに鶏がいるのか」などとお尋ねになると、大納言殿が「声、明王《めいおう》の眠りをおどろかす」という詩を高らかに朗詠なさったのは、すばらしく趣深いので、ただ人(私)の眠たかった目もぱっちり開いてしまう。「実に折に合った言葉であるよ」と、主上も中宮様も興じていらっしゃる。やはり、このような出来事はすばらしい。

翌日の夜は、(中宮様は)夜の御殿《おとど》に参上なさってしまう。夜中ごろに廊に出て人を呼ぶと、「退出するのか、では送ろう」と（大納言殿が）おっしゃるので、裳、唐衣は屛風にうち掛けて行くと、月がたいそう明るく（大納言殿の）御直衣がとても白く見えるのに、指貫を長く踏み散らして、（私の）袖をひっぱって「倒れるな」と言って（傍らに）いらっしゃるままに、「遊子《ゆうし》なほ残りの月に行く」と吟誦なさったのは、また大変すばらしい。「これくらいの事に感動なさるとは」と言ってお笑いになるが、どうしてやはり素敵なものを（称えずにいられよう）。

［評］跋文を除けば、伊周と一条天皇の登場場面は最後となる。特にここまで八章段で描かれてきた伊周には、改めて最大級の賛辞が贈られている。後世「好文の帝」と称賛される一条天皇だが、若き日には「御才《ざえ》日本にはあまらせたまへり」（大鏡）と称された伊周の薫陶《くんとう》を得ていたことが、本段からうかがい知ることができる。

二九六段

僧都の君の御乳母《めのと》のままなどが、御匣殿《みくしげどの》の御局に来ていたところ、（そこに）下男がいる。板敷のもと近くに寄って来て、「ひどい目に遭いまして、誰におすがり申しあげたらよいでしょう」と言って今にも泣きそうな様子で、「何事か」と問うと、「ちょっとそこらへ出かけました間に、住んでおります所が焼けてしまいましたので、ヤドカリのように人の家に尻を差し入れてただ暮らしています。馬寮《うまづかさ》の御秣《みまくさ》を積んでおりました家から（火は）出て参っておるのです。垣根を隔てただけでございますので、夜殿《よどの》に寝ておりました妻めも、あやうく焼けてしまいそうでした。まったく物も運び出しておりません」などと言い続けるのを、御匣殿もお聞きになってたいそうお笑いになる。

　御真草を芽吹かせるくらいの春の日ざしで、どうして淀野の草までもがすべて芽吹くのだろう（御馬草を燃やすくらいの火で、どうして夜殿までもが残らず焼けるのだろう）

と書いて、「これを（男に）取らせなさいませ」と言って（板敷近くに）投げてやったので、（女房たちは）大声で笑って、「こちらにおいでの人が、家が焼けたというので気の毒がって下さるのだ」と言って与えたところ、広げて眺めて「これは何の御短冊なのでしょうか。物をどれくらいか（頂けましょう）」と言うので、「とにかく読みなさい」と言う。「どうして、片目もお開き申し上げない状態では（字など読めません）」と言うので、「人にも見せなさい。ちょうど（中宮様が）お召しなので、急いで上局《うえつぼね》へ参上するところだ。それほどすばらしい物を手に入れたうえは、何を悩むのか」と言って、みな笑いころげて参上したところ、「（あの歌を）人に見せてしまっていようか」「里に行って（意味を知ったら）、どんなに腹を立てるだろう」などと中宮様の御前に参上してままが申し上げるので、また（御前でも）笑い騒ぐ。

中宮様におかれても「どうしてこうも常軌を逸しているのだろう」とお笑いなさる。

［評］下男の冗長な語りはかなり忠実に再現されているらしく、それを写し取る筆致じたいに、特異な言葉遣いへの抑えがたい好奇心が見て取れる。ただし男の訴えは女房たちに届くことはなく、技巧を凝らした作者の歌も、内輪の笑いを増幅させる機能しか果たさない。浮彫になるのは互いの断絶ばかりなのだ。笑い興じる女房たちは、最後に主人から「物ぐるほし」と評されるが、これは会話文では作中唯一の用例。また当の定子こそは、火災の惨劇に何度も遭遇した中宮でもあった（長徳元年、同二年に里第《りてい》、長保元年に内裏が焼亡）。

二九七段

男は女親が亡くなって、男親だけがいるのだが、（父は彼を）たいへん可愛がるけれど、めんどうな北の方（後妻）が出来てからは（寝殿の）内にも入らせず、装束などは乳母か亡き妻のお身内などに世話させる。

西や東の対《たい》の屋のあたりに（設えられた）、客間などは趣がある。屏風や障子の絵も見所があって（そこで男は）暮らしている。殿上でのお勤めの様子は、まんざらでもないと人々も思い、主上もお気に入りで、常にお召しになって管絃の御遊びなどのよい相手と思っていらっしゃるのだが、やはり常に何かと嘆かわしく、世の中が、意に満たない気持ちがして、好色な心が、見苦しいまでにあるようだ。

上達部が、この上ない様に世話しておられる姉妹が一人いてその人だけに、（男は）思いの丈を語り、（そこが）慰め所なのだった。

二九八段

ある女房で、遠江《とおとうみ》（の守）の子とねんごろにしている人が、「（男が）同じ宮に仕える女とひそかに通じている」と聞いて恨んだところ、「『親などもその名にかけて誓わせてください。ひどい作り話だ。夢でさえ（女とは）会っていない』との言い種には、どう言ってやったらよいか」と言ったので、

誓いなさい。遠江の神（守である父親）の名にかけて。まったく浜名の橋を見なかったか（わずかでも逢わなかったか）

二九九段

不都合な場所である人に話をしたところ、ひどく胸騒ぎがしたのを、「どうして、そんなふうなのか」と言った人に、

逢坂は（水が涌き出る）走り井があるが、（その井のように）胸だけはいつも激しく騒ぐのです、（私たちを）見つける人がいるのではないかと思うので

三〇〇段

「本当なのか、すぐには下向する（とは）」と言った人に、

心の内さえこうではない（下向など考えていない）ものを、いったい誰があなたにそうだと告げたのか――火も降り掛からない山のさせも草《ぐさ》に、誰が伊吹《いぶき》の（山ならぬ）里では火を付けたのか

一本一

夜の方が優れていると思われるもの　濃い紅の掻練《かいねり》の光沢　（繭を）むしって広げた真綿《まわた》。

女は、額が出ている人で髪が立派なの。七弦琴《きん》の音《ね》。顔かたちがよくない人の、感じが

よいの。ほととぎす。滝の音。

[評] 本段では、夜の室内で見聞きして感じのよいものを挙げている。前半は視覚中心で搔練や真綿、髪の光沢に注目しているが、後半は七弦琴やホトトギスなど、聴覚中心でバランスをとっている。

一本二

日に照らされると見劣りするもの　紫色の織物　藤の花。すべて、その色の類はみな見劣りする。紅《くれない》は月夜には映えない。

[評] 本段では紫色系は日光に映えず、紅色系は月光で引き立たないという対照を捉えた点が興味深い。

一本三

聞くにたえないもの　声の憎らしげな人が、おしゃべりし笑ったりしてうちとけている様子。眠り声で陀羅尼《だらに》を読んでいるの。お歯黒《はぐろ》をつけて何かを言う声。どうということのない人は、物を食べながらでも話をするものだ。篳篥《ひちりき》を練習しているとき。

［評］居眠りと陀羅尼、お歯黒と会話など、特に別の動作を同時にする時に聞き苦しい状況が起きるのである。

一本四

漢字に書いて理由はあるようだが納得できないもの　いため塩　衵《あこめ》　帷子《かたびら》　屐子《けいし》　泔《ゆする》　桶　槽《ふね》。

一本五

下地の風情が必ずや見苦しくて（表面は）こぎれいに見えるもの　唐絵《から》の屏風。石灰でできた壁。（お供えの）盛物。檜皮葺《ひわだぶき》の屋根の表面。河尻《こうじり》の遊女。

一本六

女の表着《うわぎ》は　薄紫色　葡萄染《えびぞめ》　萌黄　桜　紅梅。すべて、淡い色のたぐい。

[評] ここから女の装束についての段が続く。「薄色」と「葡萄染」は四季を問わないが、「萌黄」以下は春のもので、定子サロンの好みも反映されていようか。

一本七

唐衣《からぎぬ》は　赤色　藤。
夏は二藍《ふたあい》。秋は枯野。

[評] 「赤色」の唐衣は禁色で、二六二段の積善寺供養で正装姿の定子が着用した。「藤」以下は春と初夏、夏、秋冬と四季の順となる。

一本八

裳は　大海《おおうみ》。

一本九

汗衫《かざみ》は
春は躑躅《つつじ》、桜。夏は青朽葉、朽葉（の襲）。

［評］前々段の「唐衣」、前段の「裳」が成人女子の正装なので、童女の正装である「汗衫」に言及したのであろう。

一本一〇

織物は　紫　白いもの。
紅梅もよいが、見て興がさめるのはこの上もない。

[評] 紅梅の織物が見飽きてしまうというのは、多くの人がよく着用しているからであろうか。

一本一一

綾《あや》の紋《もん》は　葵　かたばみ　あられ地。

[評]「かたばみ」は、「草は」(六四段)にも「かたばみ、綾の紋にてあるも、ことよりはをかし」とあり、その模様に魅力を感じている。

一本一二

薄様《うすよう》や色紙《しきし》は　白いの　紫　赤いの　刈安染《かりやすぞめ》(の黄色)　青いのもよい。

[評] 衣装関係を終えて、以下、紙の色、硯の文様、筆の材質、墨の形など、文具関係に言い及ぶ。

一本一三

硯の箱は　二段重ねで蒔絵《まきえ》に雲や鳥の紋《もん》があるもの。

一本一四

筆は　冬毛の筆が、使うのも見た目もよい。（特に）兎《うさぎ》の毛の筆。

一本一五

墨は　丸形のもの。

［評］本段で文房具については終わるが、硯の蒔絵、兎の冬毛の筆、唐墨《からすみ》など当時の最高級品が選ばれている。中関白家の財力をしのばせる選択か。

一本一六

貝は　貝殻、（特に）蛤《はまぐり》。たいへん小さな梅の花貝。

一本一七

櫛箱は　蛮絵《ばんえ》の模様が、実によい。

一本一八

鏡は　八寸五分のもの。

一本一九

蒔絵《まきえ》は　唐草《からくさ》の模様。

一本二〇

火桶は　赤色　青色　白い地に彩色画を描いたものもよい。

一本二一

畳は　高麗縁《こうらいばし》。また、黄色の地の縁《はし》（の畳）。

一本二二

檳榔毛《びろうげ》の車は　ゆっくりと進ませているの。
網代車《あじろ》は　走らせて来るの。

［評］三十段と重複する内容。網代車は貴人がお忍びや遠出にも使った。『源氏物語』葵巻でも、六条御息所は網代車に乗って祭見物をしようとして、葵の上との車争いが起きたのである。

一本二三

松の木立《こだち》が高くそびえる邸の、東と南の格子《こうし》がすべて上げてあるので、涼しそうに（簾越しに）透けて見える母屋《もや》に、四尺の几帳を立てて、その前に円座《わろうだ》を置いて、四十歳くらいのとてもこぎれいな僧が、墨染《すみぞめ》の衣《ころも》、薄物《うすもの》の袈裟《けさ》を目もあやに身につけて、香染《こうぞめ》の扇を使い、熱心に陀羅尼《だらに》を読んでいる。

（病人が）物の気《け》にひどく苦しむので、（物の気を）移すべき人として、大柄な童女が、生絹《すずし》の単《ひとえ》にあざやかな袴を長めに着こなしていざり出て、横向きに立ててある几帳のそばに座っているので、（僧は）外の方に身をひねって向いて、とても目を引く独鈷《とこ》を（童女に）持たせて、拝んで読む陀羅尼もありがたい。

立会いの女房がたくさん付き添って、じっと見守っている。時間も長くかからずに（童女が）ふるえ出したところ、（物の気も）正気を失くして、加持するままに従っていらっしゃる護法童子《ごほうどうじ》もとても尊いものに思われる。

兄弟や従兄弟なども、みな出入りしている。ありがたがって（彼らが）集っているのも、普段の心持ちならば、（童女は）どれだけ恥ずかしいと思って動転するだろう。本人は苦しくはない事だと分かっていながら、ひどく嘆いて泣いている様子が気の毒に見えるのを、憑き人（童女）の知人たちなどは、いたわしく思い、近くに座って、着物を直してやったりする。

こうしているうちに、状態もまずまずで（僧は）「御薬湯を」などと言う。北面《きたおもて》でその取り次ぎをする若い女房たちは、気がかりな様子で（提子《ひさげ》などを）手に提げながら急いでやって来て世話することだ。（その女房たちの）単《ひとえ》がとてもこぎれいで、薄色の裳《も》なども萎えてきてはなく、（それも）こぎれいだ。

念入りに謝罪などを言わせて、（僧は物の気を）放免した。「几帳の内にいると思ったのに、あきれることに丸見えな所に出てしまったことよ。どんな事があったのだろう」と、（童女は）恥ずかしくて髪を顔に振りかけて中にすっと入るので、（僧は）「しばらく」と言って加持を少しして、「どうだろう、気分よくおなりになったか」と言ってにっこりしている様子も、気後れするほど立派に見える。「もうしばらくお側に伺候すべきですが、お勤めの時刻になりましたので」などと、お暇《いとま》乞いをして退出するので、「もう少し」など と引き留めるけれど、たいそう急いで帰る所に、上臈《じょうろう》と思われる女房が、簾のもとにいざり出て、「実にうれしくも立ち寄ってくださった（その）おかげで、耐え難く思っておりました病なのに、今しがた回復したようですので、返す返す御礼を申し上げる。明日もご用のない時間にはお立ち寄りくださいませ」と取り次ぐ。「とても執念深い御物の気のようでございます。油断なさらないのが、きっとよろしいでしょう。小康状態を得ていらっしゃるようなので、お喜び申し上げます」と言葉少なに退出するまで、いかにも（僧の）

効験はあらたかで、仏が現れなさったのだと思われる。

こぎれいな童子で髪が端正な者、または大柄で、髭《ひげ》は生えているけれど意外にも髪が端正な者、固くて気味悪いくらい豊かな髪の者など（供が）大勢いて、忙しく（立ち働き）、ここかしこで重宝だと評判を得ているのが、法師にも理想的と思われるものである。

［評］優れた加持僧により物の気退散が理想的に行われた場面を記した段で、「よりまし」となる女童の働きもよくうかがえる。しかし現実ではそうもいかない場合もあるのは、「すさまじきもの」の修験者の失敗譚から明らかである。なお物の気が病者の体を離れると薬湯を飲ませるのは、『源氏物語』葵巻の葵の上出産場面にも見られ、参照されたい。

一本二四

宮仕え所は　内裏　后《きさい》の宮　そのお子さんで一品《いっぽん》の宮などと申し上げている所。斎院《さいいん》は、罪深いようだけれど、素敵だ。まして当世の斎院は。また、春宮《とうぐう》の女御の御方の所。

一本二五

荒れている家の、蓬《よもぎ》が深く茂り葎《むぐら》がはっている庭に、月が陰りなく、明るく澄みのぼって見えるさま。また、そのような家の荒廃している板屋根の隙間から洩れてくる月。荒々しくはない風の音。

池のある所の五月の長雨の頃は、とてもしみじみする。菖蒲《しょうぶ》、菰《こも》などが密生して、水も緑色なので、庭も一面同じ色に見えて、曇っている空を所在なくぼんやりと眺めて過ごしているのは、たいへんしみじみと感じられる。

いつもすべて、池のある所はしみじみと趣深い。冬も、凍っている朝などは、言うまでもない。わざわざ手入れしてあるよりも、ほったらかして、水草だらけに荒廃し、青みがかって見える隙間隙間から月光だけは白々と（水面に）映って見えている風情などといったら。

すべて、月光はどのような所でもしみじみとする。

［評］「あはれなり」のくり返しが注意される段。三巻本二類では冒頭に「あはれなるもの の下に」の一文が入り、一一六段の続きとする。前半の荒れた家と庭は、『源氏物語』蓬生《よもぎう》巻で、光源氏が訪れた末摘花《すえつむはな》邸もかくやと思わせる趣である。後半の水草の茂る池

は「昔おぼえて不用なるもの」（一五七段）では否定され、「女一人住む所は」（一七二段）では肯定されている。行き過ぎた水草の繁殖は興ざめだが、池に菖蒲《しょうぶ》や菰《こも》がしげる五月、凍っている冬、適度に荒廃した池の水草に月光がさす景色はまた格別とするのである。

一本二六

初瀬に参詣して局《つぼね》で座っていた時に、身分卑しい者たちが、着物の裾を長く引きながら居並んでいたのは、しゃくにさわった。

相当な信心を起こして参詣したが、川の音などが恐ろしく、くれ階《はし》をのぼる際など、一方ならず疲れ果てて、「すぐにも仏様を、早く拝見したい」と思うのに、白い衣を着た法師、蓑虫などのような者たちが集って、立ったり座ったり額《ぬか》ずいたりして、少しも遠慮ない様子なのは、本当にいまいましく思われて、押し倒してやりたい気持ちがした。どの寺でもそれはそういうものであるよ。

高貴な人などが参詣なさっている、その御局《つぼね》などの前だけを人払いしたりもするが、まずまずの身分の人は制しかねてしまうようだ。そうと分かっていながらも、やはり目の前でそのような事がある度に、とてもしゃくにさわるのだ。

きれいにできた櫛を、垢の中に落とし入れたのもしゃくにさわる。

［評］本段を「ねたきもの」（九二段）の続きや断章と捉える本（三巻本二類）や説がある。長谷寺参詣での下衆たちの遠慮ない振る舞いへの批判が大半だが、最後に垢に落とした櫛にも言及している。そこから「ねたきもの」の一部と捉える見方があるのだろう。

一本二七

女房が参上し退出申し上げる際には、人の車を借りる折もあるのだが、（持ち主が）とても快く言って貸したのに、牛飼童《うしかいわらわ》が、いつもより「し」の文字を強く言って、激しく走って（牛を）打つのも「ああいやだ」と思われるのに、供の男たちが、面倒そうな様子で、「早くやれ、夜が更けないうちに」などと言うのは、主人の心根が推し量られて、もう口をきこうとも思われない。

業遠《なりとお》の朝臣《あそん》の車だけは、夜中でも未明でも関係なく、人が乗る時に、少しもそういう嫌な事がなかった。よく教えてしつけたものだ。その業遠の車に道で会った女車が、深い所に（車を）落とし入れて引き上げられなくて、（女車の）牛飼童が腹を立てたところ、（業遠は）従者に（牛を）打たせることまでしたので、とりわけ（従者を）教えさとしているのだろう。

［評］借りた車の従者の態度がなっていないのは主人の責任であり、その点、定子の一族の高階業遠は違ったという。『集成』は「供廻りの者の勤めぶりからする貴族の品性論は、清少納言の得意とするところで、現代社会にも示唆するところが多い」とする。

跋文

この草子は、目に映り心に思う事を「人は見ようとするまい」と思って、所在ない里居《さとい》の間に書き集めたのだが、あいにく人にとっては不都合な言い過ぎもしてしまったに違いない所々もあるので、「しっかり隠しておいた」と思ったのに、心ならずも（世に）洩れ出てしまったことだ。

中宮様に内大臣が献上なさった紙を、「これに何を書こう。主上におかれては『史記』という書物をお書きになっている」などと仰せになったので、「（書くなら）枕でございましょう」と申し上げたところ、「ならば取っておけ」ということで頂いたのを、おかしな事をこれや何やと、尽きないほど多くの紙を書き尽くそうとしたのだが、まったくわけのわからない事が多いことよ。

大体これは、世の中の興味深い事、人が「すばらしい」などと思うはずの事を、そのまま選び出して、歌などでも木草鳥虫（の事）でも言い出したならば、「思う程よりはよくない。底が知れたものだ」と謗《そし》られようが、（実際は）ただ自分の心ひとつに自然と思い浮かぶ事を戯れに書きつけたので、「他の書き物にたち交じり、世間並みに達していようという評判をも聞くはずはあるまい」と思ったのに、「気がひける」などとも目にした人は（評判に）なさるようなので、本当におかしな話であることよ。なるほどそれも道理、人の憎むものを「よい」と言い、褒めるものを「悪い」と言う人は、心の程度が推し量られる。ただ、人目に触れたとかいうのが残念だ。

左中将（経房）がまだ伊勢の守と申し上げた時、里にいらっしゃった折に、端の方にあった畳を差し出したところが何と、この草子が載って出てしまったのだ。あわてて取り入れたけれど、そのまま持っていらっしゃって、随分しばらくして返ってきた。それから（この草子は）世に広まり出したようだ、と元の本にある。

［評］「跋文」と呼ばれる最終章段。類纂両本には見えず、能因本には長短ふたつの跋文が伝わる。書名の由来、料紙の来歴、執筆と流布の経緯など、多くの重要情報が含まれる。詳細は「解説」参照。

本文校訂表

本書では、底本のままでは意味が解し難いと思われる箇所は、他の三巻本諸本や他系統本などと比較検証し、解釈可能な本文を用いて改訂した（他系統本で改訂していない三巻本テキストとしては、『新編枕草子』（おうふう、二〇一〇）などがあるので参照されたい）。また、字形相似、誤写等と判断して改訂した箇所もある。

以下はその該当箇所を、「底本本文―改訂本文（依拠した本）」の形で付記したもの（仮名遣等は原本のままとした）。凡例に記した通り、三巻本諸本は杉山重行編『三巻本枕草子本文集成』（笠間書院、一九九九）を用い、略号も同書に従っている（例、陽明文庫乙本→明）。同系統の抜書本および能因本系統・堺本系統・前田家本は、主に田中重太郎『校本枕冊子』上・中・附巻（古典文庫、一九五三～一九五七）を用い、略号は「抜書」「能本」「前本」などとした。

二段
七八月―七八九月（勧ほか）

三段
わらふ―わらふを（勧ほか）
いたきうちき―いたしうちき（内）
きしき―けしき（勧ほか）
うの日―その日（字形相似）

四段
みたになる―みゝことなる（勧ほか）
詞―ことはには（弥ほか）
あまり―あまりたり（前本）

六段
人―わろき人（本ほか）
わくわく―にくく（内）
程にも―ほとにしも（勧ほか）

さ程と―されと（勧ほか）
おとろきみて―おとろきてみれは（本ほか）
かな―かれ（勧ほか）
さることの―さることとも（勧ほか）
いとをかしけれ―いとほしけれ（能本）
かくないひわらひそ―わらひそ（内）

七段

かうふりにて―かうふりえて（抜書）
命婦おとと―命婦のおとと（抜書）
はしにいて―はしにいてて（本ほか）
たれもの―しれもの（抜書）
おまへ―おま（内）
ななりなる―なりなか（勧ほか）
いてる―いてす（勧ほか）
ひさしう―かくひさしう（勧ほか）
はしりき―はしりきて（本ほか）
あへす―あらす（内）
けに―さふらふに（能本）
翁丸―翁丸を（本ほか）
こちしけん―ここちしけむ（勧ほか）
さる物―さらにさる物（本ほか）

あはれかかれ―あはれかられて（勧ほか）

一〇段

ひかし―ひむかし（勧ほか）
たまひしを〜申する近衛（勧ほかにて補う。「申する」は「申す日」の誤写と解した）
と言へは物忘れせぬと（勧ほかにて補う）

一一段

いつは山山―いつはた山（本ほか）

一二段

とまる―とまるは（本ほか）

一三段

ゆるるは―ゆつるは（勧ほか）

一六段

かはふちの里―かはふちの海（弥）
いせの―いせの海（弥）

一七段

うくるすの―うくひすの（内）

一八段

こりすき―こりすま（内）

二〇段

この家―このゐ（勧ほか）

せかい院—せかゐ（能・前本）

二一段

せいえうてん—せいりやうてん（内）
亀—かめ（本ほか）
ならの戸—なかの戸（勧ほか）
ひとつははかけて—ひとつつつかけと（本ほか）
あしたよき—あしさよさ（勧ほか）
しらしらと—しらしと（勧ほか）
あとあゆる—あせあゆる（内ほか）
いかかなるそ—いかなるそ（勧ほか）
おほゆるは—おほゆるかは（内・傍書）
おほえぬ—おほえぬへき（本ほか）
聞えけるに—聞えけるは（勧ほか）
引き隔て—引き隔てさせ（本ほか）
ねたまてに—ねたきまてに（勧ほか）
帰わたらせ—うへわたらせ（能本）
いみし—いみしう（本ほか）
かやうなる事は—かやうなる事やは（内）

二二段

またやかに—まめやかに（内ほか）
みるはやうと—みかはやうと（弥ほか）
しかさうあらん—しかさそあらむ（本ほか）
おほらん—おほえん（勧ほか）
するの—すりやうの（古）

二三段

はかせの　内にて補う
ほくと—ほうと（内ほか）
かさり—かきり（抜書）
やもて—やりて（内）
とくか—とく（古ほか）
硯—すゝ（本ほか）
きりけも—さりけも（内）
をのれ—をのれより（弥ほか）
おもほえぬ—おほえぬ（勧ほか）
えとひわたる—えとひたにも（内）
おもひわするる—おもわすなる（内）
とに—ことに（勧ほか）

二六段

おちに—おりに（勧ほか）
式部大輔—しきふのたいふ（本ほか）
ゆかしかりき—ゆかしかり（勧ほか）

かへし—かくし（勧ほか）
いまは—いるは（勧ほか）
てうとや—てうと（勧ほか）
なしては—ならては（勧ほか）
まるまるしく—まかまかしく（勧ほか）
いる—いている（本ほか）

二七段

からかみ—からかゝみ（本ほか）

二九段

はしハせたる—はしらせたる（勧ほか）
おそう—ほそう（弥ほか）
かゝへては—かくへくは（内）
はしたー—うるはしき（勧ほか）
くらからすす—くらからす（本ほか）

三一段

ひかめひかめ—ひかめめ（勧ほか）
かたらひ—かたひら（勧ほか）
ちらし—ちらして（勧ほか）
かいまさへりにし—かいまさくりてまさくりにし（弥ほか）
さうそく—つほさうそく（勧ほか）

三二段

けんえん—けちえん（勧ほか）
たまひぬ—たまひね（内・傍書）
おほゆる—おほゆるに（本ほか）

三三段

あさましき—あさきの（能本）
かしたまへる—すかしたまへる（能・前本）
ときこと—たふときこと（勧ほか）
ねたまへり—ゐたまへり（内）
えねも—えゐも（内）
入なれたり—いていりなれたり（本ほか）
はらはなる—わらはなる（本ほか）
かうの—からの（前本）
ぬかほね—ぬりほね（内ほか）
あらむ—以下「おとな」まで次段に錯入したと思われる本文を移す
まわに—まことに（内）
ひとつ—ひとつを（本ほか）
たはしたり—おはしたり（勧ほか）
きこえに—きこえす（内）
いぬめり—いふめる（本ほか）

をとなし―をとな（弥）
参つつも―まゐりつくも（勧ほか）
いかにも―いかに（本ほか）
とていへ―とくいへ（勧ほか）
しうこなうな―しそこなうな（弥ほか）
いひたるそ―いひたるそと（内ほか）
かへささりつる―よひかへささりつる（本ほか）
しりにも―しりにもすりたるも（勧ほか）
かほならん―かたほならん（内）
はてぬは―はてなは（内）
たゝむる―たゝむか（内）
せはかりつれ―せはかりいつれは（内）
まかぬるも―まかりぬるも（内）
藤納言―藤大納言（勧ほか）
ゆかしき―ゆゝしき（弥ほか）

三四段
ならぬを―なえぬを（弥ほか）
けしきと―けしきも（内）
ひころなから―ひろこりなから（本ほか）
うち―うちに（本ほか）
わかもたるゝ手―わかもたるして（内ほか）
そくたるゝ―ひきそくたらるゝ（勧ほか）

三六段
心にくつけらる―心にてつけゝる（勧ほか）
恋ぬまの池―こひぬまの池はらの池（勧ほか）

三七段
ものいひ―物ゆひ（本ほか）

三八段
りんしの―りんしのまつりの（本ほか）
五月―五月に（本ほか）
あすはゐの木―あすはひの木（内）

三九段
まねふらん―まねふらんよ（本ほか）
家の所―あやしき家のみ所（内ほか）
すしき―くすしき（刈）
いかにも―いかに（本ほか）
なし―なしかし（本ほか）
しのいぬ―しのはぬ（刈）
聞えこたに―聞えたるに（内）

四一段
ぬれあしう―ぬれあしゝて（勧ほか）
あゆみありく―あゆみにあゆみありく（本ほか）
四三段
たりさまよふ―たちさまよふ（字形相似）
かたち―かたちよき（勧ほか）
四四段
ものか―ものは（勧ほか）
四五段
もたちて―もたりて（本ほか）
四七段
それそ―それはたれそ（勧ほか）
さふらひなり―「ひ」を「ふ」に改む。
いみし―いみしう（本ほか）
おしなへたたす―おしなへたらす（弥ほか）
いひつかはして―いひかはして（本ほか）
事も―事とも（勧ほか）
うたかたひ―歌うたひ（能本）
よこさまに―よこさま（勧ほか）
こゑ〳〵―こゑ（勧ほか）
あないなく―あいなく（弥ほか）
あしきさまに―あしさまに（本ほか）
そめて人の―そめてし人を（内）
ひらす―うけひかす（勧ほか）
かみのうへに―たたかさみのうへに（勧ほか）
うへもれなから―うつもれなから（勧ほか）
まはりて―さはりて（内）
つねに―つほねに（勧ほか）
又もみや―又もし見えや（内）
うちたれうちかつき―うちかつき（勧ほか）
五四段
殿上の人―殿上（本ほか）
車おりにて―東おもて（内）底本から「にて」補う
ゐまひ―ゐすまひ（勧ほか）
すかす―きかす（能本）
いとをかしがりて―いとほしかりて（能本）
五五段
つかへ所―かたもしはおほえていふはおかし
みやつかへ所（内）

五七段
見まくほしく―見まほしく（抜書）
五八段
よき家―よき家の（能・前本）
きようひて―きよらにて（弥ほか）
つれつれし―つきつきし（勧ほか）
六一段
わくなく―わりなく（勧ほか）
物うへ―物うく（勧ほか）
ゐてきて―ゐていきて（本ほか）
かはゝゆひ―ひきゆひ（内）
かりきぬ―かりきぬも（内）
つよけに―きとつよけに（本ほか）
六二段
あまむつ―あさむつ（勧ほか）
あまひと―あまひこ（本ほか）
六四段
のゝさま―ものゝさま（勧ほか）
心あり―心あかり（勧ほか）
あふらん―おふらん（勧ほか）
はりなく―はかなく（勧ほか）
はまいふ―はまゆふ（勧ほか）
六五段
思いて―思ひいて（内ほか）
六八段
やつことなき―やむことなき（勧ほか）
七二段
かへりけれも―かへりけも（勧ほか）
あると―「あなと」の誤写と解す。参考「あなわびしと」（堺・前本）
おし―いとおし（勧ほか）
七三段
なき―くせなき（勧ほか）
七四段
ゐわらひ―えわらひ（能・堺本）
あけは―あけたれは（勧ほか）
つるす―つますこし（内）
らたたて―えたたて（内）
いひたる―いりたる（能・前・堺本）
もとのしも―もかうのしも（能・前本）
あ―ある（勧ほか）
なると―なるに（内）

七五段
心に―すすろに（弥ほか）
吾も〳〵とゝひつきて―我も〳〵とおひつきていくに（内）
七六段
なく―なけく（勧ほか）
七八段
侍らて―侍らしとて（中ほか）
七九段
すひつもとに―すひつのもとに（中ほか）
いふ事―とふに（中ほか）
いふかいをの―いふかあやしうい世の（中ほか）
しもと―しもに（中ほか）
おもひたゝす―おもひたらす（明ほか）
おほへり―覚えし（本ほか）
いかて―いはて（明ほか）
笑はせ―わたらせ（中ほか）
八〇段
うつゝ―うへに（中ほか）
きはきぬ―うすきぬ（古）
はかりなと―はかり（明ほか）
はしも―はえも（明ほか）
たたき―たたきし（中ほか）
けんに―むけに（中ほか）
すし―すゝし（中ほか）
八一段
うらむに―うしんに（明ほか）
さこそはめくれ―さこそはくめれ（本ほか）
よひ―とひ（勧ほか）
へかりしに―へかりしにわひて大はんのうへにめのありしをとりてたゝくひに（明ほか）
所からに―所々に（本ほか）
たかへたるとて―たかへたるかと（中ほか）
するに中に―する中に（中ほか）
八三段
おりてふせ―おもてふせ（明ほか）
八四段
御ふく―御ふくの（中ほか）
おろしる―おろし侍（中ほか）
とり申―とり申しつれ（中ほか）
とらせたらる―とらせたる（明ほか）

たつや―たつやと（日ほか）
まろはしふか―まろはしふる（中ほか）
またものか―まふものか（明ほか）
ならひたる―ならひたるにや（中ほか）
しゝかひありて―しらかひありく（明ほか）
左近―右近（能本）
いつか―はつか（中ほか）
たまふなことと―たまふなと（中ほか）
けるさし―けかさし（明ほか）
見いれぬ―見いれね（中ほか）
左近―右近（能本）
きしめきに―きしめくに（明ほか）
にくまるゝを―にくるゝを（勧ほか）
つくる―あくる（明ほか）
けに―けす（中ほか）
おもひつ―おりひつ（内）
はへる―はへるにやとなんおしはかりはへる（内ほか）
身はなけ身はなけ―身はなけ（明ほか）
心うかれは―心うかれはうへもわたらせたまひて（中ほか）
あるれ―あはれ（中ほか）

八五段

給へり―給へる（明ほか）
一管―夏（中ほか）
たまひて―たまふ（能本）
つえ―さえ（明ほか）
名―后（明ほか）

八六段

にすやう―うすやう（明ほか）
あをやかなり―あをやかなる（明ほか）
あさやかなり―あさやかなる（明ほか）
ひし―ひれ（勧ほか）

八七段

五せつ―五せち（明ほか）
とちや―とち也（明ほか）
もてきてき―もてきてきす（弥ほか）
こほれてたち―こほれいてたり（明ほか）
いかてか―いかてかと（中ほか）
あかに―あはに（明ほか）
かくる―かくるる（中ほか）

八九段
ほめはしり―ほめそしり（明ほか）
おりにくき―おもにくき（能本）
入ては―入は（明ほか）
とも〻―かしつきとも〻（明ほか）
九〇段
名もおし―名もなし（明ほか）
まつかもと―まろかもと（明ほか）
御文―御ふえ（勧ほか）
ふみ―笛（中ほか）
九一段
たまへる人々―給へるはたとふへきかたそなきやちかくゐ給へる人に（中ほか）
なか―なかは（明ほか）
九二段
ぬいはちと―ぬひたりと（明ほか）
よりよせて―取よせて（中）
も物の―さるへき所の（中ほか）
九四段
あらはす―あらかはす（明ほか）

九五段
五節の―五せち（明ほか）
御仏の名―御仏名（明ほか）
ふして―ふらて（明ほか）
あそひせりし―あそひもしは（中ほか）
すき〻しき―すき〱しき（中ほか）
九六段
ぬりこめの―ぬりこめのまへの（明ほか）
なかぬも―ならぬも（明ほか）
くもりすくす―くもりくらす（前本）
いへは―いへと（明ほか）
まこと―まなと（弥ほか）
御はく―さはく（明ほか）
いへは―いへと（明ほか）
かくいふ所は―かくいふ所に（中ほか）
なりける―ありけり（中ほか）
かしかさし―かしかまし（中ほか）
口おしと―くちをしう（龍）
思ひは―おひは（明ほか）
思ひくる―おひくる（明ほか）
あつきまとひて―あへきまとひて（明ほか）

いかてらん―いかて帰らん（中ほか）
かさりなき―かさもなき（勧ほか）
人に―人々（明ほか）
はと―いと（明ほか）
頭侍従―とう侍従（明ほか）
ことかい―事かは（中ほか）
女房も―女房にも（中ほか）
ゆるしいたす―ゆるかしいたす（中ほか）
けにようー―けきよう（中ほか）
なり給はせ―なけ給はせ（明ほか）

九七段

おほせる―おほせらる（明ほか）

九九段

となむ人々申す～くらけのななり（陽本の脱文を補う）
たかいへる―たか家か（明ほか）

一〇〇段

けんそくれうし―せんそくれう（内）
ときかし―ときから（明ほか）
なりけり―なりける（明ほか）
ひさせさる―いはせたる（中ほか）

一〇一段

よひに～さふらふへし（中本ほかにて補う。底本「一本」として傍書）
宮は―ナシ（絵）
四人の―四尺の（明ほか）
かうやは―かうや（絵）
なとそ―なとそ（明ほか）
わかやうなる―わかやかなる（明ほか）
やしにて―やうにて（明ほか）
かさし―かさみ（中ほか）
すけまさのかみ―すけまさのむまのかみ（中ほか）
きたの―きたの宰相のむすめ（中ほか）
かくれみの人―中本ほかにより削る
はらのかた―はしのかた（中ほか）
侍りならん―侍るならん（明ほか）
いそきたちね ぬ―いそきたち給ぬ（中ほか）
すゐたち―すゐたり（明ほか）
殿上人―とのうへ（中ほか）
こうきいかま―こうちきはかま（明ほか）
こなた―こなたへ（明ほか）

皆南おもてに―南おもてに（中ほか）
殿の―殿（明ほか）
しふせ給―しふらせ給（明ほか）
御座るかことく―御さるかうことに（中ほか）

一〇二段
これはたゝ―これはいかゝ（傍書）
出かし―いたし（明ほか）
仰せられる―おほせられき（明ほか）

一〇三段
うらて―かうして（古）
おまへ―おまへに（明ほか）
御とのこもり―おほとのこもり（中ほか）
雪に―雪にと（明ほか）
たしられ―そしられ（明ほか）

一〇四段
はひの―はんひの（中ほか）

一〇五段
ひさしき―ひゝしき（明ほか）
きかせ―きせ（中ほか）
いかてかりたる―いかてかもたる（明ほか）
あの―あな（明ほか）
ぬか人―いぬる人（中ほか）

一〇六段
をかしうなれ―をかしかなれ（勧ほか）

一〇八段
たとしく―たとしへ（明ほか）

一一一段
おのこはらは―をのわらは（明ほか）

一一六段
たいまいりに―たいらかに（明ほか）
さりに―さらに（明ほか）
こ山に―この山に（明ほか）

一一七段
したるもある―したるもあり（明ほか）
返りいらは―とほりいらは（高ほか）
なにかの―なにかしの（本ほか）
ぬかなと―ぬかなとつく（内）
うち出―うち出させ（中ほか）
しのそうに―しのはうに（明ほか）
たうとし―たうとうし（明ほか）
たかさを―たかきを（明ほか）

たはいして―けはひにて（古）
しはふれたる―しはふきたる（明ほか）
うちくし―うつくし（中ほか）
かちやすみ―うちやすみ（明ほか）
つゝあり―つくめり（宮ほか）
わかきこもの―わかき男共の（中）
とも―ともに（前本）
こんくうへこそ―こんくうつこそ（明ほか）
させまし―みせまし（中ほか）
さそまほし―さそはまほし（明ほか）
めされたる―めなれたる（明ほか）
男なとゝ―男なとも（中ほか）

一二〇段
のりのけさ―のうのけさ（中ほか）

一二一段
とや―そはしもおなし心におかしとや（中ほか）
ゐるも―ぬるも（明ほか）
おろかなり―おろかなりと（明ほか）

一二二段
ゑくし―ゑんし（明ほか）

たつねさいかん―たつねさはかん（中ほか）
たひたら―たひたち（明ほか）

一二四段
さうそきたり―さうそきたる（明ほか）
うけ給て―うけ給はりて（中ほか）
なかなを―なかなき（明ほか）

一二五段
はけいてさせ―わけ出させ（明ほか）
人に―人々（明ほか）

一二七段
こそほしけに―よそほしけに（宮ほか）
いふと―いふとゝへは（明ほか）
いま―いさ（中ほか）
かほなるいと―かほなるはと（明ほか）

一二八段
みゆ如何―みゆめる（弥ほか）
なりやすなと―なりやと（能本）
給それは―給けれは（明ほか）
をかし―なりかし（能本）

一二九段
こはさか―こはさま（内）

一三〇段
みな〳〵くめり―みななくめり（弥ほか）
さすか―さすかに（絵）
一三一段
こわに―これに（富ほか）
一三二段
いひわたる―いひたる（絵）
あやしくても―あやしくて（能本）
よまんとて―よまんと（能本）
とりてきつる―もてきつる（明ほか）
ののしりつるは―ののしりつるを（絵）
一三七段
さうともは―さまともは（勧ほか）
まえのをのこ―さえのをのこ（明ほか）
一三八段
ししかは―しかは（弥ほか）
おいらかにも―おいらかにもとて（古）
ほらに―ほとに（勧ほか）
一三九段
はひしゝかひ―はひしらかひ（内ほか）
ましてーまて（弥ミセケチ）

一四四段
ゆふかひなき―いふかひなき（弥ほか）
一四七段
人の―人のこの（弥ほか）
一五五段
物にて―さるものにて（弥ほか）
一五六段
おもはへ―おもほえ（弥ほか）
あ月―あか月（明ほか）
こにならて―こになして（弥ほか）
み見られて―うらみられて（明ほか）
しかし―しはし（勧ほか）
一五八段
三十期―三十の期（古）
さすがに人の―ナシ（宇ほか）
一六〇段
宮のまへ―宮のへ（能本ほか）
一六六段
全文二類にて補う
一七一段
たいふ―たいふなといふ（内）

宮はう―宮はら（明ほか）

一七三段

さらつや―さしつや（明ほか）

らいそう―らいさうと（明ほか）

かたりきままに―かたりきくままに（弥ほか）

一七五段

なにのやうに―なにのやまに（内ほか）

一七八段

手にても―手も（能本）

ととて―とて（明ほか）

おりてそ―おもてそ（明ほか）

すつれは―すくれは（明ほか）

一七九段

はなひた人―はなひたる人（弥ほか）

一八〇段

おほやうは―おほくやは（内）

一八三段

人かすみる―ひとりすみする（内）

一八九段

かかり―かかえ（前本）

二〇〇段

こま―こまの（抜書）

二〇六段

なめしかし―なめりかし（明ほか）

二〇七段

たてまつるには―みたてまつるには（弥ほか）

つほみたるかち―つほみかち（古活字ほか）

二一五段

かかえ―かかへ（仮名遣を改める）

二二二段

おりにおもて―おりにおりて（明ほか）

きとけ―きよけ（内ほか）

二二三段

ゆるさる―ゆるされぬ（能本）

二二七段

山は―山の（抜書）

二二八段

なとにはあらぬにや―なとにや（能・前本）

二三一段

ひきはこへて―ひきはこえて（古ほか）

二三二段
御ゆとのに―御ゆとの丶（宇）
二三五段
いとおほうに―いとおほうも（勧ほか）
二四六段
あまりみうす―あまりみそす（烏）
二五七段
あたらし―あたらしき（能本）
二六一段
はうた丶し―はらた丶し（弥ほか）
きようなり―きよらなり（宮ほか）
二六二段
かへしも―かくしも（明ほか）
まさりて―まさらて（明ほか）
な□れは―なけれは（明ほか）
けさの□ま―けさのさま（明ほか）
秋はまた―秋はいまた（明ほか）
このたひ―ここのたひ（引用の白詩による）
さいかしう―さはかしう（明ほか）
みつから―みつし（弥）
いきつきぬるそ―いきつきぬるこそ（能・前本）
丁―十（弥ほか）
おとろして―おろして（天ほか）
おのつからも―おのつから（明ほか）
こともことも―こととも（日ほか）
御匣殿までに―御匣殿まて（能・前本）
一尺―一人（高）
おはせませ―おはしませ（刈ほか）
かへり―かり（能・前本）
あかきひと花つ丶に―あかきに一部つ丶（能本）
二七四段
御こと丶も〳〵―御こと丶も丶（弥ほか）
二七六段
（くひ）には―は（能・前本）
わりも―わたりも（明ほか）
おりと―おもと（弥ほか）
す□む―すらむ（明ほか）
二八〇段
おほしく―お丶しく（能本）

二八五段
ことさらにことさらに—ことさらに（明ほか）
二八六段
いたしいて—いたしたて（能・前本）
二八八段
ちいろ—ちひろ（弥ほか）
されと—さ水と（刈）
事こそ—事とこそ（明ほか）
二九〇段
つくりて—つくり（弥ほか）
二九五段
かへし—かくし（弥ほか）
一本二三
仏の御心も—護法も（能・前本）
いひつゝ—いひつく（刈ほか）
おほえて—おほくて（勧ほか）
一本二六
よろし—よろしき人（能本）

解説

一、本文について

『枕草子』の伝本

『枕草子』には、同時代の諸作品と同じく、作者自身の手になる原本の類は残されていない。現存するのは、後人の書写を経た伝本の数々である。中には部分的な本文の異同にとどまらず、形態さえ大きく異にする本もある。『枕草子』は長短様々な断章（「章段」と通称されるまとまり）の集合体として残されているが、その配列はいくらでも入れ替えが可能なようにも見えるし、「～は」「～もの」といった題目のもと、あげられている項目の数や順序にも、おそらく正解はない。多種多様な伝本はそれぞれが享受の結果もしくは過程であり、読者の介入を積極的に促しながら、『枕草子』が命脈を保ってきたことを証してもいる。

こうした諸伝本は、池田亀鑑《きかん》の諸論考（「枕草子の形態に関する一考察」『岩波講座日本文学』岩波書店、一九三二など）により、次の四種に分類された。

①安貞二年奥書本（三巻本）系統
②伝能因所持本（能因本）系統
③堺本系統
④前田家本

さらに、①と②は編纂が雑然となされているように見えるので「雑纂本《ざっさん》」、③と④は同種の章段が集められているので「類纂本《るいさん》」に大別され、「春はあけぼの」「ころは」という冒頭の二章段以降、両者の配列はまったく異なるものとなっている。

三巻本は、安貞《あんてい》二年（一二二八）に耄及愚翁《ぼうぎゅうぐおう》なる人物が書写校訂した旨の奥書を持つ。書写者は藤原定家（一一六二～一二四一）と推定されており（池田亀鑑説）、安貞二年には六十七歳だった。借りてきた複数の本を校合《きょうごう》したこと、「勘物《かんもつ》」として今日に伝わる考証注記を付したことなどが、奥書には記されている。室町以降の、多くは近世の写本が三十本近く伝わり、現在流通している活字本は、ほとんどがこの系統である（詳細は後述）。

能因本は、歌人能因《のういん》（九八八～没年未詳）の本を書写した旨が、奥書に見えることからの命名。能因の姉妹は橘則長《のりなが》（橘則光《のりみつ》と清少納言の子）の妻となっており、その所持本があっても不思議ではないが、奥書には「さほどの善本ではない」との断りも見える。完本としては、三条西家旧蔵本（学習院大学蔵本）と富岡家旧蔵本（相愛大学図書館蔵本）しか残されていないものの、近世には同系統の本文が版本として流布し、さらに校訂と注釈を加えた北村季吟《きぎん》の『枕草子 春曙抄《しゅんしょしょう》』（一六七四年の跋《ばつ》を持つ）が広く読まれたことから、本文研究が本格化する昭和以前は、同系統の流れをくむテキスト（春曙抄本）が『枕草子』を代表していた。三巻本と能因本との間には、かなりの本文異同が見られるが、章段配列は一致する部分が多い。それはただ雑然と編纂されたというより、一定の脈絡が見出せる配列となっている。両本に近い形態が本来のものだったと、現時点では見なしてよいだろう。

堺本は、堺《さかい》の道巴《どうは》なる人物が所持していたとされる本で、現存諸本はすべて近世以降の伝本である。独自のこだわりをもって、雑纂本を再構成していった形跡が見て取れる（山中悠希『堺本枕草子の研究』武蔵野書院、二〇一六）。前田家本は、前田旧公爵家尊経閣《そんけいかく》の蔵本。書写年代は最も古く、鎌倉中期を下らない孤本《こほん》であるが、堺本および能因本の源流本を主底本に、分類整理を極めるべく再編されたテキストと見なされる（楠道隆『枕草子異本研究』笠間書院、一九七〇・田中重太郎『前田家本枕冊子新註』古典文庫、一九五一）。類纂形態の伝本は、分類と編纂が『枕草子』にとって重要な享受のあり方だったことを今日に伝えていよう。そこに注がれた並々ならぬ労力は注目に値するし、部分的に本文が古態《こたい》を伝えている可能性もあって貴重である。

底本三巻本について

本書の底本には、凡例に記したように、三巻本系統の陽明《ようめい》文庫甲本を採択した。現時点での研究成果（注釈書や学術論文など）を最大限に生かせること、さらに教育現場や一般読者の利便性をも考慮した結果である。ただし、底本のみでは解釈が困難と判断した箇所は、三巻本諸本ならびに他系統本で随時校訂も行った（「本文校訂表」参照）。

底本の系統は、さらに一類本（底本のほか、陽明文庫乙本・書陵部本・高松本など）と二類本（弥富《やとみ》本・刈谷《かりや》本・内閣文庫本など）とに分類されている。どちらも安貞二年の奥書に加えて、「文明乙未」（一四七五年）頃に藤原教秀《のりひで》（勧修寺《かじゅうじ》教秀）が書写した旨の奥書を持つので、分岐点はそれ以降ということになる。二類本には他系統本で校訂したと思われる箇所があることから、一類本の方がより純粋な伝本と見なされる。また、上巻が二類、中下巻が一類という取合せ本（中邨《なかむら》本・本田本・勧修寺本）も伝わる。なお同系統本文は、『三巻本枕草子本文集成』（凡例参照）にて一覧できるが、同書では龍谷大学本・枕草子絵巻（絵詞《えことば》）が別本に分類され、二類本も三種に細分されている。

三巻本という通称は、安貞二年奥書本の多くが三冊本として伝わる所に由来する。通称なら「安貞本」がふさわしいという意見もあり、近年ではこれを「定家本」として捉え直すことの意義を説いた傾聴すべき提言もあるが（佐々木孝浩『日本古典書誌学論』笠間書院、二〇一六）、本書では従来の通称を使用した。現存の一類本諸本は、冒頭から「あぢきなきもの」まで、分量としては四分の一を欠き、二類本は一冊目の分量が他の二冊分に相当する不均等さから、いずれも三冊本は本来の形ではなかったと推測される。最善本を採ろうとすれば欠落部を別に補わなければならず（本書では七六段まで中郎本を用いた）、完本なら二類本を選ぶしかない。三巻本枕草子の「三巻」はこうした不具合を体現しており、その意味で伝本の現状を象徴する名称といえよう。

二、作者について

清少納言の人物像

『枕草子』の作者は清少納言。一条天皇の中宮（皇后）だった定子に仕えた女房である。「香炉峰の雪」（二八二段）や「くらげの骨」（九九段）の逸話、『百人一首』に採られた「夜をこめて」の歌（一三一段）などから、才気煥発なイメージが流通しているが、それは特定の章段ばかりがピックアップされてきた結果でもある。作中には、貝のように口を閉ざす初出仕頃の様子（一七八段）や、定子から厳しく駄目出しされる逸話（二八四段）なども見られ、総合すれば、自身の才覚というよりも、定子を戴く後宮において、与えられた活躍の場こそが彼女の誇りだったことがわかる。

一方、生没年や本名など、作者個人に関する情報は不明な点が多い。清少納言は出仕時の女房名で「清」は出自の清原氏に由来する（ただし作中では「少納言」としか呼ばれていない）。父は清原元輔《もとすけ》、『後撰和歌集』の撰集などに携わった有名な歌人で、いわゆる受領《ずりょう》層に属する中流貴族だった。「少納言」は始祖の官に因《ちな》んだなど諸説あるが、よくわからない。母親は未詳だが、兄弟には為成《ためしげ》・致信《むねのぶ》・戒秀《かいしゅう》などの兄、藤原理能《まさとう》（道綱母《みちつなのはは》の兄）の妻となった姉がいたこと、夫として橘則光《のりみつ》と藤原棟世《むねよ》の存在が確認されている。則光との間に息子（越中守則長）を、棟世との間に娘（上東門院《じょうとうもんいん》女房小馬《こま》）を、それぞれ儲けていたらしい（岸上愼二『清少納言』吉川弘文館、一九六二ほか）。以上はほとんどが諸系図等の史料から明らかにされたもので、『枕草子』に記されている親族情報は、元輔の「のち」（子孫）であること（九六段）、橘則光とは「兄」「妹」と呼ばれる親しい仲だったこと（七九段）くらいである。

能因本に付載された奥書には、「子供はいなかった」「年老いて尼になった」「阿波国の粗末な萱屋《かやや》で暮らした」などという後世の伝承が見えるが、確かに『枕草子』からは、夫や子供の有無は確認できない。そのせいか、こうした類の話が中世以降に様々な形で流布され、大枠は明治期に至るまで引き継がれていた。例えば樋口一葉は、「少納言は霜ふる野辺にすて子の身の上成べし」と自身の境涯と重ねていたし（「さをのしづく」一八九五）、時の知識人男性からは「独身主義者」（良妻賢母の対義語）のさきがけと見なされ、いわれのない「不美人説」まで拡散されている（津島知明『枕草子論究』第十二章、翰林書房、二〇一四）。夫や子の存在が認められるようになったのは、明治末から昭和にかけてのことで、長らく『枕草子』作者は、「生涯独身」で「さみしい晩年」を送ったと考えられてきた。主家を襲った悲劇が『枕草子』に記されていないという指摘は、古くからなされてきたが（無名草子）、描かれざるその「あはれ」が、清少納言自身に押し付けられてきたともいえるだろう。

「清少納言図」上村松園、個人蔵
図版協力：いづみ画廊

零落伝説の実体

こうした清少納言の零落伝説に、それなりの信憑性を与えてきたのが『清少納言集』と『紫式部日記』だといえよう。『清少納言集』は清少納言の歌を集めた私家集（個人歌集）で、流布本と異本の二系統が残されている。『枕草子』に未収録の歌を多く伝えているが、両系統あわせても当人の作は約三十首に過ぎない（うち二首が枕草子所収歌）。だがそこで特に注目されてきたのは、異本が巻頭に据える次のような歌だった（詞花和歌集にも入集）。

忘らるる身のことわりと知りながら思ひあへぬは涙なりけり

忘れられるのは道理だと頭では理解しても、こぼれ落ちる涙が未練を突きつける。「涙なりけり」は常套句のひとつだが、それが新鮮に映るのは、この種の「涙」が『枕草子』には一例も見出せないからだろう。

さらには、次のように「老い」と向き合った歌も収められている。

問ふ人にありとはえこそ言ひいでね我やは我とおどろかれつつ

月見れば老いぬる身こそかなしけれつひには山の端《は》に隠れつつ

先の「涙」同様、『枕草子』との落差には驚かされるが、どちらも典型的な嘆老歌で、ことさら零落ぶりを訴えているわけではない。これらの歌は、『枕草子』が人生の一時期、中宮女房として生きた日々に、もっぱら光を当てた作品だということを教えてくれる。

その女房としての活躍ぶりに対抗意識をあらわにしたのが、定子と同じ一条天皇の中宮、彰子に仕えた紫式部だった。

　清少納言こそ、したり顔にいみじう侍りける人。さばかりさかしだち、真名書き散らして侍るほども、よく見れば、まだいと足らぬこと多かり。

こう書き起こされる『紫式部日記』の清少納言評は有名だが、「得意顔がはなはだしい」も「利口ぶっている」も、『枕草子』に描かれた当人の言動を、あえて批判的に総括したものだろう。

紫式部は右の一節の直前で、彰子女房の男性貴紳への応対ぶりを、なかでも藤原斉信《ただのぶ》に対する不手際を問題にしていた。その斉信こそ、清少納言との親密な交際ぶりが「真名」の事を交えて『枕草子』に書き留められた人物である（七九・一五六段）。『紫式部日記』の事件年時（寛弘《かんこう》五〜七年）は、おそらく『枕草子』が世に広まっていった時期にあたる（「執筆の経緯」参照)。当時の読者たちは、権《ごん》大納言として今をときめく斉信が、かつて清少納言と交わした応酬に興味を掻き立てられたであろうし、彰子の女房からすれば、人々の(美化されやすい)思い出話と比較されるのは迷惑千万だったのではないか。それを由々しき事態と見なせばこそ、紫式部の舌鋒は鋭くならざるを得なかったのである。

清少納言評は、その末路が「いかでかはよく侍らむ」(よいはずがありましょうか)と結ばれる。だが念頭にあったのは、清少納言個人というより、彼女に象徴される中関白家《なかのかんぱくけ》の気風なのだろう。はかなく散ったその命運を思えば、彼らが弄した「才《ざえ》」(漢籍の教養)なども、今やあだ花にしか見えてこない。華やかさと表裏一体の危うさを、おそらく冷徹に裁断してみせたのだ。当時の清少納言は、女房としては過去の人であっても、『枕草子』作者としては健在そのものだった。この記事を零落の証しのように信奉していったのは、むしろ後世の人々だったというべきである。

三、中宮定子の半生

入内から政変まで

清少納言が仕えた中宮定子は、藤原道隆《みちたか》と高階《たかしな》貴子の娘として貞元《じょうげん》二年(九七七)に生まれた。正暦《しようりやく》元年（九九〇）正月二十五日、十四歳で一条天皇（十一歳）のもとに入内し、二月十一日に女御となっている。定子と一条天皇はともに、摂政太政大臣藤原兼家《かねいえ》の孫であった。兼家は同年五月八日に出家、嫡男道隆を関白となして（道隆は二十六日に摂政、三年後に再び関白）七月二日に六十二歳で薨去《こうきょ》する。定子は十月五日に中宮となり、天皇の寵愛を独占してゆく。

清少納言の出仕は正暦四年（九九三）冬頃かと思われ（一七八段）、宮仕え期間はほぼ七年あまりとなる。しかし、主家が栄華を誇っていたのは出仕から一年半にも満たない（作中記事では二二・一〇一・二六二段など）。道隆が長徳元年（九九五）四月十日に四十三歳で薨去すると、弟道長《みちなが》の台頭により一家は権勢を失ってゆくのだが、それを決定付けたのが翌年正月、定子の兄伊周《これちか》と弟隆家《たかいえ》が、花山院《かざん》との間で起こした乱闘事件だった。『栄花物語』によれば、通っていた女性（藤原為光《ためみつ》の娘）をめぐって、伊周側の誤解に端を発した事件とされるが、真相は定かでない。いずれにせよ花山院を「射奉った」として、後に発覚した女院詮子（一条天皇母）への呪詛《じゆそ》、大元帥《たいげん》の法を私に修した罪とあわせて、兄弟は流罪に処せられる。彼らは定子の二条北宮に立て籠るも、宣旨《せんじ》により家宅捜索が強行され、最後は配所《はいしよ》に送られた。時に天皇の第一子を身籠っていた定子だが、女たちの悲泣がとどろくなか、五月一日に自ら落飾《らくしよく》したとされる。その後、二条北宮が焼亡（六月八日）、定子は祖父高階成忠《なりただ》宅を経て伯父明順《あきのぶ》の屋敷へと移御《いぎよ》を余儀なくされる。この頃清少納言は、同僚との軋轢《あつれき》から御前を離れてしまっていた（一三八段）。天皇は先の落飾を正式な出家とは認めなかったらしく、定子は中宮に留まり、年末（十二月十六日）に第一皇女脩子を出産している。ただし内裏への還御《かんぎょ》はかなわず、長徳三年（九九七）六月二十二日にまずは職《しき》の御曹司《みぞうし》へ移ることになった。清少納言は、同年の初夏頃に職の御曹司に復帰していたと思われる（一三八段）。

内裏復帰から崩御まで

職の御曹司での暮らしは長期にわたり、四七・八四・九六・九七段など多くの章段が同所を舞台に描かれている。内裏へ還御できたのは、長保《ちょうほう》元年（九九九）正月三日、これは密かな入内だったらしい（八四段）。その直後に定子は懐妊するも、出産のためのしかるべき邸宅が提供されず、八月九日に平生昌《なりまさ》邸へ退出するしかなかった（六段）。六月十四日の内裏焼亡も、定子の強引な入内が災いしたなどと噂され、道長に靡《なび》く貴族社会の風当たりは強く厳しかった。定子退出の間、道長は娘の彰子（十二歳）を入内させ、十一月七日に女御となした。それは定子が第一皇子敦康《あつやす》を産み落とした当日でもあった。

以後、道長は姉の詮子とともに天皇に彰子の立后《りつごう》を迫ってゆく。逡巡する天皇を藤原行《ゆき》成《なり》が説き伏せ、翌年正月二十八日、立后は正式に決定。二月十日に彰子が今内裏《いまだいり》（一条院）から退出するや、翌日に天皇は定子を参内させる。定子への寵愛は変わらないという、精一杯の意思表示だった。その後、十八日には敦康の百日《ももか》の儀、二十五日には彰子立后の儀が行われている。彰子は中宮、定子は皇后と通称され、異例の一帝二后並立が実現した。この時、三たび懐妊した定子は三月二十七日に生昌邸に退出する。退出までの今内裏の日々は、七・一〇・二二九・二七六段などに描かれている。その後、八月八日から二十七日まで一時的に今内裏に戻っているが、それが天皇と過ごした最後のひと時となった。十二月十五日に第二皇女媄子を出産した翌日、定子は二十四歳で崩御。『枕草子』の記事は、同年五月の生昌邸（三条宮）でのひとこまで幕引きとされている（二二四段）。

定子の遺詠として、御帳《みちよう》の紐に結ばれたとされる三首が残された（栄花物語・後拾遺集）。

夜もすがら契りしことを忘れずは恋ひむ涙の色ぞゆかしき
知る人もなき別れ路に今はとて心細くもいそぎ立つかな
けぶりとも雲ともならぬ身なりとも草葉の露をそれとながめよ

自らの死を見据え、いずれも一条天皇へ向けられたもの。三首目の歌により、火葬ではなく土葬を望んだとされる。葬送は十二月二十七日、雪の降る夜だった。天皇は次の歌を贈っている。

野辺までに心ばかりは通へどもわがみゆきとも知らずやあるらむ

四、執筆の経緯

跋文の記事から

『枕草子』執筆の経緯については、跋文と呼ばれる最後の章段に記されている。「この草子」は見たり感じたりした事を「人は見るまい」と思って里居《さとい》の間に書き集めていたのだが、左中将（源経房《つねふさ》）が伊勢守だった頃に持ち出して、世に広まったのだという。さらに、内大臣（伊周）が献上した紙に「何を書こうか」と中宮から問われた時、「枕でございましょう」と申し上げて即座に下賜された逸話も記されている。下賜のいきさつだけが唐突な印象を与えることから、これを虚構と認定する注釈書もあるが、そう判断するのは早計だろう。

跋文が伝える最大のトピックは、いま筆を擱《お》こうとしているテキスト（再編本）以前に、世に流布していた草子（初稿本）があったという事実である。その成立に関わる出来事は、作中記事から次のように辿ることができる。

①長徳二年（六月以降か）清少納言は里居を余儀なくされていた（一三八段）。
②定子は紙と畳を贈って帰参を促すが、すぐには戻らなかった（二六一段）。
③頂いた紙は草子にして、以後執筆に勤しんだ（二六一段・跋文）。
④執筆した草子は、経房が持ち出して世に広まった（跋文）。
⑤長徳三年初夏の頃、定子から頻繁に文が届くようになる（一三八段）。
⑥定子の山吹のメッセージに感激し、帰参が果たされる（一三八段）。

従って、跋文で執筆と流布の経緯が語られる「この草子」とは、第一義的には初稿本を指しており、それが定子の目に触れたのは④の時期で、経房が伊勢守だった長徳三年正月以前となる。⑤は伊周・隆家への恩赦が決まり、召還の宣旨が下された頃（同年三月末から四月）で、再起の機運が高まっていた中宮御所に清少納言は返り咲くわけだが、「この草子」の存在も復帰を後押ししたはずだ。そもそも草子を畳に載せて差し出した（跋文）というのはいかにも作為的で、自身と中宮御所とを繋ぐ存在だった経房（一三八段）に橋渡し役を託したのだろう（次節参照）。同僚との軋轢により、帰参の催促に応じられなかった負い目から、公式の献上はためらわれたか。だが定子から頂いた紙である以上、主人に見せるのは当然である。「人は見るまい」とある「人」とは、定子（周辺）以外の人を指している。

「枕」の意味するもの

一方の再編本は、⑥の再出仕以降にまとめられたことになるが、肝心の料紙《りょうし》はどこから入手したのか。その疑問に答えているのが、跋文二段落にほかなるまい。伊周が定子に紙を献上したのは内大臣時代（正暦五年八月～長徳二年四月）かもしれないが、清少納言への下賜を同時期と考える必要はない。時期を想定するなら、再出仕から約一年後、定子から公務としての詠歌を免ぜられた長徳四年五月頃（九六段）か。伊周が内大臣と呼ばれるのはこの九六段と跋文のみで、「詠歌御免」と「料紙拝領」が密接に繋がっていたことを、その呼称が物語っていよう。定子にしてみれば、清少納言独自の資質を初稿本に見て取り、料紙を託す頃合を見計らっていたのではないか。「枕」は書くべき内容であるべきで、この時点で「まくらさうし」と呼ばれていた初稿本を指している。

その命名の由来を伝えるのが、跋文四段落だろう。経房に差し出した「畳」は、この里下がり中（②）に定子から贈られた品で、敷物として出したわけではない。そこに載せられていたのが、同じく贈られた紙に執筆を終えた「草子」であり、音信が途絶えていた主人との絆の品を、さりげなく経房に披露したのだ。一方、草子が畳に載っていたことで、経房にはとっさにそれが寝具の枕に見えた（枕は畳の縁語でもある）。彼はそのいきさつを中宮女房などに語り、さらに草子が評判になるにつれ、「まくらさうし」という呼称も広まっていったものと思われる。『栄花物語』（「わかばえ」）に「衣のつま重なりて打ち出だしたるは、色々の錦を枕さうしに作りて、うち置きたらむやうなり」という一節があり、これを根拠に「まくらさうし」を普通名詞と見る向きもあるが、むしろこれは清少納言の『枕草子』の影響で、かなりの頁数だった（二六一段）この草子によって、出衣《いだしぎぬ》の厚みを説明しているのだ。

下賜される際の清少納言の返答、「枕にこそは侍らめ」は、『万葉集』以来の歌語「しきたへの枕」を踏まえて、天皇が『史記』ならこちらは枕（草子）でしょう、と提案した形となる（厳密には自分が書くとまでは言っていない）。初稿本の内容は不明だが、跋文によれば「歌」や「草木鳥虫」などに関わる見解や、「人のために便なき言ひ過ぐし」も含まれていたらしい（二六二段のような初期の体験記か）。つまりは現存本の雛形となるような作品だったと考えられる。ただここで執筆が明確な公務となったことにより、中宮女房としての責任感や使命感は、以前にも増して強まったはずである。

再編本の成立

こうして執筆されることになった再編本だが、その成立時期はいつなのか。一般には次の二点を主な根拠に、長保三年（一〇〇一）頃と見なされている。

（一）年時の明らかな最後年の記事が長保二年五月であること（二二四段）。
（二）跋文で源経房が「左中将」（長保三年八月以前の呼称）と呼ばれていること。

作中にはそれ以降の官職呼称も散見するが、それらは「成立後の加筆訂正」として処理されてきた。しかし果たしてそれは妥当なのだろうか。

まず（一）だが、ここで明らかなのは「長保二年五月以降の出来事が題材にされなかった」という事実だけである。では（二）から執筆時が限定できるかと言えば、それも難しい。確かに経房は長保三年五月に蔵人頭《くろうどのとう》となっており、通例ならそれ以降は「頭中将」、参議となった寛弘二年（一〇〇五）からは「宰相中将」と呼ばれるべきだろう。ただしこの二つは藤原斉信の呼称として、ともに特別なこだわりをもって使用されていた（一五六段ほか）。作中呼称としては、経房が頭の中将や宰相の中将になっていたとしても、左中将で通された可能性は十分にある。実際に彼は長和四年（一〇一五）に権中納言に任じられるまで左中将ではあったのである。

従って残る手がかりは、作中の官職呼称ということになる。官職呼称は必ずしも事件当時とは一致せず、前官や後官が用いられることもあるが、その中で最後年のものと認められるのが、藤原実成《さねなり》を「左兵衛督」（寛弘六年三月以降の呼称）と呼ぶ一〇三段の一節だった。これが成立とは別枠で扱われてきたのは、先の最終年時との間に十年近くも開きがあるからだろう。だが、出来事時はあくまでも出来事時であって、執筆時を特定する手立てとはならない。少なくとも現存三巻本は、寛弘六年三月以降に確実に手が加えられているテキストなのである。その前年にあたる寛弘五年の十一月、実成は敦成五十日の賀に中宮権亮《ごんのすけ》として奉仕し、道長から杯を賜る栄誉に浴していた（紫式部日記）。また舞姫を献上した同年の五節《ごせち》では、かつての定子の趣向（八七段）を彷彿《ほうふつ》とさせる青摺《あおずり》の衣を童女らに着せて評判となった（栄花物語）。そうした実成の話題性も意識して、一〇三段は現存本のような形にまとめられたと見なすことができよう。いずれにせよ、描くべき出来事は「長保二年（一〇〇〇）五月」で打ち切られながら、最終的な擱筆《かくひつ》は「寛弘六年（一〇〇九）三月以降」を待たねばならなかった。現存本による限り、これが成立に関わる年時のすべてである。

もちろん再編本も、まずは定子にお目にかけるべき作品だった。それが結果として、完成前に献上すべき相手を失ってしまったわけだ。擱筆までの長い年月は、主人の死に直面した作者が、作品をまとめ上げるまでに要した時間だろう。このまま執筆を続ける意味はあるのか。書くとすれば何のために書くのか。折々書き継いできたと思われる草稿と、手元に残された「尽きせずおほかる紙」を前に、相当の逡巡や葛藤があったことは想像に難くない。最終的に作者が目指したものは、これも現存本から推し量るしかないが、およそ次のようにまとめられようか。ひとつには、定子と過ごした宮仕えの日々を、厳選して紙上に再現すること。また、その間の見聞や体験を踏まえ、蓄積された知見や思いの丈をカタログ化して、自分自身の視点から発信すること。亡き主人に捧げたいという思いは保ちつつ、より広範な読者たちを想定することで、気持ちの立て直しや軌道修正がなされたのだろう。

跋文で「人やは見むとする」「人に見えけむぞねたき」などと繰り返すのは、そうした「人」を再編本の読者として意識すればこそであり、「心一つにおのづから思ふ事をたはぶれに書きつけたれば」という断りは、不満や不服を抱く読者がいても、それは自分ひとりが引き受けるという覚悟の表明なのだ。知られているように、能因本の奥書には「一品《いっぽん》の宮（脩子内親王）の本」なる伝本への言及がある。事実だとすれば、伊周献上の紙に浄書されたものかもしれない。だが右の読者意識に照らせば、仮に献上本があったとしても、その本が、あるいは手元に残した写しなどが、貸し出されたり書写されたりして世に広まることは、作者の強く望むところだったと思われる。

五、執筆内容と叙述スタイル

体験談の描かれ方

現存本の内容は、「〜は」「〜もの」といった題目を掲げる「類聚段《るいじゆう》」、主に自身の体験を材に取る「日記回想段」、それ以外に分類される「随想段」とに大別される（ただし明確に三区分できるわけではなく、呼称も便宜上のものである。「凡例」参照）。中でも日記回想段は、同時代の人々が多く登場するだけに、特別な配慮が必要な部分だったと思われる。

その日記回想段には、叙述スタイルにひとつの特徴が指摘できる。過去の体験を再現するにあたり、それをあたかも現前の出来事のように描いてゆくのだ（いわば現場リポートのような日記もしくは回想記となっている）。例えば一七八段には、自身の初出仕頃の体験が描かれているが、冒頭から執筆時との時間的隔たりを意識させることがない。過去の助動詞（「き」）が用いられるのは、「なほ変化《へんげ》のもの、天人などの降り来たるにやとおぼえしを、さぶらひ馴れ日ごろ過ぐれば、いとさしもあらぬわざにこそはありけれ」といった一節くらいで、先輩女房たちに羨望の眼差しをおくっていた自分を、「さぶらひ馴れ」た後から振り返る文脈だった。しかもこの直後から叙述は再び非過去に戻り、最後までそれは貫かれている。本段はすべて「さぶらひ馴れ」た後にまとめられたのだろうが、特に過去との対比などを俎上《そじよう》に載せる必要がなければ、過去形が選ばれることはないわけだ。

体験談として、最も早い時期にあたるのが二三段で、寛和《かんな》二年（九八六）六月の出来事（小《こ》白河《しらかわ》八講）が描かれる。やはり冒頭から出来事時に添った叙述が続くが、章段末尾には「き」が連続して見えている。最後は、さて、その二十日あまりに中納言法師《ほふし》になりたまひにしこそ、あはれなりしか。桜など散りぬるも、なほ世の常なりや。「おくを待つ間《ま》の」とだに言ふべくもあらぬ御有様にこそ見えたまひしか。

と結ばれているが、言うまでもなくこの「中納言（藤原義懐《よしちか》）の出家」だけが過去の出来事だったわけではない。当時は出仕すらしていないのだから、本段は後年『枕草子』に収めるべく、記憶などを辿ってまとめられたのだろう。ではそうした時間的隔たりの大きさが、最後に過去形を選ばせているのかと言えば、そう単純な話でもない。同じような形は、年時として最後年に属する長保二年（一〇〇〇）三月の体験を描く章段（七段）の末尾にも見られるからだ。

さて、かしこまりゆるされて、もとのやうになりにき。なほ、あはれがられてふるひ泣《な》き出《い》でたりしこそ、世に知らずをかしくあはれなりしか。人などこそ、人に言はれて泣《な》きなどはすれ。

「さて」以下に描かれているのは、三三段と同じく、ここまで非過去で描かれてきた逸話の結末である。三三段は明らかに後年にまとめられた章段だが、年時ではそれと十四年もの開きがある七段でも、叙述スタイルには何ら変わる所がない。つまり、七段が何年か後に今の形にまとめられたか、あるいは手が加えられていたとしても、叙述スタイルからは判別ができないのである。同じように章段の末尾、あるいは話が一段落する箇所では、部分的に「き」が用いられる例が少なくない。従ってこのような過去形への転換は、描いてきた出来事にひと区切りつけよう、話を切り上げようとする意識の表れかと見なされる。

ほかに地の文の「き」は、体験談が類聚段や随想段中に割り込む箇所や、短く断片的な記事には集中して用いられる場合もある。過去形が基調になると、にわかに懐旧心や隔絶感をにじませた文脈にはなるが、隔たりの内実などは語られず、いずれも局所的な使用に留まっている。大多数の章段では、体験の再現にあたり、何より優先されるのは臨場感だったと言えようか。執筆時との間に当然ながら存在する時間差を、原則として表現には反映させないのが、『枕草子』の基本姿勢なのである。

出来事時と執筆時との間

こうした基本姿勢に照らしたときに、改めて次のような一節が注目されてくる。一二五段と二六二段の末尾に残された一文で、そこでは異例にも出来事時との隔たり自体に焦点が当てられているからだ。一二五段は、時の関白道隆の権勢を、道長が跪《ひざまず》く場面を中心に描いた章段で、最後は次のように結ばれていた。

まいて、この後の御ありさまを見たてまつらせたまはましかば、ことわりとおぼしめされなまし。

道長が跪いた話を繰り返す清少納言を、定子が「例の思ひ人」と笑った場面を受けている。「この後の御ありさま」を定子は御覧になることがなかったとあるので、「この後」とはその崩御（長保二年末）後を、「御ありさま」は、さらに高まっていった道長の権勢を指すことになる。

一方の二六二段は、正暦五年（九九四）二月に行われた主家の盛儀、積善寺《しゃくぜんじ》供養を描いた章段。その最長編章段は次の一文で結ばれていた。

されど、そのをりめでたしと見たてまつりし御事どもも、今の世の御事どもに見たてまつりくらぶるに、すべて一つに申すべきにもあらねば、物憂くて、おほかりし事どももみなとどめつ。

長々と記されてきた栄華が、すでに過去のものとなってしまったことが慨嘆されている。

「そのをり」と「今の世」との間には、辛くて言葉にできない様々な出来事があったという。つまりは道長方への権勢の推移を指すのだろう。記事の詳細さから見て、本段の概要はかなり早い時期にまとめられていたものと考えられようか。だとしてもそれは、右のような一節を加えなければ作中に収めることができなかったわけだ。そうした「今」の心境が、ここには率直に吐露されている。

　これらが垣間見せるのは、変わり果てた「この後」や「今の世」の時点から、過去との落差に思いを馳せる書き手の横顔である。出来事時と執筆もしくは擱筆時との隔たりを考えれば、こうした書き手は実際はどの段にも潜在するのだろう。『枕草子』は最終的に、事件当時との落差を見定めた書き手によってまとめられ、かつて主家と権勢を争った相手が栄華を誇る世の中へと送り出された。日記回想段を読むにあたっては、こうした書き手（表現主体）としての清少納言を意識しておく必要がある。登場人物として描かれた清少納言の言動ばかりに目を奪われると、作品の真髄を見誤ってしまいかねない。

同時代読者への意識

　そもそも、時の権力闘争に関わった人々を同時代作品で描くとなれば、様々な配慮が求められるのは当然である。まして作者は、現政権と権勢を争った側に身を置いていた。清少納言の政治的配慮として、古来より指摘されてきたのは、主家を襲った惨事に触れまいとするその「心ばせ」(無名草子)だったが、それを単なる現実逃避と理解してはなるまい。詳細は該当段の「評」に譲るが、それぞれの記事の生命線は、変えることはできない「現実」のどこをどう切り取り、「今の世」に何を提示するかにあった。その深謀遠慮がわかりにくいのは、想定されている読者が、時代背景を共有する同時代の人々だったからだろう。

政局の分岐点となった長徳の政変には、確かに直接の言及は見られない。ただその総括らしきものは、定子の語りを借りてなされている(一三八段)。語られているのは、策を弄した「左の一」なる人物が、相手の虚をついて圧勝する「謎々合せ」の話で、随所に政変と左大臣道長の影が見え隠れする。ただ定子は、敗者側に不手際や油断があったことにも触れており、もはやわだかまりなく勝敗を受け入れていたことを、書き手は読者に印象付けてもいる。道長本人が登場する唯一の場面(前掲一二五段)は、実質は道隆が道長を跪かせた話だが、清少納言が定子に繰り返し語ったのは「大夫殿の居させたまへる」様だとされる。衆目を集めておいて、最後に跪いてみせた道長の心憎い振る舞いに焦点を当てた形となり、それを受けた定子のからかい(「例の思ひ人」)も加えることで、道長を単なる引き立て役に終わらせていない。道長への「殿」の呼称や「この後の御ありさま」(末文)の「御」、前掲「今の世の御事」(二六二段)の「御」なども、意識的に付されたものだろう。

主家以外の人物で、特に多くの筆が割かれたのが藤原斉信《ただのぶ》と藤原行成《ゆきなり》だが、その描き方も決して単純ではない。彼らがどれだけ道長に貢献したか、事件当時は詳細を知り得なかったとしても、後にはおよその察しが付いたはずである。斉信は、伊周らの失脚と引き換えに待望の「宰相」を手に入れているが、中宮女房として忘れるはずもないその時期を、作中ではあえて「忘れて」みせながら、道隆の薨去から道長が権力を掌握するまで姿を見せなかった彼の動向が、さりげなく証言されている（一二四・一五六段）。彰子の立后に尽力した行成は、作中に「顔ふたぎ」して清少納言と接触を避ける様子が描かれるが、それはまさしく道長の命で立后実現に奔走していた時期にあたり、事情を知る者にはその振舞いに合点がいくものとなっている（四七段）。彼らの政治的立ち回りは、決して無い事にはできなかったのだろう。

ただし、斉信とはその後疎遠になったことは明かしても（八一段）、橘則光や源宣方《のぶかた》のようにはっきりと決別までは描かれない。印象に残るのは、ひたすら外見に向けられた賛辞である（八〇段）。行成との逸話は、どれも親しげな交流を思わせるが（一二八・一三一・一三二段ほか）、注目すべきは彰子立后後に材を取る四七段の末尾、定子と寄り添う一条天皇の姿を行成が目にする場面だろう。彼の日記（権記）によれば、行成こそが立后に至る一条天皇の苦衷を誰よりも知る者だった。彼との交友を総括する四七段で、清少納言はその心中を理解し受け入れる者として、自身をアピールしてやまない。いずれ彼らが

『枕草子』を目にすること、あるいはどう描かれているかが伝わることを想定すればこその処置と思われる。ともに過ごしたかつての日々を、懐かしい思い出として共有してもらうことは、必ずや作品の流布にプラスに働こう。現政権の重鎮たる斉信と行成にはそうした役割が期待できるし、数々の逸話を最大限に利用しない手はなかった。

擱筆前の政治状況

以上のような戦術は、『枕草子』の成立が通説のように長保三年（一〇〇一）頃であっても、基本的には求められたものである。だが擱筆を寛弘六年（一〇〇九）三月以降と見なした場合には、そこにもうひとつ重大な事件が関与してくる。前年九月の第二皇子敦成《あつひら》の誕生である。言うまでもなくそれ以前は、定子の遺児敦康《あつやす》親王こそが、円融《えんゆう》皇統唯一の皇子として、一条天皇を中心に道長と伊周との融和をも可能にしていた。だがその絶妙な均衡はここに崩れ去る。寛弘六年二月に伊周は朝参《ちょうさん》を停止され、事実上、政治生命が絶たれてしまう（同年正月の呪詛事件による。その翌年に薨去）。彰子は続いて第三皇子敦良《あつなが》も出産しており（同年十一月）、その存在はますます重みを増していった。ただし一条天皇自身は、それでも敦康親王の立太子を断念しきれずにいたという（権記）。『枕草子』に最後の手が加えられたと思しき時期に、敦康親王をめぐる政治状況は緊迫の度合いを増していたのである。

　現存本で最初の日記回想段は「大進生昌が家」で幕を開ける（六段）。当時の読者なら、そこで誕生した第一皇子を想起するはずの舞台である。しかしその生誕はおろか、定子の懐妊にすら触れないままに章段は閉じられ、続く七段（翁丸の段）では、すでに皇子が生まれた後の、翌長保二年三月の今内裏へと舞台が移されている。冒頭には前年九月に道長らが行った「産養《うぶやしない》」で有名な猫（小右記）が登場してくるが、犬猫騒動の只中にそこで暮らしていたはずの幼い皇子は、産養への言及のみならず、存在自体がきれいに抜け落ちているのである。皇子誕生という重大事件に、中宮女房として関心がなかったとは考え難い。政治的にはそれこそが最大の関心事だろう。

　もちろん、出産の顚末が記されないのは敦康親王に限った話ではない。だが皇女たちの場合にはそれぞれ別の事情が想定できる。まずは第二皇女媄子。その誕生に言及がないのは、何より定子の崩御という悲劇に直結するからだろう。作中の事件時が「長保二年五月」で止められたこととも、明らかに連動している（媄子は寛弘五年に薨去）。第一皇女脩子も出産にまつわる記事はないが、「姫宮」として六段に言及があり、本人は二二四段に登場している。同段のみに登場する敦康と、その意味では扱いに大差ないようにも見える。だが脩子の誕生は、清少納言が長く御前を離れていた時期に当たっており（一三八・二六一段）、その前後の記事自体がそもそも存在しない。出産前後の出来事が日記回想段の劈頭《へきとう》に掲げられている敦康とは、決定的な違いがある。定子が敦康を伴って初めて今内裏入りしたのは、長保二年二月十一日。滞在はひと月半に過ぎないが、そのわずかな期間に材を取る章段は五つにものぼる（七・一〇・四七・二二九・二七六段）。その間には父帝との対面や百日の儀が行われ、定子御在所では第一皇子こそが話題の中心だったはずだ。にもかかわらず、いずれの章段でも彼には片言さえ触れられることがない。不在の際立ち方はひとり突出していよう。

こうした敦康親王の扱いこそが、作中に残された「寛弘六年以降」という擱筆年時と深く関わっているのではないか。擱筆がこの期に及んだ具体的な経緯は明らかにできないが、宮仕えを退いて既に久しいと思われるので、公表の是非もタイミングも基本的には作者に委ねられていたはずだ。折々の政治状況、自身の気力体力との兼ね合いや、交流のあった人々の意見なども参考に、それは模索されていたか。そして最終的に、眼前のデリケートな政治案件には徹底して不介入を貫くという判断がなされた。かつての中宮女房としては、そこに葛藤もあったかもしれないが、人々の懐旧心に訴えて、心置きなく作品世界に浸ってもらうには最善の策だったといえる。代わりに定子を筆頭に、すでに「過去の人」である道隆や伊周などには、憚ることない賛辞が贈られた。追想（あるいは鎮魂）としてなら、「今の世」の人々にも受け入れられやすいからだ。公表前の最終段階でなされたのは、従って人物呼称等の瑣末な加筆訂正などではなく、日記回想段を中心とした記事の最終調整だったと考えておきたい。

「随筆」としての装い

中宮という存在を中核に据える以上、政局の影を作品から消し去ることは不可能である。だからこそ公表にあたっては、権勢の動向を注意深く見定めておく必要があった。その過程で磨かれていったのが、権力闘争には関知しないという態度を示しつつ、記事の端々や空白部分にその痕跡を残すといった高等戦術だったわけだ。

それが功を奏した結果だろう、『枕草子』は道長全盛の世にも生き延びて、今日まで読み継がれてきた。我々はいま、定子という人物の魅力的な人柄や教養のほどに思いを馳せることができる。それは清少納言の目を通した姿ではあるが、『枕草子』がなければ、定子の記憶の多くは忘却の彼方に押しやられるか、「あはれに悲しき」（栄花物語）物語の鋳型に押し込められて終わっていたのではないか。『枕草子』最大の功績と言っても過言ではあるまい。

その貴重な証言の数々が、現存本では「春はあけぼの」と跋文との間に、時系列に逆らうような形で散りばめられている。もし年代順に並べられていたら、「今の世」に至るまでの権勢の推移や、何が描かれていないかがおのずと浮かび上がってしまうに違いない。日記回想段の配列は、出来事時との隔たりを意識させまいとする叙述スタイルと、表裏一体の関係にもあるわけである。

かくも特異な配列でありながら、そこに読者がさほど違和感を抱かないのは、類聚段・随想段と呼ばれる多種多様な文章とのコラージュによるところが大きい。それが結果として日記回想段の政治色を薄めてみせてもいるわけだが、かといって類聚段や随想段がそのために執筆されたということではあるまい。独特な美意識やこだわり、知見知識の数々が、かなりの紙幅を割いて披露されている様を見れば、その執筆じたい充実した営みであったことがわかる。広い意味ではすべてが「定子をいただく後宮の文明の記録」(石田譲二『新版枕草子』解説、角川ソフィア文庫、一九七九)ともいえようが、個々の記事は、平安時代に生まれた女性が何をどう感じて暮らしていたか、それを生き生きと伝えてくれるかけがえのないリポートとなっている。

こうして並べられた各種の文章は、「連想」とでも呼ぶべきゆるやかな繋がりを見せる場合もあれば(鈴木日出男『連想の文体』岩波書店、二〇一二)、特に脈絡など見出せない場合もある。そして最後は「心ひとつに思う事を戯れに書きつけた」という跋文の一節によって、独特な形態にもお墨付きが与えられた形となっている。むろん日記回想段を中心に張り巡らされた深謀遠慮を思えば、これも額面通りに受け取るべきではないが、この「戯れ書き」宣言こそ、後に作品そのものが「随筆」と認定される大きな要因となってゆくのである。

文学ジャンルとしての随筆は、近代になって定着した術語だが、いまや『枕草子』にとって何より便利な肩書となっている。両者が強く結び付くまでには、『枕草子』が『徒然草』という後継者を得たこと、近世に至ってその『徒然草』が愛読される一方で、「随筆」「筆すさび」といった類の書き物が市民権を得ていったこと、近代のアカデミズムが個々の作品に文学史上のポジションを求めたことなど、様々な要因が介在している（津島知明『動態としての枕草子』第四章、おうふう、二〇〇五）。ただ、筆に任せて自由気ままに綴られたものを随筆と呼ぶのなら、『枕草子』はそのような装いを、いわば戦略として必要としたのだ。定子に仕えた者として、何をどう描くか、あるいは描くべきではないか、擱筆までに迫られた判断は、決して自由気ままなものではない。一方、二五一段以降の随想段などに代表されるように、作中には、随筆、エッセイとしてそのまま味わえるような文章も数多く存在する。古来より多くの読者が、そこここに清少納言の息遣いや喜怒哀楽を感じ取り、対話を楽しんできたことを思えば、いわゆる随筆としての魅力を『枕草子』が十分備えていることもまた確かである。

津島知明

系図（ゴシック体は作中に登場、または言及のある人物）

【清少納言系図】　**（清原氏）**

40 天武天皇――舎人親王――（二代不明）――貞代王――有雄（贈清原真人姓）――通雄――海雄――房則――深養父――春光

- 春光
  - **元輔**
    - 為成　雅楽頭
    - 致信　大宰少監
    - 戒秀　花山院殿上法師
    - 女子　藤原理能妻
    - **清少納言**　定子皇后女房　摂津守藤原棟世妻
  - 元真

注　群書類従の清原氏系図、続群書類従の六本の清原系図によるに、海雄を「舎人親王―御原王―小倉王―夏野―海雄」、春光を顕忠とする本あり、異同を見るが、ここでは、岸上慎二博士の考定による。

【皇族・源氏】

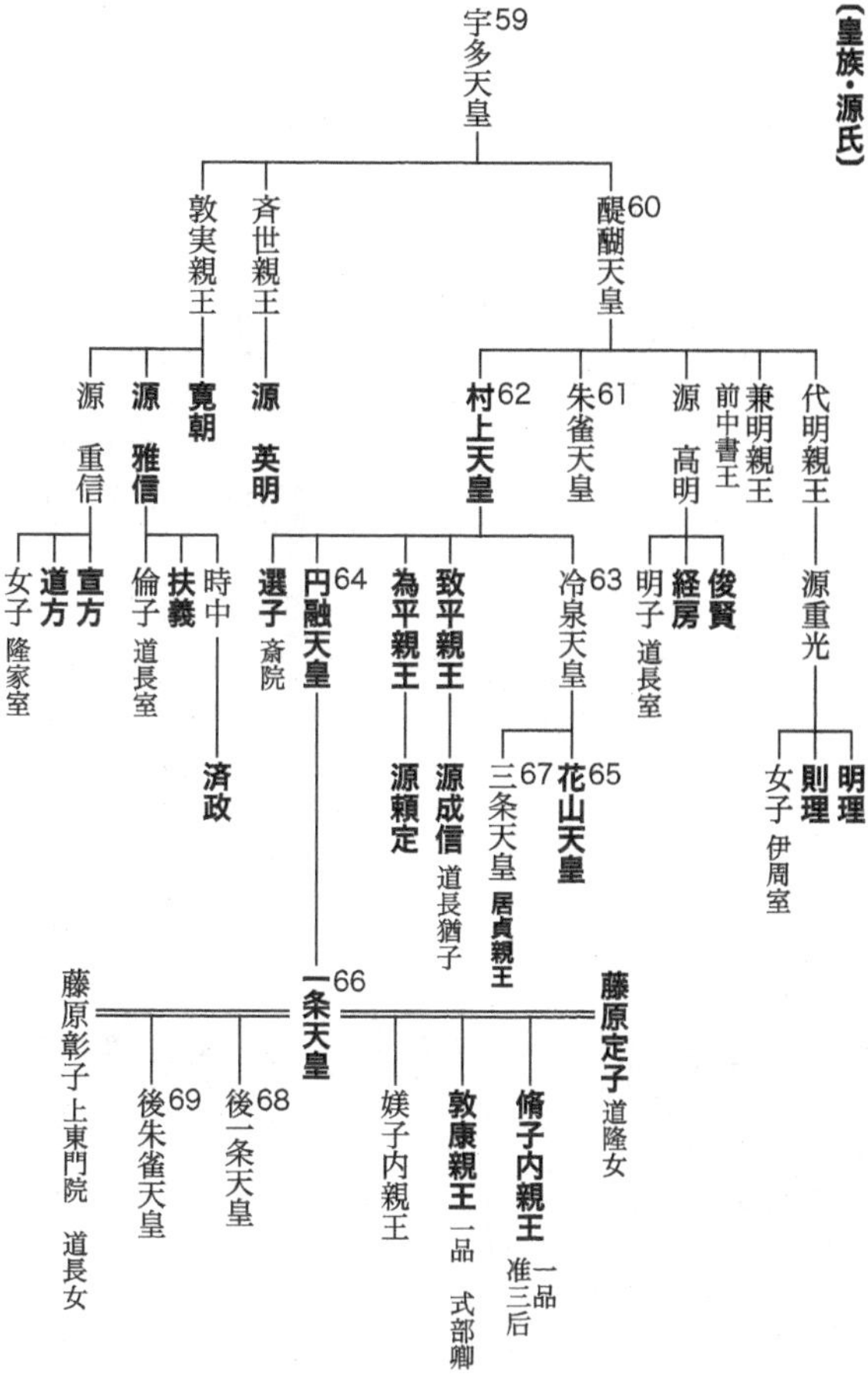

宇多天皇 59
醍醐天皇 60
斉世親王
敦実親王
代明親王
兼明親王 前中書王
源 高明
朱雀天皇 61
村上天皇 62
源 英明
寛朝
源 雅信
源 重信
源重光
明理
則理
女子 伊周室
俊賢
経房
明子 道長室
冷泉天皇 63
致平親王
為平親王
円融天皇 64
選子 斎院
時中
扶義
倫子 道長室
宣方
道方
女子 隆家室
済政
花山天皇 65
三条天皇 67 居貞親王
源成信 道長猶子
源頼定
一条天皇 66
藤原定子 道隆女
脩子内親王 一品 准三后
敦康親王 一品 式部卿
媄子内親王
後一条天皇 68
後朱雀天皇 69
藤原彰子 上東門院 道長女

【藤原氏】

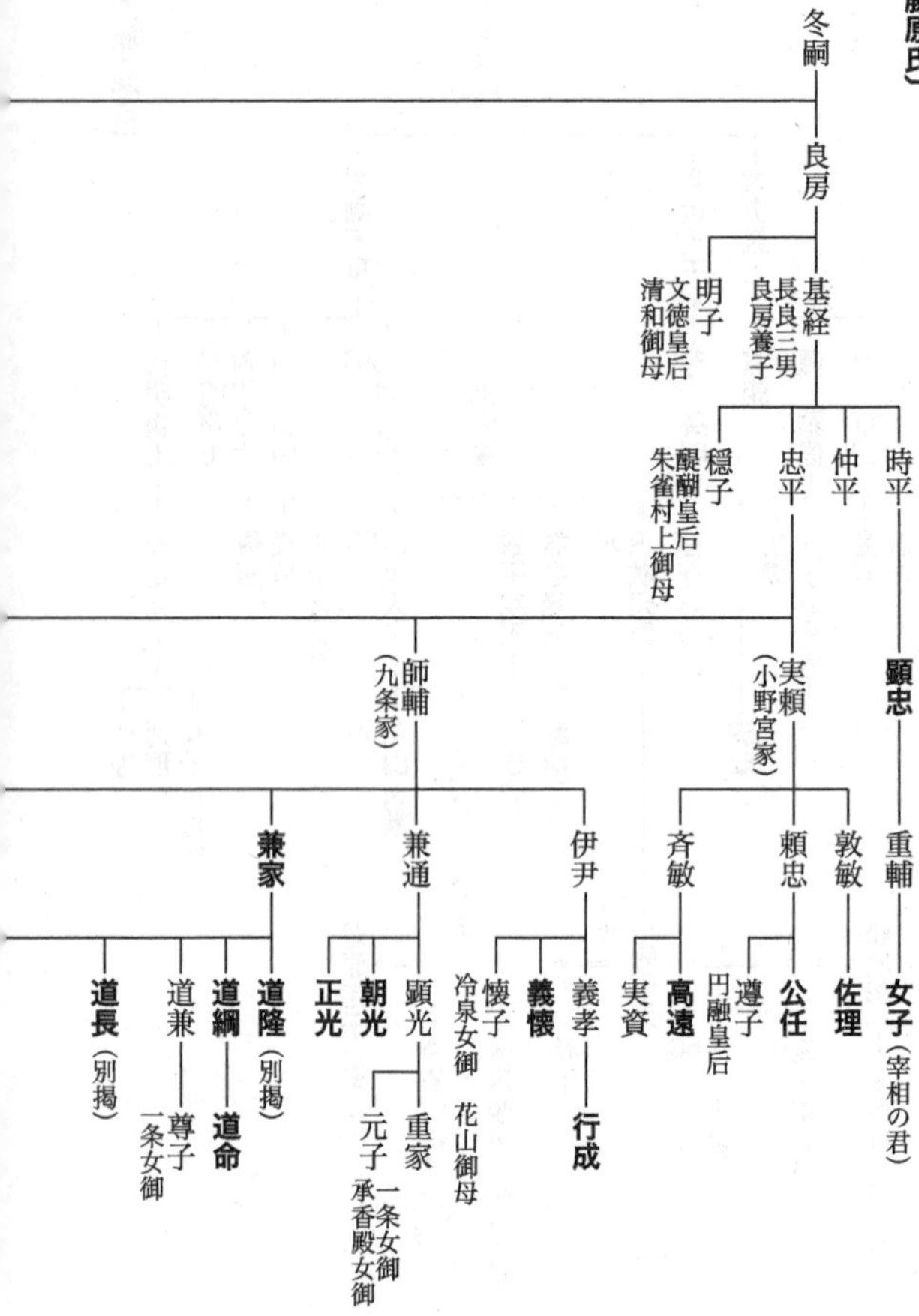

冬嗣
良房
基経
長良三男
良房養子
明子
文徳皇后
清和御母
時平
仲平
忠平
穏子
醍醐皇后
朱雀村上御母
顕忠
重輔
女子（宰相の君）
実頼
（小野宮家）
敦敏
佐理
頼忠
公任
遵子
円融皇后
斉敏
高遠
実資
師輔
（九条家）
伊尹
義孝
行成
義懐
懐子
冷泉女御
花山御母
兼通
顕光
重家
元子
一条女御
承香殿女御
朝光
正光
兼家
道隆（別掲）
道綱
道命
道兼
尊子
一条女御
道長（別掲）

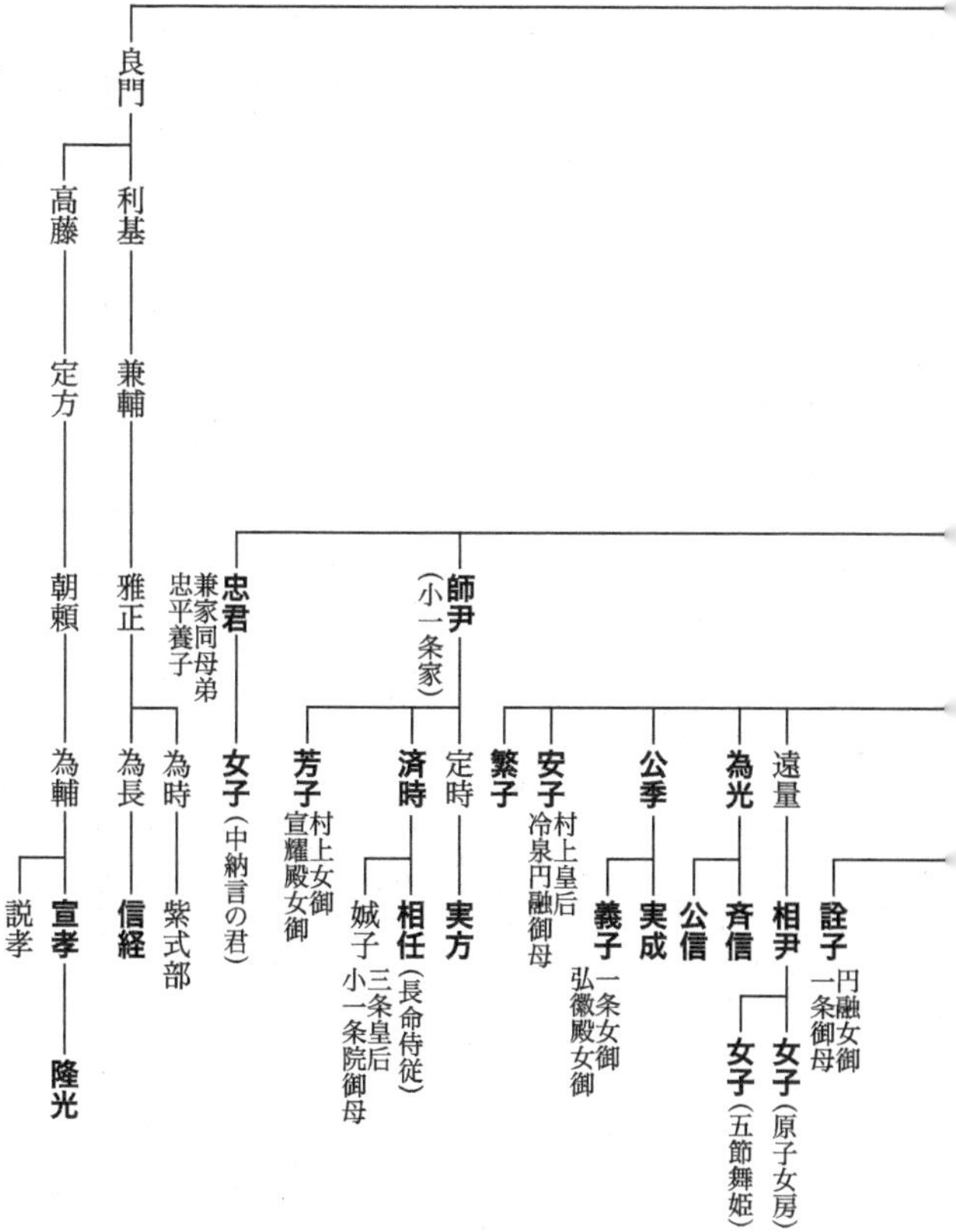

良門
利基
高藤
兼輔
定方
雅正
朝頼
為時
為長
為輔
紫式部
信経
宣孝
説孝
隆光
忠君
兼家同母弟
忠平養子
女子（中納言の君）
師尹
（小一条家）
定時
済時
芳子
村上女御
宣耀殿女御
実方
相任（長命侍従）
娍子
三条皇后
小一条院御母
遠量
為光
公季
安子
村上皇后
冷泉円融御母
繁子
詮子
円融女御
一条御母
相尹
女子（原子女房）
女子（五節舞姫）
斉信
公信
実成
義子
一条女御
弘徽殿女御

【藤原氏】（道隆　道長）

道隆 摂政関白

- **道頼** 権大納言 号山井大納言 母伊予守守仁女
- **伊周** 内大臣 母従二位成忠女 贈従三位前掌侍貴子
  - **道雅**（松君） 左京大夫
- **頼親** 内蔵頭
- **周頼** 木工頭 母伊予守奉孝女
- **隆家** 中納言 母同伊周
- **隆円** 権大僧都 母同伊周 号小松僧都
- **定子** 母同伊周
- **原子** 三条院東宮時女御 母同伊周 淑景舎女御
- **三女** 母同伊周 敦道親王妃
- **四女** 母同伊周 御匣殿

道長 摂政太政大臣

- **頼通** 摂政関白　太政大臣 母倫子
- **頼宗** 右大臣 母明子
- **顕信** 右馬頭 母明子
- **能信** 権大納言 母明子
- **教通** 関白　太政大臣 母倫子
- **長家** 権大納言 母明子
- **彰子** 上東門院 母倫子
- **妍子** 三条天皇中宮 母倫子
- **威子** 後一条天皇中宮 母倫子
- **嬉子** 後朱雀天皇女御　後冷泉天皇御母 母倫子
- **寛子** 小一条院女御 母明子
- **尊子** 右大臣源師房室 母明子

〔高階氏〕

40 天武天皇—高市親王—長屋王—（三代略）—峯緒（贈高階真人姓）—（二代略）—良臣

- 良臣
  - 成忠（改真人為朝臣）
    - 助順（内蔵頭）
    - **信順**（東宮学士　左中弁）
    - **明順**（左中弁）
    - 道順（木工権頭）
    - 積善（左少弁）
    - 静昭（法橋）
    - **貴子**（高内侍　道隆室）
    - **光子**（佐伯公行室）
    - **女子**（大江為基室）
  - 敏忠—**業遠**

〔橘氏〕

30 敏達天皇—（四代略）—橘諸兄（葛城王）—（四代略）—広相—公材—好古—敏政

- 敏政
  - **則光**
    - **則長**—則季
    - 季通
    - 光朝
  - **則隆**

大内裏および周辺図

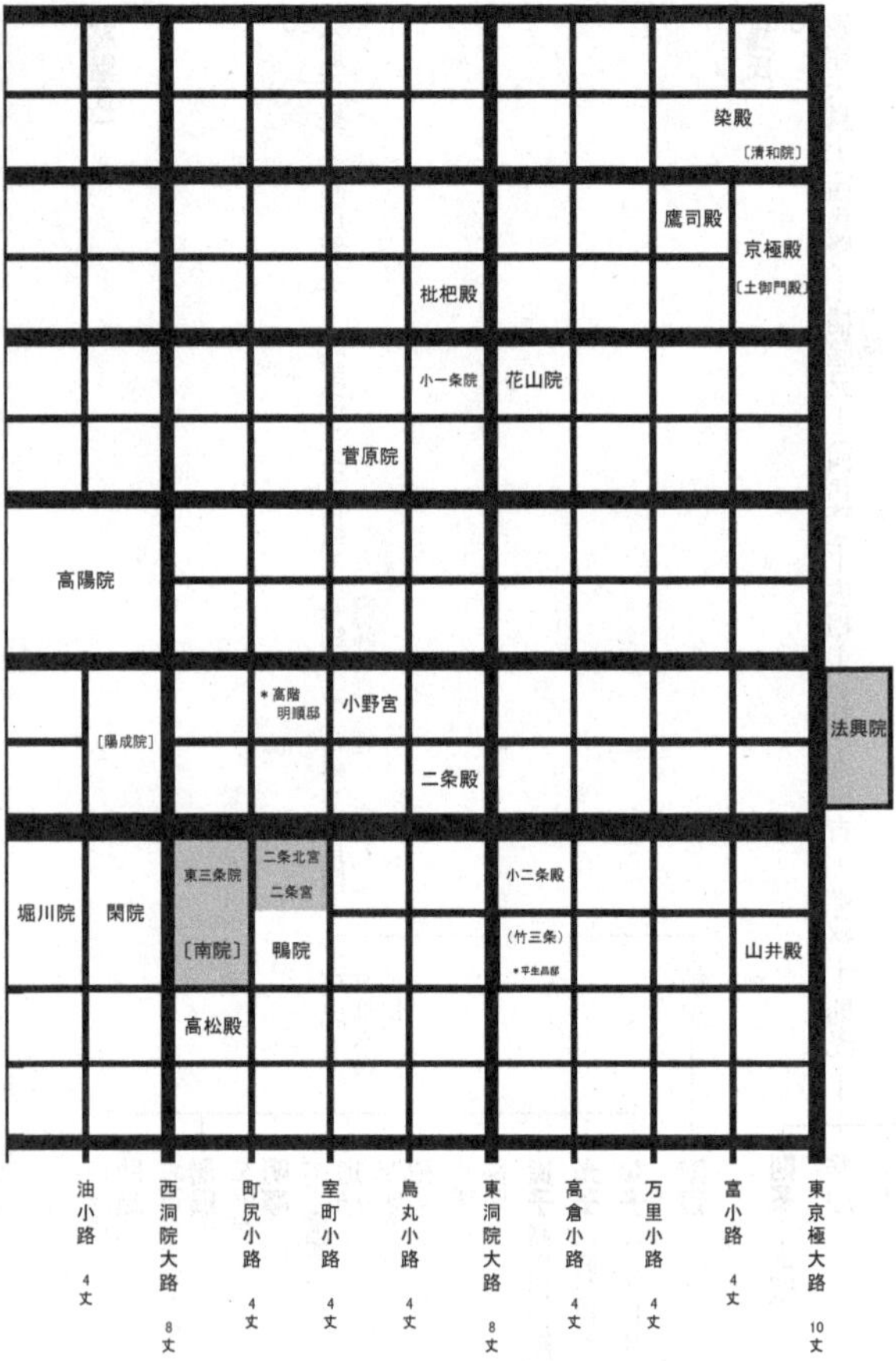

染殿
〔清和院〕
鷹司殿
京極殿
〔土御門殿〕
枇杷殿
小一条院
花山院
菅原院
高陽院
＊高階明順邸
小野宮
〔陽成院〕
二条殿
法興院
東三条院
二条北宮
二条宮
小二条殿
堀川院
閑院
〔南院〕
鴨院
（竹三条）
＊平生昌邸
山井殿
高松殿
油小路 4丈
西洞院大路 8丈
町尻小路 4丈
室町小路 4丈
烏丸小路 4丈
東洞院大路 8丈
高倉小路 4丈
万里小路 4丈
富小路 4丈
東京極大路 10丈

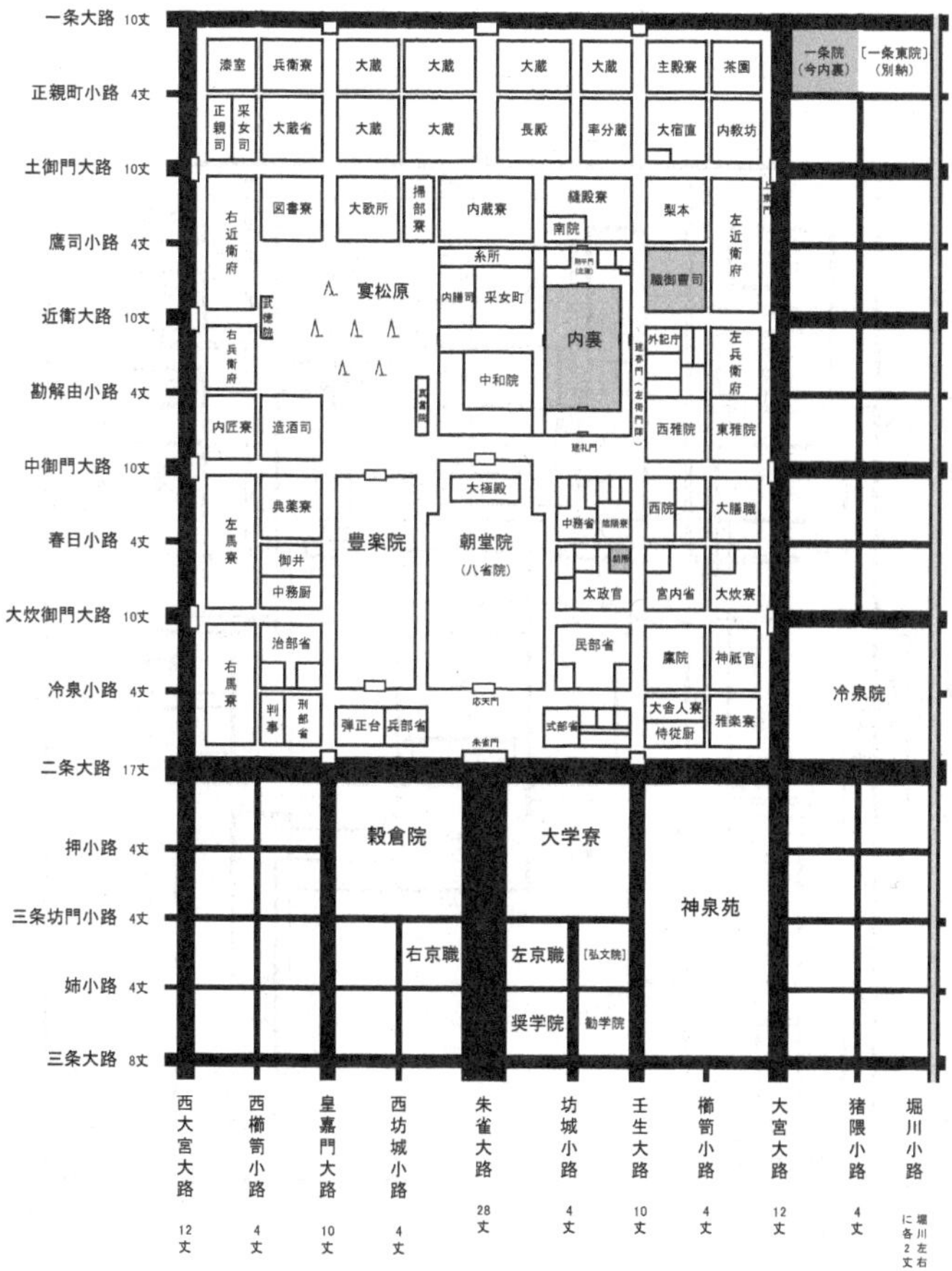

一条大路 10丈
正親町小路 4丈
土御門大路 10丈
鷹司小路 4丈
近衛大路 10丈
勘解由小路 4丈
中御門大路 10丈
春日小路 4丈
大炊御門大路 10丈
冷泉小路 4丈
二条大路 17丈
押小路 4丈
三条坊門小路 4丈
姉小路 4丈
三条大路 8丈
漆室
兵衛寮
大蔵
大蔵
大蔵
大蔵
主殿寮
茶園
一条院（今内裏）
［一条東院］（別納）
正親司
采女司
大蔵省
大蔵
大蔵
長殿
率分蔵
大宿直
内教坊
右近衛府
図書寮
大歌所
掃部寮
内蔵寮
縫殿寮
南院
梨本
左近衛府
糸所
職御曹司
宴松原
武徳殿
内膳司
采女町
内裏
建春門（左衛門陣）
外記庁
右兵衛府
中和院
左兵衛府
内匠寮
造酒司
西雅院
東雅院
建礼門
大極殿
左馬寮
典薬寮
豊楽院
朝堂院
（八省院）
中務省
陰陽寮
西院
大膳職
御井
中務厨
太政官
宮内省
大炊寮
右馬寮
治部省
民部省
廩院
神祇官
判事
刑部省
応天門
大舎人寮
雅楽寮
弾正台
兵部省
式部省
侍従厨
朱雀門
冷泉院
穀倉院
大学寮
神泉苑
右京職
左京職
［弘文院］
奨学院
勧学院
西大宮大路 12丈
西櫛笥小路 4丈
皇嘉門大路 10丈
西坊城小路 4丈
朱雀大路 28丈
坊城小路 4丈
壬生大路 10丈
櫛笥小路 4丈
大宮大路 12丈
猪隈小路 4丈
堀川小路 堀川左右に各2丈

内裏図

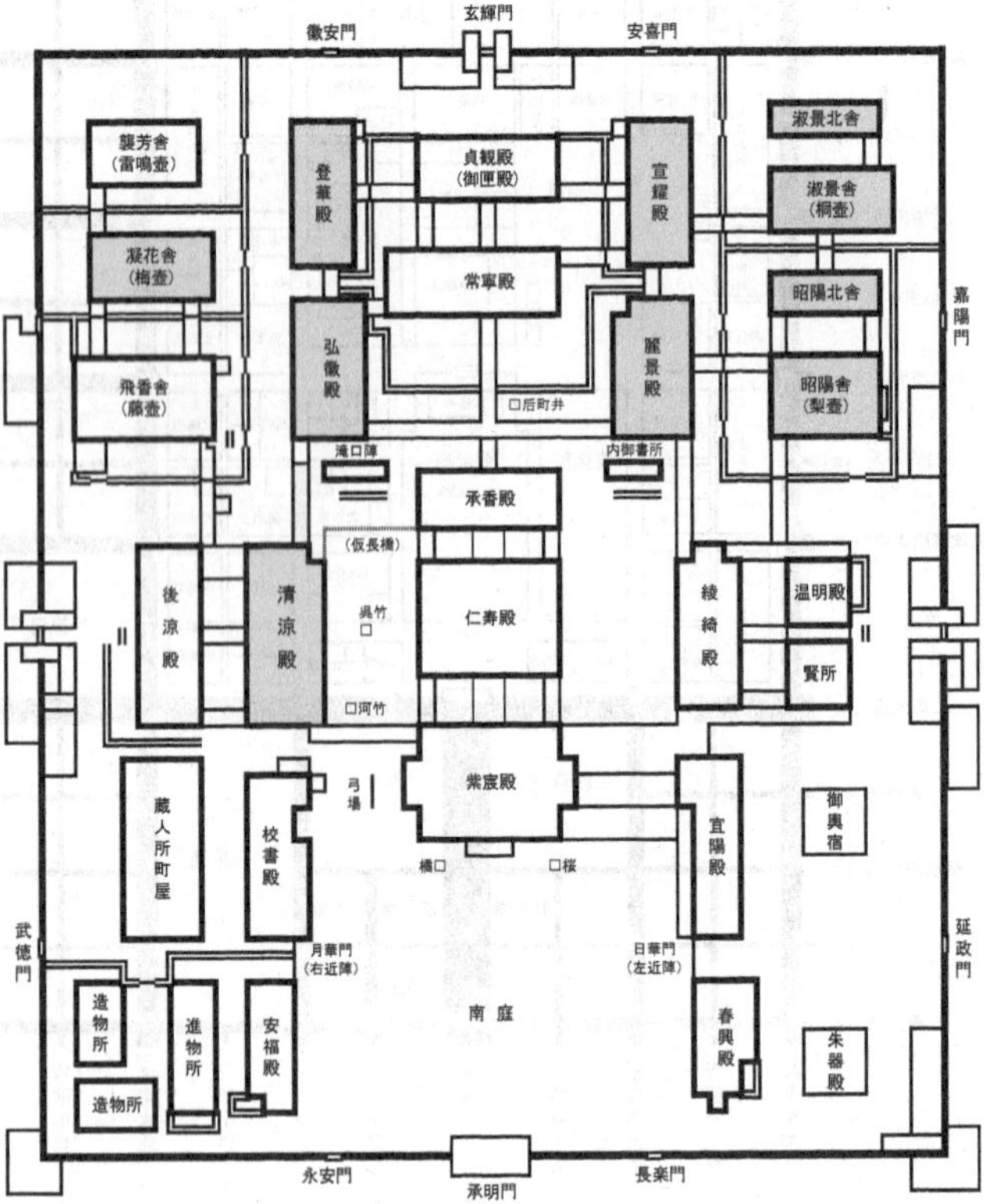

玄輝門
徽安門
安喜門
襲芳舎
(雷鳴壺)
登華殿
貞観殿
(御匣殿)
宣耀殿
淑景北舎
淑景舎
(桐壺)
凝花舎
(梅壺)
常寧殿
昭陽北舎
遊義門
弘徽殿
麗景殿
嘉陽門
飛香舎
(藤壺)
昭陽舎
(梨壺)
□后町井
滝口陣
内御書所
承香殿
(仮長橋)
後涼殿
清涼殿
呉竹
□
仁寿殿
綾綺殿
温明殿
賢所
陰明門
宣陽門
□河竹
紫宸殿
弓場
蔵人所町屋
校書殿
宜陽殿
御輿宿
橘□
□桜
武徳門
月華門
(右近陣)
日華門
(左近陣)
延政門
造物所
進物所
安福殿
南庭
春興殿
朱器殿
造物所
永安門
承明門
長楽門

清涼殿図

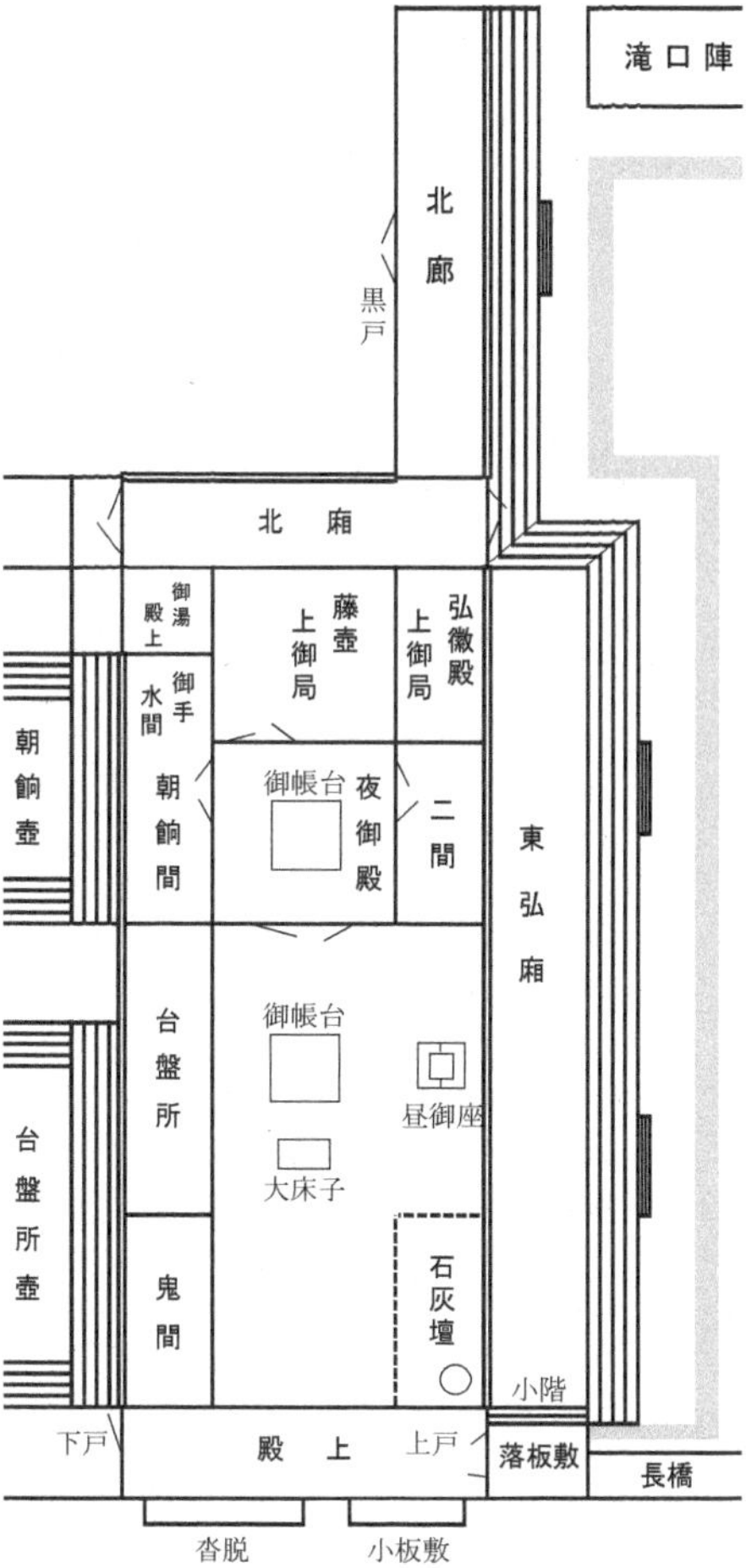

滝口陣
北廊
黒戸
北廂
御湯殿上
藤壺上御局
弘徽殿上御局
御手水間
朝餉壺
朝餉間
御帳台
夜御殿
二間
東弘廂
台盤所
御帳台
昼御座
大床子
台盤所壺
鬼間
石灰壇
小階
下戸
殿上
上戸
落板敷
長橋
沓脱
小板敷

清原氏・高階氏・橘氏

藤原氏

人物索引

「系図」中のゴシック体の人物（作中に登場、または言及のある人物）の、作中の呼称と該当章段をあげた。

女性名は正確な読みが明らかでないので通称とされている音読みを、男性名で諸説ある場合は代表的な読みを（　）内に付した。

人物認定が確定していない者も、可能性のある人物は取り上げた。

詳細は脚注・補注を参照されたい。

皇族・源氏

新訂《しんてい》
枕草子《まくらのそうし》 下《げ》
現代語訳付《げんだいごやくつ》き

清少納言《せいしようなごん》　河添房江《かわぞえふさえ》・津島知明《つしまともあき》＝訳注

令和６年　３月25日　初版発行
令和６年　９月15日　３版発行

発行者●山下直久

発行●株式会社KADOKAWA
〒102-8177　東京都千代田区富士見2-13-3
電話　0570-002-301（ナビダイヤル）

角川文庫 24107

印刷所●株式会社KADOKAWA
製本所●株式会社KADOKAWA

表紙画●和田三造

ISBN 978-4-04-400067-7　C0195

◆◇◇

角川文庫発刊に際して

角川源義

第二次世界大戦の敗北は、軍事力の敗北であった以上に、私たちの若い文化力の敗退であった。私たちの文化が戦争に対して如何に無力であり、単なるあだ花に過ぎなかったかを、私たちは身を以て体験し痛感した。西洋近代文化の摂取にとって、明治以後八十年の歳月は決して短かすぎたとは言えない。にもかかわらず、近代文化の伝統を確立し、自由な批判と柔軟な良識に富む文化層として自らを形成することに私たちは失敗して来た。そしてこれは、各層への文化の普及滲透を任務とする出版人の責任でもあった。

一九四五年以来、私たちは再び振出しに戻り、第一歩から踏み出すことを余儀なくされた。これは大きな不幸ではあるが、反面、これまでの混沌・未熟・歪曲の中にあった我が国の文化に秩序と確たる基礎を齎らすためには絶好の機会でもある。角川書店は、このような祖国の文化的危機にあたり、微力をも顧みず再建の礎石たるべき抱負と決意とをもって出発したが、ここに創立以来の念願を果すべく角川文庫を発刊する。これまで刊行されたあらゆる全集叢書文庫類の長所と短所とを検討し、古今東西の不朽の典籍を、良心的編集のもとに、廉価に、そして書架にふさわしい美本として、多くのひとびとに提供しようとする。しかし私たちは徒らに百科全書的な知識のジレッタントを作ることを目的とせず、あくまで祖国の文化に秩序と再建への道を示し、この文庫を角川書店の栄ある事業として、今後永久に継続発展せしめ、学芸と教養との殿堂として大成せんことを期したい。多くの読書子の愛情ある忠言と支持とによって、この希望と抱負とを完遂せしめられんことを願う。

一九四九年五月三日

角川ソフィア文庫ベストセラー

新版 古事記 現代語訳付き
訳注／中村啓信

天地創成から推古天皇につながる天皇家の系譜と王権の由来書。厳密な史料研究成果に拠る読み下し文、平易な現代語訳、漢字本文（原文）、便利な全歌謡各句索引と主要語句索引を完備した決定版！

風土記（上）（下） 現代語訳付き
監修・訳注／中村啓信

風土記は、八世紀、元明天皇の詔により諸国の産物、伝説、地名の由来などを撰進させた地誌。現存する資料を網羅し新たに全訳注。漢文体の本文も掲載する。常陸、出雲、播磨、豊後、肥前と逸文を収録。

新版 万葉集（一～四） 現代語訳付き
訳注／伊藤　博

古の人々は、どんな恋に身を焦がし、誰の死を悼み、そしてどんな植物や動物、自然現象に心を奪われたのか――。全四五〇〇余首を鑑賞に適した歌群ごとに分類。天皇から庶民にいたる万葉人の想いが今に蘇る！

新版 竹取物語 現代語訳付き
訳注／室伏信助

竹の中から生まれて翁に育てられた少女が、五人の求婚者を退けて月の世界へ帰っていく伝奇小説。かぐや姫のお話として親しまれる日本最古の物語。第一人者による最新の研究の成果。豊富な資料・索引付き。

新版 古今和歌集 現代語訳付き
訳注／高田祐彦

日本人の美意識を決定づけ、『源氏物語』などの文学や美術工芸ほか、日本文化全体に大きな影響を与えた最初の勅撰集。四季の歌、恋の歌を中心に一一〇〇首を整然と配列した構成は、後の世の規範となっている。

角川ソフィア文庫ベストセラー

新版 伊勢物語
現代語訳付き
訳注／石田穣二

在原業平がモデルとされる男の一代記を、歌を挟みながら一二五段に記した短編風連作。『源氏物語』にもその名が見え、能や浄瑠璃など後世にも影響を与えた。詳細な語注・補注と読みやすい現代語訳の決定版。

土佐日記
現代語訳付き
紀 貫 之
訳注／三谷榮一

紀貫之が承平四年一二月に任国土佐を出港し、翌年二月京に戻るまでの旅日記。女性の筆に擬した仮名文学の先駆作品であり、当時の交通や民間信仰の資料としても貴重。底本は自筆本を最もよく伝える青谿書屋本。

新版 蜻蛉日記（Ⅰ、Ⅱ）
現代語訳付き
右大将道綱母
訳注／川村裕子

美貌と歌才に恵まれ権門の夫をもちながら、自らを蜻蛉のように儚いと嘆く作者二一年間の日記。母の死、鳴滝籠り、夫との実質的離婚――。平易な注釈と現代語訳の決定版。Ⅰ（上・中巻）、Ⅱ（下巻）収載。

新版 うつほ物語 一
現代語訳付き
訳注／室城秀之

『源氏物語』にも影響を与えたといわれる日本文学史上最古の長編物語。原文、注釈、現代語訳、各巻の梗概、系図などの資料を掲載。第一冊となる本書には、「俊蔭」「藤原の君」「忠こそ」「春日詣」をおさめる。

新版 落窪物語（上、下）
現代語訳付き
訳注／室城秀之

『源氏物語』に先立つ、笑いの要素が多い、継子いじめの長編物語。母の死後、継母にこき使われていた女君。その女君に深い愛情を抱くようになった少将道頼は、継母のもとから女君を救出し復讐を誓う――。

角川ソフィア文庫ベストセラー

大鏡

校注／佐藤謙三

一九〇歳と一八〇歳の老爺二人が、藤原道長の栄華にいたる天皇一四代の一七六年間を、若侍相手に問答体形式で叙述・評論した平安後期の歴史物語。人名・地名・語句索引のほか、帝王・源氏、藤原氏略系図付き。

今昔物語集 本朝仏法部（上）（下）

校注／佐藤謙三

一二世紀ごろの成立といわれるインド・中国・日本の三国の説話を収めた日本最大の説話文学集。名僧伝、諸大寺の縁起、現世利益をもたらす観音霊験譚、啓蒙的な因果応報譚など、多彩な仏教説話二一二話を収録。

今昔物語集 本朝世俗部（上）（下）

校注／佐藤謙三

芥川龍之介の「羅生門」「六の宮の姫君」をはじめ、近代の作家たちが創作の素材をここから得たことは有名。世間話や民話系の説話は、いずれも的確な描写と簡潔な表現で、登場人物の豊かな人間性を描き出す。

山家集

西　行
校注／宇津木言行

新古今時代の歌人に大きな感銘を与えた西行。その歌の魅力を、一首ごとの意味が理解できるよう注解。たっぷりの補注で新釈を示す。歌、脚注、補注、校訂一覧、解説、人名・地名・初句索引を所収する決定版。

新古今和歌集（上）（下）

訳注／久保田　淳

「春の夜の夢の浮橋とだえして峰に別るる横雲の空　藤原定家」「幾夜われ波にしをれて貴船川袖に玉散る物思ふらむ　藤原良経」など、優美で繊細な古典和歌の精華がぎっしり詰まった歌集を手軽に楽しむ決定版。

角川ソフィア文庫ベストセラー

方丈記 現代語訳付き
鴨　長明
訳注／簗瀬一雄

社会の価値観が大きく変わる時代、一丈四方の草庵に遁世して人世の無常を格調高い和漢混淆文で綴った随筆の傑作。精密な注、自然な現代語訳、解説、豊富な参考資料・総索引の付いた決定版。

無名抄 現代語訳付き
鴨　長明
久保田　淳＝訳

宮廷歌人だった頃の思い出、歌人たちの世評──従来の歌論とは一線を画し、説話的な内容をあわせ持つ。鴨長明の人物像を知る上でも貴重な書を、中世和歌研究の第一人者による詳細な注と平易な現代語訳で読む。

新版 発心集 現代語訳付き (上)(下)
鴨　長明
訳注／浅見和彦・伊東玉美

鴨長明の思想が色濃くにじみ出た仏教説話集の傑作。人間の欲の恐ろしさを描き、自身の執着心とどう戦うかを突きつめていく記述は秀逸。新たな訳と詳細な注を付し、全八巻、約100話を収録する文庫完全版。

宇治拾遺物語
校注／中島悦次

全一九七話からなる、鎌倉時代の説話集。仏教説話・世俗説話・民間伝承に大別され、類纂的な今昔物語と共通の説話も多いが、より自由な連想で集められている。底本は宮内庁書陵部蔵写本。重要語句索引付き。

保元物語 現代語訳付き
訳注／日下　力

鳥羽法皇の崩御をきっかけに起こった崇徳院と後白河天皇との皇位継承争い、藤原忠通・頼長の摂関家の対立、源氏・平家の権力争いを描く。原典本文、現代語訳、脚注、校訂注を収載した保元物語の決定版！

角川ソフィア文庫ベストセラー

平治物語 現代語訳付き
訳注／日下　力

保元の乱で勝利した後白河上皇のもと、藤原信頼と信西とが権勢を争う中、信頼側の源義朝が挙兵して上皇と天皇を幽閉。急報を受けた平清盛は――。源平抗争の本格化を、源氏の悲話をまじえて語る軍記物語。

平家物語（上、下）
校注／佐藤謙三

平清盛を中心とする平家一門の興亡に焦点を当て、源平の勇壮な合戦譚の中に盛者必衰の理を語る軍記物語。音楽性豊かな名文は、琵琶法師の語りのテキストとされ、後の謡曲や文学、芸能に大きな影響を与えた。

新版 百人一首
訳注／島津忠夫

藤原定家が選んだ、日本人に最も親しまれている和歌集「百人一首」。最古の歌仙絵と、現代語訳・語注・鑑賞・出典・参考・作者伝・全体の詳細な解説などで構成した、伝素庵筆古刊本による最良のテキスト。

堤中納言物語 現代語訳付き
訳注／山岸徳平

「花桜折る少将」ほか一〇編からなる世界最古の短編小説集。同時代の宮廷女流文学には見られない特異な人間像を、尖鋭な笑いと皮肉をまじえて描く。各編初めに、あらすじ・作者・年代・成立事情・題名を解説。

新版 徒然草 現代語訳付き
兼好法師
訳注／小川剛生

無常観のなかに中世の現実を見据えた視点をもつ兼好の名随筆集。歴史、文学の双方の領域にわたる該博な知識をそなえた訳者が、本文、注釈、現代語訳のすべてを再検証。これからの新たな規準となる決定版。

角川ソフィア文庫ベストセラー

風姿花伝・三道
現代語訳付き

世阿弥
訳注／竹本幹夫

能の大成者・世阿弥が子のために書いた能楽論を、原文と脚注、現代語訳と評釈で読み解く。実践的な内容のみならず、幽玄の本質に迫る芸術論としての価値が高く、人生論としても秀逸。能作の書『三道』を併載。

正徹物語
現代語訳付き

正徹
訳注／小川剛生

連歌師心敬の師でもある正徹の聞き書き風の歌論書。自詠の解説、歌人に関する逸話、歌語の知識、幽玄論など内容は多岐にわたる。分かりやすく章段に分け、脚注・現代語訳・解説・索引を付した決定版。

新版 好色五人女
現代語訳付き

井原西鶴
訳注／谷脇理史

実際に起こった五つの恋愛事件をもとに、封建的な江戸の世にありながら本能の赴くままに命がけの恋をした、お夏・おせん・おさん・お七・おまんの五人の女の運命を正面から描く。『好色一代男』に続く傑作。

新版 日本永代蔵
現代語訳付き

井原西鶴
訳注／堀切実

本格的貨幣経済の時代を迎えた江戸前期の人々の、金と物欲にまつわる悲喜劇を描く傑作。読みやすい現代語訳、原文と詳細な脚注、版本に収められた挿絵とその解説、各編ごとの解説、総解説で構成する決定版！

新版 おくのほそ道
現代語訳曾良随行日記付き

松尾芭蕉
訳注／潁原退蔵・尾形仂

芭蕉紀行文の最高峰『おくのほそ道』を読むための最良の一冊。豊富な資料と詳しい解説により、芭蕉が到達した詩的幻想の世界に迫り、創作の秘密を探る。実際の旅の行程がわかる『曾良随行日記』を併せて収録。

角川ソフィア文庫ベストセラー